LA MAGIE
DE LA PEUR

DU MÊME AUTEUR

CHEZ LE MÊME ÉDITEUR

LE SOLDAT CHAMANE

La Déchirure (t. 1)

Le Cavalier rêveur (t. 2)

Le Fils rejeté (t. 3)

L'ASSASSIN ROYAL

L'apprenti assassin (t. 1)
L'assassin du roi (t. 2)
La nef du crépuscule (t. 3)
Le poison de la vengeance (t. 4)
La voie magique (t. 5)
La reine solitaire (t. 6)
Le prophète blanc (t. 7)
La secte maudite (t. 8)
Les secrets de Castelcerf (t. 9)
Serments et deuils (t. 10)
Le dragon des glaces (t. 11)
L'homme noir (t. 12)
Adieux et retrouvailles (t. 13)

Tous ces titres ont été regroupés en quatre volumes :
LA CITADELLE DES OMBRES *, **, *** et ****.

LES AVENTURIERS DE LA MER
Le vaisseau magique (t. 1)
Le navire aux esclaves (t. 2)
La conquête de la liberté (t. 3)
Brumes et tempêtes (t. 4)
Prisons d'eau et de bois (t. 5)
L'éveil des eaux dormantes (t. 6)
Les seigneurs des trois règnes (t. 7)
Ombres et Flammes (t. 8)
Les marches du trône (t. 9)

Tous ces titres ont été regroupés en trois volumes :
L'ARCHE DES OMBRES *, ** et ***

ROBIN HOBB

LA MAGIE DE LA PEUR

Le Soldat chamane

****

roman

Traduit de l'anglais par A. Mousnier-Lompré

Pygmalion

Titre original :
FOREST MAGE, BOOK II
(The Second Son Trilogy)
(Deuxième partie)

Site : www.lesoldatchamane.com

Sur simple demande adressée à
Pygmalion, 87 quai Panhard et Levassor 75647 Paris Cedex 13
vous recevrez gratuitement notre catalogue
qui vous tiendra au courant de nos dernières publications.

L'édition originale est parue aux États-Unis, en 2006, chez Eos, une marque de HarperCollins Publishers.

ISBN 978-2-7564-0133-1

A Alexsandrea et Jadyn qui m'ont accompagnée
tout au long d'une rude année.
Je promets de ne jamais prendre la fuite.

Golfe de Salde
Busque
Île du Bec
Fracture
LES CROCS
Cerf
Lac Barde
Nouvell
Tharès
Skay
Fronse
Péquit
L'ISTÈRE
Relis
Alvon
Arno
Détroit de Varry
LES PICS
Port-du-Roi
Torde
CANTETERRE
THARÈS-LA-VIEILLE
Sorviel
Char
Bûcheronnière
Cambis
Redoute
Burie
Deffour
LA SOUDANE
VARNIE
Gardin
Nouviel
Relan
Buque
Gosville
Marché
Charviel
Bok
Mer Fermée
Nouvelle-Canteterre
(territoire cédé)
Huants
L'Encre
Source
LARDE
JAUNE
Rouly
Lippe
Étroit
Jardon
FLEUVE
Durvet
ARDVELL
Dard
Goulet
Fondport
Bornes frontalières
Avant-poste fortifié

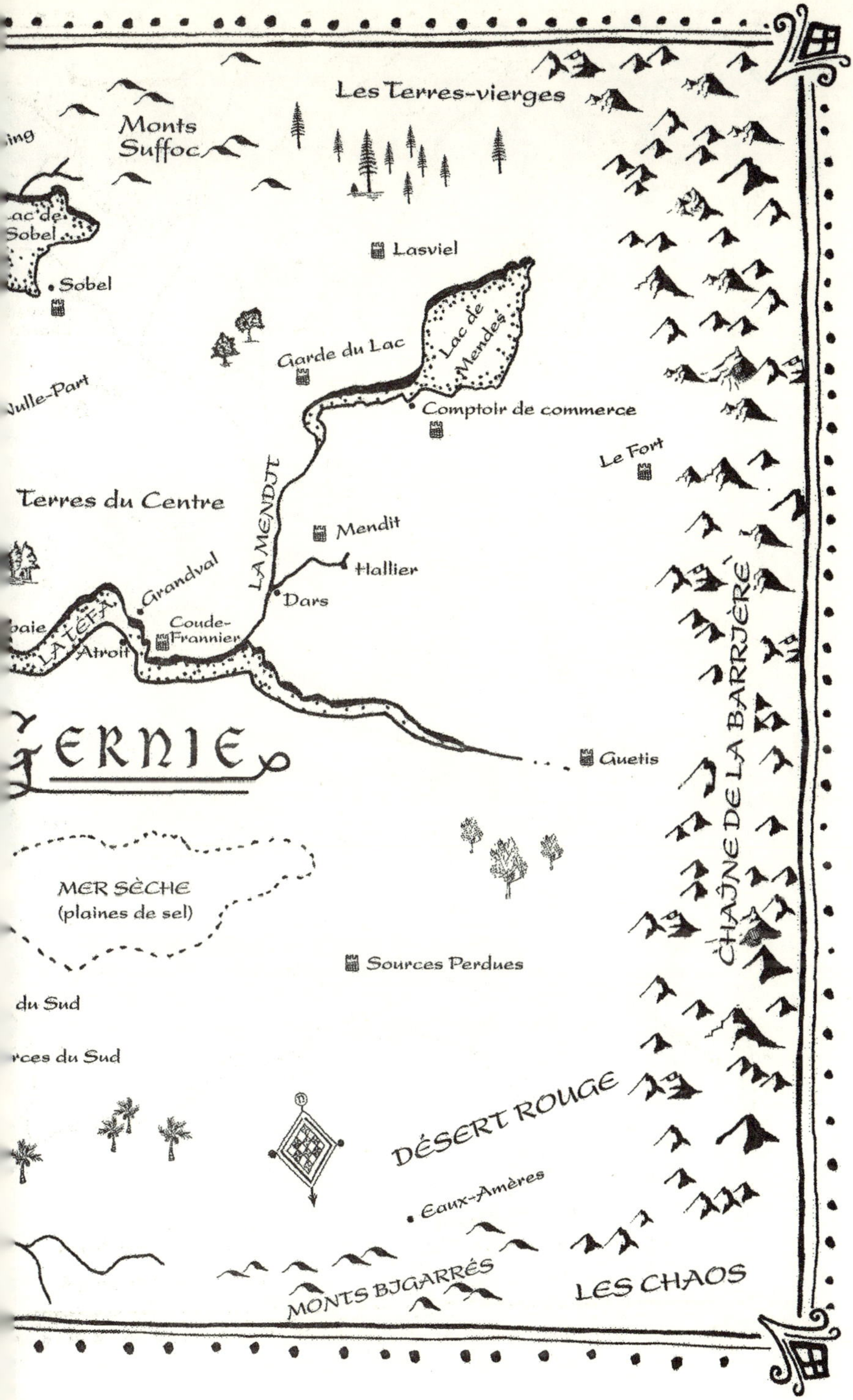

Les Terres-vierges
Monts Suffoc
Sobel
Lasviel
Lac de Mendes
Garde du Lac
Comptoir de commerce
Le Fort
Terres du Centre
LA MENDIT
Mendit
Hallier
Dars
Grandval
LATÉFA
Atroit
Coude-Frannier
Guetis
CHAÎNE DE LA BARRIÈRE
MER SÈCHE
(plaines de sel)
Sources Perdues
du Sud
DÉSERT ROUGE
Eaux-Amères
MONTS BIGARRÉS
LES CHAOS

1

Coude-Frannier

Je n'eus vraiment l'impression d'être parti de chez moi qu'en milieu de matinée. Je connaissais si bien les terres voisines du domaine, dont mon père se servait abondamment comme pâture, qu'elles me semblaient lui appartenir aussi. J'avançais comme dans un brouillard, l'esprit en proie à mes conflits intérieurs.

Mon père m'avait renié. J'étais libre. Ces deux idées s'entre-déchiraient en moi. Libre d'aller à l'aventure, de donner un nom différent à ceux qui me le demanderaient ; nul ne me reprocherait d'abandonner le destin que le dieu de bonté m'avait fixé pour choisir un autre métier que celui des armes. Je me retrouvais libre aussi de ne pas manger à ma faim, de me faire dépouiller par des bandits, de subir les malheurs propres à ceux qui s'opposaient à la volonté du dieu de bonté, libre de m'échiner à me faire une place au soleil dans un monde qui, dans sa grande majorité, me méprisait ou se détournait de moi à cause de mon obésité.

Il faisait chaud, mais je discernais déjà les premiers signes du changement de saison : les hautes herbes prenaient des teintes dorées et oscillaient de la tête, alourdies de graines. Les nuits plus fraîches favorisaient la condensation au sol, et les fougères d'hiver commençaient à dérouler leurs crosses. Les minuscules fleurs violettes des oiseliers qui tapissaient les ondulations du terrain laissaient la place aux petites baies noires, délice des oiseaux et des lapins. La terre s'apprêtait à donner une dernière bouffée de générosité à la vie qui grouillait sur elle avant de se soumettre à l'hostilité glacée de l'hiver.

Depuis mon entrevue inutile avec Dewara, je n'avais pas effectué de long trajet avec Siraltier ; il se montrait rétif, têtu, et j'éprouvai bientôt toutes les douleurs de celui qui n'a pas monté depuis trop longtemps ; je serrai les dents en me répétant que cet inconfort passerait au cours des jours suivants. Jusque-là, je devais prendre mon mal en patience. Mon poids amplifiait chaque élancement, chaque irritation, et, dans l'après-midi, chaque pas de ma monture ébranlait le bas de mon dos. Siraltier était devenu paresseux : il ne tenait pas l'allure comme il l'aurait dû. Vers midi, j'observai qu'il boitait légèrement.

Je commençai à surveiller l'horizon avec impatience afin d'y voir se découper l'enceinte de Coude-Frannier ; je me rendais compte que je n'avais pas progressé aussi vite que prévu. Je lançai Siraltier au trot, mais il revint bientôt au pas, et je le laissai faire : lorsqu'il trottait, je sentais tout mon corps s'agiter autour de moi comme si je me trouvais prisonnier d'une énorme gelée. C'était horrible.

La région avait changé. Dans mes souvenirs, le long trajet jusqu'à Coude-Frannier traversait une contrée sauvage, sans nul relais où s'arrêter pour se rafraîchir, sans autre décor que la végétation des plaines vallonnées. Ce n'était plus vrai ; l'Intérieur se peuplait ; la Route du roi, le long du fleuve, connaissait désormais une circulation sporadique, chariots, cavaliers, familles à pied ou accompagnées d'ânes sur lesquels s'entassaient les hauts empilements de leurs possessions. Il y avait aussi des habitations ; je longeai plusieurs champs de coton bordés de maisons destinées aux ouvriers ; au-delà, je passai devant un long bâtiment bas construit au ras de la route, l'extérieur récemment enduit de plâtre et peint d'un bleu clair qui contrastait violemment avec le décor sec et brunâtre qui l'environnait. L'enseigne neuve accrochée à son poteau annonçait « La Dernière Balle » et proposait aux voyageurs bière, couvert et logis. Une vraie auberge le long de cette route ? Je n'en revenais pas. Plus loin, je croisai un berger nomade avec un chapeau conique, qui menait à l'aide de ses deux chiens un troupeau de moutons à queue plate, puis je vis sur le fleuve un petit appontement entouré d'un semis de bâtiments, germes d'une bourgade encore anonyme. Au-delà, un enfant monté sur un âne surveillait des chèvres en train de paître ; il me regarda passer comme un intrus.

Dans mon imagination, je voyais toujours ma famille vivant à la limite des terres sauvages, mais, à l'évidence, cela n'était plus vrai. La civilisation nous avait sournoisement encerclés, la région se peuplait, et cela ne me plaisait pas. Je m'enorgueillissais naguère d'avoir grandi aux confins du monde civilisé, de m'être endurci, d'avoir appris à survivre dans une contrée qui n'offrait nul refuge aux faibles ; tout cela disparaissait à présent.

J'atteignis les abords de Coude-Frannier alors que le soleil descendait vers l'horizon. Le Coude avait changé encore plus que ses alentours. Lorsque je l'avais visité, enfant, le vieux fort se tapissait dans le méandre du fleuve au milieu d'un méli-mélo de cahutes qui s'entassaient autour d'un marché rudimentaire ; aujourd'hui, des rangées de maisons en brique cuite s'alignaient le long de la route qui menait au fort. Les hirondelles qui envahissaient chaque année nos granges et fabriquaient leurs nids sous les avancées de toits effectuaient du meilleur travail de maçonnerie ; du genêt prélevé dans la prairie alentour couvrait les toits d'un chaume grossier.

Des carrioles et des piétons encombraient la route et les rues de la ville. Les gens s'arrêtaient en plein travail pour me regarder passer ; un petit garçon se tourna vers une porte ouverte pour crier : « Hé ! Venez voir le gros monsieur sur son cheval ! », et une ribambelle d'enfants sortirent en courant pour assister au spectacle. Ils m'accompagnèrent au trot en levant vers moi des yeux effarés. Je m'efforçai de ne leur prêter nulle attention. J'aurais évité ces faubourgs grouillants si je l'avais pu, mais la Route du roi traversait le quartier des métis.

Elle s'élargit pour former une place grossièrement pavée, construite autour d'un puits et débordante d'activité ; les bâtiments qui la ceignaient affichaient des façades ocre, blanches et brun-jaune, avec des toits en tuiles cuites au soleil. Dans l'un d'eux, ouvert sur la place, des ouvriers tiraient de longues bandes de tissu de cuves de teinture ; d'autres déchargeaient des sacs de grains d'un lourd chariot et, telle une colonne de fourmis, les transportaient dans un entrepôt. Je mis pied à terre pour laisser Siraltier se désaltérer à l'abreuvoir près du puits, et, aussitôt, ma présence attira l'attention. Deux femmes occupées à remplir leurs jarres commencèrent à me jeter des coups d'œil et à glousser en échangeant entre elles des commentaires à mi-voix comme des gamines ; un vieux tout dégingandé, dans l'entrepôt, se montra encore plus impoli.

« Combien ? » me lança-t-il en s'approchant de moi. Il criait sans doute parce qu'il était dur d'oreille.

« Combien de quoi ? repartis-je tandis que Siraltier relevait le museau de l'abreuvoir.

— Combien de livres, mon vieux ! Combien de livres tu pèses ?

— Mais je n'en sais rien ! » répondis-je avec raideur. Je tirai sur la bride de ma monture pour l'emmener, lorsque le vieux me saisit la manche.

« Viens dans mon entrepôt ; j'ai une balance à grains. Allez, arrive, par ici, par ici ! »

Je me libérai sans douceur de sa poigne. « Laissez-moi tranquille. »

Il éclata de rire, enchanté de ma réaction, pendant que les ouvriers observaient la scène. « Regardez-le ! leur dit-il d'une voix sonore. Vous croyez pas qu'il faudrait le peser sur ma balance à grains ? » Une femme acquiesça de la tête avec un sourire ravi, une autre détourna les yeux, gênée pour moi, tandis que deux jeunes gens s'esclaffaient cruellement. Je sentis mes joues devenir brûlantes. Comme je glissais un pied dans l'étrier de Siraltier, il me parut plus haut que le matin même, et tous mes muscles protestèrent à la perspective de remonter en selle.

L'hilarité d'un des jeunes hommes redoubla. « Regardez ! Même son cheval refuse de le laisser grimper sur son dos ! »

C'était exact. Siraltier, pourtant parfaitement dressé, aux manières excellentes, s'écartait de moi ; il feignait manifestement d'un pied à présent.

« Tu vas l'estropier, ta bestiole ! se moqua l'autre avec un accent que j'identifiai comme celui de Tharès-la-Vieille. Tu d'vrais avoir un peu pitié d'elle : c'est toi qui d'vrais la porter un bout d'chemin, gras-du-bide ! »

Il avait raison : l'attitude de Siraltier ne s'expliquait que s'il souffrait. Je décidai de monter tout de même en selle, et je m'éloignai du puits et de la place sans prêter attention aux lazzis qui me suivaient ; mais, une fois hors de vue des rieurs, je mis pied à terre et menai mon cheval par la bride. Il ne claudiquait pas encore, mais il se déplaçait avec précaution ; mon cheval, mon superbe destrier de cavalla ne pouvait plus supporter mon poids une journée durant ; si je remontais sur lui le lendemain, il boiterait avant le soir, et alors que ferais-je ? Qu'allais-je faire dès maintenant ? Je me trouvais à peine à un jour de voyage du domaine de mon père et les problèmes commençaient déjà. Ma situation m'apparut brusquement sans espoir : je me répétais que tout irait bien, que je saurais subvenir à mes besoins sans la générosité de mon père, alors qu'en réalité je n'avais jamais affronté pareille conjoncture.

Quelles solutions s'offraient-elles à moi ? M'enrôler dans l'armée ? Je n'avais plus de monture capable de me porter, condition, entre autres, pour entrer dans la cavalla comme gradé, et nul régiment d'infanterie ne voudrait de moi. J'avais toujours songé que, le cas échéant, je pourrais vivre comme les Nomades naguère, en tirant ma subsistance de la nature, or j'avais découvert au cours des derniers jours ce que les Nomades savaient déjà : les zones sauvages disparaissaient. Je doutais qu'un producteur de coton apprécie que j'installe mon campement dans son champ, et je savais que le gibier fuit les régions où l'homme élève du bétail. J'avais tout à coup l'impression qu'il ne restait plus aucune place pour moi dans le monde, et je me rappelai la question que Yaril m'avait posée en pleurant la veille : « Qu'allons-nous faire ? » La réponse me paraissait aujourd'hui encore plus insaisissable qu'alors.

En grandissant, la ville avait pratiquement dissimulé l'enceinte du vieux fort. Les canons montaient toujours la garde devant la porte mais ils ne servaient plus à rien au milieu des échoppes en plein vent qui vendaient de la bière de grains tiède, des soupes épicées et du pain ; je dus m'y reprendre à deux fois avant d'apercevoir les sentinelles qui se tenaient deux par deux de part et d'autre de l'entrée. Les ordures amoncelées devant les portes ouvertes indiquaient qu'elles étaient demeurées fermées pendant plusieurs mois. Deux des hommes en faction bavardaient et riaient tandis qu'un flot de badauds pénétrait dans le fort ; les deux autres marchandaient avec une métisse porteuse d'un plateau de pâtisseries parfumées aux fleurs. Je restai un moment à les regarder en me demandant pourquoi j'avais pris la peine de me rendre aux portes de la garnison ; l'habitude, sans doute : mon père et moi nous arrêtions toujours pour présenter nos hommages au commandant de la garnison quand nous passions par là.

Siraltier à la bride, je m'éloignai sans prêter attention aux regards qui nous suivaient.

« Vous l'avez volé, hein ? Vous voulez le vendre ? Je connais tous les maquignons, je peux vous avoir le meilleur prix. » Une petite déguenillée trottait à mes côtés, deux tresses hirsutes dans le dos, vêtue d'une robe taillée dans de la toile à sac teintée, les pieds nus. Il me fallut un moment pour me rendre compte qu'elle m'avait insulté.

« Je ne l'ai pas volé ; je ne suis pas un voleur de chevaux. Il m'appartient. Va-t'en.

— Même pas vrai ; me prenez pas pour une idiote : c'est un cheval de la cavalla, ça se voit du premier coup, et vous, vous êtes pas soldat, ça se voit aussi. Harnais de cavalla et paniers de bonne qualité ; je connais quelqu'un qui achètera tout et qui vous en donnera le meilleur prix. Allons, venez ! Je vous aiderai à le vendre, ce cheval ; si vous le gardez trop longtemps, on finira par vous rattraper, et vous savez ce qui arrive aux voleurs de chevaux dans cette ville ! » Avec une mimique expressive, elle révulsa ses yeux bruns tout en serrant autour de son cou un nœud coulant imaginaire.

« Va-t'en – non, attends. » Elle s'était détournée mais elle s'arrêta net. « Où puis-je trouver une auberge bon marché, mademoiselle Je-sais-tout ?

— Bon marché ? Vous voulez du bon marché ? Je peux vous en indiquer une, mais il va falloir payer – oh, pas lourd, pas lourd du tout, beaucoup moins que ce que vous économiserez grâce à l'auberge la moins chère que je connais. » Elle avait aussitôt changé de tactique et affichait un grand sourire auquel manquait une incisive ; elle était plus jeune que je ne le croyais.

Je n'avais guère d'argent ; mon père ne m'en avait pas donné depuis mon retour de l'Ecole, et, malgré la tentation, je n'en avais pas pris avant de partir. Mes fonds se limitaient donc à ce qui me restait de ce qu'il m'avait envoyé pour mon trajet de Tharès-la-Vieille jusqu'à la maison. Je possédais sept centiers, quinze pointeaux et six potins ; je pris deux de ces derniers et les fis sonner au creux de ma main. L'enfant parut intéressée.

« Je ne veux pas d'un taudis avec de la paille moisie pour mon cheval et une paillasse pouilleuse pour moi ; il me faut un établissement décent. »

Elle feignit l'incompréhension. « Je croyais que vous aviez dit “bon marché”.

— Bon marché mais décent. »

Elle leva les yeux au ciel comme si je demandais la lune puis tendis la main. J'y déposai une pièce ; elle pencha la tête en fronçant les sourcils.

« L'autre si ce que tu me proposes me plaît », dis-je.

Elle poussa un soupir théâtral. « Suivez-moi », fit-elle d'un ton agacé. Elle tourna le coin de la rue et m'emmena par une venelle qui descendait vers le fleuve. Tout en marchant, elle demanda sans malice : « Comment vous êtes devenu aussi gros ?

— Il s'agit d'une malédiction.

— Ah ! » Elle hocha la tête, compréhensive. « Ça arrive à ma mère aussi ; mais, quand elle grossit, elle a un bébé.

— Moi, je n'attends pas d'enfant. » Je m'apercevais qu'on pouvait se sentir à la fois offensé et amusé.

« Oui, je sais, je ne suis pas stupide ! Là, on y est. » Elle avait fait halte devant un grand bâtiment face au fleuve. La cour clôturée et les annexes paraissaient entretenues mais guère soignées.

« Ce n'est pas une auberge.

— Ça, je le sais aussi ; voilà pourquoi vous paierez moins cher et vous aurez pas de puces. Guf ! Je t'amène un hôte payant ! »

Elle avait lancé son apostrophe avant que je pusse répondre. Un vieil homme passa la tête par la fenêtre. « Qui est là ?

— Farvi. Je t'amène quelqu'un qui a besoin d'un lit pour lui et d'un box pour son cheval cette nuit. Il cherche du bon marché sans puces, alors j'ai tout de suite pensé à toi.

— Ah ? J'en ai, de la chance ! » Il m'étudia d'un air sceptique puis son regard tomba sur Siraltier. « J'arrive tout de suite. »

Il franchit la porte quelques secondes plus tard et tendit avidement la main vers les rênes de ma monture. « Je vais l'installer à l'arrière pour qu'on ne le voie pas. Quel bel animal !

— Bas les pattes, monsieur ! Il est formé au combat. » Siraltier avait aussitôt réagi à un inconnu qui essayait de saisir sa têtière. Je posai la main sur son encolure pour le calmer puis déclarai d'un ton froid : « Je n'ai nul besoin de cacher ce qui m'appartient ; il me faut seulement un toit pour cette nuit et un box pour mon cheval. »

L'homme me regarda, se tourna vers la fillette puis revint à moi.

« D'accord ; mais je dois quand même le mettre derrière la maison : j'ai un enclos à l'arrière. Vous voulez que je l'y mène ?

— Je m'en charge. » Je commençais à me sentir méfiant ; néanmoins, je le suivis derrière sa maison jusqu'à un petit pré construit d'un appentis que seules deux chèvres occupaient ; Siraltier ne manquerait pas de place. L'abri paraissait relativement propre et la paille convenable. J'approuvai de la tête puis installai ma monture. L'homme alla lui chercher un seau d'eau et lui fournit une bonne ration de fourrage. Pendant que Siraltier se restaurait, je m'accroupis pour examiner ses jambes et ses sabots ; son antérieur gauche était plus chaud que les autres mais il ne souffrait pas d'une enflure grave. Je me redressai avec un grognement désemparé.

« Alors, vous allez rester ? » demanda l'enfant, la main tendue.

D'une pichenette, je lui envoyai son deuxième potin ; elle le saisit au vol et disparut.

« Précoce, cette gamine », dis-je à l'homme.

Il haussa les épaules. « Comme toutes les petites des forçats ou presque ; sinon, elles survivent pas.

— Son père est en prison ?

— Plus maintenant ; on l'a envoyé ici, aux travaux forcés sur la Route du roi. Quand il a fini sa peine, il a eu droit à son lopin de terre, et, comme un tas d'anciens prisonniers, il a pas su s'en occuper. On nous débarque des bandits et des violeurs de Tharès-la-Vieille et on leur dit : "Maintenant, te voilà fermier" alors qu'ils savent pas traire une chèvre ni cultiver le sol. Le père de Farvi, c'était pas le mauvais bougre, mais il savait que voler pour gagner sa vie ; alors il s'est fait assassiner. A Coude-Frannier, y en a plein, des comme lui et leurs gosses à moitié sauvages. Farvi, elle en a dans le crâne, mais, quand elle aura l'âge, elle deviendra tire-laine ou putain ; il n'y a pas grand-chose d'autre comme avenir pour les filles dans son genre. Bon, vous vouliez une chambre ? »

Estomaqué par la dureté de ses propos, je hochai la tête. A sa suite, je traversai la cour, où une jeune femme me regarda, les yeux arrondis, avant de se remettre en hâte à balayer le pavé. Mon hôte me fit franchir la porte de service puis entrer dans une pièce minuscule, à peine plus grande que le lit de camp qu'elle contenait. J'acquiesçai : cela irait.
« Combien ? demandai-je avec méfiance.

— Six pointeaux. »

Devant mon expression, il ajouta : « Ça comprendra le fourrage pour votre cheval et, pour vous, un repas ce soir et un demain matin. » Il s'éclaircit la gorge. « Rien de bien gros, hein, mais ça suffira pour vous tenir debout. »

Le prix n'en restait pas moins au-delà de ce que je voulais payer, mais j'acceptai à contrecœur. « Je vais faire un tour en ville ; Coude-Frannier a beaucoup changé depuis ma dernière visite.

— Oh, sûrement ! Elle a même changé depuis le début de l'été, et pas seulement à cause de la peste. Faites attention à votre bourse, si vous voulez un bon conseil ; la moitié des putains sont prêtes à vous délester de votre fric, les autres ont des amis qui n'hésiteront pas à vous tuer pour vous faucher tout ce que vous avez. »

Avait-il deviné qu'à ce sujet j'entretenais un embryon de doute à son endroit ? Je secouai la tête. « Où puis-je trouver des maquignons ? »

Il plissa les yeux. « Si vous voulez vendre ce cheval, je vous en donnerai un bon prix. Je vous l'ai dit, vous irez pas loin avec lui ; on voit trop qu'il vous appartient pas.

— Et pourtant il m'appartient. » Je détachai bien mes mots. « Et le vendre ne m'intéresse pas ; je cherche un cheval pour mon voyage, un grand, robuste. Où puis-je m'adresser ? » Je n'avais qu'une solution et j'avais déjà commencé à m'armer de courage pour l'appliquer.

« Des grands chevaux ? Près de la porte du fleuve ; on y trouve un bon choix, en général, à cause des péniches. Demandez un gars du nom de Jirrot et dites-lui que c'est Guf qui vous envoie.

— Et il me fera un prix ? »

L'autre eut un sourire malicieux. « Non, mais il saura qu'il me doit une faveur si jamais vous lui achetez un animal. Et il vous vendra de la qualité ; c'est pas le moins cher du coin parce que, lui, il travaille pas avec des bêtes au bout du rouleau. Essayez chez lui, au moins. »

Je le lui promis et me mis en route à pied vers la porte du fleuve. Coude-Frannier étendait désormais un inextricable fouillis de petites maisons en briques de boue qui formaient entre elles un contraste saisissant, certaines brutes tandis que d'autres arboraient un crépi à la chaux ; dans des jardins minuscules poussaient des légumes et de rares fleurs ; des chiens et des enfants couraient en liberté dans les rues. Quelques habitants paraissaient prospères, mais la grande majorité frappaient par leur maigreur et leurs vêtements en haillons.

Les rues vagabondaient, sinueuses, de droite et de gauche, s'arrêtaient brusquement ou devenaient si étroites qu'elles autorisaient à peine le passage d'un homme à cheval ; çà et là, on avait creusé des puits peu profonds. Sans système d'évacuation des eaux de pluie ni des eaux usées, la ville devait devenir un cloaque fétide pendant la saison pluvieuse ; je songeais à ce que j'avais appris à l'Ecole sur l'organisation d'une place forte défendable et salubre, et je me demandais pourquoi le commandant de Coude-Frannier avait laissé s'installer de tels taudis autour du fort. Si les Nomades se soulevaient à nouveau, seule une fraction de leurs habitants pourrait se réfugier derrière les murs d'enceinte.

J'enjambai une rigole immonde puis m'aperçus que je devais la suivre pour descendre au fleuve ; il en émanait une odeur pestilentielle, et il y flottait des objets parfaitement identifiables. Je la longeai en m'en tenant le plus à l'écart possible et en réprimant mes haut-le-cœur. Les passants que je croisais paraissaient insensibles à la puanteur.

Mon chemin me conduisit dans un quartier majoritairement peuplé de Nomades ou de sang-mêlé. La différence avec le reste de la ville, curieusement, se voyait aux briques des maisons, mieux façonnées, et aux murs enduits de boue et décorés d'images de cerfs, de fleurs et de poissons. Un bâtiment aux flancs ouverts abritait plusieurs fours et fourneaux en brique de grandes dimensions disposés autour d'une vaste table centrale. Dans cette cuisine commune, des gens pétrissaient du pain, touillaient dans des marmites et bavardaient entre eux ; les parfums qui s'en échappaient me rappelèrent mon enfance, à l'époque où je me rendais avec mon père au marché qui se tenait à l'entrée de Coude-Frannier. Mon estomac se mit à gronder amoureusement.

Je hâtai le pas et pris une ruelle qui, croyais-je, menait au fleuve. Je me trompais ; je dus me baisser pour passer sous des fils tendus entre les maisons, auxquels pendaient des filets de poisson, des tortillons de viande ou du linge à sécher. Des chèvres entravées se dressaient sur les pattes arrière pour attraper du fourrage en balles attaché aux avancées des toits.

A l'évidence, les Gerniens n'avaient pas leur place dans ce secteur du Coude. Des femmes nomades, les cheveux retenus par des foulards de couleur vive, se tenaient assises sur des bancs devant leurs maisons et, leur longue pipe à la bouche, maniaient d'une seule main leurs étranges métiers à tisser. A mon passage, l'une d'elles s'arrêta, donna un coup de coude à sa voisine puis se tourna pour lancer une phrase dans sa langue par la fenêtre ouverte derrière elle. Aussitôt, deux hommes se bousculèrent pour s'encadrer dans l'étroite embrasure de la porte et me regardèrent sans la moindre gêne. Les yeux fixés droits devant moi, je poursuivis mon chemin à grands pas. L'un d'eux me cria quelque chose, mais je fis celui qui n'entendait pas. Je pris une rue au hasard pour échapper à leurs regards et débouchai enfin sur une route qui suivait la berge. La « porte du fleuve » désignait simplement l'ouverture de l'enceinte la plus proche des quais ; passé des entrepôts et des débarcadères, je trouvai le parc à bestiaux. Je longeai des enclos pleins de chevaux de halage, propriété d'une des sociétés qui exploitaient les péniches ; au-delà, des maquignons avaient rangé leurs marchandises le long de la rive, les prix écrits à la craie sur la croupe de leurs bêtes. Comme Guf m'en avait prévenu, je vis quantité de haridelles à bout de forces : haler des péniches chargées contre le courant épuisait les animaux, et les sociétés de fret tiraient de leurs bêtes jusqu'à leur dernière bribe d'énergie. On avait manifestement administré des drogues à certaines des pauvres créatures exposées pour leur donner l'air plus vif ; d'autres étaient cataloguées sans vergogne comme animaux de boucherie.

Après m'être renseigné plusieurs fois, je finis par découvrir Jirrot. Il faut rendre cette justice à Guf : en majorité, ses chevaux étaient en meilleur état que les autres, mais ils affichaient des prix en conséquence. Jirrot lui-même me surprit par sa corpulence, quoiqu'elle parût moindre à côté de la mienne ; il portait une ample chemise blanche, crasseuse aux manchettes et au col, et une veste violette surchargée de broderies qui ne faisait que souligner l'ampleur de son ventre, qu'il laissait déborder de son pantalon ; ses longs cheveux blonds et soigneusement bouclés lui arrivaient quasiment aux épaules. J'avais l'impression d'avoir devant moi une parodie de moi-même ; je n'avais nulle envie de faire affaire avec lui, mais il présentait les bêtes de la meilleure qualité. Jirrot soupesa ma bourse du regard pendant que j'examinais ses chevaux.

Quand je lui demandai si certains avaient été montés, il hocha la tête d'un air entendu. Il avait une voix de stentor et la rue n'ignorait rien de notre conversation. « Je pensais bien que vous cherchiez une monture. Voilà qui réduit sérieusement le choix, hein, mon ami ? Des hommes comme nous, il nous faut plus que des poneys ! Je vais vous montrer les deux que je vous recommande. Girofle, ici, a déjà connu la selle, et Hardie, je l'ai achetée à un fermier ; elle sait faire à peu près tout ce qu'on peut demander à un cheval ; et elle est douce comme un chaton, en plus. »

Nous devions avoir une conception différente de la douceur d'un chaton, car Hardie faillit bien me laisser l'empreinte de ses dents sur le bras. Sa placidité, à mon avis, provenait moins d'un trait de caractère que de la répugnance à effectuer le moindre effort. Je portai donc mon choix sur Girofle, brun sombre, plus grand et plus lourd que Siraltier, résultat, sans doute, du croisement entre un cheval de trait et une bête de monte. Sa taille trop réduite ne permettait pas de l'atteler avec les autres chevaux de halage, et sa corpulence l'empêchait de se mesurer à un bon cheval de selle. Toutefois, pour moi, il pouvait se révéler idéal. Je l'inspectai du mieux possible, affreusement conscient de mon inexpérience et de mon manque d'argent ; jusque-là, mon père et mon frère se chargeaient d'examiner les bêtes, de les choisir et de prendre la décision de les acquérir ou non. J'ignorais tout des coutumes de ce genre de tractations et du prix normal d'un animal comme Girofle ; je savais seulement qu'il était en bonne santé et mieux adapté à mon poids que Siraltier. « Vous le fournissez avec du matériel ? demandai-je.

— Uniquement le licol qu'il porte.

— Et vous en désirez combien ?

— Dix centiers. »

Je restai un instant bouche bée puis je haussai les épaules. « Navré de vous avoir fait perdre votre temps. » Une bonne monture valait beaucoup plus cher que je ne m'y attendais ; quant aux canassons présentés plus loin, on avait l'impression qu'ils ne passeraient pas les quinze jours à venir.

Une pensée effrayante me vint à l'esprit : j'allais peut-être devoir rester à Coude-Frannier et accepter le premier emploi qu'on m'y proposerait ; mon voyage s'arrêtait peut-être là.

Je serrai les dents, surpris par la violence avec laquelle toute mon âme s'insurgeait contre cette idée. Je ne voulais m'installer nulle part où l'on risquerait de m'identifier comme Jamère Burvelle. Je devais poursuivre ma route, continuer vers l'est pour m'y bâtir une nouvelle vie – mais je n'y arriverais jamais sans monture. Je sentis mon sang bouillir de frustration, et d'autre chose aussi. Je pensai tout haut : « Je ne peux pas payer ce prix, mais il me faut ce cheval. Vous ne pouvez pas me faire une meilleure offre ? »

L'homme prit l'air sidéré ; il me regarda, les yeux exorbités, comme si je lui avais assené un coup de gourdin au lieu d'exprimer simplement ce dont j'avais besoin. A l'évidence, je l'avais insulté en disant la vérité. Je m'éloignai avant qu'il eût le temps d'exploser.

« Hé ! »

Je me retournai. Jirrot paraissait hors de lui ; je me préparai à essuyer une bordée d'injures, mais j'avais mal interprété son expression, plus perplexe qu'agressive en réalité. « Je croyais qu'on faisait affaire, tous les deux ; vous en allez pas comme ça ! »

Je laissai tomber mes bras le long de mes flancs avec découragement. « Vous me demandez bien plus que je ne puis payer.

— Bon, eh bien, combien vous seriez prêt à mettre ? » Il se tenait les poings sur les hanches, penché en avant comme si je l'avais insulté. « Qu'est-ce qu'il vaut, à votre avis ? »

Je pesai soigneusement mes mots. « Je n'aurais pas la présomption d'évaluer vos bêtes. Vous m'avez donné votre prix, monsieur, et, en toute franchise, je ne possède pas cette somme ; mais, même dans le cas contraire, je ne pourrais pas me permettre de dépenser tant pour un cheval sans sa sellerie. J'ai un long trajet à effectuer. »

Il eut à nouveau l'air désorienté, puis il dit à contrecœur : « J'aurais peut-être une selle nomade qui lui irait.

— Le prix reste quand même trop élevé. Excusez-moi. » Et je me détournai encore une fois.

Il me rattrapa et me barra la route, les joues cramoisies. « Faites-moi une offre avant de vous en aller », gronda-t-il.

Je me sentis offensé jusqu'aux tréfonds. On m'avait donné l'éducation d'un fils de l'aristocratie ; je n'étais pas un colporteur qui marchande au milieu de la rue. Le rouge de la honte me brûla le front : était-ce à cela que je me trouvais désormais réduit ? Néanmoins, je rassemblai mon courage et révélai l'étendue de mes finances : « Pour l'instant, je ne puis payer plus que cinq centiers pour un cheval.

— Mais vous voulez me dépouiller ! Vous n'imaginez tout de même pas que je vais vendre cet animal pour la moitié de sa valeur ! » Son exclamation indignée attira l'attention des passants.

Avec raideur, je répondis : « Je n'espère naturellement pas que vous me le vendiez pour la moitié du prix que vous en demandez, mais je ne puis vous proposer plus que cinq centiers. Bonne journée. » Avant que j'eusse le temps de m'écarter, il me saisit par la manche.

« Vous avez sûrement quelque chose à rajouter pour faire passer la pilule, non ? Allons, mon vieux, ayez l'esprit commerçant, offrez-moi quelque chose, ne serait-ce que pour me mettre du baume à l'amour-propre ! »

J'étais au supplice ; mentalement, je passai en revue mes maigres possessions. Y en avait-il une dont j'accepterais de me séparer ? J'en avais si peu ! Je sentais le regard de l'homme posé sur moi. « Je n'ai rien d'autre, dis-je enfin. Ce cheval vaut certainement plus de cinq centiers mais je ne puis proposer davantage.

— Le dieu de bonté soit témoin que vous me dépouillez ! » s'écria-t-il. Les curieux s'attroupaient autour de nous, et j'avais la conviction qu'ils venaient bader devant mon obésité. J'en voulais à Jirrot de me transformer en pièce d'exhibition.

« Finissez, monsieur, dis-je avec toute la dignité que je pus rassembler. Je dois m'en aller.

— Alors donnez-moi l'argent, parce que j'ai une famille à nourrir, moi ! Et, quand on vous demandera où vous avez trouvé une aussi belle bête, n'oubliez pas de répondre que vous l'avez volée au pauvre Jirrot ! »

Je tirai les pièces de ma bourse en m'efforçant de lui cacher ce dont je disposais réellement ; j'avais honte de l'avoir obligé à tant baisser son prix, et mes remords s'accrurent quand il alla chercher une selle nomade, usée mais encore tout à fait utilisable. C'était un croisement rudimentaire entre une vraie selle et le petit tapis rembourré qu'employaient les Nomades. L'arçon n'allait pas bien à Girofle, mais il devrait s'en contenter pour le présent. Jirrot me fournit aimablement un tonnelet comme marchepied, mais il céda sous mon poids quand je l'essayai. Je remerciai le maquignon d'un ton guindé puis emmenai ma nouvelle acquisition sous les sourires narquois des spectateurs. Pardessus mon épaule, je lançai un coup d'œil au maquignon, étonné de la facilité avec laquelle j'avais réussi à lui faire baisser son prix ; il me regardait, l'air ahuri. Je le vis baisser les yeux vers les pièces au creux de sa main puis les relever vers moi comme si notre affaire le laissait lui aussi perplexe.

Loin du cercle des curieux, je grimpai sur un muret bas pour enfourcher ma nouvelle monture. Girofle parut surpris qu'un être vivant pût représenter une telle charge, et je dus le talonner à plusieurs reprises avant de lui faire comprendre qu'il devait se mettre en marche. Il prit alors sa propre allure, tourna la tête à droite et à gauche à chaque objet de distraction, et se dévissa même le cou pour me regarder comme s'il n'arrivait pas à croire que je le chevauchais. J'avais le sentiment qu'on ne l'avait pas dressé à la monte mais qu'il tolérait qu'on monte sur son dos ; je me reprochais de ne pas l'avoir essayé avant de l'acheter, car, manifestement, il n'attachait guère d'importance à la présence de rênes sur son encolure ; je devais littéralement lui tirer la tête dans la direction où je désirais aller.

Le temps que nous revenions chez Guf, Girofle répondait à peu près convenablement à mes coups de talon et à la pression de mes genoux. Il n'avait rien de la monture idéale mais il n'était pas bête et paraissait d'une nature docile. Je mis moins pied à terre que je ne glissai à bas de son dos ; le mouvement manquait de grâce, et j'entendis avec contrariété quelqu'un étouffer un éclat de rire. Je me retournai, mais la fille de Guf rentrait déjà dans la maison. Rouge pivoine, je menai Girofle à l'abreuvoir puis dans l'enclos où se trouvait déjà Siraltier ; enfin, j'observai les deux animaux côte à côte. Siraltier, grand et bien découplé, avait les jambes droites et le poil noir du museau à la pointe de la queue ; il avait passé la prime jeunesse mais il lui restait de nombreuses et belles années devant lui. Il leva la tête et me regarda en tournant ses petites oreilles vers moi comme s'il se demandait pourquoi je lui portais tant d'attention. On ne pouvait douter de l'intelligence qu'exprimaient ses yeux ni de l'entraînement que mon père lui avait donné pendant des années. Ce cheval m'avait appris quasiment tout ce que je savais en tant que cavalier militaire ; je n'avais rien possédé de plus beau ni de plus précieux.

A côté de lui, Girofle avait l'air plébéien ; il était massif – de partout : il avait une grosse tête, une encolure épaisse, une croupe large et ronde, des sabots grands comme des assiettes comparés aux pieds fins de Siraltier. On lui avait écourté la queue, mais de façon malhabile, si bien qu'il pendait du moignon une mèche de poils maigrichonne. Avec son allure comique, il convenait tout à fait à un gros patapouf comme moi.

Ma monture s'approcha pour renifler ma chemise puis fourrer sa tête contre moi. Je dis enfin tout haut la décision que j'avais déjà prise. « Je ne peux pas te garder, Siraltier ;

je vais t'esquinter et tu te retrouveras boiteux au milieu d'une région perdue. Tu mérites mieux que ça. »

Avec un regret infini, je décrochai mes paniers de ma selle ; c'était une selle de cavalla, vestige d'un rêve disparu, ornée du blason à l'esponde de mon père ; je ne voulais pas l'emporter dans ma nouvelle vie. En revanche, je conservai la bride, de bonne facture et que je pensais pouvoir adapter à ma nouvelle monture. J'installai la selle sur le dos de Siraltier, et, comme j'exécutais le signe de blocage sur la sous-ventrière, les larmes me montèrent aux yeux et roulèrent sur mes joues. J'essuyai du revers de la main ces manifestations d'une émotion inutile et stupide.

Le soir se changeait en nuit ; l'heure me paraissait appropriée pour mes derniers moments en compagnie de Siraltier. Je le menai par les rues sinueuses de Coude-Frannier. L'air s'enrichissait d'une humidité qui exhaussait les odeurs rances de la ville. La jambe douloureuse de Siraltier s'était raidie et il se déplaçait désormais avec une claudication prononcée. Je ne le pressai pas. Tout en marchant, je me répétais qu'il s'agissait seulement d'un cheval, qu'un homme de la cavalla changeait plusieurs fois de monture au cours de sa carrière ; je n'avais à offrir à Siraltier qu'un voyage interminable avec une jambe blessée et des repas frugaux ; en outre, j'avais l'air ridicule sur lui. Mieux valait me séparer de lui tant qu'il avait encore de la valeur, avant que je ne l'aie abîmé. Girofle me suffirait amplement ; quand j'arriverais à ma destination encore inconnue, je m'occuperais de trouver une meilleure monture si ma situation l'exigeait. Cela restait peu probable : si je parvenais à m'enrôler, ce serait sans doute comme fantassin, non comme cavalier, et, à coup sûr, on me reléguerait à la cuisine, à la comptabilité ou à un autre poste similaire.

Je m'arrêtai à quelque distance des portes du fort pour sécher les larmes que j'avais laissées couler sans honte pendant que nous marchions dans l'obscurité ; puis, comme un enfant, je m'appuyai à l'épaule de mon cheval et m'efforçai de l'enserrer dans mes bras en guise d'adieu. Siraltier se laissa faire.

Je m'en tins à ma décision et franchis les portes avec ma monture. Malgré l'heure tardive, les soi-disant sentinelles me laissèrent entrer sans m'interpeller, et je me rendis droit au quartier général, où j'eus la bonne fortune d'arriver avant le départ du commandant. Je me fis passer pour un domestique et débitai un mensonge à son officier adjoint pour le voir. Une fois en sa présence, je lui dis que le cheval de Jamère Burvelle s'était mis à boiter et qu'il avait dû en prendre un autre pour continuer son trajet ; Jamère et son père, le seigneur Burvelle, sauraient gré au commandant de demander au vétérinaire du régiment d'examiner l'animal puis de prendre les dispositions nécessaires pour qu'on le ramène à Grandval dès qu'il pourrait se déplacer sans aggraver son état. Comme je m'y attendais, l'officier ne se fit pas prier. « Nous ferons tout pour obliger sire Burvelle », répondit-il. Je m'inclinai gravement et déclarai que, dès que j'aurais rattrapé mon maître, j'assurerais Jamère que sa monture se trouvait en de bonnes mains et qu'elle l'attendrait chez lui à son retour.

Sur le chemin qui me ramenait à la chambre que je louais, je m'arrêtai dans une taverne, m'enivrai puis payai une prostituée blonde trois fois son tarif habituel pour coucher avec elle. Si j'espérais alléger mon accablement, je me trompais : je dépensai une somme précieuse pour m'apercevoir que faire l'amour était devenu pour moi une gageure. Quand l'avancée du ventre dépasse la longueur du membre, s'accoupler avec une femme requiert de l'inventivité dans les positions et de la coopération de la part de la partenaire ; la ribaude ne fit preuve de rien de tout cela et s'en tint au strict nécessaire pour mériter son salaire.

« Tu comprends maintenant, dit-elle d'un air vertueux alors que je m'écartais du lit auprès duquel je m'étais agenouillé, pourquoi j'ai dû te demander plus que d'ordinaire.

J'ai eu du mal ; j'ai bien cru que tu allais me disloquer les hanches ! » Elle restait couchée comme je l'avais laissée au bord du lit, les jupes remontées sur la taille et les jambes écartées pour m'accueillir. Je me rappelle avoir songé que je n'aurais jamais imaginé pose moins érotique chez une femme.

« J'ai fini, dis-je d'un ton brusque.

— Ouais, ça se voit », répliqua-t-elle, sarcastique.

Je me rhabillai puis m'en allai.

Les genoux douloureux, je repris le chemin de ma chambre de location. Le mot « plaisir » ne pouvait qualifier ce que je venais de vivre : le soulagement physique que j'éprouvais se mêlait inextricablement à l'humiliation que la prostituée m'avait infligée. Au lieu de me réconforter auprès d'elle, je venais de me démontrer une fois pour toutes que ma vie avait complètement changé au cours des derniers mois.

2

La Route du roi

« LE DIEU DE BONTÉ N'A PAS CRÉÉ ce pays pour que des gens y vivent. »

Je devais me rappeler longtemps les mots de la femme. Elle habitait une des six maisons encore occupées du hameau en ruine près du deuxième étage du piémont qui menait aux montagnes. La misère y régnait en maîtresse quasi exclusive ; des souches piquetaient les champs pentus derrière les bâtiments ; le vent incessant, lourd d'humidité glacée, annonçait l'hiver. Ville-Morte était un « bourg de route », village provisoire construit à la hâte pour loger les forçats et leurs familles pendant la progression de la Route du roi vers l'est.

Naguère je croyais dans le rêve du roi Troven d'une large voie qui traverserait les plaines, franchirait les montagnes et déboucherait sur la mer pour rendre à la Gernie sa puissance maritime et marchande ; mais, plus je progressais vers l'est, plus j'avais du mal à conserver intacte cette vision.

Qualifier de maison la cahute où vivait la femme relevait de la pure charité de ma part : elle était bâtie de grosses pierres et de rondins grossièrement écorcés, tordus, et d'un diamètre bien inférieur à ce que j'aurais employé pour de la construction ; on avait bourré de roseaux en fagots les interstices béants entre les troncs et recouvert le tout de boue. Les pluies d'hiver auraient sans doute tôt fait de désintégrer ce calfatage. La femme avait trois enfants ; quant à son mari, si elle en avait un, je ne le vis pas.

A court de vivres, j'avais fait halte dans le hameau pour voir ce que je pouvais y acheter. Les occupants de deux autres maisons m'avaient déjà éconduit ; ils avaient à peine de quoi subsister et mon argent ne leur servait à rien. Ironiquement, j'avais découvert trop tard que je n'étais pas aussi démuni que je le croyais : en mettant de l'ordre dans mes paniers, à mon départ de Coude-Frannier, j'avais trouvé une petite bourse jaune entre mes chemises. J'ignore quand Yaril l'avait glissée là. Elle contenait quinze centiers, somme considérable pour une jeune femme. J'avais pris la résolution de m'en servir à bon escient et de la rembourser à ma sœur lors de nos retrouvailles. Ce viatique inattendu n'avait pas pansé mon amour-propre mis à mal mais il avait contribué à restaurer quelque peu mon assurance. J'en investis une partie dans une selle de halage d'occasion pourvue d'un arçon qui s'adaptait mieux au dos de Girofle et d'une assiette qui ne nuisait pas au mien. Après plusieurs essais infructueux, je dus me rendre à l'évidence : la bride et le mors de Siraltier n'iraient jamais à Girofle ; je les échangeai contre un harnais qui convenait à mon canasson, quelques sangles pour fixer mes paniers de cavalla et des couvertures épaisses au cas où je devrais dormir à la belle étoile. Au marché, je fis provision de pain de voyage, de viande fumée, de raisins secs, de thé et de charili, saucisse nomade constituée de viande et de fruits broyés et liés par de la graisse sucrée. J'achetai aussi les outils nécessaires à un séjour dans la nature : une hachette, des allumettes soufrées enrobées de cire et quelques lanières de cuir pour confectionner une fronde. J'aurais aimé me munir d'une arme à feu, mais cela dépassait mes capacités financières ; l'épée que j'avais emportée avait un mauvais équilibre, et sa lame, mal entretenue, était piquée de rouille ; toutefois, cela valait mieux que rien. Je quittai Coude-Frannier avec le sentiment de m'être préparé pour le voyage aussi bien que mes moyens me le permettaient.

La route, de son côté, n'avait quasiment rien à m'offrir. L'approvisionnement en eau ne posait pas de problème tant que je suivais le fleuve, mais, le jour, je souffrais principalement de la chaleur, des mouches et de l'ennui, la nuit du froid et des moustiques. Girofle progressait d'un pas tranquille, imperturbable.

Le premier jour, mon trajet se déroula sans encombre. Je traversai plusieurs petits villages pelotonnés sur la berge ; ils paraissaient prospères, alimentés à la fois par les produits du fleuve et les marchands de passage. Plus anciens que le bourg à la croissance explosive qui entourait Coude-Frannier, ils présentaient cependant par certains côtés l'aspect âpre et rustique des baraquements de la frontière. Tous les bâtiments tiraient du fleuve leurs matériaux de construction : pierres usées par le passage de l'eau, mortier piqueté par le gravier qui se mêle toujours au sable de rivière, ornementation en bois çà et là ; il ne poussait guère d'arbres de grande taille sur les plaines ni les plateaux, mais des radeaux d'immenses troncs d'esponde descendaient le courant, venus des régions sauvages. Toutefois, cette essence de bois était beaucoup trop chère pour les villageois, et les parties de leurs constructions où on la trouvait provenaient de bois flottants ou de débris de radeaux rejetés sur la berge.

Malgré leurs humbles origines, ces assemblages de cahutes se transformaient peu à peu en bourgades organisées ; elles entretenaient la route qui les reliait ainsi que les relais des courriers royaux. Entre elles, on défrichait des champs, les pierres qu'on en retirait formaient de grossiers murets de séparation dans lesquels poussaient des haies de broussaille. La plupart des annexes étaient en briques de boue, mais les corps de ferme avaient des murs en pierre de taille. Les colons gerniens assuraient leur fragile emprise sur ces terres ; ces propriétés perdureraient.

Le soir du deuxième jour, j'arrivai à une ferme bien entretenue qui arborait une enseigne ornée d'une tasse et d'une poignée de plumes, symboles traditionnels du gîte et du couvert. Je m'y arrêtai pour la nuit et constatai que les promesses placardées à l'entrée se réduisaient à un repas froid et à une couverture jetée sur de la paille dans la grange. Toutefois, j'avais connu des logements pires, et je m'éveillai le lendemain matin mieux reposé que si j'avais dormi au bord de la route.

Le cheval de halage ne faisait pas une mauvaise monture, en définitive ; solidement charpenté, il se déplaçait lourdement, et, le troisième jour, je le fis passer à la montre. Il réagissait déjà aux rênes et aux talons, sans hâte toutefois. Transporter quelqu'un ne paraissait pas l'incommoder, mais il n'y manifestait pas la complicité que j'avais avec Siraltier : il ne faisait aucun effort pour m'aider à rester en selle, et, quand il trottait, mes dents s'entrechoquaient ; il acquit en revanche un petit galop relativement fluide une fois que je l'eus persuadé d'adopter cette allure, mais il ne pouvait la conserver longtemps ; de toute façon, je n'avais pas de destination fixée ni de limite de temps pour mon voyage. Je suivais la route en espérant qu'un des forts accepterait une recrue de passage.

L'inconfort du trajet tenait plus à moi-même qu'à ma monture ; en tant qu'ingénieur, je me voyais comme un pont suspendu en surcharge : il y avait autour de mon squelette une masse excédentaire de chair que mes muscles seuls devaient mouvoir. Mon corps ne fonctionnait plus selon les principes de sa conception ; il avait perdu sa flexibilité ; les muscles principaux avaient gagné en puissance, mais mon dos se plaignait constamment. Le trot de Girofle qui ébranlait tous mes os provoquait aussi un séisme général dans la graisse qui m'enveloppait : mes bajoues tressautaient, mon ventre rebondissait, et la chair de mes bras et de mes jambes s'agitait brutalement au rythme de ses sabots. A la fin de chaque journée de voyage, j'avais le fondement plus douloureux que la veille ; mon espoir de m'endurcir et de retrouver la capacité à chevaucher du matin au soir sans désagrément se révélait vain : mes fesses devaient supporter un trop grand poids sur la selle, et, c'était prévisible, des escarres s'y développaient. Je m'efforçais de voir la situation du bon côté : mieux valait que j'en sois la victime plutôt que mon cheval ; mais je n'en tirais qu'une maigre consolation. Je bandais ma volonté et poursuivais mon chemin en me demandant combien de temps tiendrait ma détermination.

Trois jours après avoir quitté Coude-Frannier, j'arrivai là où les régiments de Cait et de Doril avaient trouvé la mort. Quelqu'un avait installé un panneau de bois avec cette inscription en lettres grossières : *Site de la Bataille de la Peste ocellionne.* Si le placard se voulait humoristique, je n'en goûtai pas le sel. Derrière lui s'alignaient des rangées de dépressions peu profondes, là où le sol s'était enfoncé au-dessus des cadavres inhumés à la hâte ; plus loin encore, l'herbe commençait à envahir une large et inquiétante zone de terre brûlée. Par un tour de mon imagination, je crus sentir l'odeur de la mort, et je talonnai Girofle.

La première fois où je vis le soleil se coucher sans que j'eusse trouvé aucun refuge, je quittai la route et suivis un sentier qui, remontant le long d'un petit ru, me conduisit au sommet d'une colline en pente douce, au milieu des taillis. Le chemin mal défini que j'avais emprunté et qui menait à un cercle de pierres noircies par le feu m'indiquait que je n'étais pas le premier voyageur à faire halte là. Plein d'espoir, je levai les yeux vers les arbres et découvris bientôt le signe que le sergent Duril m'avait appris à chercher bien des années plus tôt : gravés dans l'écorce d'un tronc, deux sabres croisés se dessinaient, et, au-dessus, dans une fourche, se trouvait un fagot de bois sec ; plus loin le long d'une des branches pendait le sac qui devait contenir de l'amadou et des rations d'urgence. Les règles de courtoisie parmi les éclaireurs et les hommes de la cavalla voulaient qu'on prenne ce dont on avait besoin dans ces caches et qu'on le regarnisse avec ce dont on pouvait se passer. Le poisson fumé dont je humais l'odeur attisait beaucoup plus mon appétit que le pain de voyage au fond de mon sac.

La faim ne me quittait jamais et pesait lourd au creux de mon ventre ; j'en souffrais, mais moins que de mes escarres, et je pouvais, par un effort conscient, l'écarter de mes pensées. Malgré les élancements qu'elle m'infligeait, je savais que je ne risquais pas d'en mourir et, la plupart du temps, j'opposais ma volonté à la magie et à ses exigences alimentaires extravagantes. Je savais mes vivres suffisants pour satisfaire à mes besoins nutritifs, et, grâce à ce raisonnement, j'arrivais à oublier les affres de la faim tant que je ne voyais ou ne sentais rien de comestible ; alors mon appétit s'éveillait tel un ours tiré de son hibernation et forçait toute mon attention.

L'arôme savoureux du poisson fumé m'envahit ; par les narines, je percevais déjà le goût de bois brûlé, le sel et la chair grasse et onctueuse. Il me le fallait ; mon organisme l'exigeait.

J'étais trop gros pour grimper à l'arbre ; les branches cassèrent sous mon poids et je m'éraflai les genoux et le ventre ; je lançai des cailloux au sac dans l'espoir de le faire tomber ; je saisis l'arbre à pleins bras et le secouai comme un ours pour décrocher le lot que je convoitais ; j'essayai même, en vain, le tranchant de ma hachette sur le large tronc ; bref, je m'épuisai à tâcher d'attraper un petit morceau de poisson fumé.

Il faisait nuit noire quand je repris mes esprits ; j'eus l'impression de sortir brusquement d'un rêve, et je décidai que les vivres de mon panier suffiraient à ma subsistance. Avec une soudaineté stupéfiante, ma fixation sur le poisson disparut, et je me servis des branches que j'avais cassées pour allumer un maigre feu.

J'installai un bivouac des plus rudimentaires, mangeai mes rations avec de la tisane brûlante puis m'enroulai dans une couverture pour dormir. Le sol était dur et j'avais froid ; l'aube approchant, les moustiques se mirent en chasse et me repérèrent ; je n'arrivai pas à les décourager même en tirant ma couverture par-dessus ma tête, si bien que je me levai plus tôt que je n'en avais envie et me remis en route. Pour seul geste de probité, je coupai les branches que j'avais cassées et les laissai en fagot au pied de l'arbre aux réserves.

A mesure que je progressais, les bourgs se faisaient moins fréquents et les habitations plus éparses. Chaque jour, je croisais deux courriers, l'un qui se dirigeait vers l'est, l'autre vers l'ouest, en général au petit ou au grand galop ; ils portaient les dépêches royales et, s'il restait de la place dans leurs fontes, les lettres des officiers de haut rang pour leur famille. Ils passaient sans paraître remarquer ma présence. Une part de l'opinion publique voyait dans l'expansion de la Gernie le résultat de la volonté du roi à entretenir la communication avec ses forts même les plus lointains ; de fait, des rapports partaient quotidiennement pour Tharès-la-Vieille. Quelques relais louaient aussi de l'espace dans leurs bâtiments à des services de messagerie à but lucratif, de plus en plus populaires à mesure que la frontière reculait et qu'augmentaient les distances entre agglomérations, mais toujours onéreux et réservés aux classes les plus argentées ; je ne voyais pas leurs cavaliers aussi souvent.

Un matin venteux, je tombai sur une portion de la route qu'une source, en débordant brusquement, avait endommagée ; mal réparée, elle restait ouverte par une large ornière où coulait encore un filet d'eau. On distinguait les vestiges du conduit en pierre qui passait en dessous ; le mortier avait apparemment cédé, et sans doute les ruissellements du printemps suivant achèveraient-ils de couper la route.

Franchir la saignée n'offrait pas à Girofle de véritable difficulté, mais les traces profondes de roues dans la boue attestaient que les chariots ne s'en tiraient pas aussi aisément. Je ne croisai guère d'autres voyageurs ce jour-là, et je commençai à comprendre pourquoi certains nobles de l'ouest se moquaient du projet de notre souverain et parlaient de « l'Impasse du roi. »

Plus tard dans la journée, j'atteignis un relais des courriers royaux ; comme il n'y avait pas de ville dans les environs, un petit contingent de soldats s'y trouvait cantonné pour protéger et entretenir le poste, composé uniquement d'une écurie pour les chevaux de rechange, d'un modeste magasin et d'une caserne, disposés en carré afin de pouvoir les défendre facilement et enfermés derrière une enceinte en bois. Les hautes portes étaient ouvertes et des herbes rudes poussaient à leur pied ; manifestement, on ne les avait pas fermées depuis des mois. Maussade, le planton de service me regarda approcher sans enthousiasme ; sans doute son poste ne le passionnait-il pas. Se voir stationné à ce relais était-il considéré comme une punition ?

Je pénétrai dans l'enceinte et mis pied à terre. Pendant que Girofle se désaltérait à l'abreuvoir près du puits, je parcourus des yeux les alentours. La caserne et le réfectoire étaient peints aux couleurs platements gerniennes classiques, vert et blanc ; le poste devait compter une douzaine d'hommes. Une tour se dressait à un angle de la fortification, d'où un soldat en uniforme faisait mine de guetter les messagers ; quelques hommes fumaient, adossés à la porte de leur quartier ; le relais n'abritait qu'un seul courrier, assis sur une chaise dont le dossier s'appuyait au mur sous la longue véranda qui prenait toute la façade de la caserne. Le jeune et mince cavalier, apparemment très satisfait de lui-même, écarquilla les yeux devant ma corpulence puis se mit à faire toutes sortes de gestes et de mimiques déplacés alors que, croyait-il, je ne le voyais pas. Je me consolai en constatant que les soldats du poste paraissaient le regarder comme un freluquet impertinent. Lorsque je gravis les marches qui menaient à la véranda de la caserne, un homme d'âge mûr en manches de chemise sortit du bâtiment.

« Vous avez besoin de quelque chose ? me demanda-t-il avec brusquerie.

— J'apprécierais des renseignements sur ce qui m'attend plus loin vers l'est ; et je voulais signaler que j'ai vu un dalot endommagé, à une heure de cheval d'ici. » Le règlement militaire stipulait que les relais devaient apporter leur aide aux voyageurs, surveiller la route et rendre compte des problèmes aux autorités compétentes ; je regardais encore comme de mon devoir de faire état des dégâts que j'avais observés.

L'homme fronça les sourcils. Il ne s'était pas rasé depuis trois jours au moins ; seule une vieille balafre laissait un sillon imberbe sur sa joue. Même sans veste et sans galons, il commandait manifestement le poste. « Il y a deux mois que j'en avertis mes supérieurs ; ils me répondent qu'ils vont envoyer une équipe de réparation, mais la peste a fait des ravages et ils ne peuvent se passer de personne. Du coup, rien ne change.

— Et vers l'est ?

— La route ne vaut pas mieux. On l'a construite trop vite, avec des ouvriers qui n'y connaissaient rien, et on a sous-estimé les besoins en entretien. Elle est praticable pour un homme à cheval ; un chariot passerait aussi sans grosses difficultés, sauf sur certaines portions. Mais, dès que les pluies débuteront, ce sera une autre paire de manches. » Au ton qu'il employait, on aurait cru qu'il m'accusait.

Plus par plaisanterie que pour poser une véritable question, je lui demandai où se trouvait le commandement responsable du relais et si le régiment recrutait. Le vétéran me parcourut du regard et poussa un grognement de dédain. « Non ; on a tous les jeunes qu'il nous faut à enrôler si on a besoin d'hommes. »

Je ne me laissai pas désarçonner par ce refus. « Très bien ; me serait-il possible de refaire mes provisions chez vous ? Auriez-vous des vivres à me vendre ? »

Le courrier, qui écoutait notre conversation, nous interrompit d'un ton moqueur : « T'as besoin de vivres ? J'ai pourtant pas l'impression que tu te laisses mourir de faim ! A moins que tu ne prépares tes réserves de graisse pour l'hiver ? »

La plaisanterie n'avait rien d'exceptionnel, mais les autres éclatèrent de rire. Je me forçai à sourire. « J'ai une longue route à parcourir ; je suis prêt à vous acheter tout ce dont vous pouvez vous passer, farine, grain, pain de voyage, jambon... » Je sentais l'arôme d'un ragoût en train de mijoter et je mourais d'envie d'en demander un bol ; comme toujours, la moindre odeur de cuisine déclenchait en moi une faim de loup.

« On n'a rien en trop, déclara brusquement le sergent. C'est un relais pour les messagers, ici, pas une auberge ; et puis les chariots d'approvisionnement sont passés moins régulièrement que prévu ; je garde ce qu'on a pour mes hommes.

— Je comprends ; mais pourrais-je au moins vous acheter de l'avoine pour mon cheval ? » Girofle, au contraire de Siraltier, ne fourrageait guère, et il commençait à se ressentir de nos journées de voyage sans guère à paître. Comme mon père avait la responsabilité du relais des courriers royaux près de Grandval, je savais qu'on y conservait toujours de pleines réserves de nourriture pour les chevaux.

Les hommes échangèrent des regards, puis le sergent répondit : « Non ; je vous le répète, on n'a rien en trop. Vous devriez vous remettre en route.

— Je vois », dis-je, en réalité perplexe : à l'évidence, il mentait. Pourquoi ? Je n'en savais rien ; sans doute à cause de mon obésité, tout simplement. Il devait juger que je me laissais aller à mes appétits et se sentait le droit, voire l'obligation morale, de me refuser des vivres. Je parcourus des yeux les visages qui m'entouraient ; chacun exprimait à un degré ou un autre la satisfaction de me voir déçu. Cela me rappela la façon dont Trist avait rejeté Gord dès l'instant où il avait fait la connaissance du corpulent élève. Celui-ci n'avait rien eu à dire ; à cause de son seul embonpoint, il avait encouru le mépris de Trist, qui avait cherché à lui faire obstacle en toute occasion.

J'avais besoin de vivres et mon cheval ne pouvait se contenter d'herbe. Mon expérience avec Jirrot me revint brusquement à l'esprit. Au fond de moi-même, j'avais déjà accepté l'idée que la magie qui me valait tant de déboires pouvait aussi fonctionner à mon profit ; je décidai de l'essayer. « J'ai vraiment besoin de provisions pour continuer ma route. » C'était la première fois que je tentais d'employer la magie consciemment ; je mis de l'insistance dans ma phrase et m'efforçai de soumettre la volonté des soldats à la mienne.

Parmi ceux qui nous observaient, certains prirent la même expression égarée qu'avait eue Jirrot, mais le vieux sergent était d'une autre trempe. Ses yeux s'arrondirent puis, comme s'il avait perçu que je tentais de le manipuler, il s'empourpra de colère. « J'ai dit non ! » aboya-t-il. Il se leva et me montra ma monture d'un doigt impérieux ;

j'avais échoué. Je me détournai en tâchant de conserver ma dignité, mais l'air réjoui des hommes me faisait bouillir. Je me mis en selle puis les regardai. Ma fureur monta soudain et se heurta à celle du sergent, comme deux épées qui s'entrechoquent.

« Que l'on subvienne à vos besoins dans les moments difficiles comme vous avez subvenu à ceux de l'étranger. » Il s'agissait d'un verset des Saintes Ecritures qui servait en général de formule de remerciement lors des dîners auxquels j'avais assisté. Jamais je ne l'avais prononcée avec une telle véhémence ni accompagnée d'un geste aussi méprisant. J'avais cherché en toute conscience l'intervention de la magie mais, à présent que je la sentais rouler dans mon sang comme des cailloux dans un torrent, elle m'effrayait. Le geste que j'avais exécuté avait une signification, et la phrase empreinte d'ironie que j'avais prononcée se hérissait de pointes comme une malédiction. Je vis un des hommes tressaillir comme si je l'avais aspergé d'eau glacée ; la chaise du messager glissa, et il tomba lourdement par terre. Le sergent resta comme pétrifié un instant, puis il s'élança vers moi avec un cri de rage. Je talonnai durement Girofle, et, pour une fois, il obéit aussitôt ; il partit au petit galop et nous emporta hors de l'enceinte jusque sur la route.

Penché sur mon cheval massif, je le poussai à continuer à la même allure jusqu'à ce qu'il halète comme un soufflet de forge et que la sueur dégouline de part et d'autre de son encolure. Quand je tirai les rênes et le laissai aller au pas, le relais se trouvait loin derrière nous, et nul cavalier ne nous poursuivait, comme je le craignais à demi. Je crispai les poings, saisi d'un brusque tremblement : j'avais fait de la magie ! J'avais senti le pouvoir jaillir en moi puis hors de moi ; mais qu'avais-je fait exactement ? Je l'ignorais. Je passai devant des taillis le long du fleuve, et des croas noir et blanc s'en élevèrent en criaillant, furieux que je les dérange pendant leur repas de charogne. J'y vis un mauvais augure, le signe d'un ancien dieu prêt à s'emparer de mon âme noircie si le dieu de bonté ne voulait plus de moi. Lugubre, je poursuivis ma route.

Les jours suivants, mes repas se réduisirent au gibier que je parvenais à tuer à l'aide de ma fronde, c'est-à-dire bien peu. Durant la brève période de temps entre le moment où je m'arrêtais pour la nuit et celui où je m'endormais, je chassais ce qui se présentait et m'estimais heureux si j'abattais un lapin ou un oiseau un jour sur deux. Il me restait une bonne provision de tisane, de sucre, de sel et d'huile, mais on ne fabrique pas un repas à partir de ces seuls ingrédients. La viande maigre des lièvres ne me rassasiait pas, et, si mes vêtements me paraissaient un peu amples, je mettais cela sur le compte de ce régime forcé.

Pendant plusieurs longues journées, le décor ne changea guère. J'avais l'impression de tourner en rond, le fleuve toujours à ma droite, large et gris entre ses berges gravillonneuses et encombrées de broussaille, et, à gauche, la prairie aux longues ondulations. Devant moi, les piémonts couverts d'ajoncs apparaissaient gris-vert ou violâtres, tandis que, plus haut, poussaient des buissons de céanothe et de mortie.

Le relais suivant que je croisai était plus grand et mieux fortifié que le précédent. On m'y vendit de l'avoine et du pain de voyage mais, hormis cela, on ne s'y montra pas plus accueillant que dans le premier. Un peloton entier d'infanterie et une vingtaine de cavaliers s'y trouvaient stationnés ; un petit village d'anciens forçats flanquait le poste, et les habitants avaient entrepris de renforcer les défenses, composées d'une enceinte et d'un fossé, qui entouraient le camp militaire et le hameau. Si des principes d'ingénierie présidaient à ces travaux, ils m'échappaient totalement.

Je rassemblai mon courage et demandai une entrevue avec l'officier commandant. On m'introduisit dans les bureaux d'un très jeune capitaine. Quand je lui déclarai qu'en tant que second fils je souhaitais entrer dans l'armée, il eut l'air de ne pas en croire ses oreilles ; je dois toutefois reconnaître qu'il s'efforça de se montrer délicat. Il se laissa aller contre le dossier de son fauteuil, me regarda puis répondit d'un ton mesuré : « Monsieur, malgré votre place dans votre fratrie, je ne crois pas que l'existence d'un soldat dans notre région vous conviendrait. Nous tâchons ici de recruter les hommes les plus jeunes possible afin de les former au mieux à la vie qu'ils devront mener ; l'ouest vous réussirait peut-être mieux.

— Je n'ai pas encore vingt ans, mon capitaine ; je sais que je n'ai pas l'air bon pour le service mais, si vous me mettez à l'épreuve, vous constaterez sans doute que je suis plus capable que vous ne le croyez. » Ces mots consumèrent tout ce qu'il me restait d'orgueil. J'avais les joues brûlantes de honte.

« Ah ! Eh bien, vous ne faites pas votre âge. » Il s'éclaircit la gorge. « Nous disposons de moyens limités, et, pour le moment, nous devons nous imposer des restrictions pour subvenir aux besoins des ouvriers que le roi nous a prêtés pour fortifier le camp. J'aimerais pouvoir vous faire prêter serment et vous donner un poste où vous pourriez servir à la fois le roi et le dieu de bonté, mais je dois vous refuser. Je persiste à penser que vous feriez mieux de postuler auprès d'un des régiments de l'ouest ; dans les régions plus civilisées, on peut servir son roi et obéir à la volonté du dieu de bonté de façon moins épuisante que dans les zones frontalières. »

C'était manifestement son dernier mot. Il s'efforçait de me donner congé tout en préservant mon amour-propre et ma dignité, je le savais ; la plupart des gens que j'avais rencontrés jusque-là n'avaient pas eu autant d'égards. Je le remerciai donc et repris ma route ; mais, comme auparavant, je poursuivis vers l'est et les montagnes.

Arrivé à l'embranchement où la Mendit se jette dans la Téfa, je dus prendre une décision. Je fis route vers le nord pendant une demi-journée en suivant toujours la route et la rivière. Quand je parvins à un bourg récent ambitieusement nommé Pont-au-Roi, je traversai la Mendit sur le pont en question puis je fis halte pour examiner les options qui s'offraient à moi. Si j'empruntais la piste de Mendes vers le nord, plusieurs possibilités d'enrôlement s'ouvriraient à moi, d'abord à Mendes même, garnison considérable et l'une de nos plus anciennes places fortes de la région ; jadis, avant que nous entrions en guerre avec les peuplades des plaines, les marchands gerniens y commerçaient avec les Nomades ; par tradition, les troisième, septième et huitième régiments d'infanterie, ainsi que le régiment de cavalerie d'Hosquinne, y avaient leur cantonnement. J'y trouverais certainement des occasions de recrutement.

Le plus raisonnable aurait été de remonter la rivière jusqu'à Comptoir ou de la franchir et de tenter ma chance à Garde-du-Lac ou Lasviel. Le nord m'offrait de nombreuses ouvertures. Pourtant, quand Girofle se mit à encenser et à tirer sur son mors, agacé de rester si longtemps immobile, je n'empruntai pas la piste de Mendes. A l'est, Guetis représentait le seul poste avancé de la Gernie ; avec la perte des régiments de Cait et de Doril, le fort devait se trouver en grave manque d'hommes. Son malheur pouvait faire mon bonheur.

Je m'efforçai de ne pas m'attarder sur l'idée que Guetis se dressait au pied de la Barrière, territoire des Ocellions.

Chaque jour, le paysage changeait légèrement. Des arbres commencèrent à apparaître, sous forme de bosquets isolés d'abord puis d'une forêt dense qui couvrait les flancs des collines. La qualité de la route se dégradait à mesure que je m'enfonçais dans les piémonts. La Téfa coulait désormais sur ma gauche, moitié moins large que lorsqu'elle passait à Grandval. Résigné, je finis par m'habituer à coucher chaque soir à la belle étoile et à compléter mes vivres avec des légumes sauvages et le petit gibier que je parvenais à tuer. Ici, la route constituait une anomalie, une fabrication de l'homme en travers d'une terre qui ne reconnaissait pas l'autorité de l'humanité. Mon voyage semblait ne jamais devoir s'achever. De temps en temps, j'apercevais sur les bas-côtés des épaves de chariots ainsi que d'autres pièces d'équipement brisées et abandonnées, détritus de la progression incessante de la route. A plusieurs reprises, je passai devant de vastes zones déboisées où des lambeaux de toile et d'autres rebuts indiquaient qu'un large campement s'y était dressé, sans doute pour les équipes de forçats chargées de construire la route. Les rares voyageurs que je croisais se montraient taciturnes et hâtaient l'allure comme s'ils me craignaient. Je rencontrai un convoi de chariots de ravitaillement qui revenaient, vidés de leur cargaison, du chantier de construction le plus lointain ; le vent constant chassa la poussière qu'ils soulevaient, et le silence qui suivit leur passage parut devoir durer éternellement. L'hiver et ses neiges à venir avaient réduit à un maigre filet la circulation par la route ou le fleuve.

J'eus du mal à en croire mes yeux quand, lorsque je franchis le sommet d'une colline un après-midi, je vis au loin un hameau. On avait déboisé le terrain alentour, et il se tapissait sur un versant escarpé au milieu des souches. Mon cœur bondit à la perspective de trouver une auberge, de refaire mes provisions, de manger un repas chaud, de dormir sous un toit ; mais, à mesure que je m'approchais, mes espoirs se réduisaient comme peau de chagrin. Seules de rares cheminées fumaient ; je passai devant des ruines, peut-être celles d'une maison qui avait glissé de côté avant de s'effondrer. Derrière s'étendait un terrain entouré d'une clôture, dont seule une double rangée de dépressions dans le sol indiquait qu'il s'agissait d'un cimetière.

Je longeai d'autres habitations vides, encore debout ou écroulées, toutes bâties en rondins au lieu de planches. Le village était abandonné ou peu s'en fallait. Quand j'aperçus enfin une maison dont la cheminée laissait échapper un ruban de fumée, je m'arrêtai et mis pied à terre ; je m'approchai prudemment de la porte, toquai et me reculai. Quelques instants passèrent, puis un très vieil homme ouvrit lentement le battant. Avant que j'aie le temps de le saluer ou de lui demander un repas et un toit pour la nuit, j'entendis de l'intérieur une femme crier d'une voix stridente : « Ferme ! Ferme la porte, vieux fou ! Pourquoi crois-tu que je l'aie barrée ? Il vient nous voler, nous assassiner ! Ferme cette porte !

— J'ai de quoi payer ! » répondis-je, mais le vieillard me regarda de ses yeux pâles et chassieux, sans rien dire, puis, docilement et sans violence, me claqua la porte au nez. « J'ai de l'argent ! » braillai-je, en vain. Je secouai la tête, exaspéré, puis laissai Girofle et poursuivis à pied.

Je passai cinq cahutes désertes et m'arrêtai devant un enclos dans lequel un homme bêchait des pommes de terre ; sa chaumière paraissait bien entretenue, tout comme le petit potager qui l'entourait. A ma vue, il interrompit sa tâche et changea de prise sur son outil qui pointa vers moi comme une pique.

« Bonjour, monsieur, dis-je.

— Passez votre chemin, répliqua-t-il sans aménité.

— Je voudrais vous demander un repas et le gîte pour la nuit ; j'ai de quoi payer. Tenez, je peux vous montrer mon argent. »

Il secoua la tête. « Je n'ai pas besoin d'argent. Qu'est-ce que j'en ferais ? De la soupe ? » Il me jeta un regard perçant puis estima peut-être qu'un obèse ne présentait guère de danger et fit d'un air matois : « Vous avez quelque chose à troquer ? »

Lentement, je fis non de la tête. Je n'avais rien dont je puisse me passer, rien dont je puisse me séparer sans accroître mes difficultés.

« Dans ce cas, je n'ai rien à donner à un mendiant. Du vent. »

Comme je m'apprêtais à rétorquer que je ne mendiais pas, je sentis la colère monter en moi ; je songeai aux soldats du relais et à la fureur qui avait fait bouillir mon sang. Non, je ne recommencerais pas, je ne déchaînerais pas des forces que je ne comprenais pas. Je tournai le dos à l'homme et emmenai Girofle.

J'avais faim, j'avais froid et j'étais fatigué ; de gros nuages s'amoncelaient depuis le début de la journée, et leur couleur de plus en plus sombre annonçait la pluie à la tombée du soir. Sans ce ciel menaçant, j'aurais sans doute continué mon chemin, mais le vent qui se levait faisait battre mon manteau ; je décidai que je passerais au moins une nuit au sec, à défaut de mieux. A la chaumière suivante dont la cheminée fumait, je rassemblai mon courage et frappai à la porte en planches grossièrement équarries.

On ne me répondit pas tout de suite. Je ne bougeai pas, un sourire plaqué sur les lèvres : on devait m'observer par les nombreuses fissures du mur. La petite femme qui ouvrit enfin tenait un gros pistolet à deux mains, le canon pointé sur mon ventre ; je reculai : à si courte distance, elle ne pouvait pas me rater. Je levai les bras pour lui montrer que je ne dissimulais pas d'arme. « J'aimerais vous demander si vous pourriez me fournir un repas et le gîte pour la nuit, madame », dis-je avec la plus grande courtoisie.

Un petit garçon aux cheveux filasse passa la tête entre l'embrasure et la jupe de sa mère. « C'est qui ? » fit-il. Puis il ajouta comme avec admiration : « Qu'est-ce qu'il est gros !

— Chut, Sem ! Rentre. » Elle me considéra d'un air calculateur et, je le vis à son expression, jugea que je ne présentais guère de danger. Petite et râblée, elle devait se servir de ses deux mains pour tenir son pistolet ; elle finit par baisser la lourde arme, qui pointait à présent sur mes jambes. « Je n'ai pas grand-chose à donner.

— N'importe quoi de chaud fera l'affaire, et je ne demande qu'un coin au sec pour dormir, dis-je avec humilité. J'ai de quoi payer. »

Elle partit d'un rire amer. « Et où est-ce que je le dépenserais, votre argent ? Ça ne me sert à rien : ça ne se mange pas, ça ne se brûle pas dans la cheminée. » Ses yeux bleus avaient une expression dure ; je ne mis pas en doute la véracité de ses propos. Elle paraissait aussi usée que ses vêtements ; elle avait relevé ses cheveux noirs en un chignon purement pratique, sans chercher à séduire ni même à soigner sa mise. Elle avait la peau des mains manifestement rêche. Les yeux de l'enfant paraissaient trop grands dans son visage émacié.

Je ne vis pas quoi d'autre lui proposer en échange. « S'il vous plaît », dis-je d'un ton implorant.

Ses lèvres se pincèrent et ses yeux s'étrécirent ; cela lui donnait l'air un chat pensif. Je restai immobile devant elle, la tête baissée, l'espoir au cœur. Deux autres enfants passèrent la tête à la porte, une fillette d'environ cinq ans et une petite aux cheveux bouclés qui commençait à peine à marcher. La femme les chassa puis me parcourut d'un œil sceptique. « Vous savez tenir un outil ?

— Oui, répondis-je. De quoi avez-vous besoin ? »

Elle eut un sourire sans joie. « De quoi n'ai-je pas besoin ? L'hiver approche. Regardez autour de vous ! Si cette baraque tient encore debout après la première tempête, j'aurai de la chance. » Elle soupira puis poursuivit : « Vous pouvez mettre votre cheval dans le bâtiment, là-bas ; il nous sert d'appentis. Le toit ne fuit pas trop.

— Merci, madame. »

Elle fronça le nez. « Pas “madame” ; je ne suis pas si vieille que ça. Je m'appelle Amzil. »

Je passai le reste de l'après-midi et le début de soirée à couper du bois. Amzil m'avait fourni une vieille hache au manche hérissé d'échardes, que j'affûtai à l'aide d'une pierre. La jeune femme tirait son bois de chauffe des maisons adjacentes en ruine, mais la hache était trop grosse pour elle, les madriers trop lourds, ce qui limitait la taille des pièces qu'elle arrivait à débiter. « Les petites brûlent trop vite ; je ne peux pas faire un feu qui tienne toute la nuit », m'expliqua-t-elle.

Je travaillai régulièrement dans la bise glacée. Je choisis une maison presque entièrement en ruine comme source de matière première et entrepris d'en découper la charpente en tronçons que je refendis ensuite. L'un après l'autre, les voisins passèrent sous un prétexte ou un autre. Je sentais leur regard sur moi mais, comme nul ne m'adressait la parole, je continuais de trimer sans leur prêter attention. Ils n'échangeaient avec Amzil que de brèves paroles ; j'entendis un homme lui jeter : « Je viens seulement voir si je peux faire du troc avec lui ; occupe-toi de tes affaires ! » On ne sentait nulle volonté d'entraide, rien qu'une âpre concurrence pour les ressources en baisse d'une communauté qui avait échoué. La vieille femme que j'avais entrevue à mon arrivée ne s'approcha pas de la porte d'Amzil et me regarda de loin, la mine sombre, pendant que je tirais des madriers des décombres et les coupais à la hache.

Les enfants d'Amzil n'avaient cessé de m'observer de toute la journée ; les deux plus grands se trahissaient par les rires qu'ils étouffaient tandis que, cachés derrière un coin de la maison, ils me jetaient des coups d'œil à tour de rôle. Seule la plus jeune montrait ouvertement sa curiosité ; debout dans l'embrasure de la porte, elle me suivait franchement des yeux, l'air ébahi. Je croyais n'avoir guère de souvenirs de la petite enfance de Yaril mais, chaque fois que je voyais l'enfant, ils resurgissaient : autrefois, ma sœur avait la même façon de tourner la tête en souriant timidement. A un moment, je m'arrêtai pour essuyer la sueur de mon front et je lui retournai son sourire ; elle poussa un cri étouffé et s'enfuit dans la maison. Peu après, elle réapparut ; je lui adressai un signe de la main, ce qui me valut un rire suraigu. Comme le soleil se couchait, les premières grosses gouttes de pluie annoncées par les nuages commencèrent à tomber. Amzil sortit soudain, prit l'enfant dans ses bras au passage et m'annonça avec raideur : « Le repas est prêt. »

Je n'étais pas encore entré dans sa maison. L'intérieur ne payait pas de mine ; il ne comprenait qu'une seule pièce, aux parois en rondins et au sol en terre battue, avec une cheminée cimentée à l'aide de glaise de rivière, et un lit maçonné le long d'un mur. Hormis la porte, il n'y avait d'autre ouverture qu'une fenêtre munie d'un volet grossier en bois et sans vitre. Un banc près du foyer représentait tout le mobilier, et la table se réduisait à un bloc de pierres scellées dans un angle, avec une cuvette et un broc. Des vêtements pendaient à des chevilles enfoncées entre les rondins ; les maigres provisions étaient rangées dans des sacs fixés à des crochets au plafond ou posés sur des étagères en planches mal équarries.

Je mangeai debout, les enfants assis par terre, Amzil sur le banc. La soupe clairette cuisait dans une marmite au-dessus du feu ; mon hôtesse m'avait servi le premier, quelques louches du maigre bouillon de surface et une seule des légumes du fond ; elle avait répété l'opération pour elle-même puis pour les enfants jusqu'à ce que la louche racle le fond du récipient. Les petits avaient eu la majeure partie des légumes, mais je ne m'en plaignais pas. Il n'y avait qu'une seule miche de pain cuite à la cheminée ; Amzil la rompit en cinq parts égales et m'en tendit une. Nous mangeâmes.

Je savourai la première cuillerée du bouillon chaud ; au goût, il ne contenait que de la pomme de terre, du chou et de l'oignon. Selon l'habitude que j'avais prise, je me restaurai lentement en profitant de chaque bouchée ; le pain était grossier mais bon, car la mouture imparfaite du grain en faisait ressortir les arômes mieux qu'une farine bien tamisée, et sa texture contrastait agréablement avec la soupe aqueuse. Je gardai un morceau de pain pour nettoyer consciencieusement mon bol. Fini ; je poussai un soupir et levai les yeux ; Amzil me regardait d'un air curieux.

« Quelque chose ne va pas ? » demandai-je. Je n'oubliais pas que son pistolet se trouvait sur le banc à côté d'elle.

Elle plissa le front. « Vous souriez. »

Je haussai les épaules. « La soupe est bonne. »

Elle se renfrogna comme si je me moquais d'elle. « Elle n'était déjà pas bonne avant que je ne l'étende avec de l'eau pour cinq personnes. » De petits grains de colère dansaient dans ses yeux bruns.

« N'importe quel repas vaut mieux que se serrer la ceinture ; et n'importe quel repas a bon goût après une période de continence.

— De continence ? »

Je traduisis : « De privation. »

Elle étrécit de nouveau les yeux. « A vous voir, on n'a pas l'impression que vous avez connu beaucoup de “continence”.

— Et pourtant..., fis-je avec douceur.

— Peut-être. Ici, nous mangeons la même chose depuis si longtemps que je n'en sens même plus le goût. » Elle se leva soudain, en prenant le pistolet au passage. « Empilez vos bols, les enfants. Vous, vous pouvez dormir dans l'appentis avec votre cheval ; le toit ne fuit pas trop. » Sans équivoque, elle me signifiait mon congé.

Je me creusai désespérément la cervelle pour trouver un prétexte afin de profiter encore un peu de la lumière et de la chaleur de la petite chaumine. « Je n'ai pas de vraie nourriture à partager, mais il me reste du thé dans mes paniers.

— Du thé ? » Son regard devint lointain. « Je n'en ai pas bu depuis... depuis que nous avons quitté Tharès-la-Vieille pour suivre le convoi de prisonniers qui emmenait Rig.

— Je vais le chercher », dis-je aussitôt. Je me déplaçai avec prudence dans la petite pièce, de crainte d'abîmer le fragile mobilier par ma corpulence, ouvris la porte brinquebalante et sortis dans la nuit froide.

J'avais laissé Girofle attaché à un piquet entre deux bâtiments à se repaître de l'herbe et des plantes à sa portée ; je l'emmenai dans un bâtiment qui avait autrefois abrité une famille. Il franchit l'entrée avec difficulté mais parut content d'échapper à la pluie et au vent. J'avais rangé mes paniers et ma sellerie dans la maison en arrivant ; je songeai à la pauvreté des voisins d'Amzil qui pouvait les pousser à commettre des actes irréfléchis et décidai d'emporter mes paniers chez mon hôtesse.

Je les déposai par terre au milieu de la pièce puis m'agenouillai, les ouvris et y plongeai la main ; les enfants s'attroupèrent autour de moi tandis qu'Amzil restait à distance mais n'en paraissait pas moins curieuse. Enfin, je trouvai le bloc de thé noir et en défis l'emballage ; j'entendis Amzil retenir son souffle comme si je dévoilais un trésor. Elle avait déjà mis une bouilloire à chauffer, et il me sembla qu'une année entière passait avant que l'eau arrive à ébullition ; à défaut d'une théière, pour faire infuser le thé, nous nous servîmes de ma casserole, et les petits se réunirent autour d'elle comme en adoration pendant que leur mère versait l'eau brûlante sur les tortillons desséchés. L'arôme enchanteur s'épanouit avec la vapeur. « Les feuilles se déroulent ! » s'exclama Sem, le garçon, avec stupéfaction. Nous attendîmes la fin de l'infusion dans un silence impatient, puis Amzil nous en servit un bol chacun. A mouvements prudents, je m'assis par terre au milieu du demi-cercle que formaient les enfants devant le feu, les mains autour de mon bol pour sentir la chaleur du liquide à travers la paroi rugueuse.

Même la toute petite, Dia, avait eu un fond de thé. Elle goûta, fronça les sourcils en sentant la saveur âcre puis nous observa pendant que nous buvions à petites gorgées ; elle goûta de nouveau, en faisant la moue de ses lèvres roses à cause de l'amertume du breuvage. L'expression solennelle qu'elle arborait en nous imitant me fit sourire. Elle portait une robe droite, de bonne facture mais manifestement confectionnée à partir d'un ancien vêtement d'adulte, car le tissu épais paraissait plus adapté à un pantalon d'homme qu'à une robe de petite fille. Amzil s'éclaircit la gorge ; je me tournai vers elle. Elle me regardait d'un air méfiant, le front plissé.

« Ainsi, vous venez de Tharès-la-Vieille, dis-je quand le silence devint gênant.

— Oui. » Elle n'avait pas l'air encline à bavarder.

« Vous êtes bien loin de chez vous, dans ce cas ; la vie doit vous paraître bien différente ici. » Je m'efforçais de la pousser à engager la conversation, mais elle retourna ma tactique contre moi.

« Vous êtes déjà allé à Tharès ?

— Oui ; j'y ai suivi des études pendant un an. » Je préférai ne pas mentionner l'Ecole ; je n'avais nulle envie de lui expliquer par le menu pourquoi je ne m'y trouvais plus.

« Ah ! Des études. Je n'en ai jamais fait. Mais, si vous étiez à l'école, vous n'avez pas vu ma ville. » Il n'y avait manifestement pas à discuter ce point.

« Vraiment ? demandai-je avec circonspection.

— Vous connaissez le quartier de la ville du côté des quais ? Celui que certains appellent le Nid à Rats ? »

Je secouai la tête pour l'inciter à poursuivre.

« Eh bien, j'en viens ; j'y ai vécu toute ma vie avant de débarquer ici. Mon père était chiffonnier et ma mère cousait ; elle prenait des guenilles que récupérait mon père, elle les lavait, les repassait puis elle en faisait les plus beaux vêtements du monde. Elle m'a appris tout ce qu'elle savait. Les gens jettent des affaires qu'on peut parfaitement retaper avec un bon nettoyage et un peu de raccommodage ; il y en a qui mettent une chemise à la poubelle à cause d'une tache sur la manche, comme si on ne pouvait pas réutiliser ce qui reste en bon état. Les riches gaspillent beaucoup. » Elle avait pris un ton vertueux, comme si elle me défiait de la contredire. Je me tus.

Elle but une gorgée de thé puis poursuivit : « Mon mari était un voleur. » Elle tordit la bouche sur ce dernier mot. « Son père et son grand-père aussi ; il disait souvent en riant qu'il obéissait à la volonté du dieu de bonté en suivant leurs traces. A la naissance de notre garçon, il voulait même lui enseigner à couper les bourses quand il serait plus grand. Mais Rig s'est fait attraper et il a dû choisir : perdre la main ou aller dans l'est travailler à la Route du roi. »

Elle soupira. « C'est ma faute si nous nous retrouvons ici ; c'est moi qui l'ai convaincu d'accepter de venir. On nous avait décrit une existence si belle ! Les travaux forcés pour mon mari pendant deux ans, mais ensuite une maison à nous dans la ville qui se construirait le long de la Route du roi ; ça paraissait magnifique ! Nous aurions notre petit pavillon en ville avec un jardin, et un bout de terrain en dehors du bourg ; on nous disait que n'importe qui pouvait apprendre à chasser, donc à se procurer de la viande gratuitement, et que nous n'aurions plus jamais faim avec ce que donnerait notre potager. On nous promettait aussi que l'argent affluerait à notre porte avec les marchands et les voyageurs. J'imaginais une vie merveilleuse ! »

Elle pinça les lèvres et plongea les yeux dans les flammes. L'espace d'un instant, prise dans ce rêve passé, elle parut beaucoup plus jeune, et je me rendis compte brusquement qu'elle n'était sans doute pas beaucoup plus âgée que moi. De pensive, son expression devint soudain sombre. « Il se fait tard », dit-elle sans me regarder.

Certes, je n'avais pas envie de quitter le coin du feu, mais je voulais aussi vraiment connaître la suite de son histoire. Je me contraignis au sacrifice et dis : « Il me reste un petit peu de sucre dans mes paniers ; qu'en diriez-vous dans une dernière tasse de thé pour terminer la soirée ?

— Du sucre ? » s'exclama l'aînée, émerveillée. Les deux autres enfants eurent l'air perplexes.

Je parvins ainsi à demeurer plus longtemps au coin du feu. Amzil tira sa chaise plus près de la cheminée puis raconta sa triste histoire : le long trajet vers l'est sans le moindre confort, le bivouac chaque soir le long de la route, la brutalité des gardes qui les poussaient à avancer sans relâche, l'hygiène rudimentaire des camps. J'avais vu les colonnes de prisonniers enchaînés passer devant chez nous, à Grandval. Tous les étés, les convois de forçats accompagnés de leur escorte militaire longeaient notre domaine ; je me doutais que le voyage était pénible, mais le récit d'Amzil donna de la réalité à sa dureté. A mesure qu'il progressait, le visage de sa fille aînée s'assombrissait : à l'évidence, elle revivait les souvenirs qu'évoquait sa mère.

« Nous avons fini par atteindre le bout de la route. Il n'y avait qu'un camp de travail où d'autres hommes effectuaient leur peine ; pas de village avec de petites maisons ni de petits jardins, rien que des bâches tendues sur des planches dressées, des cahutes en bois, de la poussière et des prisonniers à la peine ; des tentes pour dormir, des fosses pour les besoins et le fleuve pour tirer de l'eau. Vous parlez d'un nouveau départ dans l'existence ! Mais on nous a dit que nous étions chez nous maintenant, qu'il fallait bâtir nous-mêmes notre ville ; on a donné à chaque famille de la toile, des provisions de base, des outils, et, avec mon mari, nous avons bricolé un abri. Le lendemain matin, les hommes ont dû commencer le travail sur la Route du roi, et les femmes ont dû se débrouiller comme elles pouvaient. »

Le matin, les maris quittaient leur famille pour aller trimer ; le soir, ils revenaient épuisés et n'avaient plus la force que de s'écrouler sur le lit. « Ou de maudire tout le monde, dit Amzil d'un ton las. Rig maudissait souvent les menteurs qui nous avaient fait venir ici ; vers la fin, il s'emportait contre moi aussi ; il me reprochait d'avoir cru à leurs mensonges et de nous avoir entraînés dans cette galère. Il répétait que c'était ma faute, que, même amputé d'une main, il aurait pu mieux subvenir à nos besoins à Tharès-la-Vieille.

» Tant qu'ils opéraient sur cette section de la route, ça n'allait pas trop mal. Bien sûr, il y avait du bruit et de la poussière, de grands chariots et des chevaux de trait partout. Ça creusait, ça piochait, ça aplanissait et ça mesurait de tous les côtés. Je trouvais ça idiot d'excaver la terre pour déposer de grosses pierres puis combler l'espace entre elles avec du cailloutis ; et le temps qu'ils passaient à damer ! Je n'ai jamais compris pourquoi ils ne se contentaient pas de dégager simplement le terrain et de faire une large piste ; mais ils voulaient former un “agger”, comme tout le monde a fini par appeler ce genre de chaussée, avec d'énormes quantités de gravier, et des gens avec des toises passaient leur temps à exiger qu'on aplanisse ici ou là et qu'on installe des systèmes d'évacuation de l'eau. Avant, je ne me rendais pas compte de tout ce qu'il fallait pour faire une route. » Les cheveux noirs d'Amzil s'étaient échappés du cordon qui lui servait à les attacher sur sa nuque ; ils retombaient autour de son visage en mèches légères qui estompaient ses traits et les fondaient aux ombres derrière elle.

« Mais, au moins, il y avait du monde à l'époque. On avait installé une grande cuisine où nous pouvions tous prendre un repas une fois par jour ; ce n'était pas très varié ni très bon mais, comme vous l'avez dit, n'importe quoi vaut mieux que rien du tout. Et, en plus des autres forçats et des gardes, il y avait des familles ici, des femmes à qui parler pendant que je faisais la lessive au fleuve, des voisines qui m'ont aidée pour mon accouchement. Celles qui se trouvaient déjà là avant notre arrivée avaient appris à se débrouiller un peu et elles nous ont montré. Mais, pour la plupart, nous ne savions rien de la vie en dehors de la ville. Nous nous sommes quand même accrochées ; presque toutes les maisons que vous voyez dans le coin, ce sont des femmes qui les ont construites ; certaines dégringolaient plus vite que nous ne les bâtissions, mais nous pouvions compter les unes sur les autres. » Elle secoua la tête et ferma les yeux un instant. « Et puis tout a mal tourné d'un seul coup. »

De ma propre initiative, je versai l'eau encore chaude sur les feuilles de thé défripées au fond de la casserole. Je répartis également ma dernière réserve de sucre entre les cinq bols que je remplis soigneusement avec l'infusion délavée. Les enfants suivaient chacun de mes gestes comme si je manipulais de l'or fondu.

« Que s'est-il passé ? demandai-je en tendant sa coupe à mon hôtesse.

— Rig a eu un accident : une grosse pierre tombée d'un chariot lui a écrasé le pied. Il ne pouvait plus travailler ; alors, même s'il n'avait pas fini sa peine, on l'a autorisé à rester chez nous toute la journée. D'abord, j'ai été contente de l'avoir près de moi ; je pensais qu'il pourrait m'aider un peu, surveiller les enfants pendant que je tâchais d'améliorer notre situation. Mais il ne savait rien faire dans une maison, et son pied ne guérissait pas ; au contraire, il avait de plus en plus mal et la fièvre revenait sans arrêt. La douleur le rendait méchant, et pas seulement avec moi. » Elle jeta un regard à sa fille aînée et une vieille colère étincela dans ses yeux. Elle secoua la tête. « J'ignorais comment l'aider ; et, de toute façon, il ne me supportait déjà plus. » Elle plongea les yeux dans les flammes et ils perdirent toute émotion.

« Deux jours avant sa mort, les gardes ont dit qu'il fallait déplacer le camp ; les prisonniers qui avaient effectué leur peine pouvaient s'installer sur place avec leur famille, mais beaucoup ont préféré suivre l'équipe de travail. On a donné à ceux qui restaient une pelle, une hache, une scie, six sacs de graines différentes et pour deux mois de farine, d'huile et d'avoine – enfin, c'est ce qu'on nous a affirmé ; en réalité, ça ne nous a pas duré plus de trois semaines. » Elle secoua de nouveau la tête.

« J'ai fait ce que j'ai pu. J'ai creusé des trous dans la terre et j'ai planté ces semences ; mais ce n'était peut-être pas la bonne saison, les graines étaient peut-être mauvaises, ou je m'y suis mal prise ; en tout cas, pas grand-chose n'a poussé, et une grosse partie a fini dans le ventre des lapins ou simplement dépéri. Je n'étais pas la seule à ne pas savoir entretenir un potager, et, bientôt, les gens ont commencé à s'en aller ; sans doute que rien ne les retenait ici. Certains ont tenu le premier hiver, d'autres pas, et on les a enterrés. Au printemps, pratiquement tous ceux qui le pouvaient ont pris leurs cliques et leurs claques et sont repartis vers l'ouest pour tâcher de retourner là où ils savaient vivre. D'autres, comme nous, n'ont pas pu partir. Kara aurait peut-être réussi à marcher un jour complet, mais Sem et Dia sont trop petits et je ne pouvais pas les porter tous les deux. Je savais que, si nous nous mettions en route, l'un d'eux au moins mourrait – mais ça aurait peut-être mieux valu que demeurer ici. L'hiver approche à nouveau et nous avons encore moins à manger cette fois-ci que l'année dernière. »

Un long silence s'ensuivit, puis elle reprit : « J'ai peur que nous ne mourions tous ici, et j'ai surtout peur de mourir avant mes enfants. Ils n'auront plus personne pour les protéger des prochains coups du sort. »

Jamais je n'avais entendu personne s'exprimer avec un désespoir si noir, mais le pire était de lire dans les yeux des enfants qu'ils comprenaient parfaitement ce que disait leur mère. J'eus un élan du cœur. « Je resterai un jour ou deux, si vous voulez ; je puis au moins vous aider à rendre votre maison étanche au vent d'hiver. »

Elle me regarda dans les yeux et demanda d'un ton suave et mordant à la fois : « Et qu'attendrez-vous de moi en échange ? » Elle me parcourut des yeux avec une expression de dédain. Je savais à quoi elle pensait, et cela la dégoûtait ; je lus aussi sur son visage que, pour ses enfants, elle me donnerait ce que j'exigeais. Je me fis l'impression d'un monstre.

Je répondis d'une voix lente : « J'aimerais pouvoir dormir ici, près du feu, plutôt que dans l'appentis ; j'aimerais aussi un ou deux jours de repos et de pâture pour mon cheval, et, pour moi, quelque temps sans m'asseoir sur ma selle. C'est tout.

— Vraiment ? » fit-elle, sceptique. Elle pinça de nouveau les lèvres et reprit son air de chat. « Si c'est tout, alors j'accepte.

— C'est tout », répétai-je à mi-voix, et elle conclut le marché d'un hochement sec de la tête.

Toute la famille dormait sur le lit en face de la cheminée ; Amzil s'installa entre ses enfants et moi, et plaça son pistolet entre elle et moi. Je passai la nuit par terre, près du feu.

Le lendemain, je bâtis un grand coffre pour entreposer le bois afin qu'il reste au sec ; je le bricolai avec des planches et des clous de récupération, mais il tint debout, et j'y ajoutai un toit pour que la neige ne mouille pas la réserve. Amzil et Kara rangèrent ensuite ce que j'avais déjà coupé entre les supports, selon mes indications, pendant que les petits jouaient non loin de nous. Je dénichai de solides poutres et les débitai en morceaux. « Ça vous fera des bûches qui brûleront longtemps une fois que vous aurez un lit de braises, expliquai-je. Gardez-les pour les nuits les plus rudes, lorsque la neige sera épaisse et le froid âpre. En attendant, brûlez le petit bois et tout ce que vous trouverez autour de chez vous.

— J'ai déjà passé un hiver ici ; je pense que je saurai me débrouiller, répondit Amzil avec raideur.

— Sans doute mieux que moi », concédai-je d'un ton bourru. J'avais travaillé toute la matinée ; la sueur collait ma chemise à ma peau malgré le vent glacé qui soufflait des monts sous la pluie. La faim qui me rongeait les entrailles me devint soudain insupportable. Je fis rouler mes épaules, m'étirai puis posai la hache contre le billot.

« Où allez-vous ? » demanda Amzil, méfiante.

Je pris brusquement ma décision. « Chasser.

— Avec quoi ? Et chasser quoi ?

— Avec ma fronde, ce qui passera à ma portée : lapins, oiseaux, n'importe quel petit gibier. »

Elle secoua la tête, un pli mécontent aux lèvres ; elle pensait à l'évidence que je perdais mon temps au lieu de couper du bois. Mais cette matinée de travail m'avait convaincu qu'il me faudrait un plat plus substantiel que de la soupe allongée à l'eau ; et, comme j'avais commencé sans le vouloir à songer à mon prochain repas, j'avais tout à coup pris conscience des oiseaux qui gazouillaient alentour.

« Vous savez faire ça ? demanda-t-elle soudain. Abattre des oiseaux à la fronde ?

— Nous verrons ; autrefois, j'y arrivais. »

Je n'avais plus le même poids qu'à mon adolescence et je me trouvais dans une région que je ne connaissais pas ; en outre, l'aube et le crépuscule étaient les moments les plus propices pour chasser, or midi approchait. Je tâtai d'abord de la forêt, où les troncs qui m'empêchaient de prendre tout mon élan et les branchettes qui déviaient mes projectiles eurent tôt fait de me dégoûter ; je me rendis sur le versant déboisé derrière le hameau, où j'eus le bonheur de casser la tête à un lapin stupidement dressé sur ses pattes de derrière pour se renseigner sur mon compte.

Mon tableau de chasse n'avait rien d'impressionnant, mais Amzil parut ravie. Ses enfants et elle s'assemblèrent autour de moi pendant que j'éviscérais, dépiautais et découpais ma prise ; elle emporta la viande dans la maison pour la faire cuire, et moi je raclai la peau, l'étirai autant que je pus puis la fixai sur une planche, la partie nettoyée à l'air, pour la faire sécher. « Gardez-la à l'abri de la pluie et du soleil, expliquai-je à mon hôtesse. En séchant, elle deviendra dure et raide ; il faudra la travailler, la rouler lentement jusqu'à ce qu'elle s'assouplisse. Vous obtiendrez ainsi une peau de lapin garnie de ses poils ; si vous en cousez quatre ou cinq ensemble, vous pourrez fabriquer une couverture pour la petite. »

J'avais conservé les tendons des pattes arrière. Je les lui montrai. « On en fait les meilleurs collets. J'ai vu de nombreuses traces de lapins ; si vous tendez deux ou trois pièges chaque soir, vous arriverez sans doute à vous procurer de la viande fraîche assez régulièrement. »

Elle secoua la tête. « Ils sont trop malins. J'ai vu des lapins dans la zone déboisée à l'aube et à la tombée du soir, mais je n'ai jamais réussi à en attraper un, et les pièges que j'avais fabriqués ne marchaient pas.

— Quel genre de pièges ?

— J'avais creusé des trous pour qu'ils y tombent. J'ai pris quelques jeunes de l'année au printemps de cette façon, mais les autres ont vite appris à les contourner. »

Mon sourire amusé la vexa, et je l'effaçai promptement. *Elle ne connaît rien aux lapins ni à la chasse*, me dis-je. Ses connaissances de citadine ne lui servaient à rien ; ce n'était pas sa faute, et je ne devais pas me moquer de ses efforts. En même temps, je ne pouvais m'empêcher d'éprouver un certain sentiment de supériorité. « Nous allons fabriquer des fils à collet très fins afin de les rendre quasiment invisibles ; et je vous enseignerai comment identifier les endroits où le lapin relève la tête dans sa coulée, au sortir des buissons. Il faut y placer le piège pour tuer la bête vite et proprement.

— Les jeunes tombés dans mon piège étaient vivants. J'aurais voulu les mettre en cage pour qu'ils se reproduisent, comme on le fait en ville avec les pigeons ou les tourterelles, mais... » Elle lança un regard à ses enfants. « Parfois il est plus important de manger de la viande tout de suite que de la conserver pour le lendemain. »

J'acquiesçai de la tête : elle avait raison ; avec des trappes appropriées, des lapins vivants lui assureraient un approvisionnement régulier en viande. « Je puis peut-être inventer un système pour les prendre sans les tuer, dans ce cas, dis-je.

— Nous emploierons les deux », répondit-elle d'un ton décidé.

Assez content de moi, je la suivis tandis qu'elle rentrait dans la maison, ses enfants sur les talons. Le lapin mijotait avec des oignons et des pommes de terre dans une marmite au coin du feu. Le parfum de la viande en train de cuire assaillit mes sens et faillit me submerger ; mais, à cet instant, je vis mes paniers par terre, ouverts, et toutes mes affaires rangées tout autour. Involontairement, je pris un ton glacial pour demander à Amzil : « Vous avez trouvé ce que vous cherchiez ? »

Elle me regarda et rosit légèrement ; mais, loin de prendre l'air contrit, elle releva le menton. « Oui : vos vêtements à laver et à raccommoder. Ça m'a paru un bon remboursement en échange du bois que vous avez coupé et du lapin que vous avez attrapé ; et, quand je me suis aperçue que vous aviez du sel, j'en ai pris un peu pour la cuisine.

Comme vous mangiez avec nous, je n'y ai pas vu de mal. Ça vous dérange ? »

Cela ne me plaisait pas, en effet. Toutes mes possessions se trouvaient dans ces paniers, y compris mon journal et le peu d'argent qui me restait. Dans un petit coin méfiant de mon cerveau, je décidai de vérifier à la première occasion si mon pécule existait toujours. Amzil ne me lâchait pas du regard. Je soupirai ; elle n'avait que de bonnes intentions et ne me cachait rien. A force de voyager, on peut devenir soupçonneux. « Je ne m'y attendais pas, je l'avoue.

— C'était un service que je voulais bien vous rendre. » Son inflexion laissait entendre sans ambiguïté qu'il y en avait d'autres auxquels elle se refusait. « Ma mère cousait très bien et elle m'a enseigné tout ce qu'elle savait. Elle travaillait pour certaines des meilleures familles de Tharès-la-Vieille, et elle savait tailler un habit pour donner bel air à un... un homme enrobé. J'ai tout appris d'elle ; je peux élargir vos vêtements, ainsi vous pourrez couper du bois sans fatiguer les coutures. »

Pourquoi me fut-il si difficile de répondre : « Merci ; ça me soulagerait » ? Sans doute parce que j'aurais voulu qu'elle me voie autrement que comme un inconnu obèse qui avait envie de coucher avec elle. Je devais reconnaître que cette image me correspondait à de nombreux égards. Je n'éprouvais nul sentiment amoureux pour elle et je ne cherchais pas particulièrement son affection ; mais elle était assez jolie malgré son air las, c'était une femme, et, en dehors de ma sœur, la première depuis des semaines auprès de qui j'aie vécu pendant une période de temps appréciable. Cela s'arrêtait là : simple proximité et honnête envie charnelle. Je n'avais pas à en avoir honte tant que je ne la forçais pas ; les hommes fonctionnent ainsi, voilà tout.

La soirée se déroula dans une atmosphère à la fois de détente et de gêne. Nous fîmes un repas plus substantiel, et nous l'achevâmes de nouveau par du thé, malgré l'absence de sucre ; mais Amzil m'avait raconté son histoire la veille, et je n'avais pas envie de narrer la mienne, si bien que nous n'échangeâmes que peu de paroles dans la pièce éclairée par le feu. Nous nous couchâmes tôt ; je m'allongeai par terre, enroulé dans ma couverture, et m'efforçai de ne pas penser à la femme douce et chaude étendue à quelques pas de moi. Une réflexion me vint : j'avais subi un rude entraînement pour devenir soldat, mais ces gens vivaient dans des conditions bien plus dures que je n'en avais jamais connu. Les enfants n'avaient pas de jeux pour le soir, pas de recueils de contes, pas de musique, pas de jouets à part les objets dont leur imagination s'emparait. Amzil n'avait guère d'instruction ; sans doute ne savait-elle même pas lire. La culture qu'elle avait absorbée en grandissant à Tharès-la-Vieille resterait lettre morte pour ses enfants, éduqués dans l'indigence au milieu d'une région sauvage. Leur avenir s'annonçait bien sombre, non seulement durant l'âpreté de l'hiver prochain, mais au cours de toutes les années qui suivraient.

Je fermai les yeux mais cela ne suffit pas à interrompre le train de mes pensées. Amzil avait pour ainsi dire avoué s'être prostituée à des voyageurs de passage l'hiver précédent en échange de nourriture pour ses enfants et elle. Avec un tel exemple devant les yeux, qu'attendraient de la vie Kara et la petite Dia ? Quel homme deviendrait Sem après avoir vu sa mère se vendre pour subvenir à ses besoins ? La situation m'inspirait du dégoût et de la répulsion ; pourtant, quand Amzil regardait ses enfants, je reconnaissais son expression : ma mère avait la même devant nous. Cette dernière année m'avait ouvert les yeux sur la place qu'elle occupait dans notre monde, et j'avais fini par m'apercevoir qu'à bien des égards elle avait sacrifié ses intérêts aux nôtres. Les graines qu'Epinie avait semées dans mon esprit y poussaient des racines troublantes. Pour moi, ma mère avait toujours été ma mère et l'épouse de mon père, et jamais je ne m'étais demandé quel autre rôle elle aurait aimé endosser. Aujourd'hui, je me rappelais l'avoir vue à plusieurs reprises obligée de se soumettre aux décisions de mon père concernant ses enfants, et je me rendais compte plus clairement du combat qu'elle avait dû mener pour avoir voix au chapitre. Elle n'avait jamais imaginé devenir un jour l'épouse d'un aristocrate ; on l'avait mariée à un fils militaire de bonne famille sans autre perspective que monter en grade au cours de sa carrière. En quittant le toit de son père, elle devait croire que, lorsque son époux prendrait sa retraite de l'armée, elle reviendrait à Tharès-la-Vieille, dans la résidence des Burvelle, reverrait ses amies d'enfance, irait au théâtre et participerait à la vie sociale et culturelle de sa ville natale. Mais l'anoblissement de mon père l'avait obligée à demeurer loin de la capitale et à ne fréquenter que des femmes qui, comme elles, avaient subi une élévation de leur statut. Elle n'avait rendu visite à sa famille qu'une fois tous les cinq ans, et cela seulement après que ses enfants avaient acquis une autonomie suffisante ; jusque-là, elle ne nous avait pas quittés un seul jour. Etait-ce cela, être mère ?

Je me tournais et me retournais, mal à l'aise sur le sol dur et glacé dont le froid venait me tenailler à travers ma couverture. J'aurais voulu m'endormir mais mes yeux se rouvraient d'eux-mêmes pour m'offrir le spectacle de la triste petite pièce. Je n'avais pas envie de songer à ma mère, à la façon dont la vie l'avait prise au piège comme elle avait réduit Amzil aux abois, car cela me conduisait à me demander dans quelle chausse-trape j'étais moi-même tombé. Moi, enfant d'aristocrate, fils militaire destiné à devenir officier, j'avais mendié le gîte et le couvert auprès d'une couturière ignorante, de la veuve d'un voleur – et je lui savais gré de ce qu'elle me donnait.

Girofle avait joui de quelques jours de repos et d'herbe fraîche à paître ; le temps se refroidissait, surtout la nuit. M'attarder chez Amzil ne servait à rien ; plus vite je parviendrais au bout de mon voyage, à Guetis, plus vite je saurais ce qui m'y attendait. Je prenais des risques à tergiverser : si le commandant refusait de m'enrôler, je devrais sans doute passer l'hiver là-bas puis reprendre la route au printemps pour tenter ma chance dans d'autres garnisons. D'un autre côté, rien ne me garantissait qu'aucun régiment voudrait de moi. Je plongeai dans une spirale de sombres spéculations : si toutes les portes se fermaient, qu'adviendrait-il de moi ? Si je devais affronter le destin d'un fils militaire incapable d'entrer dans l'armée, d'un fils d'aristocrate que son père avait renié ? D'un frère qui n'avait pas tenu sa promesse de faire venir sa sœur auprès de lui ? D'un obèse qui implorait les inconnus de lui fournir un toit et le couvert ? D'un homme qui regardait une femme avec concupiscence et la voyait se détourner avec dégoût ?

Aucune de ces identités possibles ne me plaisait guère, et je pris brusquement ma décision : je partirais le lendemain à l'aube.

3

Buel Faille

Je séjournai chez Amzil quasiment un mois. Chaque soir, je crois, je résolvais de m'en aller au matin, mais chaque nouvelle journée m'apportait quelque menue tâche que je pensais pouvoir achever avant de reprendre la route, et chacune en entraînait d'autres. Je ne restais qu'à cause de ces travaux quotidiens ; jamais je ne m'autorisais à considérer le plaisir que j'éprouvais en compagnie de cette femme ni la satisfaction que je tirais d'être celui qui pourvoyait à ses besoins. Mon père m'avait si longtemps jeté mes échecs à la figure que je ne laissais pas de m'étonner de toute l'aide que je pouvais apporter à cette famille orpheline et sans le sou. Cela me faisait du bien.

Je commençai par tenir ma promesse d'enseigner à mon hôtesse comment prendre des lapins au collet, et je me persuadai qu'il me fallait rester un jour de plus pour m'assurer que les pièges fonctionnaient et qu'Amzil savait les replacer. J'employai ensuite mon après-midi à couper encore du bois et à réparer le toit de l'appentis qui servait d'écurie à Girofle ; j'y œuvrais quand l'homme qui m'avait fermé sa porte quelques jours plus tôt vint me demander s'il pouvait m'emprunter mon cheval pour quelques journées de travail. Il avait fabriqué une espèce de charrue et espérait qu'avec la puissance de Girofle il pourrait retourner une plus grande surface en prévision du printemps suivant. Je lui fis remarquer qu'il choisissait mal sa saison pour labourer, à quoi il rétorqua qu'il n'était pas idiot, mais qu'en cassant le sol il aurait peut-être moins de mal à planter un terrain plus étendu.

Bricoler un harnais adapté se révéla la partie la plus délicate du projet ; néanmoins, le soir venu, après avoir sué sang et eau, Merkus et moi avions réussi à défoncer un quart d'arpent. De vieilles racines sillonnaient le sol caillouteux, et nous avions passé une bonne partie de notre temps à les couper pour permettre à Girofle d'arracher les souches. En échange, Merkus nous remit un sac de pommes de terre et la promesse d'une demi-journée de labeur le lendemain.

Je n'eus donc pas le choix : je devais encore rester une journée. Le repas du soir nous parut somptueux car, dans un élan d'optimisme, Amzil avait fait cuire deux lapins et cinq pommes de terre entières. Comme nous avions pris trois lapins en tout, je lui appris à suspendre la viande en surplus dans la cheminée pour la fumer et la conserver. Les trois peaux furent mises à sécher avec la première.

Cette abondance parut rendre de l'énergie aux enfants, et ils montrèrent moins d'empressement à se mettre au lit que d'ordinaire ; aussi nous installâmes-nous avec eux autour du feu, et, à ma grande surprise, Amzil leur raconta plusieurs histoires pour passer le temps ; puis, une fois qu'elle les eut couchés, nous continuâmes à parler un moment des travaux les plus essentiels à effectuer avant l'hiver.

Quand Merkus se présenta le lendemain matin pour payer sa dette, nous travaillâmes sur le toit et la porte d'Amzil pour les rendre étanches puis nous consolidâmes la couverture de l'appentis, et, bien avant la mi-journée, mon compagnon m'avait accordé son respect, quoique à contrecœur. Les jours suivants, à l'aide d'une corde et de la force de Girofle, nous réduisîmes en décombres plusieurs maisons en ruine afin d'en récupérer le bois de charpente. Une fois que j'eus mis de côté les pièces que je pensais pouvoir utiliser pour la maison d'Amzil et le bâtiment adjacent, Merkus s'endetta de nouveau en se servant de Girofle pour traîner plusieurs lourdes poutres jusque chez lui.

Toute cette activité éveilla la curiosité des rares habitants du hameau. Le vieillard et son épouse acariâtre entrouvrirent leur porte pour regarder passer mon cheval, et je découvris l'existence d'une autre famille, un homme et une femme d'âge moyen avec deux enfants d'une dizaine d'années et un nourrisson. Ils observèrent nos allées et venues de loin mais ne nous adressèrent pas la parole.

Ce soir-là, Amzil et moi allâmes relever les collets. Nous n'avions pris qu'un lapin, mais elle parut néanmoins ravie. Sous ma direction, elle déplaça les pièges et les posa sur certaines des nombreuses voies qui traversaient le champ aux souches.

« Si le gibier devient rare par ici, vous pouvez toujours installer vos collets le long du fleuve, surtout en hiver, lui dis-je. Cherchez les sentiers qu'empruntent les animaux pour aller boire et posez-les là.

— Le fleuve gèle le long des berges en hiver, objecta-t-elle.

— Vous trouverez quand même des voies qui y mènent, vous verrez. »

Kara nous avait suivis et, sous mes yeux étonnés, Amzil lui fit tendre le dernier collet. L'enfant me paraissait bien petite pour lui confier une telle tâche ; toutefois, je me tus : sans doute sa mère savait-elle mieux la juger que moi. Malgré son jeune âge, plus vite Kara saurait contribuer à subvenir aux besoins de sa famille, mieux celle-ci s'en porterait.

Les jours passant, la maison devenait plus accueillante. Avec un mélange d'herbe, de mousse et de boue, nous bouchâmes les interstices entre les rondins des murs, et, avec le bois que j'avais récupéré, nous installâmes un plancher. J'allais chasser chaque matin avec ma fronde ; ma plus belle prise fut une oie grasse qui s'envola à mon approche, non loin du fleuve, et que j'abattis d'un coup heureux ; jamais la graisse ne m'avait paru avoir si bon goût. Amzil en rattrapa chaque goutte avant qu'elle ne tombe dans le feu et la mit de côté pour parfumer le lapin maigre qui composait la majorité de notre ordinaire.

Nos jours commencèrent à s'organiser. Je chassais le matin et je rapportais ce que j'avais tué à Amzil qui faisait cuire la viande ; l'après-midi, je m'employais à améliorer son logis. C'était en général de l'ouvrage grossier, mais la différence se faisait sentir. Une plaque de bois et trois pieds formaient un tabouret. Malgré l'absence d'outils, je réussis, à l'aide de mon couteau, à percer le bois et à agrandir les trous pour fixer les pieds ; je fabriquai aussi une table basse afin que les enfants puissent s'asseoir par terre devant le feu et prendre leurs repas plus confortablement. Chaque jour, Amzil mettait de côté une partie du gibier pour la fumer ou la sécher, et je me réjouissais de voir sa petite dépense se remplir, au point que je dus y ajouter une nouvelle étagère.

A trois reprises durant cette période, je vis passer des voyageurs. Les messagers du roi effectuaient des trajets quotidiens, mais, en dehors d'eux, il n'y avait guère de circulation sur la route à cette époque-là de l'année. Un convoi de chariots tirés par des bœufs longea le hameau en direction de Guetis ; les conducteurs avaient le regard dur, et des soldats montaient la garde dans les véhicules de tête et de queue, le fusil sur les genoux. Manifestement, ils ne cherchaient pas le contact ; nous échangeâmes des regards mais nul salut. Plus tard, ce fut un homme à cheval accompagné de deux mules chargées de fourrures ; il se dirigeait vers l'ouest ; il répondit d'un hochement de tête au « Bonjour ! » que je lui lançai mais ne s'arrêta pas. Quant au troisième, il s'agissait d'un colporteur, avec un chariot tiré par un attelage dépareillé ; des représentations de ses marchandises décoraient les flancs de son fourgon, mais une épaisse couche de poussière recouvrait les panneaux aux couleurs vives, et les grandes roues jaunes étaient encroûtées de boue. Je me trouvais à la lisière du terrain piqueté de souches ; j'agitai les bras dans l'espoir qu'il ferait halte, car je voulais examiner les outils qu'il avait à proposer, mais il me rendit mon salut et lança ses bêtes au trot, à l'évidence peu enclin à s'attarder.

Souvent, les enfants venaient me regarder travailler. Je me mis à leur enseigner les chansons de nourrice que je connaissais, les refrains pour apprendre à compter et les jeux de mémoire ; ils apprécièrent particulièrement celui du fermier qui appelle ses cinq chèvres. Kara voulait que je lui explique comment se servir de ma fronde, aussi lui en fabriquai-je une à sa taille et lui désignai-je des cibles. Elle devint assez adroite, mais Amzil parut répugner à lui permettre de m'accompagner à la chasse ; craignait-elle de la laisser seule avec moi ou jugeait-elle inconvenant que sa fille abatte du gibier ? Je l'ignorais.

Je coupais du bois pour la cheminée tous les jours, et la réserve finit par former un mur entre la maison d'Amzil et la cahute du vieillard. Au dîner, le feu flambait plus généreusement et dispensait lumière et chaleur dans notre petit espace. Un soir, je décidai de raconter des histoires aux enfants à la place d'Amzil, et je me sentis flatté de la voir aussi attentive que ses trois enfants ; je commençai par deux contes que ma mère me narrait jadis, puis, à mon propre étonnement, je me lançai dans un troisième que je ne me rappelais pas avoir jamais entendu mais qui n'était pas de mon invention, j'en avais la certitude. Il parlait d'un jeune homme qui cherche à couper à une corvée que sa mère lui a confiée, et de tous les malheurs que lui vaut la négligence de son devoir ; la fin avait une tournure assez comique car, lorsqu'il baissait enfin les bras et allait exécuter son travail, il s'apercevait que sa mère s'en était déjà chargée. Les enfants parurent s'en amuser mais, après qu'Amzil les eut couchés, elle me dit : « Bizarre, votre histoire. » Au ton qu'elle employait, le conte ne lui avait pas plu.

« Les Ocellions la racontent à leurs enfants, répondis-je, en me demandant aussitôt comment je le savais. Elle est destinée, je pense, à leur enseigner qu'il y a des tâches si importantes qu'on ne peut pas les négliger ; il faut que quelqu'un s'en occupe. »

Amzil haussa les sourcils. « Le fait que vous la racontiez la rend encore plus bizarre », fit-elle avec une réprobation accrue. Peu après, elle alla se coucher avec ses enfants, et je m'enroulai dans mes couvertures devant le feu.

Cette nuit-là, je rêvai de la forêt de la femme-arbre. Je suivais seul des chemins que nous arpentions naguère ensemble ; c'était l'automne, et les feuilles des arbres caducs changeaient de couleur. Je n'avais jamais vu pareil spectacle ; dans la région des Plaines où j'avais grandi, il n'y avait de bosquets que le long du fleuve et des cours d'eau, et, en automne, leurs feuilles s'amollissaient, prenaient une teinte marronnasse puis restaient suspendues aux branches jusqu'à ce que les frimas et les chutes de neige les décrochent. Jamais je n'avais déambulé dans une forêt où elles viraient au jaune, à l'or et à l'écarlate. Quand je levais les yeux, je restais stupéfait de leur éclat malgré la luminosité du ciel sur lequel elles se découpaient. Elles avaient déjà commencé à se séparer des arbres et se déposaient en travers du sentier en longues traînées qui bruissaient sous mes pas. Une odeur extraordinaire imprégnait l'air, l'arôme lourd des feuilles en décomposition, d'une averse récente et de la promesse d'un froid vif la nuit suivante. Je me sentais vivant, et, dans l'étrange clarté de ce rêve, ce monde me paraissait plus vaste, plus éclatant, plus net que celui dans lequel je me réveillais le matin. Je me rendais quelque part ; je n'aurais su dire où, mais je me hâtais, pressé d'arriver. Je descendis un versant couvert de bouleaux au tronc blanc dont les feuilles d'or papillonnaient dans la brise automnale ; en bas, je parvins à une zone marécageuse où de hauts buissons d'airelles tendaient leurs fruits écarlates et translucides sous des feuilles larges comme la main que le gel rougissait. Des saules poussaient là aussi, et leurs longues feuilles étroites avaient pris une autre teinte de rouge. Je pris une petite poignée de fruits et les goûtai ; les baies éclatèrent dans ma bouche en y répandant la douceur de la fin de l'été et le piquant de l'hiver à venir. J'écrasai les pépins sous mes dents et repris mon chemin qui me menait toujours plus loin dans le monde de la femme-arbre.

Car c'était le sien. Je la trouvai enfin, couchée sur la terre. Mon épée avait tranché profondément en elle et elle s'était abattue comme un arbre au tronc trop entamé. La souche de son corps demeurait debout à côté de son torse écroulé, qui lui restait pourtant rattaché par une épaisse lanière d'écorce ; elle continuait à vivre grâce à ce lien. Je ne saurais expliquer comment, c'était à la fois un grand arbre et une femme immense, avec tous les attributs des deux. Elle s'étendait de toute sa longueur sur le sol de la forêt, telle une statue majestueuse tombée de son piédestal. Son buste se fondait à la partie à terre du tronc, ses cheveux formaient des boucles luisantes autour de son visage et, plus loin, une masse fluide qui se mélangeait à l'écorce rugueuse de l'arbre derrière sa tête. Comme d'une pépinière, un souple baliveau émergeait d'elle, enraciné entre ses seins. La chute de son arbre avait créé une trouée dans la voûte de la forêt, et la lumière du ciel éclaboussait la terre ; un arroi végétal avait jailli autour d'elle. Je m'agenouillai sur l'épais tapis de mousse et de feuilles mortes, et je pris sa main. « Ainsi, je ne t'ai pas tuée. Tu n'es pas morte », fis-je avec soulagement.

Elle me sourit. « Je te l'avais dit : ceux de notre espèce ne meurent pas de cette façon ; nous continuons à vivre. »

Je posai prudemment la paume sur l'écorce lisse de l'arbuste. « Est-ce toi ? »

De la main, elle referma mes doigts sur le jeune tronc. « C'est moi. »

Un sentiment d'émerveillement me saisit. La vie palpitait dans l'arbrisseau ; entre ma peau et son écorce, je percevais sa magie qui œuvrait pour transférer son pouvoir dans l'être nouveau né de sa poitrine ; un frisson de révérence me parcourut.

Elle leva les yeux vers l'azur infini. Ses longs cheveux faisaient autour de sa tête un halo de boucles et de mèches. « Fils de soldat, tu as une mission à remplir, tu le sais ; elle t'a été confiée par la magie et j'en connais la nature : tu dois nous sauver. Mais tu détiens seul le moyen par lequel tu réussiras, et c'est pourquoi tu as reçu le pouvoir. Non pour t'amuser mais parce que toi seul sais ce que tu dois faire pour accomplir ta mission. Le pouvoir te donne des responsabilités, tu le comprends. » Sous la douceur de sa voix, ses propos étaient inflexibles.

« Naturellement », répondis-je aussitôt ; pourtant, jusqu'en cet instant, je crois que je n'en avais pas conscience.

« Il te faut venir voir toi-même les destructions, après quoi tu me diras comment tu les contrecarreras. C'est ma faiblesse : j'ai envie de le savoir. Quand je vivais dans le monde où tu te trouves aujourd'hui, j'étais curieuse, et, ici, maintenant, cette curiosité demeure. Je connais la magie, j'ai confiance en elle, mais je tiens quand même à savoir. Ne veux-tu rien me dire ?

— Quand j'aurai découvert ce que je dois faire pour éviter la fin de notre monde, je te le dirai, je te le promets. »

Elle se laissa aller et s'enfonça davantage dans sa couche de mousse. Des fougères avaient poussé autour d'elle, des feuilles d'automne accumulées entouraient d'or ses courbes allongées. Je ne puis décrire sa beauté ; quand je la regardais, je la voyais avec les yeux d'un Ocellion : elle n'était pas grasse mais luxuriante ; son ventre plein, ses seins voluptueux, les rondeurs de son visage, tout cela évoquait une ère d'abondance, de fructification, de récolte. « Je n'oublierai pas ta promesse, fils de soldat. Ne tarde pas ; d'autres, moins patients que moi, pensent qu'il faut trouver une solution plus rapide. Je leur ai parlé de toi par des rêves et des visions ; néanmoins, ils prendront bientôt des mesures pour débarrasser nos terres des envahisseurs. Ils disent que la danse a échoué ; ils disent qu'il est temps d'employer les moyens des intrus eux-mêmes pour les chasser. »

Un sombre pressentiment monta en moi et obscurcit mon songe. Je perçus une odeur de fumée, puis les feuilles mortes s'imbibèrent d'humidité, noircirent et se décomposèrent ; je m'enfonçai dans leur masse. Partout, la forêt se transforma en un cimetière de souches déjetées où la terre à nu suppurait. La femme-arbre s'écrasa en un cadavre pourrissant ; ses lèvres marbrées de moisissure se déchirèrent lorsqu'elle prononça ses derniers mots : « Tu n'as pas reçu le don de magie pour ton usage personnel. Méfie-toi de cette tentation ; viens à nous sans plus attendre. L'urgence est grande. »

Et elle disparut ; sa chair et ses os sombrèrent dans un marais putréfié d'où montait, non l'odeur saine d'humus d'une forêt vivante, mais la pestilence d'un charnier. Je voulus m'éloigner, mais mes jambes restèrent prisonnières du bourbier ; je me débattis, affolé, et ne réussis qu'à m'enfoncer davantage. La fange atteignit mes cuisses et, avec un dégoût infini, je la sentis se refermer sur mes reins et clapoter contre mon ventre. Je m'efforçai d'ouvrir les yeux, car je savais que je rêvais, mais j'eus beau faire toutes les grimaces possibles, je ne parvins pas à m'éveiller. Je poussai soudain un hurlement de désespoir absolu.

Je crois que ce fut mon cri qui me tira du sommeil. Je n'en tirai d'abord guère réconfort, car je me retrouvai couché dans la boue et les feuilles au milieu de souches spectrales, sous une pluie battante. J'avais froid, j'étais trempé et complètement désorienté. Que faisais-je là ? La lune se glissa brièvement hors de l'abri des nuages et baigna les alentours de sa lumière grise. Je me relevai en titubant et serrai les bras sur mon torse en tremblant ; j'avais les pieds nus et les vêtements couverts de terre et de feuilles mortes ; mes cheveux, dont la coupe militaire n'était plus qu'un lointain souvenir, se plaquaient sur mon front en mèches mouillées qui dégoulinaient dans mes yeux. Je les repoussai, mais j'avais les mains pleines de boue et je m'en barbouillai la figure. Tout en me traitant d'idiot, je pris le chemin de la maison d'Amzil ; je traversai d'un pas mal assuré le champ de souches dont les trombes d'eau rendaient le sol glissant. Arrivé devant la porte, je la trouvai close, le loquet enclenché ; s'était-il refermé derrière moi lorsque j'étais sorti en dormant, ou Amzil, réveillée par le courant d'air, avait-elle barré la porte ?

J'aurais voulu frapper pour retrouver au plus vite la chaleur du feu, mais, à l'idée de réveiller non seulement mon hôtesse mais aussi ses enfants, je renonçai. A contrecœur, je me rendis dans l'appentis, où je me réjouis que le voisin et moi eussions réparé les fuites du toit : il y faisait sec, et Girofle irradiait de la chaleur dans l'espace réduit. Dans l'obscurité, je cherchai à tâtons ma couverture de selle, me fis une couche rudimentaire et attendis l'aube. Quand elle arriva, je me levai, tremblant de froid et ankylosé ; d'une démarche raide, j'emmenai Girofle paître l'herbe haute qui poussait près du fleuve puis je fis une promenade le long de la berge jusqu'au moment où j'estimai trouver Amzil réveillée ; alors je retournai à sa chaumine.

« Vous êtes matinal », dit-elle à mi-voix ; les enfants dormaient encore.

« Les poissons sautent hors de l'eau pour attraper les moustiques dans les hauts-fonds. Si nous avions du matériel de pêche, vous pourriez savourer un bon petit déjeuner par des matins comme aujourd'hui. »

Elle eut un sourire amer. « Si j'avais du matériel de pêche, si j'avais un filet, si j'avais des semences, un métier à tisser, du fil, du tissu... Je pourrais facilement améliorer notre sort si je disposais seulement des outils les plus simples. Mais je ne les ai pas ; je n'ai rien à vendre ni à échanger, et, même dans ce cas, il me faudrait des jours pour me rendre au marché le plus proche, et je devrais emmener les enfants. J'ai eu des mois pour examiner ma situation sur toutes les coutures. Ce hameau n'a aucune raison d'exister ; il n'y a rien pour y attirer les gens ; on ne fait qu'y passer pour aller ailleurs. Je n'ai aucun moyen de me procurer ne serait-ce que le strict nécessaire pour vivre décemment. Si mon mari n'était pas mort, nous aurions peut-être pu nous débrouiller ; l'un de nous aurait pu se rendre à Guetis pendant que l'autre restait ici pour veiller sur les enfants. Mais, seule, je ne peux pas les emmener. Parfois, je me dis que c'était l'objectif du roi : rafler tous les pauvres gens qui doivent enfreindre la loi pour vivre et les envoyer mourir dans un coin perdu. »

Ces propos réveillèrent ma loyauté à mon souverain. « Non, je ne crois pas ; à mon avis, il avait la conviction de vous donner la possibilité de repartir du bon pied. Il voit la route comme un grand fleuve de négoce entre l'ouest et l'est, bordé de villages destinés à devenir de larges centres de commerce. Quand la circulation augmentera, de nouvelles occasions se présenteront ; en l'état actuel, déjà, les voyageurs apprécieraient la présence d'une auberge, j'en suis sûr.

— Une auberge... » Elle me jeta un regard empreint d'une patience exagérée. « C'est une vieille idée ; quelqu'un en avait ouvert une, mais elle n'a pas duré. Vous en verrez les ruines à la sortie est du village.

— Que s'est-il passé ? »

Elle poussa un soupir agacé. « Elle a été incendiée par des clients furieux qui prétendaient qu'on les avait dépouillés pendant leur sommeil.

— Et c'était vrai ? »

Elle haussa les épaules et prit une expression presque coupable. « Je n'en sais rien ; peut-être. Sans doute. » Elle tisonna le feu d'un geste rageur puis ajouta une bûchette aux braises. « N'oubliez pas le genre de population qui vit ici ; n'oubliez pas pourquoi le roi nous a chassés de Tharès-la-Vieille. Quand on fonde une ville de tire-laine, de voleurs, de meurtriers et de violeurs, comment est-ce que ça tourne, à votre avis ? Que se passe-t-il quand une famille de larrons ouvre une auberge ? »

Je ne sus que répondre. Jamais je n'avais pris le temps d'essayer d'imaginer à quoi ressemblerait la vie dans un bourg entièrement peuplé de criminels et de leurs familles. Sans réfléchir, je demandai : « Vos voisins, c'étaient des...

— Evidemment. Pourquoi croyez-vous que j'habite loin de chez eux ? Le vieux, Rives, a été condamné pour avoir violé des adolescentes ; sa femme vous racontera qu'elles l'avaient aguiché, si vous l'écoutez plus de cinq minutes. Il a étranglé sa dernière victime ; c'est comme ça qu'on l'a attrapé. Merkus, dont vous avez labouré le terrain ? Il a tué un homme au cours d'une bagarre de taverne. Time et Roya, en haut du village, avec leurs gamins ? Ils croupissaient en prison, lui pour avoir cambriolé la vieille dame chez qui il travaillait, elle pour l'avoir aidé à fourguer les fourrures et les bijoux.

— Mais vous n'avez rien fait, vous ; et des voyageurs passent par ici, des marchands, de nouvelles recrues en route pour Guetis, des soldats, et les forçats qu'ils escortent. Même si ça ne circule pas encore beaucoup, il y a suffisamment de gens qui empruntent cette route pour que vous puissiez en tirer profit. »

Elle leva les yeux vers moi. « Imaginez-vous un instant dans la peau d'une femme seule avec trois enfants en bas âge. Certains voyageurs seraient peut-être contents de trouver un lit propre et une chambre chauffée, même si je n'avais pas de vivres à leur vendre, et quelques-uns accepteraient de payer, en argent ou en troc ; mais d'autres prendraient simplement ce qu'ils voudraient et s'en iraient tranquillement – à condition que j'aie de la chance. Vous ne vous rendez donc pas compte du danger que je courrais si j'ouvrais ma porte à des inconnus ? Quand les soldats passent avec leurs longs convois de prisonniers, vous savez ce que nous faisons ? Nous allons nous cacher près du fleuve jusqu'à ce qu'ils aient disparu. Les gardes savent que notre hameau a été fondé par des repris de justice ; ils ne font confiance à personne et ils ne respectent la vie d'aucun habitant.

— Vous avez un pistolet », fis-je remarquer.

Elle hésita, s'apprêta à répondre, se ravisa puis déclara sèchement : « Eux, ils en ont beaucoup, et bien plus de munitions que moi. A votre avis, comment réagiraient-ils si je tuais l'un d'eux pour défendre mes biens ? Mes enfants survivraient-ils ? Moi, sûrement pas, en tout cas, et je ne veux pas imaginer les souffrances qu'ils endureraient après ma mort. »

Ce sinistre tableau me laissa sans voix, et Amzil parut tirer une âpre satisfaction de mon silence. Elle mélangea deux poignées de farine moulue grossièrement avec de l'eau froide puis mit le tout à chauffer sur le feu ; en guise de petit déjeuner, nous aurions le même gruau liquide qu'elle préparait tous les matins depuis mon arrivée. J'avais prévu de lui annoncer mon départ le jour même, mais cela me devint soudain impossible ; je devais pouvoir faire quelque chose pour elle et ses enfants avant de poursuivre ma route. J'allais relever les collets.

Nous avions attrapé un lapin ; mais un des autres pièges me parut bizarrement placé. Un examen me révéla que les soupçons d'Amzil à l'endroit de ses voisins étaient fondés : les griffures au sol montraient que le piège avait fonctionné, mais quelqu'un avait volé notre prise et maladroitement retendu le collet. Une bouffée de colère s'empara de moi : quel individu s'abaisserait à dépouiller ainsi une femme et ses trois enfants ? La réponse me vint aussitôt : un individu tenaillé par la faim. J'installai le collet ailleurs et rapportai le lapin à la maison.

Tandis que je le dépeçais, les pensées tournoyaient dans ma tête. Je pouvais encore rendre bien des services à Amzil, par exemple lui apprendre à chasser à la fronde, ce qui fonctionnait aussi bien avec les lapins que les oiseaux, ou bien fabriquer une foène et lui montrer comment s'en servir. Nous nous trouvions loin des plaines où j'avais passé mon enfance et je ne connaissais pas aussi bien les plantes que dans ma région d'origine ; néanmoins, certaines m'étaient familières. Savait-elle qu'elle pouvait déterrer les racines des massettes qui poussaient le long du fleuve et les broyer pour en faire une sorte de farine ? La maison voisine de la sienne n'était pas trop abîmée ; je pouvais réparer le toit et remettre les murs en état. Cela ne donnerait pas une auberge, mais elle disposerait ainsi d'un abri à louer aux voyageurs sans être obligée de les loger chez elle.

Je compris soudain que mon ami Spic se sentît des fourmis dans les doigts en voyant son frère aîné gérer le domaine familial alors que lui-même avait le sentiment de pouvoir faire mieux. Je songeai à la situation d'Amzil et de ses enfants, et je sus qu'avec du temps et la seule force de mes mains je pouvais l'améliorer ; la tentation de m'y atteler me démangea soudain, de même qu'on a envie de redresser un tableau de guingois ou de rabattre le coin relevé d'un tapis. Pour moi, il s'agissait de travaux relativement simples alors que, pour Amzil et les siens, ils pouvaient leur éviter la famine et leur apporter, peut-être pas la prospérité, mais de moindres privations.

Pour la première fois de ma vie, j'eus l'impression qu'il m'était possible d'échapper au destin que le dieu de bonté m'avait fixé ; à cette idée, je me considérai comme un pécheur, mais elle refusa de me quitter. Si, alors que je n'y avais aucune responsabilité, je n'arrivais pas à trouver un poste dans l'armée, que devais-je faire ? Mendier dans les rues ou me ménager une place quelque part, une place où je pouvais me rendre utile et tirer une certaine satisfaction de mon travail ? Les enfants étaient réveillés ; Kara sortit et poussa un cri de joie en voyant le lapin dépecé. Je le lui remis pour qu'elle le porte à sa mère. Le petit Sem vint se nicher sous mon coude, et je faillis l'entailler lorsque je raclai la peau à l'aide de mon couteau avant de la mettre à sécher avec les autres. Il me suivit pendant que je me rendais à la chaumine voisine, derrière l'appentis ; aussi mal construite que celle d'Amzil, elle penchait nettement d'un côté. Je la contournai, le garçonnet derrière moi, et découvris une autre maison à l'angle de la première ; bâtir une pièce pour joindre les deux et former un plus grand volume n'aurait rien de compliqué. L'idée d'ouvrir une auberge s'était ancrée dans mon esprit et m'apparaissait désormais comme la solution inévitable à la situation d'Amzil. Je repoussais sans mal ses objections : femme et seule, elle y voyait un projet inaccessible ; mais, si je restais, je pouvais lui montrer comment s'y prendre. Et, avec un homme auprès d'elle, les clients hésiteraient à profiter d'elle. C'était réalisable ; je pouvais devenir son protecteur.

J'écartai la pensée qui s'efforçait de percer sournoisement dans mon esprit : une fois qu'Amzil aurait constaté que je pouvais subvenir à ses besoins et la protéger, peut-être porterait-elle sur moi un regard plus favorable.

Je considérai les deux maisons d'un point de vue d'ingénieur et secouai la tête : on les avait construites de façon lamentable. Néanmoins, arrangées, elles pouvaient rendre des services, du moins provisoirement ; avec des pièces de charpente et des rondins prélevés sur les cahutes abandonnées alentour, je pouvais les retaper de façon à ce qu'elles passent l'hiver. A coup sûr, les voyageurs apprécieraient de trouver un abri, même rudimentaire, pour la nuit. Pour joindre les deux bâtiments, je créerais une pièce solide et parfaitement de niveau, cœur d'une nouvelle construction qui finirait par s'élever à la place des deux anciennes. Sem derrière moi, j'entrai dans la seconde chaumine ; je constatai avec plaisir qu'elle bénéficiait d'une cheminée d'aspect très fonctionnel ; comme chez Amzil, le sol était en terre battue. Une table avec deux pieds brisés reposait contre un lit plein de paille pourrie et de vermine. Impossible de réparer la table, mais je pouvais récupérer le cadre du lit. J'examinai les murs intérieurs en éprouvant le bois de la pointe de mon couteau : un peu de pourriture, mais guère. Cette maison se révélait en bien meilleur état que la première, et je décidai aussitôt que je commencerais par elle pour mes rénovations.

« Sem ! Sem, où es-tu ? » On sentait la frayeur pointer dans l'appel d'Amzil.

« Ici, avec moi ! Nous arrivons ! » répondis-je, et Sem répéta de sa petite voix aiguë : « Nous arrivons ! » Il m'imitait si manifestement que je ne pus m'empêcher de rire. Comme nous traversions l'espace envahi de mauvaises herbes qui séparait les maisons, une odeur que je connaissais bien frappa mes narines ; je baissai les yeux et vis que je venais d'écraser un petit chou. Je battis des paupières puis reconnus ici la tête d'une carotte, là l'épaule violette d'un navet qui dépassait du sol. Nous nous tenions au milieu des vestiges d'un potager étouffé de végétation. On aurait dit qu'on avait semé les graines au petit bonheur et qu'elles avaient pris là où elles tombaient. Je découvris un autre chou, guère plus gros que mon poing mais en bon état. Je le confiai à Sem puis arrachai le navet et la carotte ; celle-ci, vieille de deux ans, longue, orange foncé, était devenue ligneuse, et les vers avaient creusé des galeries dans le navet, mais il restait des portions convenables que la cuisson attendrirait. Les genoux dans la terre, j'eus l'impression d'avoir trouvé, non de vieux légumes mangés de vers, mais un véritable trésor.

Je levai les yeux et vis Amzil s'approcher à grands pas, l'air furieux. « Que faites-vous ici avec mon fils ? demanda-t-elle sèchement.

— Je vérifiais la solidité de la maison. Attention où vous marchez ! Vous piétinez un potager retourné à l'état sauvage.

— Vous n'avez pas le droit de... Comment ?

— Vous vous trouvez dans un potager envahi de mauvaises herbes. J'ai écrasé un chou avant de m'en rendre compte ; mais Sem en a un autre, et j'ai aussi découvert une carotte et un navet. »

Elle nous regarda tour à tour, son fils et moi, tandis que ses traits reflétaient les émotions conflictuelles qui s'empoignaient en elle. « C'est merveilleux – mais n'emmenez plus jamais mon petit loin de moi sans ma permission. »

Sa véhémence me surprit, et je compris que, même si j'avais fini par me sentir à l'aise chez elle, elle me considérait toujours comme un étranger et une menace.

« Sem m'a suivi », répondis-je à mi-voix. Je me sentais à la fois en colère et vexé, alors que je savais ces émotions irrationnelles.

« Je... je vous crois, mais je n'aime pas que mes enfants s'éloignent de moi. Il y a trop de dangers dans cette région sauvage. » J'avais l'impression d'entendre un prétexte plus qu'une excuse.

« Et vous pensez que je fais partie de ces dangers, dis-je tout de go.

— Ce n'est pas impossible, répliqua-t-elle avec franchise.

— Eh bien, non ; ni vous ni vos enfants ne risquez rien avec moi. Il me semblait même vous aider.

— C'est vrai, vous nous aidez. » Elle baissa les yeux vers le petit garçon. Les sourcils froncés, il s'efforçait de suivre la conversation en nous regardant l'un après l'autre. « Rentre à la maison, Sem. Il y a du gruau pour toi sur la table ; va manger. »

La mention d'un repas suffit à faire décamper l'enfant, son chou serré sur la poitrine. Quand il eut disparu, Amzil reporta son attention sur moi avec une expression qui, sans être hostile, n'avait rien de bienveillant, et elle déclara brutalement : « Vous nous aidez, et, en échange, je reprise vos vêtements et je vous laisse partager notre toit, notre feu et le peu de nourriture que nous avons. Je reconnais aussi que, grâce à vous, nous mangeons mieux que depuis longtemps. Mais... mais je ne veux rien vous devoir. Je ne veux pas que vous vous imaginiez, sous prétexte de nous avoir rendu service, que nous avons une dette envers vous. D'accord, je sais que c'est vrai, mais je ne veux... enfin, je...

— Je ne vous prends pas pour une prostituée, Amzil ; je n'essaierai pas de vous acheter contre de l'argent ni de quoi manger, et je ne ferai jamais de mal à vos enfants. On dirait que vous me regardez comme une espèce de monstre capable de tout ! » Malgré mes efforts, la douleur de mon amour-propre blessé perça dans ma voix. Amzil eut l'air choquée ; la gêne m'envahit, et je me creusai frénétiquement la cervelle pour détourner la conversation. Je m'éclaircis la gorge. « Quelqu'un a volé un lapin d'un de nos collets cette nuit ; on a replacé le piège, mais maladroitement, et je m'en suis rendu compte aussitôt.

— Ça ne m'étonne pas, répondit-elle vivement, comme soulagée de changer de sujet. Ça devait arriver. » La colère vibra soudain dans sa voix. « Mais qu'y puis-je ? Si je passe la nuit à surveiller les collets dans le champ de souches, les lapins ne viendront pas, et le lendemain je serai trop fatiguée pour m'occuper des enfants. Il n'y a pas d'issue.

— Avez-vous déjà songé à conclure une alliance avec certains de vos voisins ? »

Elle me regarda comme si elle n'en croyait pas ses oreilles, puis elle reprit le chemin de sa chaumine, et je lui emboîtai le pas. « Je vous l'ai dit : ce sont des assassins, des voleurs et des violeurs. Je ne leur fais pas confiance.

— Pourtant votre mari était un voleur. » J'avais tenté d'adoucir le terme mais il sonnait encore comme une accusation. « Oh, regardez ! m'exclamai-je sans lui laisser le temps de répondre. Une laitue.

— Cette tige avec de petites feuilles ? Ça n'y ressemble pas.

— Elle est montée en graine. » Je plantai lourdement un genou en terre parmi les herbes détrempées, cassai la tête de la laitue et la tins avec précaution au-dessus de ma main en coupe pour récupérer les graines. « Vous pouvez les mettre de côté pour les semer au printemps prochain ou bien retourner le sol et les semer maintenant. Les légumes de ce potager ont survécu à l'hiver ou se sont ressemés, donc il n'a pas fait assez froid pour les tuer complètement. Tenez, si vous les semez dès à présent, vous aurez peut-être une récolte très tôt au printemps ; alors, vous planterez le reste des semences pour obtenir des laitues plus tard dans l'année. Mais il faut toujours laisser quelques pieds monter en graine pour avoir de quoi semer la saison suivante.

— Ah ! » dit-elle d'une voix défaillante. Elle fit halte et se retourna vers le potager envahi de végétation. « Quelle idiote ! Je comprends, maintenant.

— Quoi donc ?

— Pourquoi on nous a donné des semences en nous disant que ça devrait nous suffire, mais je n'avais plus rien à planter ce printemps. N'empêche, j'ai eu de la chance : j'ai trouvé quelques oignons et quelques pommes de terre là où j'en avais semé l'année dernière. Je croyais les avoir oubliés en récoltant les légumes.

— C'était cruel de vous abandonner ici sans vous apprendre d'abord à cultiver un potager ou attraper un lapin.

— On nous a quand même donné quelques poules, et, pendant un moment nous avons eu des œufs ; et puis quelqu'un les a volées et mangées, je suppose. Ça s'est produit peu après notre installation, alors que le village comptait plus d'habitants. » Elle m'adressa un regard gêné. « Merci. Comment vous appelez-vous ? »

Je m'aperçus alors qu'elle ne me l'avait jamais demandé et que je ne le lui avais jamais dit. « Jamère Bur... » Je m'interrompis. Mon père m'avait renié ; souhaitais-je vraiment continuer à porter son nom ?

— Jamère Bure ? Merci, Jamère. »

A l'entendre prononcer mon prénom, j'éprouvai une émotion singulière, semblable à celle que j'avais ressentie la première fois que Carsina avait effleuré ma main. Elle marchait devant moi et elle ne vit pas le sourire cynique qui me tordit la bouche. Mais bien sûr, Jamère ! Tombe amoureux de la première avec qui tu te lies d'amitié simplement parce qu'elle accepte de dire ton nom, et oublie la façon dont elle te voit, la peur qui l'étreignait quelques instants plus tôt parce qu'elle croyait que tu voulais t'en prendre à son fils ! Par un effort de volonté, je regardai en face le sentiment de solitude qui m'habitait. Je n'avais personne dans ma vie ; j'étais aussi seul que... Yaril – ma sœur me revint soudain à l'esprit. Non, je n'avais pas besoin de m'amouracher d'Amzil comme un adolescent impulsif ; j'avais ma sœur et son affection pour me soutenir. Au lieu de réfléchir à la manière de changer l'existence d'Amzil si elle m'y autorisait, je compris que je devais concentrer mes efforts à me bâtir une vie propre qui me permettrait un jour de faire venir ma sœur auprès de moi.

Amzil pressait le pas devant moi ; j'avançais plus lentement. Enfin, je m'arrêtai et me retournai pour contempler les deux maisons dont mon imagination avait fait une auberge l'espace de quelques heures. Pourquoi pas ici ? me dis-je. Pourquoi ne pas réaliser ce projet tel que je l'envisageais, mais pour moi et, plus tard, pour Yaril ? Et, si mon travail profitait aussi à Amzil et ses enfants, ce serait un bénéfice supplémentaire. « Je pourrais demeurer ici et y faire ma vie », dis-je tout bas.

A ces mots, la foudre me frappa. Mon rêve de la nuit précédente me revint brutalement, et je restai tremblant dans la lumière du jour, envahi d'une certitude dont je ne voulais pas. Je ne pouvais pas m'installer dans ce hameau, je ne pouvais pas bâtir une auberge ni un foyer pour Yaril : je devais poursuivre ma route jusqu'au pays des Ocellions, sans quoi le malheur s'abattrait sur moi – non, pas seulement sur moi, mais sur tous ceux qui se mettraient en travers de ma mission.

Le corollaire de cette affirmation m'apparut aussitôt : la tragédie avait frappé ma famille à Grandval parce qu'elle avait cherché à m'y retenir. La peste s'était répandue dans le domaine et avait anéanti les miens parce que j'avais bravé ma destinée ; la magie avait tranché les liens qui me rattachaient à mon ancienne existence. Je secouai la tête :

non, c'était impossible ! Je ne pouvais croire à de ridicules superstitions dignes d'un ignorant ou d'un sauvage !

La peine et la culpabilité me déchirèrent les entrailles.

Je me pliai en deux, les mains crispées sur mon énorme panse molle, malade autant de la révélation qui m'avait soudain envahi que de la faim qui m'assaillait brusquement. Je n'avais pas faim de simple nourriture ; j'avais besoin de me sustenter pour alimenter la magie qui résidait en moi ; elle exigeait de manger et elle me commandait de reprendre ma route jusqu'à Guetis, jusqu'au territoire des Ocellions.

« Hé ! Hé, vous, là-bas ! Aidez-moi ! Au nom du roi, aidez-moi ! »

L'appel me parvint faiblement, à cause à la fois de la distance et du manque de vigueur de la voix. Je parcourus les alentours des yeux puis les levai vers le haut de la colline, par-delà le champ de souches, là où se dressaient les arbres intacts. Un homme se tenait à l'orée du bois, lourdement appuyé à un solide petit cheval ; barbu, nu-tête, il portait des vêtements rustiques et dépenaillés ; sa tête branlait sur ses épaules. Quand il vit que je le regardais, il fit deux pas dans ma direction puis s'effondra, roula sur le sol et demeura inerte.

Je me précipitai vers lui mais ma course tourna vite court ; je m'arrêtai pour reprendre mon souffle puis, autant que je le pus, me hâtai sur les sentiers sinueux qui passaient entre les maisons en ruine, franchis le champ aux souches et m'élançai dans la pente raide de la colline. Pendant tout ce temps, l'homme n'avait pas bougé. Arrivé près de lui, je m'agenouillai et constatai qu'il était plus massif que je ne l'avais cru. Il avait terminé sa dégringolade sur le dos, et il avait les yeux clos. L'état de ses vêtements en lambeaux ne devait rien à l'usure mais à l'attaque d'une bête pourvue de griffes ; du sang et de la boue maculaient son pantalon de cavalla. Il avait découpé sa chemise pour se panser la poitrine et le bras droit ; des entailles lui zébraient le ventre, d'autres apparaissaient sur ses jambes par les déchirures de son pantalon, recouvertes de croûtes sombres où se mêlaient de la terre et des bouts de feuilles. Sa barbe et sa tignasse hirsutes rendaient difficile de lui donner un âge, mais j'estimai avoir affaire à un homme d'âge moyen. « Monsieur ! Réveillez-vous ! »

Sa poitrine se souleva et il poussa un gémissement. Ses paupières battirent puis il ouvrit les yeux. « Me suis fait agrafer par un fauve, dit-il sans que je lui demande rien. Je venais d'abattre un gros faisan. Je le plumais ; l'autre a pensé que l'oiseau et moi, on ferait un bon repas.

— Je vais vous aider à descendre jusqu'à la maison.

— Il faut que j'aille à Guetis. Je devais y arriver aujourd'hui pour présenter mon rapport. »

Je le saisis par les épaules et le redressai ; un rictus de douleur lui déforma les traits. « Vous êtes éclaireur ? »

Il prit une inspiration hachée. « Lieutenant Buel Faille. » Il poussa un grognement de douleur puis retrouva son souffle. « Et, par l'autorité du roi, j'ai le droit de vous ordonner de m'aider. Je dois aller à Guetis.

— Gardez vos ordres ; je vous aurais aidé, de toute façon.

— Ben tiens ! fit-il, caustique. Parce que vous portez un amour immodéré au roi et à ses soldats, c'est ça ?

— Je suis fidèle à mon souverain ; et ma place de second fils me destine à l'armée – même si je n'arrive pas à grand-chose dans ce domaine pour le moment. Mais, si vous avez fini de m'insulter, je vais vous conduire là où l'on pourra soigner vos blessures convenablement. »

Il me regarda un moment, la respiration rauque, puis il déclara : « Vous n'êtes pas un forçat. Que faites-vous à Ville-Morte ?

— J'y passais pour me rendre à Guetis quand je suis tombé à court de provisions ; j'y ai fait halte quelques jours pour louer mes services en échange de vivres.

— Dans ce bled, je m'étonne que vous ayez reçu autre chose qu'un caillou derrière les oreilles pour votre peine. Baissez-vous, que je m'accroche à votre cou ; vous m'avez l'air plutôt costaud, non ? »

Je ne vis guère que répondre à cette dernière observation. Je fis ce qu'il demandait, et, une fois son bras autour de mon cou, je l'agrippai par la ceinture et le relevai. Il s'appuya à moi, les jambes molles, et nous nous mîmes en route ; je le portais plus que je ne le soutenais, mais il s'efforçait de marcher, avec des grognements et des hoquets de douleur. Il nous fallut un long moment pour descendre la colline ; un coup d'œil en arrière me révéla que sa monture nous suivait.

Au milieu du champ de souches, je criai à Amzil de mettre de l'eau à chauffer. Je dus m'y reprendre à deux fois avant qu'elle n'ouvre la porte ; elle écarquilla les yeux et rentra en trombe. Alors que nous approchions de la chaumière, je restai stupéfait en la voyant s'encadrer dans l'ouverture, son gros pistolet pointé une fois de plus sur mon ventre. « Qu'y a-t-il ? demandai-je.

— Il y a que cet homme n'entrera pas, répondit-elle sans ambages.

— Mais il est blessé !

— Je suis chez moi ; je dois protéger mes enfants. Pas question que vous ameniez un inconnu dans ma maison. »

Je la regardai, interdit, puis je me détournai et entraînai l'éclaireur claudiquant vers la chaumine que j'avais inspectée le matin même. « Mettez mes paniers devant votre porte, dans ce cas », lançai-je sans chercher à déguiser mon mépris. J'entendis l'huis claquer derrière moi.

Je conduisis le lieutenant Faille dans le bâtiment où j'avais repéré une cheminée en bon état. Je le déposai doucement à terre puis me rendis dans l'appentis chercher la couverture de selle de Girofle dont je fis un tapis de sol ; j'allai ensuite prélever du petit bois et des bûches dans la réserve que j'avais constituée pour Amzil. Mes paniers se trouvaient devant la porte close, avec, en vrac, les autres affaires que j'avais laissées chez elle. Le message était clair. Je rapportai le tout dans la maison où gisait l'officier.

« Elle a l'air de vous avoir salement dans le nez », fit-il. J'ignorais s'il souriait ou s'il grimaçait de douleur.

« C'est un don que j'ai avec les femmes », répondis-je.

Il émit un sifflement entre ses dents et se tut.

J'allumai un feu, allai chercher de l'eau et mis ma petite casserole à chauffer. Quand la température fut remontée dans la pièce et que l'eau commença de bouillir, j'aidai Faille à se dévêtir.

Je m'occupai d'abord des blessures bénignes et nettoyai du mieux possible les éraflures, chaudes au toucher et suppurantes. Il jura entre ses dents pendant que je les lavais ; les plus profondes saignaient un peu.

Quand je voulus défaire le bandage qui lui prenait la poitrine, il m'arrêta. « Vous avez quelque chose à manger ou à boire ? fit-il d'une voix tremblante. J'aimerais me fortifier un peu avant de passer à cette étape.

— Je crois qu'il me reste un peu de thé ; c'est à peu près tout ce que je possède.

— Alors j'en veux bien ; il y a de la viande séchée dans mes fontes ; vous pourriez me les apporter ? »

J'allai les décrocher de son cheval, dont j'ôtai le mors afin de lui permettre de paître l'herbe qui poussait entre les masures ; prudemment, je l'écartai du potager envahi de végétation, où je découvris encore deux carottes de l'année précédente. Je les arrachai et les rapportai à la maison. Le lieutenant leur jeta un regard empreint de curiosité. « Je vais faire de la soupe, expliquai-je ; elles sont trop dures pour les manger autrement ; avec la viande séchée, ça devrait donner un bon bouillon. »

Plus facile à dire qu'à faire : les carottes se révélèrent si ligneuses que je dus les découper en rondelles fines avec ma hachette avant de les jeter dans une casserole d'eau chaude ; j'allai ensuite chercher la viande dans les fontes de Faille. Il m'observait, et, comme je sortais un gros colis enveloppé de plusieurs épaisseurs de tissu huilé, il dit : « Non, pas celui-là. Remettez-le en place. » Le deuxième paquet, emballé dans du papier brun et gras, contenait la viande séchée ; j'en pris un morceau de la taille de ma main, le tranchai finement et l'ajoutai aux carottes. L'eau frémissait dans la bouilloire ; je préparai au lieutenant une chope de thé, et il la but à petites gorgées. Quand il la reposa vide, il hocha la tête. « Allons-y », fit-il, la mine sombre.

Je pris ma trousse de premiers soins à laquelle je n'avais jamais eu recours ; Faille ouvrit de grands yeux en la voyant, puis il serra les dents pendant que je mettais les sels curatifs à fondre dans l'eau chaude : la solution allait le piquer et le brûler, il le savait, mais il savait aussi qu'il devait en passer par là. Sous le bandage, son entaille à la poitrine n'avait pas bel aspect ; le coup de griffe avait pénétré profondément et, sans la compression du pansement, la blessure béait et suppurait elle aussi. Pendant que je la nettoyais à l'eau chaude mêlée de sel, Faille martelait le sol de son poing crispé en poussant des chapelets de jurons, mais pas un cri de douleur. « Il aurait fallu recoudre, dis-je ; mais c'est trop tard maintenant.

— Je le sais bien. Vous me croyez stupide ? Vous pensez que j'aurais pu me recoudre tout seul dans le noir ? »

Je retins la réponse cinglante qui me montait aux lèvres, appliquai de l'onguent sur les bords de la plaie puis la bandai à nouveau et serrai le pansement en espérant refermer les chairs afin qu'elles se ressoudent convenablement. L'entaille au bras se présentait de façon similaire, profonde, béante et suintante de pus. Elle dégageait une odeur infecte qui me souleva le cœur. J'essayai de respirer par la bouche, mais sans résultat. Je serrai les dents et traitai la plaie comme celle de la poitrine ; j'y laissai mes dernières bandes et ce qui me restait d'onguent.

« Vous êtes bien préparé pour voyager », remarqua Faille d'une voix tendue ; la douleur lui emperlait le visage de sueur.

« Oui, enfin, jusqu'à maintenant, répondis-je avec un humour sec.

— Ne vous en faites pas ; quand nous arriverons à Guetis, je veillerai à ce qu'on remplace tout ce que vous avez utilisé pour moi.

— Quand nous arriverons à Guetis ?

— Vous avez dit que vous m'aideriez même si je ne vous l'ordonnais pas ; eh bien, je dois aller à Guetis, et je sais fichtrement bien que je n'y parviendrai pas tout seul. Il faudra que vous m'accompagniez. »

La soupe commençait à bouillonner ; je sentis l'odeur mêlée de la viande séchée et des carottes en train de cuire. Tout en les remuant, je parcourus la pièce du regard ; j'en voyais encore toutes les possibilités, mais elles ne m'appartenaient pas. « Je vous accompagnerai. »

Il eut un petit hochement de tête. « Je vais me reposer aujourd'hui et cette nuit, puis nous partirons à l'aube. Vous avez fait du bon boulot, mais mes blessures recommenceront bientôt à cracher du pus. Il y a un médecin à la garnison ; avec lui, j'ai mes chances. La soupe est prête ?

— Vous avez de bonnes dents ?

— Ça ira ; je crève de faim. »

Je lui donnai mon bol et je mangeai dans la casserole. Dures et filandreuses, les carottes n'en avaient pas moins bon goût. Je me restaurai selon mon habitude, avec soin, en savourant chaque bouchée ; je bus le bouillon brûlant lentement, les yeux fermés pour mieux le sentir couler sur ma langue puis dans ma gorge. Sa chaleur m'emplit l'estomac. Je rouvris les yeux, baissai la casserole et vis Faille qui me regardait fixement. Je m'essuyai la bouche du dos de la main.

« D'où venez-vous ? » demanda-t-il ; j'eus l'impression qu'il ne cherchait pas seulement à savoir où j'étais né.

« De l'ouest », répondis-je, et je me rendis compte que je n'avais nulle envie de m'étendre davantage ; j'avais déjà le sentiment de lui en avoir trop dit. Je recourus à mon subterfuge préféré pour détourner sa curiosité. « Qu'est devenu le fauve qui vous a attaqué ? »

Il eut un sourire sans humour. « Il a gagné ; j'ai réussi à le décrocher de moi et j'ai pris la fuite. Par chance, il m'a laissé partir ; il a jugé que le faisan lui suffisait, je suppose. Revenu à mon bivouac, je me suis retapé du mieux possible puis j'ai repris la direction de la route. C'était il y a quatre jours – non, cinq. Ou quatre ? Oui, quatre, je pense. »

Il fit une moue songeuse et continua de me regarder. Comme je me levais, il me demanda : « Pourriez-vous me sortir mon matelas de sol ? Je voudrais dormir.

— Bonne idée. Je vais alimenter le feu.

— Merci. »

Je l'aidai à s'allonger, ajoutai du bois à la flambée puis sortis en fermant la porte derrière moi. Dehors, je m'essuyai les mains sur mon pantalon et poussai un grand soupir. Mes pas m'avaient porté jusque devant chez Amzil. Sans frapper ni essayer d'entrer, j'annonçai : « Je pars demain matin ; je dois accompagner le blessé à Guetis pour le faire voir à un médecin. »

Elle ne répondit pas. J'entendais les voix aiguës des enfants qui se chamaillaient à l'intérieur. Comme je me détournais pour m'en aller, je perçus le bruit de la porte qui s'entrouvrait. « Vous me trouvez horriblement égoïste », fit-elle d'un ton accusateur.

Je réfléchis. « Je crois que vous avez très peur et que ça vous rend dure.

— Ça vaut mieux qu'assassinée ou violée et laissée pour morte.

— Dans son état, cet homme ne représentait aucune menace pour vous.

— C'est un soldat, un éclaireur ; je l'ai déjà vu, et je sais que, là où il y a un militaire, d'autres ne tardent pas. Si je l'avais laissé entrer chez moi et qu'il soit mort, on m'aurait accusée ; non, mieux vaut ne rien avoir à faire avec lui.

— C'est un être humain en détresse, Amzil ! Comment pouvez-vous lui tourner le dos ?

— Comme on m'a tourné le dos à moi, voilà comment ! Combien de fois ai-je vu des soldats passer par ici alors que mon mari mourait ! Au début, je leur ai demandé de l'aide, et ils m'ont répondu que je l'avais bien cherché, en épousant un forçat et en ayant des enfants de lui. Eh bien, aujourd'hui, je réponds la même chose à ce soldat. Je ne sais pas ce qui lui est arrivé, mais il l'a bien cherché, à se pavaner en uniforme ! »

Elle avait indiscutablement raison ; je ne vis plus l'intérêt de me quereller avec elle. « Je l'emmènerai demain matin à Guetis », dis-je.

Sa bouche prit un pli sombre, et, comme avec colère, elle demanda : « Et que deviennent vos beaux discours sur l'auberge, les profits à tirer de la route et tout le reste ? Hein ? »

Je restai interloqué. « Vous souteniez que ça ne marcherait pas ; vous m'avez fourni au moins dix raisons pour oublier cette idée.

— Si j'essayais seule, oui ; mais, avec un homme aux commandes, même un homme comme vous, les voyageurs respecteraient peut-être l'établissement, et là ça pourrait marcher. »

Même un homme comme moi. Un obèse, à peine un homme à ses yeux, mais assez imposant pour faire peur. Je détournai le regard. « Je dois conduire cet homme à Guetis, sinon il mourra d'infection ; peut-être succombera-t-il quand même, d'ailleurs.

— Alors, pourquoi vous donner tout ce mal ?

— Parce que c'est un militaire, et moi un second fils. Mon destin me dirige vers l'armée.

— Vous ne me l'avez jamais dit. » On aurait cru que je lui avais menti.

Je sentis qu'elle me parcourait du regard ; elle jugeait évidemment bien peu probable que j'atteigne un jour mon but. Je le reconnus : « Certes, je ne corresponds pas vraiment à ce qu'un commandant attend d'une recrue. Néanmoins, le dieu de bonté m'a fait naître à la deuxième place de ma fratrie, et j'ai toujours eu l'intention de me rendre à Guetis pour voir si on y accepterait de m'enrôler. Si je puis servir comme soldat, je n'y manquerai pas.

— Et donc, vous allez partir demain, comme ça ? »

J'aurais voulu qu'elle me prie de rester, ou du moins m'invite à revenir chez elle. Debout devant elle, les yeux dans ses yeux, je me demandai si elle devinait seulement ce que j'espérais. « Je dois le conduire à Guetis. »

Elle porta le regard sur la colline derrière moi, comme si un spectacle passionnant s'y déroulait ; je savais qu'il n'y avait rien. « Vous m'avez beaucoup aidée tout le temps que vous êtes resté ici. » Elle s'interrompit, se passa la langue sur les lèvres et reprit : « Vous manquerez aux enfants.

— Ils me manqueront aussi », répondis-je avec tristesse, et je pris conscience qu'il ne s'agissait pas d'une formule de politesse : ils me manqueraient vraiment. Mais Amzil, elle, refusa de dire qu'elle regretterait mon départ, qu'elle aimerait que je demeure auprès d'elle ou que je revienne. « Merci ! me lança-t-elle alors que je m'étais éloigné de dix pas. Pour la viande, et aussi pour le bois.

— De rien. » Je haussai les épaules. « Merci de m'avoir accueilli sous votre toit, au coin de votre cheminée, et d'avoir repris mes vêtements.

— Ils vous vont beaucoup mieux.

— Merci », répétai-je sans hausser la voix, mais assez fort pour qu'elle sût que je l'avais dit. Je retournai à la masure qui aurait pu faire une bonne salle commune d'auberge. Faille dormait toujours, les traits détendus, la bouche entrouverte. Je plaçai de l'eau à portée de sa main, pris ma fronde et gravis le versant de la colline.

Je chassai jusqu'à la tombée du soir. « Je lui suis redevable, dis-je tout haut à la magie. Si elle ne m'avait pas ouvert sa porte, crois-tu que mon cheval aurait tenu le coup ? Si je n'avais pas pris le temps de refaire mes forces chez elle et de me nourrir convenablement, crois-tu que je m'apprêterais à me rendre à Guetis aujourd'hui ? Non ; mon cadavre pourrirait au bord de la route à l'heure qu'il est. Elle m'a rendu service et je veux la rembourser. »

J'attendis d'éprouver une sensation, le picotement bouillonnant de mon sang qui me prenait quand le pouvoir s'éveillait en moi, mais rien ne se passa. Je poursuivis quand même ma chasse. Je manquai le premier lapin que je vis, un tronc d'arbre dévia ma pierre du second ; ce n'était pas le bon moment de la journée pour traquer le gibier, et j'avais été bien sot de me croire capable de manipuler la magie. Une heure plus tard, je me jugeais encore plus stupide d'avoir cru en la magie tout court. J'avais été témoin de coïncidences, j'avais fait des cauchemars, rien de plus. Foi et logique s'empoignèrent en moi jusqu'au moment où je me convainquis de l'absurdité de vouloir connaître la vérité sur rien.

Quand je vis le cerf, je maudis le sort qui avait incité mon père à garder mes armes. L'animal, de petite taille, était sans doute un jeune de l'année. Je détournai les yeux de lui ; Dewara m'avait appris que la proie sent le regard du chasseur. « J'ai besoin de vivres pour mon voyage jusqu'au territoire des Ocellions », dis-je sans bruit, en articulant seulement les mots.

Un caillou pesait dans ma fronde, rond et lourd, propre à assommer un lapin ou un oiseau, mais certainement pas à tuer un cerf. A l'instant où je lèverais le bras pour faire tourner mon arme, la bête s'effraierait et détalerait. Je savais qu'il n'y avait pas de magie en moi, pas de magie nulle part : je n'étais qu'un homme empâté qui devait son obésité à une séquelle rare de la peste ocellionne. Le cœur tonnant dans la poitrine, je décochai ma pierre.

Elle frappa le daguet juste au-dessus de l'œil gauche ; j'entendis de claquement du projectile sur l'os. L'animal eut un soubresaut puis un violent tremblement le parcourut ; il fit deux pas puis ses pattes de devant se replièrent comme s'il se couchait pour la nuit et il tomba en avant ; ses postérieurs vacillèrent et il s'effondra lourdement avec une brusque convulsion.

Sans perdre un instant, je dévalai la colline en dégainant mon poignard. Je me tordis une cheville, heurtai un baliveau de l'épaule, mais je continuai de courir. Quand j'atteignis enfin ma proie, elle tentait de se relever. Je me jetai sur elle, et, de toutes mes forces, lui plantai mon couteau dans la gorge, juste sous l'angle de la mâchoire. Il sursauta brutalement en poussant un terrible hurlement de douleur. Je l'écrasai de tout mon poids et le maintins à terre tout en faisant aller et venir mon arme dans la plaie à la recherche d'une artère vitale. Il secoua frénétiquement la tête et me heurta le front ; avec un cri inarticulé, je tournai et retournai mon couteau, et enfin un jet de sang clair récompensa mes efforts. Néanmoins, ses ruades continuèrent, et il s'écoula un long moment avant qu'il ne sombre dans la mort.

A bout de souffle, je roulai au sol, ébranlé et meurtri. Pendant quelques minutes, je restai sur le dos, à côté du daguet immobile, à regarder le ciel bleu entre les feuilles jaunes. Avais-je eu de la chance ou la magie l'avait-elle emporté ? Je finis par conclure que, tant que j'avais de la viande, cela m'était égal.

Traîner le cerf dans la forêt fut une épreuve que je n'oublierai jamais ; la tâche aurait été rude même sans ma corpulence. La bête n'avait pas d'andouillers mais seulement de courtes pointes qui ne permettaient pas de le manipuler. J'essayai d'abord de le tirer par les pattes arrière, mais sa robe qui frottait le sol à rebrousse-poil me freinait plus que je ne l'aurais cru possible ; pour finir, je l'attrapai par les antérieurs et le remorquai ainsi, tandis que sa tête ballottait et se prenait dans tous les obstacles imaginables. Quand je parvins à la lisière du champ aux souches, je l'abandonnai pour me rendre chez Amzil.

« J'ai abattu un cerf, dis-je devant la porte close. Si vous m'aidez à le découper, je vous en laisserai une bonne part ; mais je dois en emporter des morceaux pour mon voyage.

— Un cerf ? » L'huis s'ouvrit à la volée. « Comment avez-vous fait pour tuer un cerf ?

— Avec une pierre.

— C'est impossible.

— Ma magie m'a aidé », fis-je, et Amzil prit cela pour une plaisanterie.

J'éventrai la bête et lui tranchai la tête, puis je donnai le foie, le cœur, les reins et la langue à Amzil, car il vaut mieux les manger frais. Sans dépecer la carcasse, afin d'empêcher les mouches d'y pondre, je la mis à saigner dans l'appentis, suspendue à l'envers. Malgré sa taille réduite, l'accrocher au plafond me demanda d'épuisants efforts. Enfin, tandis que le sang noir s'égouttait sur la terre, je sortis ma tenue de rechange de mes paniers. Faille dormait toujours. Je descendis au fleuve me laver.

J'étais en nage et gluant de sang. Il faisait froid mais je serrai les dents, me déshabillai et m'avançai dans l'eau. Ma toilette n'eut rien d'agréable ; je me rendis compte que je n'avais plus fait d'ablutions depuis quelque temps non parce que j'aimais être sale mais parce que j'évitais mon propre corps. Je me servis du sable de la berge pour me frotter ; par endroits, je dus soulever les plis de ma chair pour nettoyer la peau qu'ils dissimulaient. J'avais des irritations dues à la transpiration sous les bras et un début d'échauffement entre les cuisses à cause de mes efforts de l'après-midi. Mon nombril se cachait au fond d'une profonde dépression au milieu de mon ventre ; un épais bourrelet s'était formé au-dessus de mes parties génitales ; mes fesses tombaient et, sur la poitrine, des poches de graisse me faisaient une paire de seins. L'humiliation que j'éprouvais à laver ce corps dissipa tout sentiment de triomphe qu'avait pu m'inspirer ma chasse victorieuse. Si cet amas de chair pendante représentait le prix à payer pour posséder la magie, je n'en voulais pas ; le pouvoir ne me servait à rien, il obéissait seulement quand bon lui semblait et que mes souhaits correspondaient à ses ordres. Cette magie ne me procurait nulle puissance ; elle me liait à un peuple et à des forces que je ne comprenais pas.

Et, le lendemain matin, j'abandonnerais Amzil et ses enfants pour me rendre à Guetis. La partie de moi-même qui persistait à se voir comme le fils de mon père affirmait que je m'efforcerais de m'enrôler ; si le commandant de la place forte m'acceptait, je pourrais enfin écrire à Yaril et lui annoncer qu'un logis l'attendrait bientôt. Que penserait la magie de cela ?

Aussitôt, une autre interrogation me vint : que ferais-je si le commandant me refusait ? Je pourrais toujours revenir à Ville-Morte ; je n'étais pas sûr que ce fût une bonne décision, mais cela restait une possibilité.

Je regagnai la berge du fleuve, m'ébrouai, me séchai avec ma chemise sale, m'habillai puis passai quelque temps à nettoyer le plus gros de la terre et du sang qui maculaient mes vêtements. Enfin, j'essorai mon linge et le portai à la maison où dormait le lieutenant Faille. Je remis du bois dans le feu puis étendis mes habits mouillés sur la table brisée ; j'espérais qu'ils seraient secs au matin.

En prévision du trajet du lendemain, je vidai mes paniers et y rangeai mes affaires convenablement. Quand je pris la bourse qui contenait ma maigre fortune, je souris en songeant qu'elle m'avait bien peu servi, puis je la casai soigneusement. Je n'avais pas grand-chose à empaqueter en matière de vivres. Je me tournai brièvement vers l'éclaireur ; il avait dû se réveiller au cours de la matinée car l'eau que je lui avais laissée avait disparu. De quelles rations disposait-il de son côté ? Etant donné son état, il me paraissait plus sûr de gagner Guetis le plus vite possible ; pas question de nous arrêter tôt chaque soir afin de chasser. Avec gêne, je me demandai si Amzil accepterait de me céder un peu de son lapin fumé ; certes, je pouvais emporter pour un jour ou deux de venaison, mais le cerf non traité ne tiendrait pas aussi bien que de la viande séchée ou fumée.

Je rassemblais mon courage pour retourner chez elle quand la porte s'ouvrit et Amzil entra, précédée d'un parfum capiteux : celui du foie frais sauté à la graisse d'oie et aux oignons émincés. Mes sens s'éveillèrent aussitôt, comme un chien qui tombe en arrêt devant un oiseau. Elle s'immobilisa dans l'encadrement ; elle tenait la queue brûlante de la poêle, les mains protégées par plusieurs épaisseurs de linge. Elle ne me regarda pas tout à fait dans les yeux. « J'ai pensé que vous aviez peut-être faim.

— J'ai une faim de loup, et ce que vous apportez dégage une odeur enchanteresse.

— Il devrait y en avoir assez pour le blessé. Ma mère disait toujours que le foie est le meilleur des médicaments. »

L'arôme seul du plat parut déjà opérer un miracle : le lieutenant Faille s'agita sur son matelas puis ouvrit les yeux. « Qu'est-ce que c'est ? fit-il d'un ton endormi.

— Du foie de cerf frais revenu à la graisse d'oie avec des oignons, répondis-je.

— Aidez-moi à me redresser, s'il vous plaît. » L'avidité qui perçait dans sa voix arracha même un sourire à Amzil.

Elle posa la poêle près du feu. « Je dois retourner près de mes enfants, me dit-elle, l'air embarrassé.

— Je sais ; merci.

— C'était la moindre des choses. Jamère, je... je m'excuse de ne pas pouvoir être plus... plus accueillante pour les inconnus, mais je dois protéger mes petits, vous le savez.

— Oui, je le sais, et vous le faites très bien. Avant que vous partiez, j'ai un autre service à vous demander. Pourriez-vous me donner du lapin fumé de votre réserve ? Nous avons pas mal de route à effectuer, et la venaison fraîche ne se conservera pas aussi bien.

— Naturellement. Vous avez tué ces lapins ; cette viande est à vous. » Malgré ses paroles polies, je sentais le trouble dans sa voix.

« Et je vous les ai donnés. Cela vous dérange-t-il si nous en prenons quelques morceaux ? Je vous abandonnerai quasiment tout le cerf.

— Mais non, ça ne me dérange pas ; je vous remercie de tout ce que vous voudrez bien me laisser. Mes enfants ont bien mangé tout le temps de votre séjour grâce à vous ; je vous en suis reconnaissante.

— A propos de la carcasse, laissez-la suspendue quelques jours avant de la dépecer, qu'elle se vide bien de son sang ; la viande sera plus tendre. Vous pouvez la manger fraîche, mais il faudra en sécher ou en fumer la plus grande partie. » J'eus soudain le sentiment de lui confier une tâche insurmontable.

« Je dois retourner auprès des enfants, répéta-t-elle, et je pris conscience, sans en comprendre la raison, de la gêne qu'elle éprouvait.

— Bien sûr, dis-je. Je vous rapporterai votre poêle ce soir.

— Merci. » Et elle sortit aussi brusquement qu'elle était entrée.

Buel Faille, appuyé sur ses coudes, regardait avec convoitise le plat qu'elle avait apporté. « Du café et un bon bout de cette viande, et je me sentirai de nouveau vivant, fit-il.

— Je n'ai pas de café, je regrette ; mais il y a de l'eau et du foie tout juste cuit ; ça n'est déjà pas si mal.

— Exact. Mais il doit rester du café dans mes fontes, si vous voulez bien nous en faire infuser. Ça devrait m'aider à me remettre sur pied. »

A l'idée du liquide noir et fumant, l'eau me vint à la bouche. Je mis de l'eau à chauffer puis servis la viande. Le matériel d'ordinaire de Faille, en fer-blanc cabossé, se composait d'une poêle, d'un bol et d'une chope émaillée dans laquelle se cachait le précieux café ; l'arôme des fèves grillées m'enivra.

Nous mangeâmes en silence. Je me concentrai uniquement sur mon repas et ne m'en détournai que pour ajouter le café à l'eau quand elle bouillit puis sortir la casserole où il conserverait sa chaleur tout en infusant. Avec l'odeur du café en préparation, je n'en appréciai que mieux le contenu de mon assiette.

Le foie était cuit à la perfection, si moelleux au cœur que je pouvais le couper à la fourchette. Amzil n'avait pas mis beaucoup d'oignon, mais on reconnaissait aisément les petits morceaux translucides et leur goût aimable qui imprégnait la graisse d'oie. Je n'avais rien mangé d'aussi vivant depuis longtemps – je ne vois pas d'autre moyen d'exprimer ce que je ressentais. Le foie est toujours un aliment riche et savoureux, mais ce soir-là j'eus soudain conscience que je transférais la vie du cerf en moi. Il y avait un principe essentiel dans cette viande ; je n'aurais su le nommer, mais je m'en sentais rechargé à chaque bouchée. Elle avait un goût si plein, si fort, la graisse me laissait une sensation si satisfaisante que, quand j'eus fini de nettoyer mon assiette de ses ultimes traces luisantes, je me sentis plus rassasié que depuis des jours. Je levai les yeux et vis Faille qui m'observait avec curiosité.

Je lui rendis son regard et il m'adressa un sourire franc. « Je n'ai jamais vu personne savourer un repas autant que vous. Il est prêt, ce café ? »

Il avait englouti sa part de viande sans même en avoir perçu le goût, sans doute. Bizarrement, je trouvai navrant qu'il n'ait pas eu conscience d'absorber la vie du cerf ; cela dévalorisait ma chasse et le fait que j'aie dépouillé l'animal de son existence. J'éprouvais une étrange contrariété, comme si, en avalant sa viande tout rond, Faille se montrait irrespectueux ; mais je ne dis rien et servis le café. Il but sa chope d'un trait et en prit une seconde ; je savourai la mienne à longues et lentes gorgées puis rajoutai de l'eau sur la mouture pour une deuxième infusion. Pendant qu'elle se préparait, je nettoyai la poêle d'Amzil puis allai la lui rapporter. Je frappai à sa porte qui s'entrouvrit. Elle me prit l'ustensile des mains avec un « merci » bref. Elle ne m'invita pas à entrer, et je ne cherchai pas à m'imposer.

Quand je retournai auprès de Faille, il se versait du café réinfusé, assis près du feu sur sa couverture, le dos voûté, l'air mal en point mais vivant. « Eh bien, vous avez fait vite, fit-il.

— Je lui ai seulement rendu sa poêle. »

Il eut un sourire entendu. « Elle n'est pas simple, hein ? Des fois elle veut bien, d'autres fois non. »

En moi, l'ébahissement le disputait à la colère, mais je m'efforçai de garder un visage de marbre. « C'est-à-dire ? »

Il se déplaça légèrement et son front se plissa encore davantage ; à l'évidence, changer de position n'avait pas atténué sa douleur. Il se passa la main sur le visage. « Seulement que, pour une putain, elle se conduit bizarrement. Parfois, on peut se payer une nuit au chaud et un peu de réconfort avec elle ; d'autres jours, on trouve porte close ou bien la maison est vide. Elle a ses humeurs ; mais elle vaut le coup quand on tombe un de ses bons jours, à ce qu'il paraît.

— Donc, vous n'avez jamais couché avec elle ? »

Un petit sourire lui tordit la bouche. « Mon vieux, Buel Faille ne paie jamais ; je n'en ai pas besoin. » Il finit son café puis jeta le fond de sa chope dans le feu et prit un air malicieux. « Ça veut dire, je suppose, que vous n'avez pas eu trop de chance avec elle.

— Je n'ai pas essayé ; je ne pensais pas avoir affaire à ce genre de femme, avec trois enfants autour d'elle et tout le reste. »

Il partit d'un rire étranglé. « Quoi ? Vous croyez que les putes n'ont pas de gosses ? Oui, si elles peuvent l'éviter, mais la plupart n'y arrivent pas. Cette femme, là, elle habite ici depuis... oh, bien un an, à mon avis. Elle avait un mari, mais il n'est plus là ; il a dû la plaquer. En tout cas, tout le monde sait qu'elle se vend – oh, pas pour de l'argent, ça ne lui sert à rien, mais contre de quoi manger, et seulement quand elle est d'humeur. »

J'aurais été bien incapable de m'y retrouver dans les émotions qui se déchaînaient en moi. Je me sentais stupide, j'avais l'impression qu'on m'avait utilisé. Amzil n'était qu'une prostituée mais, alors que j'avais amplement payé mon écot en nourriture, elle ne m'avait même pas permis de lui toucher la main. Je me montrais injuste, je le savais ; elle m'avait avoué implicitement qu'elle avait fait commerce de ses charmes contre des vivres en période de besoin. Elle avait pris les mesures nécessaires pour assurer la subsistance de ses enfants ; cela faisait-il d'elle une prostituée ? Je l'ignorais ; je savais seulement qu'entendre un autre homme la décrire ainsi de façon aussi brutale me rendait profondément malheureux. Je reconnus que j'avais toujours eu conscience de ce qu'elle était ; mais, avant la venue de Buel Faille, rien ne m'avait forcé à affronter le fait que d'autres le savaient aussi, et de manière beaucoup plus intime que moi. Je l'avais déguisée en une autre et j'avais déguisé aussi bien d'autres aspects d'elle ; j'avais voulu croire qu'elle avait un cœur que je pouvais conquérir, qu'elle valait qu'on le conquière, qu'en la protégeant, en chassant pour elle, je parviendrais peut-être à faire d'elle une autre que celle qu'elle était.

« Vous êtes toujours partant pour prendre la route demain ? demandai-je à Faille.

— Vous parlez ! » répondit-il.

4

Voyage à Guetis

JE ME FIXAI UNE DERNIÈRE TÂCHE, le lendemain matin avant de partir. Je me levai à l'aube et sortis sans bruit avant que Buel ne se réveille – discrétion bien superflue, car il avait les joues rouges et dormait du sommeil profond des malades. Néanmoins, je quittai la maison à pas de loup car je ne voulais nul témoin.

Je me rendis au potager à l'abandon, m'accroupis et posai les mains à plat sur la terre ; je fermai les yeux, appuyai mes paumes sur la végétation épaisse et humide enracinée dans le sol et dis tout haut, non tant parce que je le jugeais nécessaire mais plutôt pour m'aider à me concentrer : « Je voyagerai mieux et plus vite si je sais qu'Amzil et ses enfants ont de quoi manger. Pousse ! »

Au bout d'un moment, j'ouvris les yeux. Un fin crachin tombait, s'accumulait en gouttelettes sur mes manches et sur mes cils. Mon ventre me gênait ; accroupi, j'avais peine à me courber pour toucher le sol. J'avais l'impression de m'écraser en me pliant et je n'arrivais plus à respirer à fond. Et rien ne se produisait.

Mais, après tout, je m'y attendais.

Ce fut une révélation : comment peut-on employer la magie si l'on n'y croit pas ? J'abandonnai ma position accroupie et m'agenouillai dans la terre mouillée ; je pressai les mains sur le sol, pris une grande inspiration et rejetai à la fois mon incrédulité et ma peur profondément ancrée que la magie existe pour de bon et me permette d'exécuter mon projet. Avec un effort, je me rappelai la sensation de puissance que j'avais perçue en refermant les doigts sur l'arbre qui poussait du sein de la femme-arbre – oui, cette puissance-là, ce transfert d'être, voilà ce que je voulais. Je respirai profondément, crispai les doigts sur la terre puis relâchai mon souffle, exhalai tout l'air que contenaient mes poumons et continuai à pousser quelque chose hors de moi, hors de mon ventre en passant par mes bras pour l'éjecter par mes mains. Des couleurs commencèrent à danser à la périphérie de ma vision. Un phénomène commençait à se produire, et je l'observai : les herbes folles, les plantes aux feuilles déchiquetées s'étiolaient et retournaient dans la terre, tandis que les légumes que je consacrais enflaient et grandissaient ; des navets poussaient leurs épaules violettes à l'air libre, un plant jaunissant de pomme de terre verdit, se hissa au-dessus de la terre puis émit des boutons qui s'ouvrirent et déployèrent de petites corolles blanches. Les ombelles des carottes se dressèrent, grandes et vert sombre. J'ignorais de quel muscle mental je me servais, mais je le tins bandé jusqu'à ce que je voie des taches de couleur danser devant moi.

J'ouvris les yeux et le monde se mit à tournoyer ; je perdis l'équilibre et tombai sur le flanc. Je respirais à grandes goulées hoquetantes ; mes bras et mes jambes me picotaient, comme ankylosés ; je crispai et décrispai mes mains douloureuses en m'efforçant de rétablir la circulation du sang dans mes membres insensibles. Dès que je m'en sentis la force, je me redressai.

Je pensais que mon hallucination allait se dissiper, mais non : tout autour de moi, en un cercle parfait, les mauvaises herbes avaient disparu. Les légumes que j'avais choisis demeuraient, gros et croquants, prêts à être récoltés. Il y avait des choux à la tête ronde au milieu de larges feuilles, des carottes surmontées de hautes ombelles plumeteuses, des fanes de navets, des tiges rouges de betteraves, et un carré de pommes de terre en fleur.

Je dus m'y reprendre à trois reprises avant de parvenir à me relever, et, une fois debout, je chancelai comme un poulain nouveau-né ; la tête me tournait non seulement de ce que j'avais accompli mais de l'énergie que j'avais dû déployer. Il me fallut un moment avant de prendre conscience d'un autre changement, encore plus stupéfiant.

Mes vêtements pendaient sur moi.

Il s'agissait d'une modification sans grande portée, du moins pour un autre que moi. L'étroitesse désagréable de la taille de mon pantalon, les entournures de ma chemise qui me sciaient sous les bras, mon col qui m'étranglait, bref, toutes les parties de ma personne que mes habits contraignaient quelques instants plus tôt étaient à présent plus à l'aise. Pour m'en assurer, je fis tourner la ceinture de mon pantalon sur ma taille ; elle se déplaçait librement. Je restais obèse, mais légèrement moins que quelques minutes auparavant.

Et j'avais une faim de loup.

A peine en pris-je conscience que mes sens s'éveillèrent à l'abondance qui m'entourait. Un besoin irrésistible de combler ce que j'avais perdu chassa la stupeur où m'avait plongé l'opération de la magie. J'arrachai une carotte, longue et d'un rouge orangé profond ; l'extrémité cassa dans le sol compact, que je fouillai des doigts pour l'en extraire. De la main, je débarrassai les deux morceaux de la terre humide qui y restait collée, puis je croquai dans la carotte. Des particules crissèrent sous mes molaires et ajoutèrent leur note terreuse au goût de la racine ; je la réduisis en une pulpe juteuse et sucrée. Jamais je n'avais savouré un légume aussi exceptionnel ; le cœur en était suave, l'ensemble croquant mais non dur. J'attaquai la partie aérienne et goûtai avec curiosité les ombelles plumeuses de la plante. Mon regard tomba sur un navet ; les fanes me restèrent dans la main quand je voulus l'arracher. Peu importait : je me fourrai les feuilles dans la bouche et les mastiquai tout en dégageant la terre autour de la rave violette et blanche ; je la tirai hors du sol du premier coup. Des radicelles en pendaient, semblables à de petites lianes tâtonnantes, encroûtées de terre ; je secouai le navet puis l'essuyai sur la jambe de mon pantalon.

La peau était fibreuse et poivrée ; je la décollai de la rave et la dévorai avant de m'attaquer à l'intérieur luisant. Mes doigts crottés y laissaient des empreintes ; peu importait. Je finis le navet et me dressai de tout mon haut, à la recherche d'un autre mets à savourer. Je m'essuyai la bouche du dos de la main ; j'observai que mes lèvres y laissaient une trace terreuse. Je plissai le front en m'efforçant de saisir un souvenir qui m'échappait.

Et, en cet instant, Jamère le militaire revint à l'avant-plan. Je m'écartai précipitamment du potager désormais prospère, entouré de mauvaises herbes trempées de pluie. Les plantes avaient été semées au hasard, mais il donnait l'impression qu'on l'avait soigné, arrosé, biné, et qu'il n'attendait plus aujourd'hui que la récolte. Avant de reculer, je me trouvais exactement au centre du cercle entretenu. Le cœur battant, je m'éloignai des plates-bandes pour regagner la réalité. Je me retournai sur elles une dernière fois, en pensant presque les voir étouffées de végétation, mais non ; elles demeurèrent inchangées, aussi réelles que la bruine qui tombait sur moi.

Je m'enfuis. J'allai chercher les deux chevaux que j'avais attachés dehors pour la nuit, car ils avaient refusé d'entrer dans l'appentis où pendait le cerf, et me préparai fébrilement pour notre trajet. Comme un homme traqué, j'entrai à toutes jambes dans la chaumine et en ressortis les bras chargés de mes affaires et de celles de Faille ; je retournai à l'appentis, décollai une partie de la peau du cerf pour découper des lanières de viande dont je bourrai ma casserole.

Une fois tout fixé sur le dos des deux chevaux, j'allai frapper à la porte d'Amzil. Elle ouvrit, les cheveux encore emmêlés. « Quelque chose ne va pas ? » fit-elle d'un ton inquiet. Sans doute le choc que j'avais éprouvé devant la preuve que la magie opérait se voyait-il encore sur mon visage.

Je mentis. « Non. Je dois seulement partir tôt pour profiter le plus possible de la lumière du jour. Je viens vous demander si je puis emporter un peu de viande séchée ; j'en ai déjà pris de la fraîche sur le cerf, mais je vous laisse tout le reste.

— Je vous en prie », répondit-elle d'un ton distant. Elle me tourna le dos, et je gagnai l'autre chaumine pour réveiller Faille.

Il sursauta quand je posai la main sur son épaule, puis il se redressa lentement, parcouru de frissons. « Il est l'heure de nous mettre en route ? » fit-il d'un ton plaintif, alors qu'il connaissait pertinemment la réponse.

« Oui ; ainsi, nous pourrons faire un bon bout de chemin. Sommes-nous loin de Guetis, à votre avis ? »

Il savait que je ne parlais pas de distance. « Si je voyageais seul avec Renégat et si j'étais dans mon état normal, j'y arriverais en quatre jours. Mais ce n'est pas le cas, n'est-ce pas ?

— Non. Mais je pense quand même que nous progresserons vite. » Je m'efforçais de me montrer rassurant.

L'homme avait perdu tout son aplomb de la veille, peut-être à cause de l'infection qui le gagnait, ou bien parce que, sachant qu'il avait de l'aide, il se permettait de baisser sa garde.

« Bon, eh bien, allons-y. » Il se leva maladroitement, s'approcha de la cheminée et se réchauffa pendant que j'emballais nos dernières affaires. Quand il fut temps de partir, j'évitai le potager. Faille s'appuya quelques instants à son cheval avant de se mettre en selle, mais il réussit à monter seul. « Excusez-moi quelques minutes », lui dis-je, et je me dirigeai vers la maison d'Amzil pour récupérer la viande promise ; j'aperçus alors mon hôtesse qui venait vers moi le long de la route. Je poussai un soupir de soulagement : par cet itinéraire, elle n'avait pas encore dû découvrir les changements que j'avais opérés dans le potager. Je n'avais pas envie de répondre à ses questions. Elle portait un sac en toile dans les bras ; quand je le pris, elle déclara : « J'y ai placé deux lapins.

— Merci. Ça devrait nous suffire.

— Et c'est mon sac le plus solide. »

Je me creusai la cervelle : dans quoi d'autre pouvais-je ranger ces vivres ? Il faudrait que je les mette en vrac dans mes paniers. Mais, comme je m'apprêtais à ouvrir le sac, elle fit à mi-voix : « Non, vous pouvez l'emporter. Mais je veux le revoir.

— J'y veillerai, répondis-je, un peu étonné par cette exigence.

— N'oubliez pas cette promesse. » Elle se tenait très droite, l'air comme en colère. J'ignorais quoi dire ; elle n'avait pas grand-chose ; me confier ce sac représentait manifestement un gros sacrifice.

« Au revoir, Amzil. Faites mes adieux aux enfants de ma part.

— Je n'y manquerai pas. » Elle me regardait dans les yeux comme si elle attendait quelque chose de moi.

« Vous pourrez vous débrouiller seule ? »

La vraie colère apparut sur ses traits. « Je me débrouillais avant ; pourquoi n'y arriverais-je plus ? » fit-elle, hargneuse. Là-dessus, elle nous tourna le dos et reprit le chemin de sa maison.

Je ne voulais pas la retenir, mais je tenais à m'assurer qu'elle profiterait de mon œuvre du matin. « Ramassez les légumes dès que possible, lançai-je, avant que quelqu'un d'autre ne les découvre. » Elle ne se retourna pas. « Au revoir », ajoutai-je plus bas.

Le lieutenant Faille toussa puis cracha par terre. « Vous lui avez méchamment rebroussé le poil, on dirait, fit-il d'un ton posé.

— Allons-y », répondis-je, et je montai sur Girofle. Du haut du cheval de trait, je dominais mon compagnon ; je me sentais ridicule. Nous suivîmes la route, qui nous emmena hors des ruines du bourg avorté. Une seule fois, je regardai derrière moi la fumée qui s'élevait des rares cheminées, et je songeai : « Presque. » Dans ce hameau, j'avais presque réussi à prendre les commandes de mon existence ; à présent, le devoir me rappelait.

La bruine tomba toute la journée. Au crédit de Buel Faille, je dois reconnaître qu'il ne se plaignit pas ; il chevaucha à mes côtés sans quasiment ouvrir la bouche. De temps en temps, il toussait et crachait ; il prenait souvent son outre pour boire. Quand nous parvînmes au fleuve, nous nous arrêtâmes et je refis nos provisions d'eau. Avant de poursuivre la route, nous mangeâmes la moitié d'un lapin ; cela ne me rassasia pas tandis que Faille eut l'air de devoir se forcer pour avaler chaque bouchée.

« Vous êtes prêt à repartir ? lui demandai-je quand il jeta son dernier os.

— Ai-je le choix ? Je sais ce qui m'arrive ; les griffes d'un animal, ça n'est pas propre, et l'infection va se répandre. » Il se palpa prudemment la poitrine. « C'est brûlant, je le sens. Allons-y. »

Et nous nous remîmes donc en route. En début d'après-midi, nous croisâmes deux chariots de marchands qui roulaient vers l'ouest. Les conducteurs étaient assis sur leur banc, les épaules voûtées et le chapeau rabattu sur le front pour se protéger de la pluie. Je les saluai, mais un seul me répondit d'un hochement de tête maussade. Je renonçai à leur réclamer de l'aide ; je jetai un coup d'œil à Faille : vu l'expression méprisante qu'il affichait, il partageait manifestement mon avis.

Pendant que nous chevauchions, je m'interrogeai : les négociants feraient-ils halte dans le hameau abandonné ? Je me torturai alors en me demandant si Amzil les accueillerait chez elle. Quel âne ! Elle ne m'appartenait pas et elle m'avait clairement fait comprendre que je ne l'intéressais pas. En quoi ses choix, entre autres celui de se vendre à des inconnus, me regardaient-ils ? Elle n'était rien dans ma vie, rien qu'une femme chez qui j'avais brièvement séjourné en me rendant vers l'est ; je finirais par l'oublier. Je trouverais quelqu'un pour lui rapporter son sac ridicule et elle disparaîtrait. Je ne penserais plus à elle.

L'humidité ambiante pénétrait nos vêtements et dégoulinait en ruisselets sur la robe de nos chevaux. Je commençai à chercher un lieu où installer notre bivouac avant la nuit ; quand je repérai les pierres groupées, trois par trois puis deux l'une sur l'autre, je quittai la route pour m'enfoncer dans les taillis. La piste étroite montait en sinuant entre les arbres mais, comme l'annonçaient les signes des éclaireurs, elle nous conduisit à une clairière avec une réserve de bois abritée.

Je mis pied à terre. Faille demeura un moment sur son cheval. « D'accord, fit-il d'un ton bourru en descendant de sa monture avec des mouvements raides, vous êtes peut-être bien un fils militaire ; votre père opérait dans quelle arme ?

— La cavalla », répondis-je avec laconisme. Je n'avais nulle envie de parler de mon père ni de ma famille avec lui. Je pris quelques bûchettes dans la réserve puis cherchai ma hachette dans mes paniers pour en réduire certaines en petit bois. Le vent soufflait en rafales et secouait les arbres d'où tombaient des averses de gouttes et de feuilles mouillées. La nuit s'annonçait détestable. « Je vais allumer un feu puis je nous bricolerai un abri. »

Faille acquiesça de la tête, sombre et silencieux. Il avait mal, mais jusqu'à quel point, je l'ignorais. Il se tenait raide, les bras croisés comme s'il cherchait à retenir quelque chose en lui. Il ne me proposa pas son aide ; je n'en attendais aucune. Son rouleau de toile était prévu pour protéger une seule personne, non deux, mais je me débrouillai pour l'accrocher aux troncs de façon à ce qu'il coupe le plus gros du vent et de la pluie. Ce n'était pas parfait ; des bourrasques vagabondes nous aspergeaient encore de gouttes et de feuilles trempées, mais cela valait infiniment mieux que rester sans protection sous les giboulées. Les arbres à demi nus ne nous préservaient guère de la pluie incessante. J'attachai nos chevaux, allai puiser de l'eau dans un ruisseau proche et la mis à chauffer pendant que je sortais la venaison du cerf ; je la découpai en bandes dans lesquelles je pratiquai des trous puis que j'enfilai sur des branches fines. Je fis griller la viande, et, si elle resta plus que saignante, nous n'y attachâmes guère d'importance. Nous préparâmes du café prélevé sur les provisions de Faille et mangeâmes la venaison brûlante à même les brochettes.

J'avais passé des nuits bien pires à la belle étoile, mais pas avec mon embonpoint actuel. Mon poids et ma taille rendaient plus difficiles tous les détails du partage d'un bivouac. La toile qui nous abritait appartenait à Faille, et il était blessé ; la justice commandait qu'il en profite le plus, et, du fait de ma corpulence, l'une ou l'autre partie de ma personne restait toujours exposée aux éléments. Me déplacer pour aller chercher du bois, me pencher pour déposer la casserole de café sur les braises, laver la vaisselle : ma surcharge de chair rendait plus pénible la moindre tâche ; même me lever puis me rasseoir présentait plus de difficulté qu'à l'époque où j'étais mince. J'avais l'impression que le lieutenant Faille suivait chacun de mes mouvements, et j'essayai de me persuader que mon imagination me jouait des tours, mais je finis par m'avouer avec colère que je devais m'y attendre ; après tout, les gens payaient pour voir le Plus Gros Homme du Monde au carnaval de Tharès-la-Vieille. Je n'atteignais pas sa démesure, mais un embonpoint comme le mien n'en restait pas moins remarquable. A Guetis, j'attirerais tous les regards ; mieux valait m'y faire.

« Vous n'avez pas toujours été gros », déclara soudain Faille.

J'eus un petit rire désabusé. « Et qu'en savez-vous ?

— Ça se voit à votre façon de bouger. Vous vous tenez comme un cheval de bât qui porte plus que sa part ou qu'on a mal chargé. Si vous aviez traîné ce poids toute votre vie, vous y seriez habitué ; mais je vous observe depuis tout à l'heure, je vois la manière dont vous placez les pieds avant de vous asseoir, dont vous devez vous y reprendre à deux fois avant d'arriver à vous relever. »

Je haussai les épaules. « Vous avez raison. Il y a un an, j'étais plus mince que vous.

— Que s'est-il passé ? »

Faille avait les yeux trop brillants ; il brûlait de fièvre. « Si vous voulez, je puis retourner aux saules que nous avons vus le long du ruisseau et gratter un peu d'écorce ; il paraît qu'en infusion elle fait baisser la température.

— Il paraît, oui. En tout cas, c'est amer comme chicotin. Mais j'aimerais mieux que vous répondiez à ma question : que vous est-il arrivé ? »

Je m'assis et tâchai de trouver une position confortable. J'avais le fondement meurtri par la selle, et je n'avais pour m'adosser qu'un tronc d'arbre rugueux. « J'ai contracté la fièvre ocellionne ; tous les autres malades ont péri ou, s'ils ont survécu, n'ont plus que la peau sur les os. Mais, moi, je me suis rétabli, et puis j'ai commencé à prendre du poids. Le médecin de l'Ecole savait ce qui m'attendait ; il m'a dit qu'il s'agissait d'une séquelle rare de la peste. Et on m'a réformé pour raison médicale.

— Un élève de l'Ecole ; j'aurais dû m'en douter », marmonna Faille. Il eut un sourire narquois. « Donc, vous devez être le fils d'un sire quelconque, non ?

— Non ; je ne suis plus le fils de personne. Mon père m'a renié ; je n'ai pas répondu à ses attentes, je me suis déshonoré. Je n'ai pas réussi à obtenir mon diplôme d'officier de la cavalla, et, selon lui, je n'arriverai jamais à entrer dans l'armée.

— Il voyait sans doute juste ; la plupart des régiments refuseront de vous enrôler même comme fantassin. » Il jeta sa brochette nue dans le feu. « Mais, si vous voulez, je peux dire un mot en votre faveur au colonel Lapin.

— Le colonel Lapin ? C'est lui qui commande à Guetis ? »

Faille éclata de rire. « Oui ; en réalité il s'appelle Lièvrin, mais je trouve son surnom plus approprié, vu qu'il passe tout son temps planqué dans son trou. Toutefois, je ne vous recommande pas de vous adresser ainsi à lui si vous tenez à entrer dans ses bonnes grâces. » Il maîtrisait mal sa voix.

« Je crois que la fièvre vous reprend. Je vais aller chercher de l'écorce de saule tant qu'on y voit encore un peu.

— Comme vous voudrez. » Il appuya la tête contre l'arbre auquel il s'adossait. J'emportai ma bouilloire et me rendis au ruisseau. Je ne savais pas grand-chose sur l'écorce de saule, hormis qu'on la disait efficace contre la fièvre ; je prélevai sur le tronc et les branches souples de quoi remplir la moitié de mon récipient, ajoutai de l'eau et rapportai le tout au bivouac ; j'alimentai le feu et mis la décoction à chauffer.

Le jour baissait ; autant pour me tenir chaud que par esprit militaire, je pris ma hachette et allai chercher du bois. Je ne trouvai quasiment que des branches détrempées, mais je les tronçonnai puis les empilai pour les prochains voyageurs à voir le signe de reconnaissance et à profiter de l'emplacement. Quand j'eus fini, l'infusion fumait, et des frissons parcouraient Faille. Ma préparation n'avait pas une odeur appétissante, mais elle était brûlante et il en but deux chopes pleines ; puis ses paupières se fermèrent brusquement et il s'étendit mollement dans ses couvertures. Je jetai le fond d'écorce infusée qui restait au fond de sa chope puis m'installai aussi confortablement que possible pour la nuit.

Elle me parut interminable ; Faille la passa à gémir, agité de soubresauts. Le vent finit par chasser les nuages mais, comme le ciel s'éclaircissait, l'air se refroidit. Quand l'aube arriva enfin, je l'attendais, bien réveillé mais glacé, tous les muscles crispés. Faille, au contraire, brûlait de fièvre.

Je relançai le feu et mis à réchauffer le reste d'infusion d'écorce de saule. Je dus aider l'éclaireur à se redresser, puis tenir la chope tandis qu'il en buvait quelques gorgées, après quoi il la prit à deux mains et me fit signe qu'il pouvait continuer seul. J'allai chercher les chevaux et les sellai. Faille eut du mal à se lever mais, une fois debout, il fit quelques pas pour se dérouiller les jambes pendant que je chargeais nos montures. Je dus rouler les couvertures mouillées ; je tordis la bouche en songeant à l'inconfort de la nuit prochaine. Avant que nous ne montions en selle, Faille me demanda de mettre son bras blessé en écharpe. « Ça secouera moins », dit-il simplement. J'obéis en m'efforçant de ne pas froncer le nez à cause de l'odeur.

« Il faudrait peut-être la nettoyer à nouveau, suggérai-je.

— Sans pansements propres, ça ne servirait à rien », répondit-il.

Je l'aidai à s'installer sur son cheval, puis nous repartîmes. Faille gardait le silence et s'attachait à conserver son assiette. La journée se déroula comme la veille en dehors du fait que nous quittâmes le fleuve et entreprîmes de gravir les pentes des piémonts. Vers midi, la qualité de la route déclina brusquement, et, quelques heures plus tard, nous ne suivions plus qu'une piste à chariots creusée d'ornières, boueuse et très mal pratique pour les chevaux. Même sur le bas-côté, elle restait peu carrossable.

« Ne devrait-il pas y avoir une équipe d'ouvriers en train de prolonger la route ? » demandai-je à Faille.

Il releva brusquement la tête comme si je le réveillais. « Quoi ?

— Où sont les ouvriers, les forçats qui construisent la Route du roi ?

— Ah ! » Il parcourut les environs d'un regard vague. « On a dû les ramener au camp de prisonniers près de Guetis. Le temps commence à tourner ; la route n'avancera plus avant le printemps ; de toute manière, elle ne progressait déjà pas beaucoup à la belle saison. On pourrait s'arrêter pour boire et manger un morceau ? »

Je renâclais à cette idée : je craignais que, s'il descendait de cheval, je ne sois incapable de l'y réinstaller. Mais il était plus opiniâtre que je ne le pensais ; il mit pied à terre et se tint à la selle de Renégat tout en buvant longuement. Je sortis le demi-lapin fumé qui restait de la veille, et nous le mangeâmes promptement, sans nous asseoir. Le lieutenant Faille finit d'arracher un morceau de viande qui demeurait accroché à un os puis désigna d'un geste les collines basses à notre gauche. « En coupant par là, nous économiserions une demi-journée de voyage. »

Je le regardai puis déclarai franchement : « A mon avis, il vaut mieux rester sur la route ; on la distingue clairement et elle emprunte le trajet le plus aisé pour rallier Guetis. Si je vous emmène dans ces piémonts et que vous ne vous repériez plus, nous nous retrouverions perdus tous les deux – et vous le paieriez de votre vie. »

Il posa un instant la main sur sa poitrine, fit une grimace puis répondit : « Le temps court contre nous ; ma vie se joue peut-être à une demi-journée. Je suis prêt à prendre le risque ; et vous ? »

Je réfléchis quelques secondes. « C'est votre peau », dis-je à contrecœur. Je n'avais nulle envie de conduire un quasi-inconnu dans un territoire dont j'ignorais tout pour le voir mourir en pleine cambrousse ; néanmoins, il avait le droit de choisir, me semblait-il.

« Exact », fit-il.

Remonté en selle, il fit dévier Renégat de la route, et je l'imitai. Il s'éclaircit la gorge. « Renégat sait comment regagner Guetis. Si je meurs, attachez-moi à la selle et suivez-le ; ne me laissez surtout pas pourrir dans les bois.

— Ne vous en faites pas ; je vous ramènerai en ville.

— Parfait. Et maintenant, parlez-moi, Jamais ; empêchez-moi de m'endormir.

— Je m'appelle Jamère, pas Jamais. De quoi voulez-vous que je vous entretienne ?

— N'importe. Des femmes ; parlez-moi des femmes avec qui vous avez couché. »

Je fouillai mes souvenirs. « Il n'y en a qu'une qui vaille de l'évoquer, dis-je en songeant à la gentille fille de ferme.

« Une seule ? Mon pauvre vieux ! Bon, eh bien, racontez-moi. »

Je m'exécutai, après quoi il me fit le récit, rendu brouillon par la fièvre, d'une pucelle ocellionne qui avait jeté son dévolu sur lui, combattu deux autres femmes qui le convoitaient aussi et l'avait monté « comme un seigneur monte son cheval à la chasse » quinze nuits d'affilée. Son histoire échevelée me parut invraisemblable, et pourtant, par certains aspects, j'y percevais une vérité dissimulée ; j'ignore comment, je savais que, par tradition, c'étaient les Ocellionnes qui provoquaient ce genre de relations et qu'elles se montraient extrêmement jalouses de leurs conquêtes. Faille parla jusqu'à en avoir la bouche sèche puis but toute l'eau qui restait dans son outre ainsi que les trois quarts de la mienne ; il continua de nous éloigner de la route – lui ou peut-être Renégat – et de nous mener de plus en plus haut dans les collines. Nous franchîmes les premiers sommets, descendîmes dans une vallée peu profonde puis entamâmes la montée d'une pente plus raide. Le panorama était stupéfiant ; le gel précoce avait rougi certaines fougères ; les céanothes croulaient sous leurs baies blanches d'automne, tandis que les feuilles des aulnes et des bouleaux de la forêt claisemée avaient pris des teintes écarlates et jaunes. Le ciel restait dégagé mais l'humidité imprégnait l'air, et les bois dégageaient une odeur à la fois douce et complexe. Je sentis une part de moi-même se détendre et j'eus le sentiment de revenir chez moi. Je fis part de mes impressions à Faille.

Il vacillait sur sa selle, à présent, et se retenait sans honte au pommeau avec sa main valide. Un sourire éclaira ses traits crispés par la douleur. « Il y en a qui le sentent, d'autres non ; moi, dès que je me suis éloigné des maisons, des rues, des murs de brique et du bruit, j'ai compris que je n'y avais pas ma place. Certains ont besoin de la ville, vous savez, des cris, de la foule. S'ils passent deux soirées sans voir une taverne, ils croient qu'ils vont crever d'ennui ; ils ont besoin des autres pour avoir l'impression qu'ils sont vivants ; ils ne se sentent importants que si d'autres le leur disent. » Il eut un rire ironique. « On les reconnaît facilement ; ils ne se satisfont pas de leur propre existence : il faut qu'ils régissent celle des autres aussi. Vous savez de quel genre d'homme je parle... »

J'eus un sourire pincé. « Mon père.

— Votre père. Inutile d'en dire davantage, Jamais : il vous tient encore sous sa botte. En plissant un peu les yeux, j'arrive presque à le voir.

— Expliquez-vous », fis-je d'un ton brusque, piqué au vif. Il éclata de rire.

« Pas la peine, Jamais. Vous percevez vous-même sa présence, non ?

— J'ai quitté la résidence de mon père, et, ce faisant, je l'ai quitté lui aussi.

— Ben voyons. »

Je fis un effort pour me rappeler qu'il était très malade ; mais, au fond de mon esprit, quelque chose me disait que Faille avait une nature taquine, fouineuse, qui prenait plaisir à provoquer ses interlocuteurs. Je ne répondis pas.

Le silence dura quelques minutes, puis le lieutenant partit d'un rire étrange, bas, qui se prolongea. D'une voix flûtée d'enfant, il dit : « Je vous connais ; je vous vois, Jamais. Rien n'échappe à l'œil de Buel Faille ; il a vécu trop longtemps dans la forêt. Vous ne pouvez pas vous cacher derrière les arbres.

— Je crois que la fièvre vous dérange l'esprit, fis-je d'un ton raisonnable.

— Non ; je vois une part de vous qui n'est pas un fils militaire ; je vois un pouvoir plus fort que la botte de votre père sur votre nuque. Vous allez chez les Ocellions, n'est-ce pas ? Vous avez reçu l'appel pour devenir un Opulent. »

J'écoutais un malade en plein délire, je le savais ; néanmoins, je sentis les poils se dresser sur mes bras. « Nous ferions mieux de commencer à chercher un endroit où camper cette nuit, répondis-je, mal à l'aise.

— D'accord », dit-il avec affabilité. Pendant quelque temps, nous chevauchâmes en silence, presque comme de vieux amis. Renégat avançait à une allure régulière et paraissait effectivement savoir où il allait. Nous ne suivions pas une piste à proprement parler, mais un sentier tracé par les cerfs ; nous franchîmes le sommet d'une colline, déviâmes pour longer un ruisseau qui dévalait le versant, traversâmes une vallée puis gravîmes la hauteur suivante en empruntant un chemin laissé par les animaux sauvages. Nous parcourûmes une crête pendant que le soleil se rapprochait de l'horizon ; quand nous descendîmes à nouveau, l'ombre de la colline nous donna l'impression que le soir tombait brusquement.

« Ça ne vous plaît pas beaucoup, n'est-ce pas ? » dit soudain Faille. Puis, sans me laisser le temps de lui demander de quoi il parlait, il désigna un bosquet d'espèces mélangées. « Voici un bon coin. Il y a une source dans les rochers, là-bas, derrière les arbres. Ça ne vous plaît pas beaucoup d'obéir aux ordres de la magie.

— Dans ce cas, nous nous y installerons pour la nuit », répondis-je sans prêter attention à ses derniers mots. Je ne voulais rien entendre sur ce sujet de la bouche d'un inconnu.

« Excellent emplacement ; les sapins coupent le vent. N'ayez pas honte ; ça ne me plaît pas non plus. C'est un marché de dupes, et, de toute manière, je n'ai pas eu grand-chose à dire sur les termes du contrat. On décide qu'on veut continuer à vivre et, là, on se fait avoir d'une façon ou d'une autre. On m'a envoyé vous chercher ; j'ai refusé. Mais comment dire non à la magie ?

— Vous délirez, Faille. Taisez-vous, économisez vos forces. »

Il fut pris d'une quinte de toux ; il toussait avec un bruit trop faible pour un adulte. « Des forces, il ne m'en reste plus, Jamais, à part celles que me donne la magie. J'ai dit : "Non, je n'ai pas le temps." Alors la magie a mis le fauve sur mon chemin, et j'ai compris que, si je tenais à survivre, je devais obéir ; or j'aime vivre, et vous aussi, apparemment. Mais j'ai l'impression que vous avez avalé encore plus de leur poussière que moi. Ces Ocellions et leurs maladies ! Vous savez qu'ils ne les regardent pas comme des maladies, ni même des maux ? Non, pour eux, ce sont des sortilèges. Enfin, ils n'emploieraient pas ce mot ; celui qu'ils utilisent n'a pas d'équivalent dans notre langue, mais il signifie "porte" ou "entonnoir". La magie l'envoie, les gens passent à travers et en ressortent morts ou changés. Même quand on a la fièvre à la suite d'une blessure, comme moi, même cette fièvre-là, ils en parleraient comme d'une fusion, d'une combustion destinée à purifier le corps et l'esprit. Si un Ocellion commet une faute très grave, ses semblables lui donneront la fièvre pour le soigner, en l'éraflant avec une pointe sale, ou bien ils l'installeront dans une hutte avec un feu à l'intérieur, et ils en allumeront d'autres tout autour pour que la fièvre brûle la méchanceté qui l'habite. Il vous reste de l'eau, Jamais ? J'ai la gorge sèche à force de parler. »

Nous étions arrivés à l'emplacement où nous prévoyions de bivouaquer. Le cercle de pierres noircies par les flammes indiquait qu'il avait déjà servi, et l'herbe qui les engloutissait que nul n'y avait campé depuis au moins une saison. Il n'y avait pas de réserve de bois, mais les arbres voisins de la source avaient laissé tomber des branches mortes ; je ramassai ce dont j'avais besoin et j'eus bientôt allumé une flambée. Faille, assis par terre, sa couverture sur les épaules, regarda fixement les flammes ; j'avais la conviction d'accompagner un homme déjà mort, et il le savait.

Mentalement, j'avais réécouté ses propos délirants et j'en avais trouvé beaucoup trop à mon goût qui collaient à la réalité – si tant est que la logique tordue des Ocellions pût avoir un rapport avec la réalité. J'avais l'impression de me voir bloqué au milieu d'un pont, avec d'un côté la folie de croire que je devais mon obésité à une magie dont je servais les plans, de l'autre ma foi dans le dieu de bonté, ma destinée de fils militaire et toute la rationalité, toute la cohérence de la civilisation gernienne. En ce qui me concernait, ni l'un ni l'autre ne paraissait fonctionner, et je ne faisais qu'aggraver ma situation en m'efforçant de les entretisser. J'avais le choix : négliger le lieutenant Faille et ses contes à dormir debout, n'y voir que les élucubrations d'un homme en proie à la fièvre, ou bien l'encourager à parler et tâcher de découvrir dans ses discours une arme pour me défendre.

Tout en réfléchissant ainsi, je vaquais aux préparatifs du bivouac : j'allai chercher de l'eau, la mis à bouillir puis coupai de fines branches pour cuire la venaison en brochettes. Je remplissais nos outres à la source quand je remarquai une plante aquatique que je ne reconnus pas ; elle avait de larges feuilles, quelques-unes vertes, mais la plupart jaunies et tachetées par l'approche de l'hiver. Je l'observai longuement : je n'en avais jamais vu de pareille, j'en avais la certitude, et pourtant elle me paraissait étrangement familière. Je cédai à mon impulsion et plongeai la main dans l'eau pour en arracher un pied ; il vint à contrecœur, ancré dans la vase par une grosse racine blanche. Je la nettoyai puis l'emportai au camp.

Faille avait fait un effort pour se rendre utile : il avait constitué deux matelas de feuilles mortes et d'aiguilles de pin, et, de sa main valide, il essayait d'étendre ma couverture sur l'un d'eux.

« Par le dieu de bonté, Faille, reposez-vous ! Je m'occuperai de ça dans un moment. »

Il tourna la tête vers moi. « J'ai horreur de regarder les autres travailler. » Néanmoins, il s'assit lourdement sur son lit végétal. « Je n'aime pas être l'obligé de quiconque.

— Vous ne me devez rien ; cessez de vous ronger les sangs pour ça. » Je lui tendis son outre.

« Qu'avez-vous trouvé là ?

— Ça ? Une espèce de plante d'eau ; elle m'a paru vaguement familière. Vous la connaissez ? »

Il se pencha pour l'examiner de plus près et faillit tomber en avant. Il se redressa en vacillant et eut un petit rire sans joie. « Oui. Les Ocellions s'en servent ; ils la nomment “aspireuse”.

— Et comment la cuisine-t-on ?

— On ne la cuisine pas ; son usage est médicinal, pour les plaies infectées. » De sa main libre, il se mit à défaire maladroitement les boutons de sa chemise. « On coupe la racine fraîche en deux dans le sens de la longueur et on place la face interne sur la plaie ; elle en aspire le pus et la sanie. » Il poussa une exclamation dégoûtée quand sa chemise s'ouvrit et libéra l'odeur pestilentielle de sa blessure à la poitrine. « Cette fichue magie recommence à agir, on dirait ; mais au moins, cette fois, c'est pour mon bien. »

Je l'aidai à écarter largement les pans de sa chemise, et tirai délicatement sur le tissu qui retenait son bras en écharpe. Il serra les dents si fort que je les entendis grincer. Sous sa direction, je tranchai la racine et la mis en place, puis je dus retourner à la source chercher d'autres pieds de la même plante. Par chance, elle poussait en abondance et j'en fis une solide récolte. Faille s'allongea sur son lit près du feu, ses plaies suppurantes couvertes de lamelles blanches. Je ne croyais guère en leur efficacité. Il ferma les yeux et somnola pendant que j'achevais d'installer le camp et préparais la venaison pour le feu. Comme la viande commençait à tourner, je décidai de mettre tous les morceaux à cuire ; tandis qu'ils grillaient au-dessus des braises, ils dégageaient une belle et appétissante odeur. Je levai les yeux vers le ciel bleu sombre du soir : des nuages échevelés cachaient les étoiles naissantes. J'espérais que nous n'aurions pas de pluie.

« A table ! » annonçai-je, et mon compagnon ouvrit les yeux ; toutefois, au lieu de se redresser, il ôta une à une les tranches de racine qui couvraient son bras et sa poitrine. Elles collaient aux plaies et se détachaient avec des bruits de succion ; il les jetait sous les arbres à mesure qu'il les retirait. Jusque-là enflammées et rouges, les lacérations présentaient désormais une teinte rose et un gonflement nettement moindre.

« Stupéfiant, dis-je.

— C'est pourquoi les Ocellions parlent de magie », répondit-il.

Je lui tendis une brochette de viande dégoulinante de jus puis en pris une pour moi. « Comment vous a-t-elle attrapé ? » demandai-je à mi-voix.

Il eut un petit sourire dans la lueur du feu. « Avec une femme, naturellement. »

Je me tus et attendis qu'il poursuive.

Il saisit un morceau de viande entre les dents et le fit glisser le long du morceau de bois en maintenant les autres en place. La venaison était bonne, juteuse et pleine de goût, mais pas très tendre. J'en mâchais une bouchée quand Faille reprit : « J'avais envie d'elle ; mais, même dans le cas contraire, ça n'aurait rien changé : elle avait jeté son dévolu sur moi et, avec les Ocellionnes, ce qu'elles veulent, elles l'obtiennent. Mais elle m'a d'abord soumis à une espèce d'initiation en deux temps ; la première fois, nous avons respiré la fumée sacrée d'un feu qu'elle avait allumé dans une hutte ; la seconde fois, elle m'a fait manger la résine d'un arbre. J'ai... voyagé. J'ai vu des choses et on m'a mis à l'épreuve. » Il s'interrompit un moment puis déclara : « Je préfère ne pas évoquer cet épisode. Qui voudrait avouer qu'il a découvert les limites de son courage ? Quand on m'a demandé si je voulais vivre, j'ai dit oui, et on m'a laissé la vie sauve – comme serviteur de la magie. »

J'avalai ma bouchée puis tirai une autre brochette du feu.

« Vous savez comment ça se passe », dit-il, et il ne s'agissait pas d'une question.

Nous parlâmes cette nuit-là. Tout d'abord, nous feintâmes, nous esquivâmes, mais, peu à peu, nos deux histoires sortirent. Par certains côtés, elles étaient similaires, et par d'autres extrêmement différentes. Je lui racontai que mon père m'avait confié à Dewara et que le Nomade m'avait envoyé combattre la femme-arbre ; j'évoquai mon autre moi, celui qui vivait et apprenait dans le monde du rêve. En deux occasions, j'hésitai et faillis mentir : lorsque je dus reconnaître avoir aimé la femme-arbre, et l'aimer toujours, et quand il me fallut confesser que j'avais moi-même donné le signal aux danseurs qu'elle avait dépêchés à Tharès-la-Vieille. De la main, je leur avais indiqué d'exécuter leur Danse de la Poussière, et, par ce geste, j'avais trahi la capitale tout entière. Des centaines de gens avaient péri à cause de moi. J'avouai ma culpabilité au lieutenant Faille, mais il se contenta de hausser les épaules.

« Ce n'était pas vous, Jamais, mais la magie. Ne vous tenez pas pour responsable des crimes auxquels elle vous force. »

Je fronçai le nez. Il m'avait révélé bien des pans de son passé ; il avait commis des actes qui l'emplissaient de honte, quoique aucun d'aussi abject que ma trahison. Néanmoins, même si je n'en dis rien, son point de vue me parut celui d'un lâche.

Je répondis simplement : « Je considère de mon devoir envers mon peuple de lui résister.

— Vraiment ? fit-il à mi-voix. Jugez-vous vraiment le peuple gernien comme le plus important du monde ? Ou cette conviction tient-elle seulement au fait que vous en faites partie ? Si vous étiez né dans un autre pays, penseriez-vous encore que vous avez le devoir de protéger les intérêts de la Gernie, quel qu'en soit le coût pour les autres ?

— Je ne vois rien de mal au patriotisme. J'aime mon pays et je respecte mon roi ; pouvons-nous faire moins, en tant que militaires ? » Je me sentais piqué au vif.

« En tant que militaires, voilà une position tout à fait admirable ; c'est seulement quand nous devenons plus que des militaires que la question se pose. »

Je me tus et réfléchis à ses propos. J'eus une révélation. « Vous prétendez sortir du peuple, mais c'est faux.

— Je n'ai jamais dit le contraire.

— Mais vous vous exprimez comme un plébéien ; parfois, on croirait entendre un homme sans éducation, ignorant, cependant je crois que vous jouez la comédie. Par moments, vous formulez votre pensée de façon trop précise, trop concise. A mon avis, vous êtes issu de l'aristocratie.

— Et ?

— Dans ce cas, pourquoi tromper ceux à qui vous vous adressez ? »

Il haussa les épaules sans me regarder. « N'est-ce pas le travail d'un éclaireur que de se fondre dans la masse ? Nous franchissons les frontières, nous nous déplaçons dans l'espace qui sépare les peuples.

— Aviez-vous la vocation ? Dans vos propos, on ne sent pas d'admiration pour ce que vous faites.

— Aviez-vous la vocation de militaire ? Passez-moi encore de la viande, s'il vous plaît. »

J'obéis. « Je n'avais pas le choix ; je suis le second fils de ma famille ; c'est mon destin. » Je me servis une nouvelle brochette. « Mais, pour autant, je ne m'y oppose pas, au contraire : j'en ai toujours rêvé.

— Votre père nourrissait des ambitions pour vous et vous les avez faites vôtres.

— Non ; je crois que les ambitions de mon père et la mienne coïncidaient, rien de plus. » Je m'exprimais d'un ton ferme, peut-être pour dissimuler les doutes qui m'envahissaient soudain.

« Vous avez donc envisagé d'autres carrières ; poète, ingénieur, potier ?

— Rien d'autre ne m'intéressait, répondis-je avec obstination.

— Mais naturellement », fit-il, accommodant.

Piqué au vif, je lançai : « Que voulez-vous de moi, Faille ?

— Moi ? Rien du tout. Mais ce n'est pas de moi qu'il faut vous inquiéter. » Il changea de position avec un grognement de douleur. Ses blessures allaient mieux mais il avait toujours mal. « Je ne sais même pas pourquoi je vous harcèle ainsi. Ecoutez, Jamais, j'ai quelques connaissances sur ce sujet mais je ne sais pas tout ; j'essaie peut-être seulement de vous offrir mon savoir en échange du vôtre. Alors je vais commencer, et vous m'arrêterez si mes propos contredisent votre expérience. »

Sèchement, j'acquiesçai de la tête, puis je jetai ma brochette nue dans les flammes. « Très bien. » Il s'éclaircit la gorge, eut une hésitation puis éclata de rire. C'était le premier vrai rire franc que je lui entendais. « Zut ! Je me fais l'effet d'un gamin qui raconte des histoires de fantômes autour d'un feu de camp. Une part de moi-même ne parvient pas à se défaire de ce qu'elle a appris enfant, à se convaincre que ce qui se passe est bien réel, ni surtout que ça m'arrive à moi ! »

Je sentis soudain mes épaules se décrisper. A mi-voix, je dis : « Ça cadre parfaitement avec ce qui me tracasse le plus dans cette affaire : quand j'essaie d'en parler, on me prend pour un fou. Mon père s'est mis en rage et il a failli me faire mourir de faim uniquement pour prouver que je mentais.

— Je m'étonne que vous ayez seulement tenté de lui en parler. Quelqu'un vous a-t-il cru ?

— Oui, ma cousine, et le sergent Duril, un vieux sous-officier qui me tenait lieu de précepteur. Et Dewara ; lui aussi m'a cru. »

Il plissa les yeux. « Je ne sais pas si vous avez bien fait de lui en parler ; ça me paraît dangereux.

— Comment ça ? » Je ne lui avais pas révélé la mort de Dewara.

« Je l'ignore. J'en ai seulement l'impression. » Il eut un sourire sans humour. « La magie me tient depuis longtemps, Jamais ; depuis une bonne dizaine d'années. Je m'y suis habitué comme un cheval s'habitue à porter son harnais même si ça ne lui plaît pas au début. Et j'ai fini par acquérir une sorte de sixième sens à son égard. J'ai une petite idée du bien qu'elle peut m'apporter, mais j'en sais long sur ce à quoi elle peut m'obliger. Elle est sans pitié. N'oubliez jamais ça ; n'oubliez jamais que, pour elle, vous n'êtes qu'un instrument. »

Ces mots me glacèrent. « Je m'en suis servi, avouai-je. Au début, j'ignorais ce que je faisais ; mais, ces derniers jours, je l'ai employée à deux reprises en toute conscience. Pourtant, les deux fois, je suis resté ébahi de constater que ça marchait. »

Il haussa les sourcils. « Qu'avez-vous fait ? »

Je lui racontai d'abord l'épisode du cerf. Il hocha lentement la tête. « Mais vous avez pu avoir simplement de la chance. Vous savez comment ça se passe : on se persuade qu'on peut réaliser un exploit, et on le réalise. »

J'acquiesçai. « C'est ce que j'ai songé ; alors j'ai décidé de me prouver que mon imagination ne battait pas la campagne. » Et je lui parlai du potager.

Il siffla tout bas et secoua la tête. « Je n'en ai jamais fait autant, et je n'ai jamais vu personne en faire autant, pas même les magiciens des villages ocellions. A mon avis, vous auriez intérêt à vous montrer plus prudent, mon vieux ; agir ainsi revient à lancer un défi à la magie. Vous croyez peut-être l'avoir domptée, l'avoir pliée à vos désirs, mais je pense que, tôt ou tard, elle vous demandera des comptes.

— Et que pourrait-elle exiger de moi ? fis-je avec une bravade purement de surface.

— N'importe quoi, mon vieux. Absolument n'importe quoi. »

5

Guetis

TROIS JOURS PLUS TARD, nous arrivâmes enfin à Guetis. Nous devions offrir un singulier spectacle, moi sur l'ample Girofle, Faille affaissé sur Renégat. La racine lui avait sans doute sauvé la vie en absorbant une grande partie de l'infection, mais elle ne lui avait pas rendu la santé. Sa fièvre n'était pas tombée ; la nuit, elle montait et le tourmentait, et elle lui avait dévoré les chairs. Je l'emmenai sans attendre chez le médecin de la garnison.

Plus tôt, ce matin-là, nous descendions des collines vers une large vallée peu profonde. Quand nous sortîmes enfin du couvert des arbres, je tirai les rênes, saisi par la vue qui s'étendait devant moi.

Depuis toujours, je me faisais une image claire de Guetis ; je voyais une place forte semblable aux grandes citadelles de pierre de l'ouest, avec des tours de guet qui dominaient de hautes murailles, elles-mêmes entourées d'une ligne extérieure de fortifications en terre, des bannières qui flottaient au-dessus des remparts hérissés de soldats et d'artillerie, des drapeaux claquant fièrement au vent sur la plus lointaine forteresse du royaume de Gernie, ancrée au milieu de la nature sauvage.

Ce qui se dessinait devant mes yeux était une parodie cruelle de ma vision d'enfant. Sur le versant opposé, au-dessus de la vallée, se dressait une enceinte en bois dotée en tout et pour tout de quatre tours de guet, une à chaque angle. A nos pieds s'étirait la Route du roi qui courait tout droit vers la fortification, la traversait et continuait au-delà vers les montagnes. Derrière le fort, le terrain s'escarpait brusquement en piémonts abrupts, ultime ligne de défense avant la Barrière, dont la chaîne s'élevait, raide, haute et couverte d'épaisses forêts.

Dans la partie nord de la place forte s'étendait une aire où se dressaient plusieurs bâtiments bas et longs, semblables à des casernes, entourés d'une enceinte plus basse que la fortification principale et surveillés par deux tours de guet ; de l'autre côté, on avait établi un bourg aux rues larges et rectilignes et aux maisons solidement édifiées. Mais, en dehors de ce cœur bien ordonné, un méli-mélo de cahutes et de chaumières construites à la va-vite avec des matériaux de fortune s'étalait comme une gale sur le fond de la vallée. La fumée de plusieurs centaines de cheminées salissait l'air cristallin de l'automne. Les rues se débandaient entre les maisons, erraient et viraient comme les griffonnages d'un enfant sur un papier grossier. La fumée, les odeurs et les bruits lointains de cette agglomération anarchique montaient jusqu'à nous, prisonniers des monts environnants. Le détail que je trouvai le plus frappant était la présence majoritaire du bois comme matériau de construction ; la brique et la pierre dominaient à Tharès-la-Vieille, la brique de boue à Coude-Frannier ; j'avais grandi dans les Plaines, où l'on se sert du bois comme ornement pour les bâtiments de pierre. Jamais je n'avais vu réunies tant de constructions tout en bois. Sur le fond de la vallée, entre le bourg et nous, des fermes s'étaient installées ; bien peu paraissaient prospères : certaines clôtures gisaient au sol, et, dans certains champs, les mauvaises herbes poussaient à foison, hautes et brunes ; dans d'autres, des souches se dressaient encore là où un colon ambitieux avait déboisé une pâture mais s'était arrêté avant l'essartage. L'ensemble du fort, de la ville et des propriétés agricoles alentour disaient une entreprise qui avait débuté dans l'ordre et avec énergie mais dont l'élan s'était brisé et qui avait sombré dans la décrépitude et le désespoir.

« Nous y voici, fit le lieutenant Faille sans enthousiasme. Guetis, votre nouveau foyer, mon ancien.

— C'est plus grand que je ne m'y attendais, répondis-je, une fois remis de ma surprise.

— La garnison compte six cents hommes ; il n'y en avait pas loin d'un millier à une époque, mais, entre les épidémies de peste et les désertions, le colonel parvient tout juste à maintenir l'effectif au-dessus des cinq cents. Nous devions recevoir des renforts cet été, mais la maladie les a terrassés avant qu'ils n'arrivent.

» Merci de m'avoir conduit jusqu'ici. Allons voir si un des médecins de Guetis peut me retaper ; sinon, espérons qu'ils auront assez de laudanum pour que ça me laisse indifférent. »

Nous traversâmes le plateau couvert de buissons jusqu'à la Route du roi, que nous suivîmes jusqu'à la ville en contrebas.

Selon mon expérience, il n'y a rien de plus sale qu'une très vieille cité hormis une ville récente. Dans une agglomération ancienne, les habitants ont eu le temps de délimiter des lieux où se débarrasser des ordures et des effluents ; il n'y en a pas moins qu'ailleurs, mais ils sont dirigés vers un emplacement précis, de préférence dans une zone peu convoitée. A Guetis, un tel aménagement n'existait pas ; en outre, la ville n'avait pas grandi de façon naturelle, avec des fermes pour nourrir une population croissante et un décor séduisant pour attirer davantage de colons, lesquels auraient stimulé le commerce. Non ; tout avait commencé par une garnison installée dans un fort, suivie par l'arrivée massive de déportés sans talent pour la vie dans une région sauvage. Partout on voyait les marques de leurs entreprises avortées : des champs qu'on avait autrefois labourés et peut-être semés mais dont il ne restait désormais qu'une étendue accidentée de pierres, de terre défoncée et de mauvaises herbes ; des clôtures de guingois qui vaguaient dans le paysage ; des poules retournées à l'état sauvage qui grattaient le sol et s'enfuyaient à notre approche. Au bord de la route s'ouvraient des fosses remplies d'immondices ; une nuée de croas s'était posée sur un tas de rebuts récents, que les oiseaux parcouraient en sautillant et en se chamaillant ; loin de s'envoler à notre passage, ils déployèrent leurs ailes noires et blanches et se mirent à pousser des criaillements menaçants pour nous tenir à distance de leur festin. Je ne pus réprimer un frisson d'horreur à leur vue ; ils me rappelaient toujours l'épouvantable offrande de mariage que j'avais vue chez les Porontë. Nous aperçûmes quelques têtes de bétail et un petit troupeau de huit moutons sous la surveillance d'un jeune garçon. Mais, pour chaque signe d'industrie et de réussite, nous en voyions dix d'échec manifeste.

Le bourg autour du fort se composait d'un mélange de vieilles masures et de nouvelles constructions bâties à la va-vite, entre lesquelles s'intercalaient les vestiges effondrés de précédentes habitations. Nous nous trouvâmes immergés dans les odeurs et les sons d'une dense population humaine ; véhicules et piétons rivalisaient pour traverser aux carrefours boueux et creusés d'ornières. Une femme décharnée, vêtue d'une robe aux couleurs fanées et d'un châle en loques, passa d'un pas pressé dans une rue venteuse, les mains crispées sur celles de deux petits enfants ; les gamins n'avaient pas de chaussures aux pieds, et l'un d'eux braillait à tue-tête. Faille les désigna de la tête. « La famille d'un prisonnier. Ce sont les travailleurs libres qui habitent dans ce quartier ; plus pauvres que des mendiants, pour la plupart. »

A l'angle de la rue, je restai saisi en voyant deux Ocellions assis par terre en tailleur ; ils portaient des chapeaux à large bord en écorce tressée et des vêtements de récupération en haillons. Ils tendaient aux passants une main couverte de cloques crevées. « Des intoxiqués au tabac, expliqua Faille. Il n'y a pratiquement que ça qui puisse pousser un Ocellion à quitter la forêt ; ils ne supportent pas la lumière du soleil. Il y a un an, ils étaient beaucoup plus nombreux, mais beaucoup ont attrapé la toux et succombé l'hiver dernier. En principe, on n'a pas le droit de leur vendre du tabac, mais tout le monde le fait ; contre du tabac, on peut obtenir quasiment n'importe quelle marchandise ocellionne.

— Ces taudis sont encore pires que ceux de Coude-Frannier, dis-je. Il faudra tout raser si l'on veut que Guetis devienne un jour une vraie ville.

— Guetis ne deviendra jamais une vraie ville ; rien de ce qui nous entoure ne durera, répliqua Faille. Les Ocellions s'y opposent avec toute la magie qu'ils possèdent. Voilà pourquoi le bourg périclite : ils dansent pour l'empêcher de se développer. Ils dansent depuis cinq ans ; aucune localité humaine ne pourrait y résister. Celle-ci s'étiole ; elle finira par mourir et retourner à la terre. Attendez un jour ou deux et vous commencerez à ressentir ce dont je parle. »

Ses propos n'avaient rien de plus insolite que nombre de ses déclarations des derniers jours ; je regrettais seulement de ne pas savoir auxquelles accorder crédit. Les histoires qu'il me racontait et les mises en garde dont il les accompagnait étaient parfois tellement tirées par les cheveux qu'il me semblait entendre parler sa fièvre et non sa raison. J'avais désormais le sentiment qu'il en savait bien plus long sur moi que je n'en avais jamais révélé à personne jusque-là, et que j'en savais moi-même beaucoup plus sur lui que je ne l'aurais souhaité. Pourtant, il demeurait pour moi un inconnu : qui se révélerait si j'éliminais la fièvre qui teintait et opacifiait sa personnalité ?

Nous attirions le regard des passants, dont l'attention se portait autant sur Faille avachi sur sa selle que sur l'obèse monté sur son cheval massif. Je découvris bientôt un avantage à Girofle : on s'écartait sur son passage ; même sur la place du marché, bondée, la foule s'ouvrit devant nous. Renégat et son fardeau nous suivirent.

Nous pénétrâmes dans la partie ancienne, plus riche, de Guetis. La grand-rue était bordée de boutiques et d'entrepôts, dont les propriétaires avaient pressenti les bénéfices à tirer de cette bourgade habitée par la racaille, et quitté l'ouest pour en profiter. Leurs résidences, bien entretenues, présentaient des toits étanches, des fenêtres vitrées, des gouttières et des avancées abritées ; les rues secondaires couraient toutes droites, et j'y apercevais des maisons bien construites, quoiqu'un peu décrépites. « C'est ici qu'habitent les familles des militaires, me dit Faille. Cette zone de la ville a vu le jour il y a longtemps, avant que les Ocellions ne s'en prennent à nous. » Devant une taverne, assis sur un banc, quatre hommes en uniforme de la cavalla bavardaient en fumant ; tous avaient le même aspect décharné et les yeux caves. Je les regardai un long moment puis je pris brusquement conscience d'une réalité que je connaissais depuis des années : la peste frappait régulièrement la ville, et la garnison se composait en majorité de survivants. Nous passâmes devant un fournil des flancs duquel saillaient les fours d'argile, et, pendant quelques instants, nous profitâmes de leur chaleur. L'odeur du pain frais m'assaillit si violemment que je faillis tomber de ma selle, et je me représentai une miche de façon si vive que je sentis sa texture charnue sur ma langue, le goût du beurre doré en train de fondre à mesure que je l'étalais sur la mie, et jusqu'au crissement de la croûte contre mes dents. Je serrai les mâchoires et poursuivis mon chemin. *Plus tard*, promis-je à mon ventre grondant. *Plus tard.*

Nous parvînmes à l'enceinte en bois. Les troncs écorcés avaient été plantés verticalement dans le sol, les intempéries leur avaient donné une teinte argent tandis que de la mousse et une flore rase avaient réussi à s'enraciner dans les interstices. Par endroits, des plantes grimpantes semblables à du lierre s'enroulaient sur les pieux comme sur un treillis, et je songeai qu'elles finiraient par dévorer la palissade ; celui qui les avait laissées s'installer ne connaissait pas son travail. Les portes étaient ouvertes, mais les sentinelles affichaient un maintien militaire qui manquait à celles de Coude-Frannier. Je tirai les rênes, mais Faille leva la tête et me contourna. « Laissez-nous passer, dit-il d'un ton bourru. Je suis mal en point et je dois voir le médecin ; lui, il m'accompagne. »

A ma grande surprise, cela suffit ; les deux hommes ne saluèrent pas l'officier, ne lui posèrent nulle question, mais acquiescèrent et s'écartèrent. Renégat et Faille avaient pris la tête, et nous les suivîmes. Quelques têtes se tournèrent vers nous mais on ne chercha pas à nous arrêter. Personne ne paraissait étonné de voir le lieutenant Faille en si piteux état, et j'attirais plus que lui les regards.

Le fort lui-même me déçut autant que ses environs. Au lieu de soldats d'élite, je me trouvai devant des hommes aux uniformes incrustés de poussière vieille de plusieurs jours dans les plis, aux poignets élimés et aux chemises tachées ; certains portaient les cheveux plus longs que moi. Je ne vis personne se déplacer d'un pas décidé, nulle section à l'exercice, et je ne perçus nulle vigilance. Dans les allées entre les bâtiments, les hommes avaient l'air apathique et souffreteux. Je m'attendais à devoir supporter leur curiosité avide, mais ils me regardaient avec une indifférence quasi bovine.

Le lieutenant Faille conserva un aspect martial jusqu'aux portes de l'infirmerie, qui paraissait en meilleur état que les autres bâtiments de la garnison. Je mis pied à terre, échangeai au passage les désagréments de la monte contre les maux, différents, de la station debout, et m'approchai de Faille pour l'aider.

« Je peux me débrouiller seul », dit-il, et il tomba de cheval. Non sans difficulté, je le rattrapai au vol et l'empêchai de heurter le sol. Il poussa un petit croassement de douleur quand je passai son bras valide autour de mon cou et l'entraînai dans l'infirmerie. Le vestibule, blanchi à la chaux, ne renfermait qu'un bureau et un banc le long d'un mur. Un jeune soldat au teint pâle leva les yeux vers moi, surpris. Son uniforme tombait mal ; sa veste, taillée pour un homme de large carrure, faisait des plis inattendus sur sa poitrine creuse. Il n'avait pas l'air d'avoir les compétences pour diriger un service médical, mais il n'y avait personne d'autre.

« Le lieutenant Buel Faille a été attaqué par un animal et ses plaies sont très infectées. Il a besoin d'un médecin tout de suite. »

Le jeune homme écarquilla les yeux puis regarda le registre, les deux plumes et l'encrier soigneusement disposés sur le plateau du bureau comme s'il espérait y découvrir de l'aide. Au bout d'un moment, il parut prendre une décision. « Suivez-moi », dit-il. Il ouvrit une porte opposée à celle par laquelle j'étais entré, et je pénétrai dans une salle d'hôpital ; il y avait une longue rangée de lits le long d'un mur, dont deux occupés. Un homme dormait dans l'un ; dans l'autre, un blessé, la mâchoire bandée, regardait dans le vide d'un air morne. « Allongez-le, me dit notre guide. Je vais chercher le médecin. »

Faille reprit légèrement ses esprits. « Amenez-moi Doudier ; je préfère un alcoolo qui sait ce qu'il fait à ce cul-pincé de Fraie qui se croit la science infuse parce qu'il a lu un bouquin dans toute sa vie.

— Oui, mon lieutenant », répondit le jeune homme sans paraître étonné, et il courut exécuter ses ordres.

J'aidai Faille à s'asseoir sur un lit au carré. « Vous avez l'air de bien connaître le personnel. »

Il entreprit maladroitement de défaire les boutons de sa chemise. « Trop bien », grommela-t-il sans s'étendre davantage. Tout en se déboutonnant lentement, il me demanda : « Avez-vous une plume et du papier ?

— Si j'ai quoi ? »

Il ne tint pas compte de ma question ahurie. « Allez vous servir au bureau ; je vais vous donner un mot pour le colonel. Inutile que vous jouiez les gardes-malades auprès de moi. Je vais sans doute rester ici quelques jours.

— Plus que ça, à mon avis.

— Allez prendre de quoi écrire. Je ne me tiens éveillé que par miracle, Jamais. Attendez trop longtemps et je ne vous servirai plus à rien.

— C'est Jamère », dis-je, et je me rendis au bureau d'entrée requérir ce qu'il demandait. Le jeune soldat ne s'y trouvait pas ; après une courte hésitation, je pris ce dont j'avais besoin et revins auprès de Faille.

Il accepta la plume et la feuille de papier avec un soupir. Il y avait une petite table à côté de chaque lit ; avec un gémissement de douleur, il se pencha sur la sienne pour écrire.

« Que dois-je faire de votre monture et de votre équipement ? demandai-je.

— Ah ! Apportez-moi mes fontes, et dites au petit de veiller à ce qu'on s'occupe de Renégat comme il faut. Il appellera quelqu'un pour s'en charger. »

Quand je revins avec ses fontes, qu'il me pria de glisser sous son lit, il avait terminé le billet. Il souffla sur l'encre puis me le tendit, non plié, afin que je puisse le lire. « Présentez ça au colonel.

— Vous ne voulez pas que j'attende le médecin avec vous ? Vous en êtes sûr ?

— Non, ça ne servirait à rien. Le petit va chercher Doudier, on va le dégriser à l'aide d'une ou deux tasses de café puis il me retapera comme il pourra. Vous m'avez amené jusqu'ici vivant, Jamais ; vous en avez déjà fait plus que je ne croyais possible.

— C'est grâce à la magie », répondis-je en riant.

Une ombre de sourire passa sur ses lèvres. « Vous plaisantez parce que vous ne mesurez pas à quel point c'est exact. Sortez ; je vais piquer un roupillon en attendant Doudier. Mais d'abord, ôtez-moi mes bottes. »

Je lui rendis ce service puis je l'aidai à remonter les jambes sur le lit et il s'allongea en égrenant un chapelet de jurons entre ses dents. Sur la couverture propre et l'oreiller couvert de mousseline, sa saleté ressortait de façon choquante. Il ferma les yeux et sa respiration devint plus profonde. « Je repasserai vous voir plus tard », dis-je ; il ne réagit pas.

Je remis la plume et l'encrier à leur place puis sortis dans le soleil du midi avant de lire ce que le lieutenant avait écrit. Les lettres qui vaguaient sur la page trahissaient la main d'un homme très mal en point, et j'avais déjà vu des billets de recommandation plus amènes.

« Le porteur de ce mot s'appelle Jamais. Il ne paie pas de mine, mais vous devriez l'autoriser à s'enrôler. Il a de la volonté et il va au bout de ce qu'il entreprend. S'il ne m'avait pas proposé son aide, je serais mort aujourd'hui, et vous savez combien ça contrarierait mon cher père, sans parler de l'inconvénient que ça représenterait pour vous. »

C'était tout. Pas de date, pas de formule de salutation à l'officier commandant, pas même de signature. Je regardai fixement les gribouillis en me demandant si j'étais l'objet d'une affreuse farce. Si je trouvais le courage de montrer ce mot au colonel qui administrait Guetis, ne risquais-je pas de me faire jeter hors de son bureau ? Je relisais le billet quand le soldat de l'infirmerie revint d'un pas pressé, accompagné par un homme de haute taille, tiré à quatre épingles, avec un insigne de capitaine au col. Le jeune militaire s'arrêta en me voyant. « Qu'avez-vous fait de l'éclaireur ? me demanda-t-il d'un ton soucieux.

— Je l'ai installé sur un lit dans la salle, comme vous me l'avez indiqué. Il vous prie de vous occuper de son cheval. »

L'autre se gratta le nez. « Je trouverai quelqu'un pour s'en charger. »

Je me tournai vers l'officier. « Ai-je le plaisir de m'adresser au capitaine Doudier ?

— Je suis le capitaine Fraie – docteur Fraie pour tout le monde ou presque. Qui êtes-vous ? »

Il avait posé la question d'un ton brusque et grossier. Je me contraignis au calme ; je présentais sans doute un aspect aussi sale et peu respectable que Buel Faille. « Je m'appelle Jamère Burv... » Je m'interrompis au milieu de mon patronyme puis poursuivis : « C'est moi qui ai amené le lieutenant Faille au fort ; un chat sauvage l'a gravement blessé. Il avait demandé le docteur Doudier ; je regrette qu'on vous ait dérangé.

— Moi aussi. Mais je suis à jeun et en état de marcher, ce qui n'est pas le cas de Doudier, comme d'habitude ; en outre, le lieutenant Faille ne commande pas toute la garnison, comme il semble le croire. Bonjour, monsieur.

— Mon capitaine ? Puis-je vous demander un service ? »

Il se retourna vers moi d'un air irrité. Le jeune soldat avait déjà disparu dans l'infirmerie.

« Pourriez-vous m'indiquer où trouver l'officier commandant ? Et où, avant cela, prendre un bain ? »

Son agacement parut croître. « Il y a un barbier à la sortie du fort ; je crois qu'il a une baignoire à l'arrière de sa boutique.

— Et le bureau de l'officier commandant ? » Je me butais, bien décidé à lui arracher les renseignements dont j'avais besoin.

« Vous trouverez le colonel Lièvrin dans ce bâtiment, là-bas. Sur la porte, il est écrit "Quartier général". » Sèchement, il désigna du doigt un haut édifice un peu plus loin dans la rue, puis il fit demi-tour et pénétra dans l'infirmerie.

Je pris une grande inspiration puis la relâchai. D'accord, j'avais donné le fouet pour me faire battre : de là où je me tenais, j'arrivais presque à déchiffrer la plaque fixée à l'entrée du bâtiment en question. Avec un soupir, j'emmenai Girofle.

Je découvris le barbier sans difficulté ; j'eus un peu plus de mal à le convaincre de mon sérieux quand je lui demandai un bain, un rasage et une coupe de cheveux. Il exigea de voir d'abord mon argent, et je dus le payer avant qu'il mette de l'eau à chauffer. Il possédait plusieurs baquets dans l'arrière-salle de sa boutique, et je me réjouis de les voir tous inoccupés, soulagé, non par pudeur mais par honte, que nul ne soit témoin de mes ablutions. Aucun des baquets n'avait une contenance suffisante pour me permettre de me baigner confortablement, et le tenancier se montra exceptionnellement parcimonieux de son eau chaude et de son savon. Néanmoins, je pus me laver mieux que depuis de nombreux jours et même détendre certaines crispations qui m'endolorissaient les muscles ; quand j'émergeai de l'eau tiède, je me sentais plus moi-même que depuis longtemps. Une fois sec, j'enfilai mes vêtements les plus propres et je passai dans la boutique proprement dite.

L'homme s'y entendait à son métier, il faut le reconnaître, et il se servait d'instruments affûtés et parfaitement nettoyés. Il me coupa d'abord les cheveux à la militaire puis me rasa ; il me manipulait avec familiarité, me tendait la peau du visage et me poussait le nez de côté pour mieux travailler. « Combien de mentons vous voulez que je vous rase ? » me demanda-t-il à un moment ; je me forçai à rire de sa plaisanterie et répondis : « Tous. »

Comme la plupart de ses confrères, il parla sans discontinuer, me posa des questions dans des circonstances où répondre eût été pour moi dangereux, et me fit part de tous les potins de la garnison. J'appris ainsi qu'il vivait à Guetis depuis six ans, qu'il venait de l'ouest et qu'il avait suivi son cousin militaire au prétexte que, là où il y a des soldats, un bon barbier trouve à s'employer. C'était le régiment de Brède qui occupait le fort à l'époque ; avant de s'installer à Guetis, le corps de troupe avait excellente réputation – mais on disait aussi cela de celui de Farlé, et regardez ce qu'il était devenu. Le barbier détestait Guetis mais, comme il n'aurait jamais de quoi retourner dans l'ouest, il tâchait de profiter au mieux de la situation. Personne ne se plaisait à Guetis. Il avait été marié autrefois, mais sa femme l'avait quitté pour un militaire, et, quand celui-ci l'avait plaquée, elle était devenue prostituée. Je pouvais sans doute me l'offrir pour moins cher que ce que j'avais payé pour mon bain et ma coupe de cheveux, si j'avais un penchant pour les traînées sans cœur. Il me fit une prédiction : je ne tarderais pas à me rendre compte que je ne me plaisais pas à Guetis moi non plus. Il me demanda d'où je venais et je marmonnai une réponse inintelligible pendant qu'il me raclait le dessous du menton. Tandis qu'il nettoyait son rasoir, je lui appris que j'avais ramené le lieutenant Faille après une échauffourée avec un chat sauvage.

« Faille ? Personnellement, j'aurais donné un coup de main à la bestiole », répondit-il, et il enchaîna sur une histoire longue et compliquée à propos d'une rixe dans une taverne où Faille s'était distingué en finissant par affronter deux hommes qui, à l'origine, se battaient entre eux. Il paraissait juger l'anecdote très amusante.

« Alors, vous allez rentrer chez vous, maintenant ? me demanda-t-il une fois son travail achevé, en me tendant une serviette pour m'essuyer le visage.

— A vrai dire, je pensais plutôt aller voir le colonel Lièvrin pour m'enrôler. »

Il crut à une plaisanterie et partit d'un grand éclat de rire. Il se tapait encore sur les cuisses quand je lui rendis sa serviette et pris congé.

Les sentinelles postées à la porte s'amusèrent aussi de la situation ; en l'absence de Faille, il se révélait plus difficile d'entrer dans le fort. Comme les deux hommes regardaient manifestement ma requête comme une farce, je leur rappelai qu'ils m'avaient laissé passer en compagnie du lieutenant quelques heures plus tôt. « Ah ! Oui, maintenant que vous le dites, je me souviens de votre gros... cheval ! » s'exclama l'un d'eux. Après quelques autres boutades tout aussi subtiles, ils acceptèrent de s'écarter. Je rentrai à Guetis et me rendis tout droit aux bureaux du colonel Lièvrin.

Le bâtiment, tout en planches, portait encore des traces de peinture verte qui s'accrochaient au bois attaqué par les intempéries. Les lattes grossières de la véranda, gondolées et voilées, laissaient entre elles des interstices béants.

Les taudis qui entouraient le fort, l'air léthargique des soldats mal portants, et ce dernier indice du manque d'ambition du commandant, tout cela m'emplit d'inquiétude. Tenais-je vraiment à m'enrôler dans une telle garnison sous l'autorité d'un tel officier ? Les rumeurs que j'avais entendues sur le régiment de Farlé me revinrent à l'esprit, effrayantes : naguère au meilleur niveau, ce corps de troupe était tombé en déchéance. Désertions et abandons de poste étaient monnaie courante dans ce fort.

Quelle autre garnison accepterait quelqu'un comme moi ?

Je gravis deux marches, passai la véranda en bois brut et entrai. Assis au bureau, un sergent vêtu d'un uniforme fané ; le long des murs, des bibliothèques encombrées de livres et de liasses de documents sans ordre ; dans un râtelier, deux fusils et une monture nue auxquels une épée tenait compagnie. Un sabre avait balafré le sous-officier dans un lointain passé ; la fine cicatrice verticale lui tirait vers le bas l'œil gauche et le coin des lèvres. Il avait les yeux d'un bleu si clair que je me demandai d'abord si la cataracte ne l'avait pas rendu aveugle. Une couronne de cheveux gris en bataille entourait son crâne chauve. A mon entrée, il tirait l'aiguille ; quand il posa son ouvrage pour m'accueillir, je constatai qu'il raccommodait une chaussette noire avec du fil blanc.

« Bonjour, sergent, fis-je, comme il me regardait fixement sans rien dire.

— Vous voulez quelque chose ? »

Ses manières négligentes me contrarièrent mais je me dominai. « Oui, sergent. J'aimerais voir le colonel Lièvrin.

— Ah ! Il est là. » De la tête, il indiqua la porte derrière lui.

« Très bien. Puis-je entrer ?

— Peut-être. Frappez toujours ; s'il n'est pas occupé, il répondra.

— D'accord ; merci, sergent.

— Ouais, c'est ça. »

Il reprit sa chaussette et se remit au travail. J'ajustai ma chemise du mieux possible, traversai le vestibule et toquai sèchement à la porte.

« Entrez ! Ma chaussette est-elle prête ? »

J'ouvris et me trouvai dans une pièce plongée dans la pénombre, éclairée par le feu qui brûlait dans une cheminée d'angle ; une vague de chaleur me submergea. Je m'immobilisai un moment dans l'encadrement en attendant que mes yeux s'habituent au manque de lumière.

« Mais entrez, voyons ! Ne restez pas là, vous laissez pénétrer le froid. Sergent ! Ma chaussette est-elle prête ? »

L'intéressé lança par-dessus son épaule : « J'y travaille !

— Très bien. » Au ton qu'il employait, le colonel ne jugeait pas cette attente « très bien » du tout. Il me regarda et déclara avec agacement : « Entrez, ai-je dit, et fermez la porte. »

J'obéis et restai confondu devant le bureau de l'officier. Malgré la pénombre et la chaleur étouffante, j'eus l'impression d'avoir couvert en une enjambée des centaines de lieues et de me retrouver dans l'ouest, à Tharès-la-Vieille. De beaux tapis couvraient le plancher et des tentures cachaient les planches des murs ; un bureau immense en bois poli, au milieu de la pièce, dominait tout le décor. Une bibliothèque en chêne remplie d'ouvrages reliés en cuir prenait tout un pan de mur ; un piédestal en marbre soutenait la statue d'une jeune fille qui portait un panier de fleurs ; on avait même couvert le plafond de plaques d'étain martelé. Le contraste saisissant entre ce havre de civilisation et le bâtiment rude qui l'abritait faillit me faire oublier la raison de ma visite.

La raison pour laquelle l'officier s'enquérait de sa chaussette m'apparut avec évidence : un de ses pieds était nu ; à l'autre, il portait une chaussette noire et une mule en agnelin. Au-dessus, je distinguai l'ourlet de son pantalon de cavalla, par-dessus lequel il arborait une luxueuse veste d'intérieur en soie serrée à la taille par une ceinture du même tissu et dont les extrémités s'achevaient par un gland, tout comme la calotte de soie posée au sommet de son crâne. Pâle et maigre, plus grand que moi, il avait des pieds et des mains démesurés ; ce qui lui restait de cheveux était blond, tandis que sa splendide moustache, cirée en pointe, paraissait rouille. On aurait dit la caricature d'un gentilhomme campagnard plutôt que le commandant du poste le plus avancé du royaume.

Il y avait un fauteuil capitonné accompagné d'un repose-pieds près du feu. Le colonel Lièvrin s'y installa confortablement puis me demanda sèchement : « Alors, que voulez-vous ?

— Je souhaite vous parler, mon colonel. » Je m'efforçai de m'exprimer d'un ton civil malgré sa brusquerie.

— Eh bien, vous me parlez. Exposez-moi ce que désire votre maître et soyez bref ; j'ai du travail. »

Deux impulsions s'empoignèrent aussitôt en moi ; la première, de lui répondre sans équivoque que je n'avais pas de maître ; la seconde, que je doutais fort qu'il eût autre chose à faire. Je réprimai l'une et l'autre et déclarai avec raideur : « Je ne suis pas un domestique et je ne viens pas vous porter un message de mon maître ; je me présente comme fils militaire dans l'espoir de m'enrôler dans votre régiment.

— Mais alors que tenez-vous à la main ? » Il désigna le billet de Faille griffonné à la hâte. Je comprenais à présent, me semblait-il, pourquoi le lieutenant y avait employé un ton aussi rude. Néanmoins, je renâclais à l'idée de le présenter à l'officier commandant, de crainte qu'il ne prenne la discourtoisie de Faille pour la mienne. Je gardai le mot malgré la main tendue de Lièvrin.

« Il s'agit d'une recommandation du lieutenant Buel Faille ; mais, avant de vous la remettre, j'aimerais vous parler un peu de moi et de mes...

— Faille ! » Il se redressa dans son fauteuil, et son pied nu frappa le plancher. « Nous l'attendions il y a plusieurs jours ; je ne comprenais pas ce qui le retenait ! Mais il est de retour ?

— Oui, mon colonel ; un chat sauvage l'a grièvement blessé, et, quand j'ai croisé son chemin, la fièvre et l'hémorragie l'avaient considérablement affaibli. Je l'ai accompagné ces cinq derniers jours pour le ramener ici sain et sauf, et, à notre arrivée, je l'ai conduit aussitôt à l'infirmerie. »

La nouvelle paraissait mettre mon interlocuteur en émoi. « Mais... il transportait un paquet pour moi. En a-t-il parlé ? »

Je me rappelai le colis emballé dans de la toile huilée que j'avais vu parmi les affaires du lieutenant. « Non, mon colonel, mais ses fontes sont intactes ; je les ai glissées sous son lit à l'infirmerie. Le docteur venait l'examiner au moment où je sortais ; j'ai bon espoir qu'il se rétablira complètement. »

J'aurais pu économiser ma salive : à peine le colonel Lièvrin eut-il entendu où se trouvait Faille qu'il traversa la pièce à grands pas et ouvrit la porte à la volée. « Sergent, cessez tout et rendez-vous tout de suite à l'infirmerie ; on y soigne l'éclaireur Faille. Ses fontes sont sous son lit ; rapportez-les-moi. »

Avec une promptitude surprenante, le sous-officier s'exécuta. Le commandant referma la porte et se tourna vers moi. « Bravo, monsieur ; merci de m'avoir appris le retour de Faille. Vous avez toute ma gratitude. »

Manifestement, au ton qu'il employait et à sa façon de se réinstaller dans son fauteuil, il considérait l'entrevue comme terminée. Comme je restais planté devant son bureau, il me jeta un regard, hocha la tête et répéta : « Merci.

— Mon colonel, je ne venais pas seulement vous annoncer le retour du lieutenant Faille. Comme je vous l'expliquais, je suis fils militaire et je voudrais m'enrôler dans votre régiment. »

Il haussa les sourcils ; je remarquai qu'ils formaient une sorte de houppe qui rebiquait. « Impossible. Ne vous bercez pas d'illusions ; vous n'avez pas les qualités physiques d'un soldat », répondit-il sans prendre de gants.

A bout d'espoir, je m'avançai en lui tendant le mot de recommandation. « Colonel, vous représentez ma dernière chance, dis-je tout à trac. Si vous me refusez, j'ignore comment je pourrai accomplir le destin que m'a fixé le dieu de bonté. Je vous implore de reconsidérer ma candidature. Affectez-moi à n'importe quel poste ; j'accepterai les fonctions les plus humbles. Je souhaite seulement pouvoir dire que je sers mon roi dans l'armée. »

Ma véhémence parut le surprendre. Il prit la feuille de papier que je lui tendais, et, pendant qu'il la lisait lentement, ou peut-être à plusieurs reprises, je songeai à la proposition que je venais de lui faire. Etais-je vraiment prêt à m'humilier au point d'accepter n'importe quelle affectation ? Mon amour-propre exigeait-il à ce point que je puisse me présenter comme soldat ? Quelques jours plus tôt à peine, j'étais prêt à délaisser cette vie et à en entamer une nouvelle comme aubergiste d'une ville fantôme ; or voici que, tout orgueil rabattu, le cœur battant la chamade, je priais tout ce que je tenais pour sacré pour que l'excentrique officier m'accepte dans son régiment où régnaient la négligence et le découragement.

Enfin il leva les yeux vers moi puis il se pencha prudemment et déposa la lettre au milieu des flammes. Mon cœur se serra. En se redressant, il dit : « Apparemment, vous avez favorablement impressionné mon éclaireur. Rares sont ceux qui y parviennent, moi compris.

— Oui, mon colonel », répondis-je sans m'engager.

Il se laissa aller contre son dossier puis soupira ; il agita les pieds, l'un chaussé, l'autre nu, sur son coussin. « Il n'est pas facile de conserver les hommes dans cette garnison. Beaucoup meurent de la peste ; les survivants restent en mauvaise santé et succombent souvent à d'autres maux ; certains désertent, tandis que d'autres se révèlent inaptes au point que je me vois dans l'obligation de les réformer. Malgré tout, je tâche de me tenir à certains critères pour choisir ceux qui servent sous mes ordres, et, en des circonstances ordinaires, vous n'y correspondriez pas. Je pense n'avoir pas besoin de vous expliquer pourquoi.

— Non, mon colonel », dis-je d'un ton égal. Il regardait ses pieds dont il joignait les orteils.

« Mais les circonstances ne sont pas ordinaires. » Il s'éclaircit la gorge. « Mon éclaireur ne sollicite guère mes faveurs, tandis que je lui en demande beaucoup, et, la plupart du temps, il les satisfait. Je suis donc enclin à lui accorder celle-ci. » Comme l'espoir renaissait soudain en moi, il me regarda enfin. « Aimez-vous les cimetières ? »

Il me posa la question sur un ton affable et engageant, comme il aurait demandé à une petite fille, lors d'un thé, quelle couleur elle préférait.

« Les cimetières, mon colonel ?

— Nous en avons un à Guetis, ou plutôt deux. L'ancien s'étend derrière l'enceinte du fort ; toutefois, ce n'est pas celui-ci qui m'intéresse mais le nouveau, à une heure de cheval d'ici. Lors de la première épidémie de peste dans la ville, il y a plusieurs années, mon prédécesseur a fait ouvrir un second cimetière à quelque distance du fort, à cause de l'odeur des cadavres, vous comprenez ? D'ailleurs, il y est lui-même enterré, pour l'anecdote, ce qui me vaut de commander aujourd'hui la garnison ; la maladie ne m'a pas touché. » Il se tut un instant, et un petit sourire lui découvrit les dents, comme s'il se félicitait d'avoir eu l'adresse de ne pas mourir de la peste. Comme j'ignorais quoi dire, je gardai le silence, et il reprit : « Notre cimetière présente une grande étendue en comparaison de notre population et malgré sa création récente ; en outre, le colonel Lope n'a pas pris en compte, lorsqu'on a commencé à y ensevelir les morts, la difficulté à défendre cet emplacement. Cela fait maintenant quatre fois que je demande des moyens financiers et des artisans pour le protéger par un mur solide, voire une tour de guet, mais on ne me répond pas. Le roi ne songe qu'à la route – sa route ; quand j'implore du matériel et des fonds pour bâtir une enceinte autour du cimetière, il me demande combien de lieues de route j'ai construites au cours de la dernière saison. Comme s'il y avait un rapport ! »

Il attendit ma réaction. Il finit par comprendre que je n'en avais pas, se racla la gorge et poursuivit : « J'ai assigné des hommes à la garde du cimetière, mais ils ne durent pas longtemps à ce poste. Tous des lâches ! Et, en conséquence, les déprédations contre nos chers disparus continuent.

— Les déprédations, mon colonel ?

— Oui, les déprédations, les insultes, les ignominies, les actes sacrilèges, irrespectueux, appelez ça comme vous voulez. Ils continuent. Pouvez-vous y mettre un terme ? » L'air grave, il tira sur la pointe de ses moustaches.

J'ignorais ce qu'il attendait exactement de moi, mais je comprenais que je tenais là l'unique occasion d'entrer dans l'armée. Je la saisis. « Mon colonel, j'y parviendrai ou j'y laisserai la vie.

— Non, par pitié, ne mourez pas ; ça ne ferait qu'une nouvelle tombe à creuser. Bien, c'est donc réglé – et juste à temps, dirait-on ! »

Il prononça ces derniers mots en bondissant de son fauteuil, car on venait de frapper à la porte ; mais, avant qu'il eût le temps de l'atteindre, le sergent l'ouvrit et entra, les fontes de Faille sur l'épaule. Le colonel s'en empara avidement et les fouilla pour en sortir le paquet emballé dans de la toile huilée que l'éclaireur gardait jalousement. « Ah, grâces soient rendues au dieu de bonté, on ne l'a pas volé et il n'est pas abîmé ! » s'exclama-t-il. Il le porta jusqu'à une petite table éclairée par le feu. Je ne bougeai pas, gêné, ignorant s'il voulait ou non que j'assiste à la scène ; la politesse me commandait de m'éclipser, mais je craignais qu'alors nul ne sût qu'on m'avait recruté ; il me fallait savoir où me rendre pour faire signer mes papiers et prendre mes fonctions. Je restai donc et me tus. Le sergent ressortit aussi vite qu'il était entré.

Le colonel Lièvrin défit soigneusement la ficelle qui fermait le paquet ; une fois le papier huilé complètement déplié pour en révéler le contenu, il poussa un grand soupir de satisfaction. « Ah ! Magnifique ! » s'exclama-t-il.

Mon nez avait déjà analysé ce qu'il avait déballé : du poisson fumé. A cette odeur, la faim me griffa furieusement les côtes et l'eau me vint à la bouche ; pourtant, intellectuellement, je me demandais comment du poisson fumé pouvait avoir une telle importance.

« Du saumon de rivière fumé au bois d'aulne et glacé au miel. Il n'existe plus qu'une petite tribu qui prépare le poisson ainsi, et elle ne le vend qu'à l'éclaireur Faille. Vous comprenez maintenant pourquoi, je suppose, je tiens sa parole en si haute estime. Lui seul pouvait m'obtenir un tel trésor, et uniquement à cette période de l'année. Ah ! »

Sous mon regard accablé, il détacha un petit morceau de chair rouge sombre et luisante, et le porta à ses lèvres. Il le posa sur sa langue puis, bouche ouverte, en aspira l'arôme. Enfin, les yeux clos, il ferma la bouche, et je jurerais avoir vu ses moustaches frémir de plaisir. Il fit rouler la pincée de poisson sur sa langue comme un connaisseur savoure un grand cru, puis il l'avala très lentement. Quand il rouvrit les yeux et me regarda, ses traits exprimaient un bonheur béat. « Vous êtes encore ici ? me demanda-t-il d'un ton vague.

— Vous ne m'avez pas donné la permission de me retirer, mon colonel ; et je n'ai pas encore signé mes papiers d'enrôlement.

— Ah ! Très bien, rompez ! Le sergent, dans le vestibule, vous aidera à remplir vos formulaires. Tracez une croix là où il vous l'indiquera ; vous pouvez lui faire confiance. » Et il revint à son poisson. Comme j'ouvrais la porte, il ajouta : « Rapportez ses fontes à Faille, voulez-vous ? Le reste de leur contenu ne m'intéresse pas. »

Je ramassai les sacs en cuir usé et les jetai sur mon épaule. Je sortis et fermai la porte sans bruit, en me demandant si cet homme était complètement fou ou excentrique au point qu'on ne pouvait faire la différence ; je jugeai finalement que cela importait peu. Je n'allais pas faire le difficile alors que j'avais trouvé quelqu'un qui m'autorisait à m'enrôler.

Quand je m'arrêtai devant son bureau, le sous-officier poussa un soupir et mit de côté son raccommodage. « Qu'est-ce qu'il y a ?

— Le colonel Lièvrin m'a dit de m'adresser à vous pour mes documents d'enrôlement.

— Quoi ? » Il sourit largement, certain que je plaisantais.

« Mes documents d'enrôlement », répétai-je avec le plus grand sérieux.

Toute trace d'amusement s'effaça lentement de son visage. « Je vais vous les préparer, dit-il avec une répugnance évidente. Ça risque de prendre un peu de temps.

— J'attendrai. » Et j'attendis.

6

Le cimetière

Le sergent mit effectivement du temps à préparer mes documents, délibérément, je pense. Je les signai promptement du nom de Jamère Burve puis je mis le comble à l'exaspération du sous-officier en exigeant que le colonel Lièvrin les contresigne. Quand il ressortit du bureau du commandant, je lui demandai auprès de qui je devais prendre mes ordres ; il retourna chez l'officier puis revint aussitôt. « Vous ne dépendrez de personne en particulier, un peu comme un éclaireur. Si vous avez des problèmes, venez me trouver, et je devrais pouvoir les régler.

— N'est-ce pas une situation un peu irrégulière ? »

Il s'esclaffa. « Aujourd'hui, la situation du régiment tout entier est irrégulière ; personne ne croyait passer encore un hiver ici ; tout le monde pensait qu'on nous remplacerait et qu'on nous renverrait, déshonorés, dans nos quartiers avant la mi-été. Vu qu'on a maintenant une chance, si j'ose dire, de montrer ce qu'on vaut alors qu'on n'a jamais eu aussi peu d'hommes, on est obligés de fonctionner de façon irrégulière. Ne vous en faites pas, vous vous y habituerez, comme moi. » Il s'interrompit puis demanda d'un ton presque paternel : « Est-ce qu'on vous a prévenu qu'il fallait d'abord vous rendre au bout de la route ? On le recommande à toutes les nouvelles recrues ; ça les aide à comprendre notre mission.

— Merci, sergent ; je n'y manquerai pas.

— C'est ça, soldat, n'y manquez pas. Vous êtes des nôtres maintenant. »

Ces mots me réchauffèrent le cœur, d'autant plus que le sous-officier contourna son bureau pour me serrer la main. Une fois mon enrôlement réglé, il m'envoya voir un sergent d'intendance, qu'un mot du secrétaire du colonel informait de mon affectation à la « garde du cimetière ». L'homme éclata de rire puis, en hésitant, me remit un équipement dont nulle pièce d'uniforme ne m'allait hormis le chapeau. Il régla la question d'un « Peux pas faire mieux » désinvolte. Le fusil qu'on me donna n'avait pas été ménagé par ses précédents propriétaires ni souvent nettoyé ; l'extérieur du canon était grêlé de corrosion, et l'on avait réparé la crosse fracturée à l'aide de pointes en cuivre et de fil enroulé serré puis englué de vernis ; la plaque de couche avait disparu, et il manquait des points au fourreau de selle. « De toute manière, il ne te servira sans doute à rien, fit le sergent d'intendance devant ma mine sombre. Là où tu vas, si jamais les Ocellions attaquent, c'est pas un seul fusil qui les fera reculer. Mais il y a des chances pour que t'en prennes jamais un sur le fait pour lui tirer dessus. Te casse pas la tête pour ça, le bleu. » Il me remit mon « arme », et je résolus de l'inspecter de fond en comble avant de l'essayer.

« Tu vas au bout de la route aujourd'hui ? » me demanda-t-il comme je m'apprêtais à sortir.

Je me retournai vers lui. « Le sergent Gaffenet, au bureau du colonel Lièvrin, me l'a recommandé. »

Il hocha la tête d'un air entendu. « Il a raison ; tu comprendras beaucoup mieux ce qui se passe ici. Bonne chance, soldat. »

On ne m'avait pas affecté de patrouille ; je ne relevais d'aucun caporal, sergent ni officier. Comme les éclaireurs que je dédaignais naguère, je n'appartenais que de loin au régiment ; on m'avait confié une tâche et, sans doute, on ne me prêterait attention qu'en cas d'échec. Quand je rapportai ses fontes à Faille, à l'infirmerie, il m'écouta avec un sourire béat lui raconter mon enrôlement ; le laudanum que lui avait administré le médecin le mettait d'humeur bienveillante. « Ainsi, on vous envoie au cimetière, hein ? De mieux en mieux, Jamais ; vous aurez un des postes les plus vivants de la garnison. Je n'aurais pas pu espérer mieux, pour vous comme pour moi. Reposez en paix ! » Sa tête roula sur l'oreiller. « Ah, le laudanum ! Vous en avez déjà pris, Jamais ? Etre blessé devient un vrai plaisir. » Il poussa un soupir puis ses yeux commencèrent à se fermer. Soudain il les rouvrit et il déclara d'un ton brusquement impérieux : « Avant de vous rendre au cimetière, allez au bout de la Route du roi ; à cheval, ça ne vous prendra que quelques heures. Faites-le aujourd'hui même ; c'est une expérience pleine d'enseignements. » Il se laissa retomber sur son lit comme s'il venait de me révéler une information de première importance ; là-dessus, je le laissai, le regard vitreux et la bouche entrouverte.

Je fis une dernière halte dans une épicerie-droguerie pour acheter de quoi manger avec l'argent qui me restait. J'ignorais avec quelle régularité la solde tombait dans une région aussi reculée ; on m'avait dit que je pourrais revenir au fort chaque jour prendre mes repas au réfectoire, mais il me paraissait commode de disposer de vivres sur place, dans mon logement au cimetière. Nul ne m'escorta jusqu'à ma nouvelle affectation, et on ne me fournit aucune liste de tâches à remplir. A la porte est, la sentinelle tendit le doigt :

« Continuez par là, vers les montagnes ; vous le verrez. » Et ce fut tout.

Le cimetière se trouvait à plus d'une heure de cheval de Guetis. A mesure que nous progressions, Girofle et moi, l'état de la route se détériorait, tandis que les maisons et autres signes d'occupation humaine se raréfiaient promptement ; bientôt toute trace d'habitation disparut. De temps en temps, je distinguais sous les mauvaises herbes un chemin carrossable qui menait vers une ferme où plus personne ne vivait. J'observais avec perplexité que toutes les propriétés à l'est du fort avaient été abandonnées. Comme la route s'élançait en lacets pentus à l'assaut des piémonts, je ne vis plus aucune marque de présence de l'homme ; de part d'autre, la forêt se rapprocha, sombre et menaçante, et je me surpris à parcourir les alentours d'un œil méfiant, comme si je me savais surveillé, mais sans voir personne.

Enfin, je parvins à un panneau : « Cimetière de Guetis », muni d'une flèche pointée vers une piste qui gravissait une colline nue. On en avait déboisé le sommet qui restait piqueté çà et là de souches, tandis qu'au-delà de la zone dégagée les arbres caducs se dressaient sur une ligne parfaitement droite. Comme je m'apprêtais à tourner Girofle dans cette direction, je me rappelai la recommandation de Faille : « Allez au bout de la Route du roi. » J'ignorais à quelle distance je m'en trouvais ; je regardai le soleil puis décidai de le découvrir par moi-même. Si je n'avais pas atteint ma destination au coucher du soleil, je ferais demi-tour, voilà tout.

Je commençai bientôt à me demander si j'avais fait le bon choix. La route montait toujours, mal conçue, crevée en son milieu par des effondrements dus à la pluie, voire, en un emplacement, ouverte d'un bord à l'autre par un ruisseau ; on avait grossièrement rebouché la rigole avec de la pierraille. Je m'étonnai de cette mauvaise construction ; cette voie n'était-elle pas la grande œuvre du roi, le projet sur lequel il fondait tant d'espoirs ? Où avaient donc la tête ceux qui supervisaient les opérations ? Que des forçats ne soient pas les ouvriers les plus qualifiés pour ce genre d'ouvrage, je pouvais le comprendre, mais on avait certainement placé des ingénieurs compétents à leur tête.

La voie perdait en largeur et la forêt se refermait. A deux reprises, un mouvement capté du coin de l'œil me fit sursauter ; chaque fois, je tournai la tête mais sans rien voir. Plus tard, j'aperçus le plus gros croas que j'eusse jamais vu, perché dans un arbre à demi mort sur une branche tendue au-dessus de la route ; je restai abasourdi devant sa taille : on eût dit un homme vêtu d'un costume noir et blanc juché en l'air. Puis, comme je m'en approchais, il se divisa en trois oiseaux qui s'envolèrent à l'unisson. Je les suivis du regard en me demandant comment j'avais pu les prendre pour une seule créature, et aussi ce qu'un nécrophage comme un croas pouvait bien chercher le long de la route.

Je commençai à distinguer des traces de travaux en cours. Un chariot vide descendait à grand bruit vers moi ; Girofle et moi nous écartâmes pour le laisser passer ; le conducteur n'eut pas un regard pour moi, pas un hochement de tête pour me saluer. Ses yeux ne déviièrent pas de la route, et il poussait son attelage à une allure dangereuse dans une telle descente avec un véhicule aussi lourd. J'entendis des bruits au loin, et je passai bientôt un campement de chantier installé le long de la route ; dans une petite clairière se dressaient cinq abris rudimentaires et une grange ouverte sur les côtés, avec un enclos pour une dizaine de chevaux. Deux chariots de guingois, les essieux brisés, étaient garés à côté de la grange. Le camp dégageait une impression de désolation, et, en dehors des cavales, paraissait désert. Je n'avais jamais vu un chantier aussi lugubre ; l'abattement en émanait comme une pestilence.

Brusquement, toute envie de continuer m'abandonna. J'en avais assez vu, et cela m'amenait à une conclusion qui me faisait horreur : les aristocrates de souche avaient raison ; cette entreprise était absurde et vaine ; le roi pourrait y affecter tout l'argent qu'il voudrait, les ouvriers y travailler aussi longtemps qu'on les y forcerait, elle n'arriverait jamais à terme. Arracher des hommes à leur existence citadine pour les obliger à s'éreinter dans une région sauvage et lointaine était une opération dispendieuse, stupide et cruelle. Comme je m'apprêtais à faire demi-tour, j'entendis des voix qui lançaient des ordres et les craquements de lourds chariots. Faille m'avait commandé de me rendre au bout de la route, et je résolus d'obéir, ne fût-ce que pour comprendre pourquoi il insistait tant. Il ne me fallut pas longtemps pour parvenir au chantier.

J'avais observé l'équipe de terrassement de mon père, bien moins nombreuse, et je savais comment se déroulaient les opérations. Construire une route obéissait à un ordre et à une cadence ; le trajet à suivre aurait dû être marqué, les arbres abattus, le terrain nivelé ; par endroits, il faudrait ôter de la terre, tandis qu'à d'autres des chariots déverseraient l'excès pour former le lit de la chaussée ; on apporterait des pierres et du gravier pour surélever la route. Correctement exécutée, l'entreprise se déroulait comme une sorte de ballet, où certains ouvriers préparaient la voie tandis que d'autres la réalisaient.

La confusion la plus totale régnait dans le tableau qui s'offrait à moi. Les superviseurs n'avaient aucune efficacité ou se désintéressaient de leurs responsabilités ; un conducteur de chariot invectivait des hommes occupés à creuser sur le trajet qu'il devait emprunter ; plus loin, deux groupes d'ouvriers s'étaient arrêtés pour regarder leurs contremaîtres se battre. Les hommes échangeaient des coups avec un entêtement mécanique. Nul ne cherchait à les séparer ; les forçats en haillons s'appuyaient sur leurs pelles ou leurs pioches et suivaient le combat avec une morne satisfaction ; ils portaient des fers aux chevilles qui limitaient leurs déplacements à de petits pas. Cette entrave me parut barbare.

La discorde et le désordre s'empoignaient autour de moi ; herbes folles et broussailles poussaient sur les tas de remblais au bord de la route ; un chariot renversé, son chargement répandu au sol, restait abandonné là où il avait basculé. Je parvins enfin là où la route n'apparaissait que comme une balafre à vif dans la terre, parsemée de souches qui indiquaient la direction qu'elle devait suivre ; leur bois avait une teinte argentée, et, sur certaines, de la mousse commençait à pousser. On avait abattu ces arbres au moins un an plus tôt, plus vraisemblablement trois. Je n'y comprenais rien ; la route aurait dû progresser beaucoup plus vite.

Un garde en uniforme surveillait un groupe de forçats qui s'efforçaient, sans grand résultat, d'arracher des souches. Il m'interpella du geste quand je passai parmi eux ; il arborait des galons de caporal sur la manche. « Hé ! Une seconde ! Où vous allez comme ça ? » me lança-t-il.

Je tirai les rênes. « Au bout de la route, c'est tout.

— Au bout ? » Il éclata de rire, et toute l'équipe de prisonniers enchaînés l'imita. Il lui fallut un moment pour dominer son hilarité.

« Y voyez-vous une objection ? » demandai-je, puis je fis intérieurement la grimace : je m'adressais à lui comme un rejeton de la noblesse à un ouvrier du commun. Il me faudrait apprendre à perdre ce réflexe ; une fois que j'aurais endossé mon uniforme de simple soldat, cette attitude de ma part ne passerait sans doute plus. Mais l'homme ne parut s'apercevoir de rien.

« Une objection ? Oh, non, aucune ! Continuez donc. D'habitude, on ne voit passer que de nouvelles recrues mais, personnellement, je pense que tous ceux qui viennent à Guetis devraient faire un tour ici ; pour le coup, ils sauraient ce qu'on doit affronter. » Il adressa un sourire entendu à son équipe, et je vis ses hommes découragés acquiescer de la tête et échanger des regards narquois, sans doute à cause de ma corpulence. Des talons, je fis avancer Girofle, et nous passâmes au milieu du chantier. Au-delà, tout travail avait apparemment cessé.

La route s'achevait dans un enchevêtrement d'arbres abattus. Je n'avais jamais vu des branches aussi grosses ni des troncs aussi énormes. On avait dû les couper des années plus tôt car les géants couchés et leurs souches avaient viré au gris ; les gigantesques dépouilles formaient une barricade de mort qui empêchait toute avancée de la route. Derrière elles, les arbres encore debout présentaient des dimensions encore plus monumentales. Rien d'étonnant à ce que les équipes de bûcheronnage eussent renoncé ; nul ne pouvait ouvrir une voie parmi des colosses pareils. L'entreprise n'avait rien de sensé. Etait-ce là la grande œuvre du roi ? Je sentais la colère monter en moi, accompagnée d'un profond mépris pour moi-même ; j'avais soudain le sentiment que toute mon éducation, toute la fierté que m'inspirait ma place de fils militaire s'écroulaient avec l'ambition de notre souverain. Quelle vanité ! J'étais idiot, le roi stupide et la route pure folie.

Assis sur le large dos de Girofle, découragé, toutes mes illusions envolées, je contemplai un moment la forêt ancienne ; puis je mis pied à terre et m'avançai en m'efforçant de voir ce que cachaient les géants abattus. Sur le sol inégal, une broussaille de chardons et de plantes épineuses avait poussé là où le soleil pénétrait ; les buissons étaient si denses et si régulièrement espacés qu'on eût dit une haie destinée à repousser les intrus ; les ronces avaient des feuilles aux pointes acérées en plus des barbelures de leurs tiges flexibles. Sans conviction, j'essayai de franchir la barrière végétale, mais me retrouvai bientôt empêtré dans ses branches griffues comme un insecte dans une toile d'araignée ; m'en extraire me coûta des accrocs à mon pantalon et de longues égratignures sur les bras. J'avais réveillé une horde de moucherons piqueurs qui se mirent à tournoyer autour de moi ; j'agitai les mains en tous sens pour les chasser et battis en retraite jusqu'à la route.

Les insectes continuèrent à zonzonner à mes oreilles et à chercher à se poser sur moi pour me piquer tandis que je grimpais sur une des énormes souches, si vaste qu'on aurait pu y installer une tablée de douze personnes. De cette hauteur, je distinguai le sous-bois au-delà de la barrière de ronces.

Je n'avais vu ce monde que dans mes rêves. Les arbres qui couronnaient la colline au-dessus de moi réduisaient la souche sur laquelle je me tenais à celle d'un arbuste ; certains avaient la circonférence d'une tour, et, comme une tour, ils s'élançaient à l'assaut du ciel. Leur tronc s'élevait, droit et dépourvu de branches à la base, couvert d'une écorce crevassée. Très loin au-dessus de moi, là où commençaient les charpentières, elle paraissait plus lisse, et non plus marron mais comme mouchetée d'un camaïeu d'éclaboussures vertes, noisette et brun-rouge. Les feuilles s'étendaient, immenses, grandes comme des assiettes ; les branches s'entremêlaient et formaient une épaisse toiture végétale. Au pied des arbres, peu de taillis mais de denses tapis d'humus et un silence qui paraissait partie intégrante du crépuscule éternel que créaient ces colosses.

Jamais de ma vie je n'avais vu d'arbres pareils.

Et pourtant, si.

Non dans mon incarnation présente, mais dans celle de mon autre moi. Soudain, je sentis cette évidence se dissiper ; je tâchai de la retenir, sachant qu'elle revêtait une importance vitale, mais elle m'échappa. Je respirai profondément, absolument immobile, et fermai les yeux un instant pour me concentrer. Il faisait partie de moi ; nous étions un ; ce qu'il savait, je pouvais aussi le savoir. Quelle signification avaient ces arbres ?

Je rouvris brusquement les yeux.

Les arbres étaient vivants. Ils me dominaient ; il y avait des visages dans leur écorce craquelée, non tels qu'en ont les hommes, mais ceux des arbres eux-mêmes. Ils me contemplaient de tout leur haut, et je me recroquevillai sous leur regard. Ils débordaient de connaissance ; ils savaient tout sur moi, tout, jusqu'à ma plus infime pensée honteuse ou mon plus petit acte méprisable. Ils avaient le pouvoir de me juger et de me punir, et ils l'exerceraient – sans plus attendre.

Je sentis littéralement la terreur monter en moi. Comme un raz-de-marée, elle reflua dans mon organisme ; mes jambes et mes pieds perdirent toute vigueur ; je commençai à m'écrouler sur moi-même, chancelant. Dans mon enfance, je faisais des cauchemars où, les genoux en coton, je ne tenais plus debout ; aujourd'hui, alors que je m'effondrais, je découvrais que cela pouvait se produire dans la réalité. La peur qui me submergeait amollissait toutes mes articulations ; je parvins tout juste à gagner le bord de la souche à la force des bras, en traînant derrière moi mes jambes inertes, et à me laisser tomber sur la terre recouverte de buissons de ronces. Les épines me déchirèrent les mains ; leurs crocs minuscules se plantèrent dans mes vêtements et tentèrent de me retenir. Sanglotant, je me dirigeai en rampant vers Girofle ; mon cheval me regardait avec méfiance, les oreilles rabattues en arrière, inquiet de mon comportement inhabituel.

Plus que tout, je redoutais qu'il ne m'abandonne. « Gentil, Girofle... Gentil, le cheval. Pas bouger, Girofle ; pas bouger. » Je prononçai ces mots dans un murmure rauque et tremblant. Terrorisé, au bord des larmes, je n'arrivais qu'à grand-peine à me dominer. Je me relevai tant bien que mal sur mes genoux, puis, avec un effort surhumain, je me mis debout. Mes jambes tremblantes ne pouvaient supporter mon poids, mais je me trouvais près de Girofle et me laissai tomber contre lui. Mes doigts sans force s'agrippèrent faiblement à ma selle. « Par pitié, dieu de bonté, aide-moi ! » fis-je d'un ton gémissant, et je puisai je ne sais où l'énergie pour me redresser. Je glissai un pied dans l'étrier puis, seulement à moitié en selle, incitai Girofle à se mettre en route ; il obéit et partit en zigzaguant, perplexe, pendant que je m'accrochais au pommeau, convulsé de sanglots. J'éprouvai un soulagement indicible quand je constatai qu'il prenait la bonne direction, loin du bout de la route et de la hideuse forêt qui s'y tapissait, ramassée comme une bête prête à bondir. Des vagues de ténèbres menaçaient ma conscience. J'avais honte de ma lâcheté, mais il m'était impossible de la combattre. Je concentrai toutes mes pensées, tous mes efforts, sur ma jambe et le mouvement qu'elle devait exécuter pour passer de l'autre côté de la selle ; quand cela fut fait, que j'eus hissé tout mon poids sur l'échine de Girofle, je le lançai au galop sans me soucier des accidents du terrain ni des soubresauts de mes paniers. Loin devant moi, je vis soudain un groupe d'ouvriers alignés en travers de la route comme une barrière, dressés comme une muraille, qui riaient aux éclats en poussant de grands cris. Girofle, obéissant davantage à son bon sens qu'à mes instructions, ralentit puis s'arrêta avant de les piétiner. J'avais toutes les peines du monde à me tenir au pommeau de ma selle ; je haletais, la respiration hachée, et des larmes de terreur avaient laissé des sillons humides sur mes joues. J'ouvris la bouche pour lancer une mise en garde aux hommes puis me tus : contre quoi les mettre en garde ? Le soldat qui m'avait parlé plus tôt me demanda avec une sollicitude feinte : « Alors, vous l'avez trouvé, le bout de la route ? Ça vous a plu ? »

J'étais au bord de l'effondrement ; en moi, la honte le disputait aux derniers lambeaux de terreur qui subsistaient.

Qu'est-ce qui m'avait causé une peur aussi incontrôlable ? Pourquoi avais-je pris la fuite ? Je n'en avais aucune idée. Je savais seulement que j'avais la gorge sèche et la chemise collée au dos par la transpiration. Je parcourus du regard les hommes assemblés, désorienté par mon expérience et profondément insulté par leurs mines hilares. Un des gardes me prit en pitié.

« Hé, l'armoire à glace, on y est tous passés, tu sais. C'est ça, le bout de la route : une trouille pure, à en faire dans son froc. As pas honte, soldat ; on nous y envoie tous, pour l'initiation, comme qui dirait. Maintenant, t'es des nôtres : baptisé à la sueur de Guetis. C'est comme ça qu'on l'appelle ; tu t'es payé une suée de Guetis. »

Il y eut un éclat de rire général tandis qu'il s'approchait et me tendait sa gourde. Je la pris, me désaltérai puis, en la lui rendant, je réussis à plaquer un sourire sur mes lèvres et même à émettre un rire chevrotant. « Tout le monde éprouve la même chose ? fis-je. La même terreur ?

— Oh, que oui ! Toi, tu fais partie des durs : tu n'as pas de la pisse plein les bottes. Y en a pas beaucoup ici qui peuvent s'en vanter. » Il m'appliqua une claque amicale sur la cuisse et, curieusement, je m'en sentis mieux.

« Le roi est-il au courant de ce phénomène ? dis-je sans réfléchir, puis je me fis l'effet d'un idiot quand mon auditoire s'esclaffa de nouveau.

— Si tu l'avais pas vécu, tu y croirais ? » répondit le garde.

Je secouai lentement la tête. « Non, sans doute pas. » Je me tus puis demandai : « Qu'est-ce que c'est ?

— On n'y croit pas tant qu'on n'y a pas goûté soi-même, et personne ne sait ce que c'est exactement. Ça te tombe dessus, c'est tout, et on ne voit pas comment passer à travers.

— Ne peut-on pas contourner la zone ? »

Il eut un sourire indulgent, et je faillis rougir. Non, naturellement ; si c'était possible, ce serait déjà fait. Il hocha la tête. « Retourne à Guetis. Si tu vas chez Rollo, dans sa taverne, en disant qu'il faut une bière de Guetis pour une suée de Guetis, il t'en donnera une gratis. C'est une tradition réservée aux bleus, mais il te la refusera pas, je pense.

— Je viens de m'enrôler, répondis-je. Le colonel Lièvrin m'a recruté – mais sans officier responsable. Je suis le nouveau garde du cimetière. »

Il me regarda, et son sourire s'effaça. Autour de lui, les autres échangèrent des coups d'œil. « Mon pauvre vieux ! » fit-il, compatissant, puis il indiqua aux hommes de s'écarter et me fit signe de poursuivre mon chemin.

La perspective d'une bière gratuite dans une taverne accueillante m'attirait irrésistiblement, et j'y songeai longuement tout en reprenant la route de Guetis. Je n'arrivais pas à savoir si je me sentais insulté, blessé dans mon amour-propre par la farce qu'on m'avait jouée, ou soulagé que les hommes m'aient jugé apte à l'initiation. Finalement, j'estimai que Faille avait bien résumé l'expérience : elle était pleine d'enseignements. En outre, ma position ne me permettait pas de me plaindre ; je n'avais pas le grade d'officier, je n'avais plus le statut de fils d'un seigneur des batailles ; j'étais une nouvelle recrue, tout en bas de la hiérarchie. J'aurais sans doute dû remercier ma bonne étoile de n'avoir pas subi une initiation plus brutale.

A présent que j'avais laissé la fin de la route loin derrière moi, je pouvais réfléchir plus posément au phénomène. Toutefois, je n'avais nulle envie de me rappeler trop clairement la peur qui m'avait submergé ni m'étendre trop longtemps sur le sujet. Une pensée rassurante me vint soudain : tout cela ne me regardait pas vraiment ; je ne m'occupais pas de la construction de la route. Mon rôle de simple soldat se réduisait à garder le cimetière. Je poussai un soupir de soulagement et poursuivis mon chemin.

Mais, devant le panneau qui indiquait le cimetière, je décidai de reporter au lendemain ma visite à la taverne. Le soir tombait, et je souhaitais voir comment se présentait mon nouveau cantonnement.

Une piste carrossable gravissait la pente ; Girofle et moi l'empruntâmes, et nous parvînmes bientôt aux premières rangées de planches tombales, car on ne peut appeler autrement des plaques de bois fichées dans le sol pour marquer l'emplacement de tombes. Découvrir un si vaste cimetière si loin de toute habitation me procura une impression très étrange. Il s'étendait dans une prairie sur le sommet mollement arrondi d'une colline. De hautes herbes l'entouraient, parsemées des inévitables souches d'arbres, qui me parurent bien petites et ordinaires à côté de celles, immenses, que j'avais vues l'après-midi. Je tirai les rênes et, confortablement installé sur Girofle, profitai du point de vue que sa taille m'offrait. On n'entendait que le bruissement du vent dans les herbes et des gazouillis d'oiseaux dans la forêt proche. Le cimetière en lui-même racontait sa triste histoire : à une rangée de plaques tombales succédait ce que je ne saurais décrire que comme une tranchée remblayée ; le monticule que formait la terre indiquait qu'on n'avait pas enseveli les morts profondément. Au-delà, les sépultures individuelles reprenaient, mais bien vite un long tertre envahi d'herbe interrompait de nouveau les rangées ordonnées. Plus j'avançais, plus les plaques de bois paraissaient neuves.

Le cimetière avait une fonction purement utilitaire, sans égard pour les sentiments ni recherche esthétique. L'herbe avait connu la faux, mais pas récemment ; il n'y avait pas de plantations, pas d'allées entre les tombes, pas même une barrière pour en marquer les limites. J'engageai Girofle sur un étroit sentier qui passait entre les sépultures et menait à ma destination : trois bâtiments de bois sur le flanc est du cimetière. En m'approchant, je constatai qu'ils bénéficiaient d'une meilleure architecture que je ne l'espérais : bien construits, sans fuites, tout en troncs équarris et calfeutrés à l'argile. De l'herbe mêlée d'autres plantes envahissantes avait gagné sur le chemin ; il y avait au moins plusieurs semaines qu'on ne le parcourait plus de façon régulière.

Je mis pied à terre, ôtai son mors à Girofle afin qu'il puisse paître et entrepris de faire le tour de mon domaine. Le premier appentis abritait les outils de ma nouvelle profession ; des pelles, des râteaux, une pioche et plusieurs haches étaient soigneusement suspendus le long d'un des murs ; quatre cercueils en bois brut s'empilaient au fond, prêts à accueillir les prochains morts de Guetis, accompagnés d'une réserve de planches pour les plaques tombales. L'étroit réduit qui se dressait entre les deux bâtiments servait aux nécessités corporelles ; un petit nid de guêpes cartonnières sous l'avancée du toit, près de la porte, indiquait qu'il n'avait pas servi depuis quelque temps. La construction principale se révéla mon nouveau logement.

Composé d'une seule pièce, il abritait un lit fixé au mur dans un angle, une table de facture semblable sous l'unique fenêtre, et une cheminée qui me chaufferait en hiver et me permettrait de cuisiner ; trois marmites de tailles différentes y étaient accrochées. Un buffet, lui aussi fixé au mur, me servirait de resserre. Il y avait une chaise, mais je vis au premier coup d'œil qu'elle ne soutiendrait pas mon poids. La maison ne renfermait pas grand-chose d'autre de notable : une cuvette émaillée sur une étagère près de la cheminée remplie d'un bric-à-brac de vaisselle et d'ustensiles de cuisine. Distraitement, je remerciai les précédents occupants de les avoir lavés avant leur départ.

Tout était recouvert de poussière et de toiles d'araignée ; apparemment, plus personne n'habitait là depuis des mois. Ma foi, j'aurais un peu d'époussetage et de nettoyage à faire avant de m'installer. J'allai d'abord m'occuper de Girofle ; je l'attachai là où il pouvait paître l'herbe haute, rangeai son harnais dans ma cabane à outils et retournai dans ma maison.

La paille du matelas avait moisi ; j'ouvris une couture de la toile et la vidai par terre. Le lendemain, j'irais couper de l'herbe fraîche avec ma faux puis je la mettrais à sécher avant d'en remplir mon matelas ; pour cette nuit, le lit nu me suffirait.

Il y avait une réserve de bois bien rangée devant la maison ; j'allumai un feu dans la cheminée et constatai avec plaisir qu'elle tirait convenablement. Je dus dégager le balai couvert de toiles d'araignée dans un coin de la pièce avant de pouvoir m'en servir, après quoi j'ouvris la porte, la calai puis éjectai à l'extérieur un nuage de poussière, de terre et d'insectes.

J'avais réprimé ma faim jusque-là, mais mes efforts la déchaînèrent soudain. Je trouvai un seau en bois et empruntai un sentier à peine visible qui menait à l'orée de la forêt ; là, je découvris une petite source dont le suintement alimentait un bassin verdâtre. La perspective de me servir de cette eau pour la boisson ou la cuisine ne m'enthousiasma guère ; toutefois, quand je m'agenouillai pour remplir mon seau, je vis une caissette en bois parmi les roseaux. J'arrachai les plantes qui la recouvraient à demi et constatai que quelqu'un l'avait placée avec soin dans la source et lestée avec du sable et du gravier, qui faisaient office de filtre ; l'eau qu'elle contenait était beaucoup plus claire que dans le reste du bassin. Comme j'y plongeais mon seau, un mouvement dans les arbres me fit sursauter ; je parcourus les alentours du regard mais ne vis rien. Mon cœur se mit à cogner dans ma poitrine ; la terreur que le bout de la route avait suscitée en moi restait vive.

Un chemin tracé par des animaux sauvages menait de la forêt à la source ; sans doute avais-je perçu le déplacement d'un cerf, voire seulement le battement d'ailes d'un oiseau. Je pris l'anse de mon seau et me relevai ; à cet instant, j'entendis comme un hoquet de surprise et le bruit, impossible à confondre avec un autre, de quelqu'un s'enfuyant sur ses deux jambes. J'aperçus un buisson qui s'agitait mais non l'intrus, et, l'espace d'un instant, je restai pétrifié par la peur ; puis je poussai un soupir, honteux de moi-même et de mes appréhensions. Je me croyais assez loin de la ville pour échapper aux regards des curieux. Peut-être, le temps aidant, s'habitueraient-ils à moi et cesseraient-ils de me dévisager.

Je rapportai mon seau d'eau à ma nouvelle maison. En chemin, je songeai à la solidité avec laquelle on l'avait construite ; le responsable avait pris son temps et longuement réfléchi. J'en déduisis que, sans doute, Guetis n'avait pas toujours été le taudis qui existait aujourd'hui ; à une époque, un véritable officier avait commandé le fort, et le logement du gardien du cimetière avait dû être bâti à cette période.

Je ne chômai pas pendant les heures qui suivirent. Le travail m'apaisa et je pus finalement chasser mes peurs de mes pensées. Je mis de l'eau à chauffer au-dessus du foyer que je venais de nettoyer puis entrepris de ranger mes vivres sur les étagères du placard à provisions ; comme j'ouvrais mes paniers, je redécouvris le sac d'Amzil et me rappelai que j'avais promis de le lui rendre. Je décidai de demander à Faille, la prochaine fois que je le croiserais, s'il connaissait quelqu'un qui passait par chez elle. Une idée plaisante me vint : dissimuler dans le sac quelques cadeaux pour elle et ses enfants, mais je craignis aussitôt qu'elle ne me prît pour un sot : elle ne m'avait pas caché que je ne l'intéressais pas. Néanmoins, je souris en imaginant la surprise et le ravissement de ses trois petits ; si Amzil me jugeait stupide, eh bien tant pis ! Je suspendis le sac à un crochet afin de ne pas l'oublier.

J'eus une bonne surprise en ouvrant les portes de la dépense : mon prédécesseur avait laissé une solide réserve de lentilles et de haricots secs dans deux grosses jattes de terre munies d'épais bouchons, bien à l'abri des insectes et de l'humidité. J'en mis aussitôt une portion à tremper ; j'avais employé une partie de l'argent qui me restait à faire l'emplette de café, de thé, de sucre et de sel, ainsi que de quatre mesures de farine et d'une flèche de jambon fumé. Ma plus grosse folie avait été l'achat d'une miche de pain frais.

Mes journées de voyage m'en avaient beaucoup appris sur ma nouvelle physiologie. Limiter l'absorption de nourriture ne me faisait pas maigrir mais me rendait en revanche léthargique, voire très irritable dans les cas extrêmes. Je gardais l'habitude de savourer ce que je mangeais, et je voulais croire que je comprenais mieux les changements qu'avait subis mon organisme : il conservait quasiment tout ce que j'absorbais et produisait très peu de déchets, ce qui m'avait tout d'abord assez déconcerté. Quand je ne trouvais pas autant de nourriture que je le souhaitais, j'avais envie de grandes quantités d'eau, laquelle, par bonheur, avait abondé pendant la majeure partie de mon trajet.

Ma faim ne me quittait jamais, et je la considérais désormais comme une partie intégrante de mon existence, de même que certains doivent s'habituer à une mauvaise vue ou à la surdité. J'avais toujours une douleur au creux du ventre, mais j'avais appris à la dominer, même si, par moments, elle parvenait encore à capter mon attention, comme le matin même près de la boulangerie, et que, dans des cas exceptionnels, elle réussît à si bien me distraire que je me voyais incapable d'agir tant que je n'avais pas trouvé à manger. Je gardais toujours de quoi me mettre sous la dent pour me prémunir contre ces circonstances car, quand la faim me submergeait, je perdais quasiment toute raison. Quelle situation affreuse que celle de craindre de tomber par inadvertance dans cet état d'esprit, un peu comme l'on peut redouter une crise de démence !

Mais, ce soir-là, je n'avais aucune de ces inquiétudes. Je m'offris un repas copieux, composé de café, de pain et de jambon fumé, dont la graisse s'étalait merveilleusement sur la mie fraîche. Quand je terminai de manger, je me sentis plus rassasié que depuis des semaines. Je fis ma vaisselle, rangeai ma poêle et mon assiette, allai voir mon cheval, qui paraissait aussi enchanté de sa grasse pâture que moi de mon dîner, puis décidai de faire le tour de mon nouveau domaine.

J'en revins les idées plus nettes. L'herbe m'arrivait au-dessus des genoux pratiquement partout dans le cimetière ; les fosses communes que j'avais remarquées plus tôt trahissaient les vagues régulières de peste qui s'abattaient sur Guetis. Les pierres tombales, en réalité en bois pour la plupart, voyaient disparaître les épitaphes peintes ou gravées qu'elles portaient, mais ce qu'il en demeurait était déchirant. Il y avait manifestement une planification à l'origine de ce champ des morts : dans la section la plus ancienne se regroupaient les officiers et les membres de leur famille à l'écart des hommes enrôlés ; mais, après la première tranchée commune, les ensevelissements devenaient plus égalitaires : des nourrissons côtoyaient des capitaines, et d'humbles soldats anonymes reposaient auprès de colonels. Je croyais toutes les tombes laissées à l'abandon, mais je me trompais ; certes, les herbes folles dominaient dans la zone, mais çà et là il m'arrivait de découvrir une plaque tombale en faction au-dessus d'un rectangle de terre bien entretenu. Sur certains, des fleurs poussaient ; sur l'un d'eux, peut-être la dernière demeure d'un enfant, un chapelet en perles de bois, dont la peinture s'effaçait, ornait la planche.

La partie la plus récente était sensiblement différente ; là, une seule saison avait passé depuis la dernière vague d'enterrements ; la fosse commune la plus récente formait un tertre herbu qui montait à l'assaut du versant, puis une rangée de tombes individuelles marquait la première ligne de ceux qui avait succombé à la peste. Une deuxième rangée indiquait peut-être ceux qui avaient mis plus de temps à mourir ou ceux qui avaient péri de mort naturelle depuis la précédente épidémie. Les plaques de bois étaient plus neuves et plus faciles à déchiffrer.

A ma grande horreur, je m'aperçus qu'un animal fouisseur avait pénétré dans une des tombes ; il avait rapporté à la surface une main quasiment décomposée pour s'en repaître – une main d'homme, à en juger par la taille, fripée et noire. La bête avait rongé la paume charnue et dédaigné les doigts repliés aux ongles jaunes. Je détournai le regard. Le diamètre du tunnel laissait penser que j'avais affaire à une créature de dimensions réduites. Etait-ce là un exemple des déprédations dont se plaignait le colonel Lièvrin ? Dans ce cas, un bon chien de garde serait sans doute mon meilleur adjoint ; des pièges fourniraient peut-être aussi une solution ; mais, à coup sûr, un solide cercueil aurait suffi à prévenir ce genre d'intrusion.

J'accomplis la première tâche de ma fonction, même si je dois avouer qu'elle me laissa non seulement tremblant mais aussi le cœur au bord des lèvres. Je n'avais pas de bâton sous la main, aussi, du bout de la botte, repoussai-je la main dans le trou laissé par l'animal, en regrettant de n'avoir rien pour l'enfoncer davantage. Toujours avec le pied, je comblai le tunnel de terre et je le bouchai finalement avec plusieurs pierres de bonne taille. Cette façon de régler le problème ne me paraissait guère respectueuse, mais je jugeai qu'en l'espèce la promptitude devait l'emporter sur la révérence. Je parcourus la suite de la rangée de tombes récentes et en découvris trois autres où des bêtes s'étaient introduites dans les dernières demeures des morts.

Comme sur la première, je rebouchai les trous, les condamnai à l'aide de pierres et décidai d'emporter dorénavant une pelle pour ma tournée journalière du cimetière.

Les nuages élevés s'étaient transformés en couverture sombre, le vent frais en rafales, et de grosses gouttes de pluie commençaient à tomber. L'humidité de l'air rendait prégnante l'odeur tenace qui imprégnait le cimetière ; aucune autre ne ressemble exactement à celle de la chair humaine en décomposition, et la mort des miens à Grandval avait associé à jamais cette puanteur à ma terrible expérience ; à ma grande horreur, ces effluves affreux me faisaient penser à ma mère, et, pire encore, faisaient jaillir des images d'Elisi. J'avais beau faire, je ne parvenais pas à revoir ma sœur aînée à la harpe ou en train de coudre, mais seulement sous l'aspect d'un cadavre couché sur le flanc, la main éternellement tendue, et l'idée sournoise me tenaillait que je n'avais pas fait mieux pour ma famille en l'enterrant à la hâte que Guetis pour les siens. J'en éprouvais à la fois de la honte et une impression de rapprochement avec ma nouvelle garnison.

Je prenais au sérieux le poste auquel on m'avait affecté, si humble qu'il fût : durant leur vie, les hommes qui dormaient dans mon cimetière avaient servi leur roi au mieux de leurs capacités ; eux et leur famille méritaient un repos respectueux. Je comprenais aussi que les cercueils entreposés dans l'appentis répondaient à une simple mesure de prévoyance ; toutefois, il n'y en avait pas assez. Arriverais-je à persuader le commandant qu'il en fallait un hangar plein ? Je fronçai les sourcils en imaginant l'impact d'un tel spectacle sur le moral des hommes : se préparer à se faire décimer par la maladie ne portait guère à l'optimisme. Néanmoins, je pensais pouvoir convaincre l'officier que cela valait mieux que se laisser submerger par les cadavres quand l'attaque annuelle de la peste commencerait.

Je songeai aussi aux tranchées communes et anonymes ; ma foi, il était en mon pouvoir d'empêcher qu'on en creuse davantage, ou au moins d'en réduire l'étendue future. J'avais fait la preuve que j'étais bon fossoyeur ; si j'excavais une tombe par jour et la laissais en attente, resterais-je en avance sur le nombre de victimes lorsque les journées torrides et chargées de poussière de l'été ramèneraient le fléau ? Je l'ignorais, mais cela valait la peine d'essayer.

La pluie se mit à tomber pour de bon, comme une tenture d'eau chassée par le vent. Alors que je raccourcissais ma tournée pour reprendre le chemin de ma maison à travers les rangées de tombes, je me fis la promesse de ne jamais oublier que chacun des morts enterrés dans le cimetière avait été aimé par quelqu'un. Je croisai Girofle empêtré dans les hautes herbes ; il avait tourné sa large croupe au vent et baissait la tête, déjà trempé. Je le pris en pitié et le menai derrière l'appentis pour le protéger des rafales. Si les hivers de la région se révélaient aussi rudes qu'on me le disait, il faudrait que je lui construise un abri. J'avais omis de demander son maïs et son avoine ; le cheval d'un soldat de la cavalla recevait ses rations du régiment. Demain, me dis-je ; l'hiver approchait à grands pas et il me restait beaucoup à faire pour m'y préparer.

Le déluge me confirma dans ma décision de ne pas retourner en ville ce soir-là, et je pris conscience que j'attendais avec impatience de passer ma première nuit dans ma nouvelle résidence. Une fois dans la maison, je fermai la porte derrière moi ; je constatai avec plaisir que le toit ne fuyait pas et que le foyer suffisait à dispenser une chaleur agréable. J'ôtai mes vêtements mouillés, les suspendis à une cheville près de la porte, puis retirai mes bottes et les rangeai en dessous – et je restai debout au milieu de la pièce, soudain bien à l'abri entre les murs de ma petite chaumine, avec un confort dont je n'avais pas joui depuis des semaines et quasiment rien à faire.

Je m'occupai du mieux possible. Les haricots avaient commencé à gonfler ; j'y rajoutai de l'eau et posai la marmite au coin du feu : d'ici le lendemain, ils se seraient amollis, je les salerais, j'y mélangerais ce qui me restait de jambon et je les laisserai cuire toute la journée. A cette perspective, j'éprouvai une si grande satisfaction que j'en demeurai ébahi : j'attendais tout de même plus de l'existence que l'assurance d'avoir à manger à mon prochain repas et un toit au-dessus de la tête !

Et pourtant...

Quelle étrange impression de parcourir ma petite maison du regard et de me rendre compte que j'avais réalisé mon ambition ! J'étais techniquement militaire, j'avais une affectation, une fonction ; si j'économisais assez sur ma solde, je pourrais m'offrir un uniforme taillé à mes mesures, un uniforme que je pourrais porter. Sans doute ne ferais-je jamais la fierté de mon père mais je savais qu'un jour ou l'autre je l'informerais que, malgré son absence de confiance en moi, j'avais atteint le but fixé pour moi par le dieu de bonté.

Et je n'espérais vraiment rien de plus de la vie ?

Agacé, je pris la chaise fragile, la posai près du feu et m'y assis avec précaution. J'avais parcouru des lieues et des lieues pour accomplir mon dessein, et, maintenant que j'y étais parvenu, je ne trouvais rien de mieux à faire que le remettre en cause. Ne pouvais-je donc me satisfaire de ma réussite ne fût-ce qu'une soirée ? Qu'est-ce qui ne tournait pas rond chez moi ?

J'ajoutai un peu de bois au feu et plongeai un moment mon regard dans les flammes.

Je songeai à Yaril. J'avais promis de subvenir à ses besoins, de la faire venir auprès de moi dès que j'en aurais les moyens. Il faudrait que je lui écrive sans tarder pour lui indiquer où je me trouvais et lui apprendre que j'avais réussi à entrer dans l'armée. Je regardai ma chaumine douillette puis tâchai de m'y représenter ma sœur, et l'accablement me saisit. Yaril avait affirmé pouvoir s'accommoder de tout ce que je lui offrirais, mais je n'imaginais pas ma jolie sœur, habituée à être dorlotée, capable d'affronter mon univers ; elle avait toujours vécu dans du coton ; sautait-elle s'adapter à la vie à Guetis ? Je devrais agrandir la maison pour lui fournir une chambre ; mais combien de temps supporterait-elle de dormir sur un sac de paille, de cuisiner dans une cheminée, d'aller chercher son eau pour se baigner dans une dépression dans la terre ? Guetis ne lui offrirait guère de distraction ni d'amies ; elle ne tarderait guère à s'ennuyer et à s'aigrir. Comment lui proposer une telle vie comme moyen d'échapper à la tyrannie de notre père ?

Je sortis mon journal, en déchirai quelques feuilles et entrepris d'écrire à Yaril une lettre où je lui narrais brièvement mes aventures et lui révélais que j'habitais à Guetis et que je m'étais enrôlé dans l'armée. J'eus peine à lui dire qu'étant donné ma situation je ne pouvais pas encore l'accueillir ; je m'efforçai d'émousser la dureté de mon propos par un ton affectueux, mais je craignais que, quel que soit mon style, elle ne se sente abandonnée. Je cachetai ma missive avec l'intention de l'envoyer le lendemain.

Mes pensées avaient pris une tournure sombre. Je me rendais compte tout à coup que, toute ma vie, je m'étais montré superficiel, sans ambition, satisfait d'obéir au destin que dictait ma place dans ma fratrie et d'en faire l'unique objectif de mon existence. Je rédigeai une note dans mon journal, où je décrivis non seulement mon enrôlement dans l'armée mais aussi la terreur inexplicable que j'avais éprouvée au bout de la route et l'image que, tout bien considéré, je me faisais de moi-même, celle d'un modeste soldat incapable de tenir sa promesse envers sa sœur. Face à cette violente dénonciation de moi-même, la jolie maisonnette qui me réjouissait tant un peu plus tôt m'apparaissait soudain comme une petite coquille vide dans laquelle je m'abritais, qui interdisait toute croissance, qui ne permettait que d'exister.

Le feu dans la cheminée éclairait seul la pièce. Je le couvris de cendre, me dévêtis et m'allongeai sur le sommier dur ; j'écoutai le vent hurler dehors, compatis au sort du pauvre Girofle qui supportait ses rafales puis sombrai dans un profond sommeil.

Je rêvai d'un arôme capiteux, épicé ; je restai un moment perplexe puis je le reconnus : c'était l'odeur de la magie, celle que j'avais sentie au sommet de la tour, lorsque j'avais plongé les mains dans le pouvoir du Fuseau-qui-danse. Mais, dans mon songe, il devenait le parfum d'un corps féminin. Elle se dressait nue devant moi, parfaitement à l'aise dans sa peau jaspée ; sa nudité révélait le motif de ses marques, très semblables aux pointillés qui forment les rayures de certains chats – et, comme un chat, elle se déplaçait avec curiosité mais prudence, d'un pied de velours, dans ma chaumine.

Je la détaillai du regard. Les zones les plus pâles de sa peau étaient plus claires que mon teint, les plus sombres d'un noir soyeux. Elle explorait ma maison, examinait mes possessions ; elle prit ma chemise, en tâta le tissu entre le pouce et l'index, puis la porta à son nez pour la humer, les narines évasées, la bouche entrouverte. J'aperçus ses dents blanches et sa langue sombre. Quand elle reposa ma chemise et reprit sa progression, je vis la rayure noire qui courait le long de son épine dorsale, dont rayonnaient des hachures mouchetées ; elle avait les ongles des doigts et des orteils noirs. A un moment, elle s'arrêta et me contempla longuement ; je lui rendis son regard sans me cacher. Son ventre était plus clair que le reste de sa personne, mais couvert d'ocelles lui aussi ; elle avait l'aréole des seins sombre, les cheveux longs, rêches et zébrés comme sa peau ; la pluie les avait plaqués sur sa tête et les collait sur son dos comme un voile ; l'eau formait sur elle des ruisselets scintillants et de minuscules diamants dans ses poils pubiens.

Ce n'était pas le premier Ocellion que je voyais, ni même la première Ocellionne ; mais, cette fois, il n'y avait pas de barreaux entre elle et moi, et je ressentais sa grâce sauvage comme une menace muette. Elle avait un physique puissant, des jambes musclées, des cuisses et des hanches solides, et elle mesurait au moins ma taille. Ses seins lourds se balançaient au rythme de sa marche, et son ventre arrondi surplombait franchement la fourrure du mont caché entre ses jambes. Il n'y avait rien de délicat chez elle ; elle était aussi différente d'une Gernienne qu'un loup d'un chien de manchon. Elle plongea deux doigts dans ma marmite, en retira quelques haricots et les goûta, les sourcils froncés ; elle ôta les doigts de sa bouche et les secoua d'un air dédaigneux, puis elle reprit son exploration et s'arrêta près de mon lit ; elle se pencha sur moi, si près que je sentis son haleine sur ma joue et perçus son odeur. Je restai saisi par l'excitation sexuelle qui s'empara brusquement de moi avec une autorité jusque-là inconnue. Je me jetai sur ma visiteuse.

Je me réveillai par terre, les genoux éraflés. Malgré le froid qui me faisait frissonner, mon appétit charnel ne diminuait pas, mais la femme n'était plus là, et ni mon nez ni mes yeux ne percevaient sa présence. La porte ouverte laissait entrer des rafales de pluie glacée ; une traînée de feuilles mouillées traversait la pièce. Je mourais d'envie de croire qu'une femme avait pénétré chez moi, mais il existait une explication beaucoup plus plausible : j'avais fait une crise de somnambulisme. Pétri de froid par la pluie, j'avais encore des feuilles collées aux mollets et à la plante des pieds. Je gagnai la porte en trébuchant, la fermai et bouclai le loquet ; j'ajoutai du bois sur le feu et me remis péniblement au lit.

Je m'efforçai de replonger dans le sommeil mais ne fis que rebondir à sa surface, comme un galet plat qui ricoche sur un fleuve. J'écoutai l'orage qui se déchaînait au-dehors, et, vers l'aube, je l'entendis baisser enfin les bras, plus las que satisfait.

Quand je me levai, je découvris un monde lavé de frais sous un ciel limpide balayé par un vent froid. Un tel spectacle me remplissait en général d'énergie, mais ce jour-là je me sentais vieilli, raide, encombré de mon poids ; malgré ma faim, je n'avais pas le courage de me préparer à manger. En gonflant, les haricots avaient fait éclater leur peau fripée ; je les trouvai répugnants. Je rapprochai la marmite du feu et les couvris pour les laisser continuer à mijoter. Avec un mépris cinglant, je me reprochai ma gloutonnerie et ma gourmandise de la veille, car je n'avais même pas gardé un morceau de pain pour mon petit déjeuner. Je fis rôtir le jambon sur une broche au-dessus du feu, en mangeai une partie et ajoutai le reste aux haricots.

Quand j'allai chercher de l'eau, l'herbe haute me trempa jusqu'aux genoux ; après avoir rempli mon seau à la source, je me redressai et levai les yeux vers la forêt qui montait à l'assaut du versant au-dessus de moi. Je sentis en moi un écho de l'admiration que j'avais éprouvée naguère devant ce spectacle, mais aussitôt un mascaret de terreur m'engloutit, et je me vis progressant péniblement dans une végétation détrempée tandis que la pluie dégouttait sur moi et que des enchevêtrements de racines me faisaient trébucher. Des insectes bourdonnants me piquaient, et je restais sous la menace constante des serpents venimeux et des grands prédateurs des bois. Non, je préférais demeurer loin de la forêt. Je tournai le dos à cette ombre lugubre et dangereuse et m'en allai d'un pas pressé, mon seau à la main, en regrettant que ma maison ne soit pas plus loin des arbres.

Ce matin-là, je mis de l'eau à chauffer, fis ma toilette puis ma lessive et tendis une corde à linge à l'intérieur de ma chaumine ; je coiffai mon chapeau de cavalla, enfilai une chemise, une veste impossible à boutonner et un pantalon encore humide ; enfin, j'alimentai le feu dans le vain espoir de trouver le reste de mes vêtements sec à mon retour, sellai un Girofle mécontent et retournai à Guetis.

Mon chapeau me permit de franchir les portes du fort. Je me rendis au bureau du colonel Lièvrin mais ne parvins pas à le voir. Quand j'appris au sergent, dans le vestibule, que je souhaitais faire une demande de matériel afin de bâtir un abri pour mon cheval, il parut stupéfait que j'aie le courage d'entreprendre pareille tâche. Il remplit un formulaire de réquisition dans lequel il acquiesçait à toutes mes exigences, mais il y mit tellement de temps que j'eus l'impression d'avoir passé la moitié de ma vie devant son bureau quand il me le tendit enfin. Je lui dis que je désirais entretenir le colonel de mon projet de créer une réserve de cercueils pour faire face aux futures épidémies de peste, et de l'opportunité de creuser des tombes à l'avance.

Il eut un sourire qui pouvait aussi être une grimace. « Eh bien, quelle ambition, dites-moi ! Faites ce que vous jugez nécessaire, soldat ; soit personne ne le remarquera, soit quelqu'un s'en plaindra. » Il rit de sa plaisanterie et me donna congé.

Je remis le formulaire au sergent d'intendance ; il y jeta un bref coup d'œil et me dit de me servir dans le magasin. Quand je lui demandai si je pouvais emprunter un chariot pour transporter le matériel, il haussa les épaules et me répéta de prendre ce qu'il me fallait. Il régnait une pagaille indescriptible dans l'entrepôt ; enfin, je découvris les hommes de garde derrière le bâtiment, occupés à fumer, adossés au mur ; sur quatre, trois présentaient l'aspect décharné de survivants de la peste ; ils n'avaient sans doute même pas assez de force pour lever un marteau. Je leur montrai mon formulaire, ils me répondirent comme le sergent que je pouvais prendre ce que je voulais, et, finalement, c'est ce que je fis. Je trouvai une carriole, un lourd harnais raidi par le manque d'entretien, et attelai Girofle qui supporta l'opération avec patience. Le bois était de mauvaise qualité, les tonnelets de clous mélangés, et le tout dans un désordre absolu. Je me servis à volonté, y compris de maïs, d'avoine, d'un sac de paille et d'une étrille pour mon cheval, et je chargeai moi-même la carriole. Quand j'eus fini, j'allai chercher le sergent derrière le bâtiment, en compagnie de ses hommes, et lui demandai s'il voulait noter ce que j'emportais. « Je te fais confiance », répondit-il, sans même se donner la peine de venir inspecter mon chargement ; il regagna son bureau, ce qui parut l'épuiser, griffonna une vague signature au bas de mon formulaire et me le rendit. Je m'en allai avec le sentiment imprécis d'avoir été insulté.

Avant de quitter la ville, je portai ma lettre au bureau des expéditions, où je payai une redevance exorbitante pour la faire livrer. J'allai ensuite rendre visite à Faille à l'infirmerie ; son état n'avait guère changé depuis la veille : quand je me plaignis du manque général de discipline et de l'apathie des gardes de l'entrepôt, il eut un sourire léthargique, me fit signe de m'approcher comme s'il voulait me révéler un secret et murmura : « Leur danse nous prive de toute énergie, mon gars. Vous êtes allé au bout de la route, non ?

— Oui, et je n'ai pas trouvé ça drôle, Faille.

— “Lieutenant Faille”, je vous prie, soldat ! » fit-il sèchement ; comme je tressaillais, il rit tout bas. « Vous devriez voir ce qui se passe quand on envoie une équipe d'ouvriers dans la forêt. Le soir, la moitié ne se rappelle même plus leur nom, et, en une semaine, ils n'abattent pas l'équivalent d'une journée de travail. Tentez vous-même l'expérience un de ces jours ; allez vous promener dans les bois, et vous sentirez la magie. D'ailleurs, je parie que vous la sentez déjà ; je m'étonne que vous ayez eu le cran d'aller si loin. » Il se rallongea et ses paupières se fermèrent. « Ne luttez pas contre elle, Jamais ; ça ne sert à rien. Que vous travailliez ou que vous vous tourniez les pouces, vous touchez la même solde ; alors, peinard, soldat. »

Je mis son attitude sur le compte du laudanum. Comme je me levais pour partir, il me lança : « Hé ! Vous ne m'avez pas salué en entrant. »

J'ignorais s'il plaisantait ou s'il s'agissait d'une véritable réprimande. Je bombai le torse puis exécutai un salut impeccable. Il m'en récompensa d'un rire éteint et d'un vague geste de la main.

Je m'emmitouflai dans mon manteau en sortant dans la rue venteuse. Si ce froid n'était qu'un avant-goût de l'hiver, je devrais bientôt m'occuper d'améliorer ma garde-robe. L'atmosphère lugubre de Guetis me frappa de nouveau ; partout, le laisser-aller était visible : des herbes folles couraient le long des caniveaux, la peinture s'écaillait des façades et les volets pendaient de guingois. Il y avait des gens dans les rues, mais nulle activité ; un jeune soldat, la chemise maculée de vieilles taches de sauce, me croisa, les yeux baissés. Le moral était-il toujours aussi bas dans cette garnison ou bien fallait-il mettre cette morosité sur le compte du mauvais temps ?

Seule exception dans ce triste tableau, une jeune femme à la robe bleue dont le vent plaquait les jupes volumineuses sur les jambes et entravait sa marche. Elle portait aussi une épaisse cape noire qui battait sous les bourrasques ; occupée à la retenir de sa main libre, l'autre prise par un panier, elle n'avait pas remarqué que je l'observais. « Zut ! » s'exclama-t-elle sèchement quand une rafale arracha le vêtement à sa poigne ; il s'envola dans la rue comme un corbeau blessé. Elle le poursuivit et le rattrapa d'un bond violent qui la fit tomber sur lui à pieds joints. Comme elle se baissait pour le ramasser, crotté de boue, je la reconnus soudain. Epinie ! Ma cousine paraissait plus âgée que lors de notre dernière rencontre ; je me repris au bout d'un instant : non, elle s'habillait à présent comme une adulte, mais, si elle avait mûri, cela ne se voyait nullement.

Un sergent sortit trop vite du magasin devant lequel je me tenais et me heurta. « Ne reste donc pas dans le passage ! » aboya-t-il. Puis il aperçut Epinie et me foudroya du regard. « Gros rustaud ! Tu restes les bras croisés à lorgner une femme au lieu de l'aider ? Laisse-moi passer ! »

Et il traversa la rue en hâte pour se porter au secours d'Epinie. Elle lui fourra son lourd panier entre les mains puis tourna sur elle-même pour laisser le vent soulever sa cape et la déployer avant de s'y enrouler au terme d'une espèce de pas de danse. Elle avait désormais une large tache de boue dans le dos, et je rougis de son aspect risible tandis qu'elle remerciait le sous-officier de son aide.

Elle dut percevoir l'attention que je lui portais car ils se tournèrent tous deux vers moi, et, sans le vouloir, je baissai la tête en me détournant. Elle ne me reconnut pas : le bord de mon chapeau de cavalla dissimulait mes traits et rien dans mon physique corpulent ne lui permettait de m'identifier. Je fis rapidement le tour du chariot et m'installai sur le banc. Pourquoi cherchais-je à l'éviter ? Je ne voyais pas de réponse nette à cette question. « Je ne suis pas prêt, me dis-je tout bas. C'est trop tôt ; je prendrai le temps de m'installer d'abord, et ensuite seulement je me ferai connaître. » Je desserrai le frein, secouai les rênes, et Girofle tira sur son harnais ; je crois qu'il appréciait de reprendre son ancienne tâche de trait et de cesser de servir pour la monte. Avec la carriole, le trajet de retour nous prit plus longtemps que l'aller. La pluie avait détrempé la route et rempli les ornières ; je laissai à Girofle le soin de choisir le meilleur chemin et m'efforçai de mettre de l'ordre dans les pensées et les émotions qu'avait suscitées en moi l'apparition soudaine d'Epinie. A sa vue, j'avais éprouvé du bonheur à la perspective de futures retrouvailles, aussitôt suivi d'un sentiment de surprise : elle et sans doute Spic se trouvaient déjà installés à Guetis ; j'ignore pourquoi, j'avais cru qu'il leur faudrait beaucoup plus longtemps pour déménager. Quel plaisir ce serait de leur rendre visite, de prendre un repas et de bavarder avec des gens que je connaissais ! Puis je regardai ma crainte en face : celle que cela ne se produise jamais. Cousine ou non, Epinie était désormais épouse d'officier, et Spic non plus Spic mais le lieutenant Kester. Ils devaient avoir déjà leur cercle d'amis parmi les autres jeunes officiers en poste à Guetis ; que pouvais-je leur apporter sinon de la gêne ? Pourtant, alors que je me tenais ce discours, je savais qu'Epinie et Spic m'épauleraient toujours en dépit de mon grade ou de mon apparence physique.

Toutefois, ce n'était pas leur réaction mais la mienne qui m'inquiétait : pouvais-je me présenter à mon meilleur ami, le saluer et lui souhaiter tout le bonheur du monde sans que la jalousie vienne tout gâcher ? Spic ou moi parviendrions-nous à faire comprendre à Epinie que, malgré notre passé commun, son époux étant désormais officier et moi simple soldat enrôlé, nous ne pouvions plus nous fréquenter avec la décontraction d'autrefois ? Je ne voyais plus entre nous trois que gêne, embarras et, pour moi, honte. En cet instant, mon aspect m'inspira une répulsion comme je n'en avais jamais connu ; mon corps m'entourait, me submergeait derrière une muraille de chair molle ; à chaque cahot de la carriole, je sentais mes cuisses pressées l'une contre l'autre, mes coudes appuyés sur le bourrelet de graisse qui masquait mes côtes, le poids de mes bajoues ; je percevais mon obésité jusque dans la façon dont mon chapeau se posait sur ma tête – mon chapeau de soldat, unique symbole de ma qualité de fils militaire.

Arrivé chez moi, je fis le vide dans mes pensées par le seul moyen fiable que je connaissais : le travail. Je bourrai mon matelas avec la paille propre et odorante qui ne manqua pas d'attirer l'attention de Girofle. Je déchargeai mes matériaux de construction et rangeai le harnais dans mon appentis. Je décidais d'attendre le lendemain pour ramener la carriole à Guetis ; elle ne manquerait sans doute à personne d'ici là.

Il faisait froid mais je ne tardai pas à transpirer ; j'avais choisi de fixer l'abri de Girofle à l'appentis afin d'économiser la construction d'une paroi. Au pic et à la pelle, je nivelai une zone qui donnerait au large cheval un box de belles dimensions ; quand j'entrepris de planter les deux supports verticaux, je regrettai de n'avoir pas une deuxième paire de mains et d'yeux, et ce manque devint encore plus sensible lorsque je posai les solives du toit. Je n'avais plus effectué de travaux de charpente depuis des mois, et je m'abandonnai au plaisir simple que procure le fait d'avancer régulièrement dans son ouvrage et de voir prendre forme ce qu'on a imaginé. L'odeur de la sciure, le rythme et le bruit d'un clou enfoncé droit, la satisfaction de la dernière planche qui se glisse à sa place et s'ajuste parfaitement dans un mur – on ne dira jamais assez de bien du travail honnête et de l'apaisement qu'il apporte à un cœur troublé.

J'achevai ma tâche alors que le crépuscule précoce de l'hiver tombait déjà, et j'en éprouvai plus d'aise que lorsque j'avais signé mes papiers d'enrôlement. Quand je versai le maïs dans la mangeoire, Girofle pénétra dans son nouvel abri avec un contentement manifeste. Je me rendis dans ma chaumine, en prenant soin d'ôter mes bottes boueuses à la porte. Je rallumai le feu et soulevai le couvercle de la marmite où mijotaient les haricots : une vapeur enchanteresse vint me gratifier les narines. Je pendis mon manteau, décrochai ma corde à linge puis pliai ou suspendis mes vêtements secs ; tout en rangeant ainsi mes affaires, je m'efforçai de retrouver le sentiment de satisfaction que j'avais éprouvé plus tôt. Je disposai sur ma petite table mes couverts et mon bol puis me servis une pleine louche de haricots, que j'accompagnai de thé sucré. Je mangeai avec plaisir, bien qu'assis du bout des fesses sur ma chaise branlante. Je décidai de remédier à cette situation le lendemain ; je me fabriquerais une chaise non seulement capable de supporter mon poids mais aussi confortable.

Dehors, la nuit tombait et le monde devenait froid et sombre, tandis que, bien au chaud, à l'abri dans ma chaumine, je songeais que je n'avais guère à me plaindre et que je pouvais remercier le ciel. Néanmoins, quand je me couchai sur mon lit à présent moelleux, une étreinte lugubre enserrait de nouveau mon cœur.

7

Devoir de routine

JE DÉBUTAIS CHAQUE JOURNÉE par une tournée du cimetière, la pelle à la main, et réparais diligemment les dégâts causés aux tombes par les animaux. Je notais les plaques tombales qu'il faudrait bientôt remplacer et inscrivais les informations qu'elles portaient et qui risquaient de disparaître ; j'entretenais les chemins et les améliorais en comblant les ornières et en y traçant des drains ; et, chaque jour, je creusais une fosse. Je la mesurais avec précision puis l'excavais profondément, avec des parois verticales, en formant un tas de la terre afin qu'elle ne retombe pas dans le trou ; je poursuivis cette activité après l'arrivée du gel, malgré le sol durci, et ne l'interrompis qu'aux premières neiges. C'est grâce à mes seuls efforts que, lorsque Narina Geddo mourut de pleurésie à l'âge de six ans, trois mois et cinq jours, une tombe ouverte l'attendait.

Je connaissais son âge au jour près car on m'avait expliqué qu'une de mes fonctions, en tant que garde du cimetière, consistait à graver les plaques tombales ; la sienne m'occupa dans ma maison pendant une longue soirée. Je posai la planche sur ma table puis examinai les rares outils dont je disposais pour trouver le plus propre à ciseler lettres et chiffres dans le bois. Je n'avais jamais pratiqué l'ébénisterie mais j'aime à croire que je ne m'en tirai pas trop mal. Je jetais les copeaux dans le feu à mesure qu'avançait mon travail, puis, quand j'eus fini, je parachevai mon œuvre en chauffant mon tisonnier et en passant sa pointe rougie sur les lettres et les chiffres avec l'espoir qu'ils resteraient lisibles un peu plus longtemps.

Le lendemain, je me rendis en ville avec un cercueil à l'arrière de ma carriole. Girofle soufflait, couvert de vapeur, tandis que le véhicule cahotait sur les ornières pétrifiées par le gel. Quand je m'arrêtai devant la petite maison du caporal Geddo, sa fille aînée ouvrit la porte, me vit et poussa un grand cri de frayeur. « C'est le grand croas qui vient emporter Nari ! Papa, empêche-le de la dévorer ! »

J'appris plus tard qu'on s'était répété ses paroles dans tout le bourg, à la grande hilarité de ceux que la tragédie n'avait pas affectés ; mais, ce jour-là, nul ne rit à son exclamation. Je courbai la tête et me tus ; je suppose qu'avec mon visage rougi par le froid et mon manteau noir qui battait au vent j'évoquais un des oiseaux charognards d'Orandula. Sans un mot, la mine grave, le père de la petite fille sortit et déchargea le cercueil de ma carriole ; je restai sans bouger sur mon banc dans la bise mordante. Au bout de quelque temps, le père revint avec un autre homme et ils rechargèrent la bière dans mon chariot ; elle ne pesait guère. Avais-je manqué de délicatesse en apportant une si grande caisse pour une si petite dépouille ? Mais un homme en proie à une si vive douleur attachait-il de l'importance à de tels détails ? Girofle et moi prîmes la tête de la procession funéraire, et un groupe réduit d'hommes et de femmes à pied et à cheval nous emboîta le pas.

La veille, en allant dégager la neige qui s'était accumulée dans la tombe, j'avais tracé un chemin que purent suivre la famille et les amis de la jeune morte. Je m'écartai et regardai de loin les parents placer leur enfant dans la terre glacée puis le seul prêtre de Guetis, un survivant de la peste, blême et maigre, prononcer les formules consacrées. Quand ils furent partis, je revins avec ma pelle et ma pioche casser le tas de terre gelée en blocs durs qui tombèrent sur le cercueil avec un bruit de tonnerre. Je frémis en entendant ce son âpre et cruel, et il me parut presque inhumain d'enterrer une fillette sous des mottes de terre pétrifiées par le froid. Pourtant, d'un autre côté, j'éprouvai de la fierté : à ce que j'appris plus tard, sans ma prévoyance, la petite dépouille serait restée dans le cercueil, rangée dans l'appentis, en attendant que le printemps dégèle le sol et permette un enterrement décent. On procédait ainsi les années précédentes.

Cet enterrement d'une enfant me fit songer à Amzil et sa famille. Je n'avais plus pensé à elle depuis des semaines alors que son sac restait accroché à mon mur. Je décidai de tenir ma promesse le jour même, et aussi d'essayer d'obtenir une audience avec le colonel. Je sellai Girofle dans la lumière indécise de l'après-midi et me rendis en ville.

J'attirais moins l'attention qu'à mon arrivée ; j'entendais encore, de temps en temps, une remarque narquoise sur mon passage, mais on s'arrêtait moins souvent pour me suivre des yeux. Les gens avaient sans doute eu leur content du spectacle que j'offrais, d'autant que, vivant parmi eux, j'avais perdu l'attrait de la nouveauté : je venais à Guetis plusieurs fois par semaine prendre un repas au réfectoire avec les autres soldats. J'étais allé chez Rollo demander ma bière gratuite et avouer avoir subi la suée de Guetis. On me connaissait comme Jamère le garde du cimetière, et je comptais quelques amis parmi les hommes de troupe. Pour autant, néanmoins, tout le monde ne me regardait pas avec bienveillance ni même avec indifférence, et je m'effrayais encore de constater que ma corpulence suscitait une aversion extrême chez certains, alors que je ne les avais en rien offensés.

Ma solde n'avait rien de copieux, mais j'avais relativement peu de besoins et je m'étais montré parcimonieux avec l'argent que Yaril avait glissé dans mon paquetage, aussi possédais-je encore quelques fonds. Muni de ce pécule, je m'efforçai de choisir avec discernement les cadeaux pour Amzil et ses enfants ; au magasin, j'achetai du tissu en laine rouge, quatre pains de sucre d'orge en forme de fleur, une boîte de thé et un petit fromage rond. J'avais déjà dépensé plus que prévu quand mes yeux tombèrent sur un livre de contes pour enfants illustré et colorié à la main. Non, ce serait ridicule : nul chez Amzil ne savait lire et l'ouvrage coûtait très cher. Néanmoins, presque contre ma volonté, je le payai et le glissai dans le sac à dos avec les autres présents. « Je n'avais pas l'intention de dépenser autant, dis-je de façon anodine en posant mes pièces sur le comptoir.

— A quoi il va vous servir, de toute manière ? A lire des histoires aux morts ? » C'était le fils du propriétaire qui me servait, un garçon d'une douzaine d'années, ou peut-être de quatorze, mais alors en très mauvaise santé. Depuis mon entrée dans la boutique, il me regardait avec le même dédain qu'à chacun de mes passages pour refaire mes provisions. Son attitude me lassait, mais son père offrait le meilleur choix de Guetis ; nulle part ailleurs je n'aurais trouvé un livre d'illustrations et encore moins du sucre d'orge en forme de fleur.

« Il s'agit d'un cadeau, répondis-je d'un ton bourru.

— Pour qui ? demanda-t-il comme s'il en avait le droit.

— Des enfants que je connais. Bonne journée. » Et je lui tournai le dos pour me diriger vers la porte.

« Un peu tôt pour des cadeaux de la Nuit noire ! » me lança-t-il.

Je haussai les épaules. Je m'apprêtais à sortir quand une autre voix s'éleva derrière moi. « Jamère ? »

Malgré moi, je me retournai en entendant mon prénom. Un jeune homme en uniforme, avec des galons de lieutenant, venait de sortir de derrière un grand présentoir d'outils. A l'instant où je reconnus Spic, je fis demi-tour et me dirigeai à nouveau vers la porte comme si je ne m'étais pas arrêté.

Spic s'écria : « Attends ! » Mais je poursuivis mon chemin.

J'étais dans la rue et j'avais mis le pied à l'étrier quand il me rattrapa.

« Jamère ! C'est bien toi ! C'est moi, Spic ! Tu ne me remets pas ?

— Excusez-moi, mon lieutenant, mais je crois que vous vous trompez. » Je restais sidéré qu'il m'ait identifié ; j'aurais eu moi-même du mal à discerner en moi le mince étudiant d'autrefois. J'évitai de croiser ses yeux.

Il leva vers moi un regard incrédule. « Que veux-tu dire ? Que j'ignore qui je suis ou bien que je ne sais pas qui tu es ?

— Mon lieutenant, je ne crois pas que vous me connaissiez.

— Jamère, ça devient ridicule ! Vas-tu persister longtemps dans cette attitude incompréhensible ?

— Oui, mon lieutenant. Puis-je disposer, mon lieutenant ? »

Il poussa une exclamation où l'on sentait toute sa perplexité. « Ha ! Oui, soldat. Mais que t'arrive-t-il ? Qu'es-tu devenu ? »

S'il espérait une réponse, il fut déçu ; sans un mot, je talonnai mon cheval. L'après-midi s'assombrissait déjà et les lumières jaunes de la ville se déversaient des petites maisons et des boutiques. Une neige sale et piétinée recouvrait les ornières gelées des rues, et les larges sabots de Girofle soulevèrent des blocs de boue gelée quand, sur mon ordre, il s'élança dans un trot pesant. Je me dirigeai vers les portes du fort mais, quand je jugeai que Spic avait dû cesser de me suivre du regard, je pris vers les bureaux du colonel Lièvrin.

Ma rencontre avec Spic ne devait pas me faire dévier du chemin que j'avais choisi ; je me répétai que j'avais agi pour notre bien à tous les deux : tout jeune lieutenant, fraîchement arrivé à Guetis, inexpérimenté, sans relations, il avait tout à perdre à s'avouer apparenté par son épouse au fossoyeur obèse de la garnison.

Non, mieux valait que tout reste en l'état. Je menais une existence utile – plus qu'utile, car je réussissais là où tous mes prédécesseurs avaient échoué. Peut-être ne servais-je pas mon roi en tant qu'officier illustre ; peut-être ne conduirais-je jamais une charge, ne remporterais-je jamais une victoire au nom de la Gernie, mais Spic non plus dans son rôle de chef d'intendance du fort. Dans la réalité, combien de militaires parvenaient à la gloire ? Même si j'avais achevé mes études à l'Ecole, je me serais sans doute retrouvé à un poste sans intérêt, comme Spic. Finalement, je ne me plaignais pas de mon affectation ; j'effectuais un travail nécessaire.

Même le colonel Lièvrin partageait cet avis. Ce jour-là, je parvins enfin à le voir, et je crois que la décision vint plus de son ordonnance que de lui-même. Je me présentais chez l'officier tous les trois jours, et chaque fois on m'éconduisait. Quand j'avais tenté d'informer son sergent de mes inquiétudes, celui-ci m'avait expliqué gravement que, comme je me trouvais en dehors de la chaîne de commandement et que je dépendais directement du colonel, il ne pouvait pas m'aider. Cet après-midi-là, quand j'entrai dans le vestibule, il poussa un grand soupir, désigna la porte du fond d'un geste de la main et dit d'un ton aigre : « Allez-y, tentez votre chance ; mais ne vous en prenez pas à moi si ça vous retombe dessus.

— Merci. » J'allai aussitôt frapper chez l'officier. Quand il aboya sèchement : « Qu'est-ce que c'est ? », je profitai de la question pour entrer et me présenter.

Le colonel Lièvrin ne parut pas étonné de me voir. Je le trouvai exactement tel que je l'avais laissé plusieurs semaines auparavant, comme s'il n'avait pas bougé depuis ; il portait toujours sa veste d'intérieur et son pantalon de cavalla, mais cette fois, au moins, il avait ses deux mules aux pieds. Comme lors de ma première visite, il faisait une chaleur étouffante dans la pièce. Il me jeta un coup d'œil puis se remit à contempler le feu. « Je savais que vous essaieriez de revenir sur vos belles promesses. "Je suis prêt à tout", disiez-vous. Et je sais ce qui vous ramène : vous n'y arrivez pas, n'est-ce pas ? Venez-vous me supplier de vous affecter ailleurs ou menacer de déserter ? Ou bien comptez-vous vous faire porter pâle ? J'en ai vu de plus compétents que vous échouer à ce poste. "Il ne tiendra pas le coup", me suis-je dit quand je vous l'ai confié, et, de fait, vous voici devant moi. »

J'étais abasourdi. « Mon colonel ?

— Vous allez me raconter les mêmes vieilles histoires que d'habitude, ombres et spectres qui sortent des bois les nuits, solitude qui taraude l'âme, étranges courants d'air qui vous glacent quand vous marchez dans le cimetière, même en plein soleil, grattements bizarres en pleine nuit, accablement absolu et irrésistible, envies de suicide. C'est bien cela, n'est-ce pas ? »

Son inventaire avait des résonances familières, mais je répondis : « Non, mon colonel ; je viens vous parler de tombes, de cercueils et de la latitude dont je dispose pour remettre à neuf les pierres tombales des sépultures les plus anciennes. Certaines sont à peine lisibles. Existe-t-il des documents recensant qui est enterré où ? »

Il ouvrit grand les yeux. « A quoi cela servirait-il ?

— Pour les familles, mon colonel, afin qu'elles sachent où reposent leurs fils, au cas où elles viendraient à Guetis se recueillir sur leurs tombes. »

Il haussa les épaules. « Celles qui y attachent vraiment de l'importance paient pour faire ramener les dépouilles chez elles ; les autres... Bah, si vous avez le temps et si ccla pcut vous fairc plaisir, réparez les pierres tombales du mieux que vous pourrez. Rompez.

— Mon colonel, ce n'était pas le seul motif de ma visite. »

Il pinça les lèvres, crispa les poings, puis repoussa son repose-pieds et se redressa dans son fauteuil, face à moi. « Faites votre devoir, soldat ! Si des tombes sont profanées, c'est que vous ne les gardez pas convenablement ! Si un cadavre disparaît, à vous de le rechercher, de le décrocher de son arbre, de le rapporter et de le remettre en terre – et discrètement ! Je ne veux pas savoir à combien de fois vous devez vous y reprendre ; exécutez votre travail et ne vous plaignez pas. »

L'ébahissement me laissait muet : enfin j'avais une description complète des différents aspects de mon affectation. « On n'a volé aucune dépouille, mon colonel, dis-je non sans mal, mais j'aimerais vous parler des cercueils ; il me semble qu'il serait bon de disposer d'une réserve de bières solides précisément pour prévenir les profanations que vous évoquiez. »

Il parut extrêmement soulagé de constater que je n'essayais pas d'abandonner mon poste et que je ne venais pas signaler de disparition de corps. « Eh bien, que désirez-vous ?

— J'ai examiné le cimetière et la distribution des fosses ; il apparaît évident qu'à intervalles réguliers, chaque été sans doute, nous croulons sous les victimes de la peste ocellionne, et l'on enterre les corps dans une tranchée commune, sans cercueils. J'aimerais y porter remède, mon colonel. J'ai déjà commencé à creuser des tombes supplémentaires ; à présent, je propose que nous préparions une réserve de bières. Si nous les fabriquons maintenant, chaque homme qui mourra aura au moins l'assurance d'une mise en terre digne et convenable.

— Et puis cela fera remonter en flèche le moral des troupes, n'est-ce pas, soldat ? Je pourrais m'adresser au régiment en ces termes : "Eh bien, mes gaillards, étant donné que le mauvais temps et l'absence totale du plus infime élément culturel dans cette ville perdue vous réduisent à l'oisiveté, je propose que chacun de vous fabrique au moins un cercueil ; ainsi, lorsque l'été, avec son cortège de poussière, de chaleur et d'épidémies de peste, viendra mettre un terme à vos misérables existences, vous aurez la certitude d'être enterrés décemment." »

J'étais horrifié. « Ce n'est pas ce que je voulais dire, mon colonel ; je pense seulement que... enfin, la prudence commandant de reconnaître l'existence d'un problème et de prendre des mesures préventives, il faut... » J'hésitai puis m'interrompis. Cette dernière phrase sortait tout droit de la bouche d'un professeur d'ingénierie de l'Ecole.

« En effet ; mais un entrepôt rempli de cercueils risquerait de ne pas faire très bonne impression sur les prochains dignitaires de passage... s'il doit encore en passer... » Ce fut à son tour d'hésiter. J'entendis dans son silence des ambitions contrariées et des rêves avortés. « Ce poste est épouvantable, fit-il tout bas. A mon arrivée, j'avais de hautes visées, et regardez-moi aujourd'hui ; je ne parviens pas à me sortir de mon ornière. Il y a quelque chose ici qui vide les hommes de leur courage, soldat ; le taux de désertion, le nombre de suicides, le niveau de simple négligence défie tout bon sens. » Il se tut et parut se rendre compte soudain qu'il s'adressait à un subordonné si loin de lui hiérarchiquement que nous ne pouvions rien avoir en commun. Il soupira.

« Très bien ; vous avez raison, il serait prudent de prendre des mesures contre l'inévitable. Mais je n'ordonnerai pas qu'on fabrique des cercueils : j'autoriserai les hommes à requérir du bois, à le découper en planches et à en entretenir une réserve des dimensions voulues pour fabriquer des cercueils. Obtenir la matière première représentera déjà une tâche difficile. Etes-vous satisfait ? Je donnerai les ordres afin qu'on apprête des planches pour notre catastrophe annuelle.

— Je regrette d'avoir dû vous le demander, mon colonel, répondis-je à voix basse ; et je vous remercie d'exaucer ma demande. » J'aurais voulu en savoir davantage sur les allusions qu'il avait faites plus tôt, mais, dans ma position, je ne voyais pas comment l'interroger.

Je me dirigeai vers la porte.

« Burvelle. »

Je me retournai. « Oui, mon colonel ?

— Vous ne savez pas bien tromper votre monde, dirait-on. »

Je le regardai fixement, décontenancé ; il garda le silence. Il me fallut plus d'une minute, je pense, avant de comprendre : il m'avait appelé par mon vrai nom et j'y avais répondu. Je baissai les yeux. « En effet, mon colonel, je crois que non. »

Il soupira de nouveau. « Moi non plus. Votre père vous sait parmi nous et préférerait que vous l'ignoriez ; mais c'est moi qui commande ce fort, non lui, et je refuse de jouer au chat et à la souris avec aucun de mes hommes. » Il plongea le regard dans les flammes. « Il a dû envoyer ses dépêches le jour même de votre départ, sans doute à toutes les garnisons dans lesquelles, à son avis, vous pourriez chercher à vous enrôler. Il y déclarait froidement que vous n'aviez pas le droit de vous dire son fils ni de vous servir de son nom. »

J'eus l'impression de recevoir un coup de poing dans le ventre ; j'en restai le souffle coupé. Je n'avais pas imaginé que la fureur le pousserait si loin. « C'est bien de lui, fis-je à mi-voix. Toujours à essayer de me faciliter la vie.

— En effet, dit le colonel Lièvrin d'un ton lugubre. Mais, il faut que vous le sachiez, il écrivait aussi que vous étiez fils militaire, destiné par le dieu de bonté à servir dans l'armée, et que, si l'un de nous jugeait bon de vous recruter malgré votre condition physique déplorable, nous avions sa bénédiction pour employer tous les moyens, si durs soient-ils, afin de faire de vous un semblant de soldat. Néanmoins, lors de notre première rencontre, je n'avais nulle envie de vous accepter dans nos rangs ; il vous décrivait comme un enfant gâté, pleurnichard, qui cherchait toujours à couper à son devoir. Mais vous m'avez impressionné en vous déclarant prêt à n'importe quelle fonction, aussi sale qu'elle soit, et j'ai accepté votre enrôlement ; aujourd'hui, vous m'avez étonné, de façon positive, dois-je ajouter, et je ne regrette pas de vous avoir recruté dans mon régiment. »

Il y eut un silence gêné entre nous, puis je murmurai : « Merci, mon colonel.

— Ne me remerciez pas ; je ne l'ai pas fait pour vous, mais par éthique personnelle. » L'éclat de l'acier apparaissait sous la rouille de l'officier, et j'avoue que je m'en réjouis. Je demeurai au garde-à-vous, les yeux fixés sur la tapisserie indistincte au mur. Signalerait-il mon enrôlement à mon père ? Le souhaitais-je ? Je me tus ; il choisirait lui-même ce qu'il voudrait bien me révéler.

Il poussa un bref soupir, comme s'il avait pris une décision, et changea brusquement de tactique. « Burvelle, je déplore l'“initiation” à laquelle sont soumises la plupart de nos recrues, mais je suppose que vous l'avez subie. Qu'en pensez-vous ? Parlez franchement.

— C'était affreux, mon colonel. Mais cette expérience a eu l'effet que tout le monde m'avait annoncé : je comprends à présent à quoi nous faisons face – et la futilité de notre combat.

— Je craignais que vous ne parveniez à cette conclusion vous aussi, comme beaucoup trop de mes officiers et de mes hommes. Je passe mes journées ici à réfléchir à la situation inextricable où je me trouve : je dois construire une route mais nul ne peut s'approcher assez de son extrémité pour continuer les travaux ; nous n'arrivons même plus à en achever les abords. Vous sortez de l'Ecole, où l'on vous a formé au commandement et l'ingénierie, j'imagine. Avec toutes vos belles études, peut-être auriez-vous une idée à me fournir ? »

Je n'en avais pas, mais je répugnais à l'avouer aussi clairement. « Je n'ai passé qu'une année à l'Ecole, mon colonel, et la peste l'a interrompue.

— Néanmoins, vous descendez d'une excellente lignée ; fils de nouveau noble ou non, le sang de la vieille famille Burvelle coule dans vos veines. Poursuivez comme vous avez commencé, et je m'occuperai de vous fournir l'occasion de monter en grade. Il vous faudra le mériter, mais, sachez-le, je ne vous mettrai pas de bâtons dans les roues à cause de la colère de votre père, pas plus que je ne vous aiderai à cause de votre nom.

— Merci, mon colonel. » Ses paroles réveillèrent en moi un espoir que je croyais mort, et je brûlai soudain du désir de me distinguer à ses yeux autrement que comme garde du cimetière. « Mon colonel, je vois trois façons d'aborder le problème de la route.

— Très bien, je vous écoute.

— La première est évidente, et vous l'avez sûrement déjà essayée : contourner l'obstacle. »

Il secoua la tête. « Le trajet prévu suit les anciennes pistes commerciales qui montent dans les montagnes et redescendent de l'autre côté. Il n'y a qu'un seul col adapté à la Route du roi ; sauf à vouloir aplanir des sommets et combler des vallées sur je ne sais combien de lieues, cette approche est la meilleure et la seule. Quelles sont vos deux autres solutions, soldat ? »

J'avais déjà entendu cet argument ; il ne se passait guère de soirée où, dans toutes les tavernes, on ne discutait pas de l'impasse où se trouvait le chantier royal. Le régiment de Farlé traversait une mauvaise passe mais il avait toujours son orgueil ; s'il existait un moyen de mener à bien cette satanée mission, les hommes voulaient le découvrir.

« Protéger les ouvriers de la terreur. »

Il plissa le front. « Avez-vous des suggestions pratiques ? Songeriez-vous à une armure ?

— Non, mon colonel ; mais on sait que certaines substances peuvent rendre téméraire. Pourrait-on insensibiliser quelqu'un à la terreur tout en lui conservant assez de vigilance pour effectuer son travail ?

— Vous parlez d'alcool ? Ou de drogue ?

— Apparemment, le laudanum fait oublier ses blessures au lieutenant Faille. »

Il hocha sèchement la tête. « Voilà une suggestion inédite ; j'en parlerai aux médecins de la garnison pour voir s'ils y trouvent un intérêt. Et votre troisième idée ?

— Découvrir ce qui provoque la terreur, mon colonel, et y mettre un terme. D'après ce que j'ai entendu autour de moi, la vieille piste de commerce a servi pendant des générations ; aujourd'hui, nul ne peut plus l'emprunter, et les Ocellions doivent se déplacer jusqu'ici pour troquer avec nous. J'en déduis qu'il y a une origine à cette peur, qu'elle n'a pas toujours existé ; or, si elle a commencé, peut-être peut-on l'obliger à s'arrêter. »

Il fit la moue puis rentra les lèvres comme s'il avait oublié qu'il n'avait pas sa pipe à la bouche. « Votre approche est... singulière ; mais prendre un problème sous un angle inhabituel permet parfois de le résoudre. » Il hocha la tête un moment en regardant l'abat-jour sans le voir. J'espérais qu'il réfléchissait à mes propositions et qu'il n'oubliait pas complètement ma présence. Je rassemblai toute mon impudence. « Mon colonel, puis-je poser une question ?

— Allez-y.

— Le roi est-il au courant de ce que nous affrontons ? Ou le général Broge ?

— On a tenté d'exposer notre situation à notre souverain ; il n'a pas accepté l'explication. Le général Broge, lui, a subi la suée de Guetis, comme nous tous ; souvent, quand j'entends qu'on lui reproche une compassion excessive pour les hommes de troupe, je pense que cela provient chez lui de cette expérience. Il est venu à Guetis, il a vu ce contre quoi nous nous battons – non seulement la terreur mais aussi la peste. » Il s'éclaircit soudain la gorge ; peut-être avait-il l'impression de s'être trop épanché devant un simple soldat. « Vous pouvez disposer ; retournez à vos fonctions. Dites au sergent de donner par écrit l'ordre à la menuiserie de tailler des planches de taille appropriée pour cinquante cercueils, mais sans le formuler ainsi ; il saura se débrouiller. Et songez que je garde l'œil sur vous, Burvelle... Burve. Rompez. »

J'exécutai un demi-tour parfait et sortis. Après un bref entretien avec le sous-officier de l'entrée, pendant lequel je me demandai si lui aussi connaissait mon secret, je regagnai la rue.

Je quittais le bureau du colonel hanté par des questions plus nombreuses qu'à mon entrée, incapable de savoir si notre commandant souffrait d'une légère démence ou si c'était un officier d'exception ; envisager qu'il combinât les deux me laissait particulièrement inquiet.

Le caractère imprévisible du colonel et ma rencontre fortuite avec Spic m'avaient troublé ; aussi, plutôt que rentrer chez moi et rester seul face à mes interrogations, préférai-je prendre mon repas au réfectoire au milieu des autres hommes. Cela m'arrivait parfois, quand je me sentais prêt à supporter piques et moqueries pour me mêler à mes semblables. Je regardais certains des soldats quasiment comme des amis.

Le réfectoire se situait dans un long bâtiment à un étage ; la salle du bas réunissait la troupe, tandis que les officiers montaient l'escalier pour partager une ambiance plus raffinée. A une extrémité de la longue salle se trouvait une cuisine avec trois grandes cheminées où l'on préparait l'ordinaire, surmontées chacune d'un vaste four destiné à produire assez de pain pour tout le monde. Il devait y régner une température infernale en été, mais en hiver la chaleur des foyers et l'arôme des plats en train de cuire en faisaient un havre des plus accueillants. Le plafond bas était noirci de fumée ; la cantine des hommes de troupe avait un plancher grossièrement équarri et perpétuellement sale, des tables en bois marquées d'entailles et de coups, de longs bancs inconfortables et malcommodes pour moi, mais, peu à peu, j'avais fini par en apprécier le brouhaha incessant. Le bruit des gens qui parlent, rient et mangent me manquait presque autant que mes livres et mes études, et revoir Spic avait ravivé tous ces souvenirs.

Ebrouc et Quésit étaient assis quand j'entrai. Je pris un grand bol de ragoût de mouton fumant, quatre boules de pain frais et allai me joindre à eux. Ces deux gaillards à l'esprit terne avaient pour devoir, en été, de tondre l'herbe du cimetière, en hiver, de pelleter la neige ou de casser la glace des allées. A la saison de la peste, ils creusaient des tombes.

« Hé, le Gros ! » fit Ebrouc sans malice. Il surnommait « Bouclette » Quésit qui était pratiquement chauve. « Comment ça va, au cimetière ?

— Froidement », répondis-je, et il éclata de rire comme à la meilleure des plaisanteries, puis il se courba sur son bol pour continuer son repas ; il mangeait toujours ainsi, sans avoir à déplacer sa cuiller de plus de quelques pouces. Je portai la mienne à ma bouche : le plat avait un goût de laine mouillée. « Qu'est-ce qui t'amène en ville ? » demanda Quésit. Plus âgé qu'Ebrouc, il lui manquait plusieurs dents de devant, mais j'ignorais s'il devait leur absence à des bagarres ou aux caries. A table, il faisait toutes sortes de bruits de succion en s'efforçant de déloger les bouts de viande coincés entre ses chicots.

« J'avais des questions à poser au colonel, et aussi quelques achats à effectuer. L'un de vous sait-il si quelqu'un doit partir vers l'ouest un de ces jours ? J'ai un paquet que j'aimerais faire livrer. » Je touillai mon ragoût : un quart d'oignon, trois carottes et quelques bouts de pomme de terre friables ; deux morceaux de viande cartilagineux se terraient au fond du bol tandis que de minces filaments de chair flottaient dans le bouillon épaissi de farine. Il y avait aussi du poivre, beaucoup de poivre, seule épice dont les cuistots se servaient, à mon avis. Je commençai par une carotte ; trop cuite, elle avait perdu toute texture, mais elle conservait un peu de sa saveur, et je la goûtai longuement.

« Livrer où ? demanda Quésit en interrompant ma rêverie culinaire.

— A Ville-Morte ; il y a là-bas une femme du nom d'Amzil, avec trois enfants. Elle m'a logé quelque temps et m'a prêté un sac à dos. Il est temps que je le lui rende.

— Aaaaah, Amzil ! Oh oui ! Joli petit morceau, si on arrive à mettre la main dessus. Tu ne veux pas assurer ta "livraison" toi-même ? Ça m'étonne. » Ebrouc agita la langue d'un air appréciateur.

« Ça n'a rien à voir ; je souhaite seulement la rembourser de son hospitalité. » Je m'efforçai de ne pas laisser paraître mon agacement.

« Pas de pot, le Gros : tous les charretiers ont arrêté les trajets pour l'hiver ; si tu te fais surprendre dehors en cette saison, t'es cuit. La neige tombe, le vent aplanit tout, et hop ! la route, tu peux toujours la chercher. Personne ou presque n'acceptera de prendre le risque, et ça ne circulera pas lourd d'ici le printemps. Tu trouveras peut-être un éclaireur qui va là où tu veux, mais, pour qu'il te rende service, faudra que tu te lèves de bonne heure. Si tu tiens à ce que ton sac parte d'ici, tu devras peut-être le porter toi-même. Vas-y, on sait jamais.

— J'irai peut-être », répondis-je en mentant. J'éprouvais envers Amzil des sentiments très ambivalents : je voulais lui faire parvenir mes cadeaux, non seulement pour faire plaisir aux enfants mais aussi pour lui donner bonne impression de moi ; en même temps, je n'étais pas sûr d'avoir envie de la revoir. J'avais entendu trop d'hommes la désigner comme la putain de Ville-Morte ; si je me rendais chez elle, ne le verrait-elle pas dans mes yeux ?

« Possible qu'un des éclaireurs accepte de prendre ton paquet. Faille, ou l'autre nouveau, là, Tibe, Tibre, un nom comme ça.

— Le lieutenant Tibre ? Il est ici ?

— Tu le connais ? » Ebrouc eut l'air surpris.

« Pas vraiment ; j'ai entendu parler de lui.

— Et t'as entendu quoi ?

— Bah, des rumeurs. Il descend de la noblesse, non ? Il n'a pas fait ses études à l'Ecole ?

— Et alors ? Rien que des saletés de parvenus, là-dedans. » Quésit paraissait offusqué que j'y aie seulement pensé ; pour eux, j'étais le fils militaire d'un simple soldat comme eux, et je devais partager leur mépris des officiers que leur naissance prédestinait à leur grade. Offensé, j'acquiesçai néanmoins de la tête et repris mon repas. Les pommes de terre, comme les carottes, avaient mijoté trop longtemps, mais le pain avait cuit parfaitement ; j'en déchirai des morceaux avec lesquels j'épongeai le bouillon poivré. Je tournais mes pensées vers le contenu de mon bol pour éviter de songer à Tibre et aux ambitions que nous partagions autrefois. La jalousie des fils de l'ancienne aristocratie avait anéanti ses espoirs, mon contact avec la magie des Ocellions m'avait dépouillé des miens.

Encore une fois, Ebrouc interrompit mes réflexions. « T'as demandé quoi au colon ?

— Si nous pouvions constituer une réserve de cercueils. La peste reviendra, nous le savons : elle revient tous les étés ; or, d'après ce que j'ai vu, chaque fois, nous tombons à court de cercueils et de tombes, le temps nous manque pour en fabriquer ou en creuser d'autres, et nous finissons par enterrer les morts dans des tranchées communes. Je me suis dit qu'il valait mieux regarder la réalité en face et nous préparer à l'avance. J'ai déjà commencé : j'ouvre une nouvelle fosse chaque jour.

— Ah ! » Ebrouc s'adressa à Quésit. « Tu vois ? Je te disais bien qu'il se défilerait pas comme Rheime.

— Rheime ? Qui est-ce ? demandai-je.

— Celui qui faisait ton boulot avant toi. » Quésit s'interrompit pour nettoyer avec force bruits de succion les trous entre ses dents. « Il est venu trois fois en ville pour supplier le colon de l'affecter ailleurs, et puis il a fini par se suicider. Enfin, à ce qu'il paraît ; des gars l'ont vu mort, son pistolet à côté de lui, et ils l'ont signalé au quartier général. Quand on nous a envoyés vérifier, y avait rien, pas d'arme, pas de cadavre.

— Pas de sang non plus ? »

Les deux hommes échangèrent un regard puis haussèrent les épaules ; ils n'en savaient rien et n'avaient sans doute pas cherché. Ils avaient dû seulement se sentir soulagés de n'avoir pas de cadavre à enterrer ; ils n'avaient pas le même genre de curiosité d'esprit que moi, je suppose. J'avais fait leur connaissance lors de mon deuxième repas au réfectoire ; ils s'étaient assis à côté de moi et présentés comme fossoyeurs et gardiens du cimetière en été. Notre lien d'amitié se fondait sur cette activité commune.

« A-t-on retrouvé son corps ? » demandai-je en m'attendant à une réponse négative.

Une fois encore, ils échangèrent un regard. « Ouais, on a fini par remettre la main dessus ; on l'a rapporté et on l'a enterré.

— Et où l'avez-vous retrouvé ? » fis-je, résigné à devoir leur arracher l'histoire bribe par bribe.

Quésit se passa la langue sur les dents puis ouvrit la bouche avec un bruit de bouchon qui sort du goulot d'une bouteille. « Comme d'habitude ; dans un arbre.

— On avait emporté son cadavre pour l'abandonner dans un arbre ?

— Ben, évidemment. »

Je restai abasourdi. « Mais pourquoi dans un arbre ? C'est un animal qui l'avait traîné là-haut ?

— On peut dire ça », fit Quésit d'un air narquois.

Ebrouc, lui, n'en croyait manifestement pas ses oreilles. « T'es pas au courant, pour les cadavres dans les arbres ? Je pensais qu'on t'aurait prévenu quand t'as pris le boulot. »

Je secouai la tête. « En tant que fils militaire, il fallait que je m'enrôle, et, parce que j'avais aidé l'éclaireur Faille, le colonel Lièvrin m'a accepté et il m'a affecté à la garde du cimetière ; je ne sais rien de plus. » Ce n'était pas tout à fait exact mais, en feignant l'ignorance, j'espérais les encourager à parler.

Ils échangèrent un nouveau regard. Ebrouc lança d'un ton moqueur à son compagnon : « Et toi qui disais qu'il devait avoir du cran pour accepter ce boulot ! Le pauvre couillon, il savait même pas où il mettait les pieds. »

Ils eurent un sourire espiègle mêlé d'un léger embarras quand je leur demandai : « Alors pourquoi ne pas tout me raconter ? Si vous me parliez de ceux qui gardaient le cimetière avant moi ? Et des corps qui disparaissent ?

— Ben, y a pas grand-chose à dire, répondit Quésit d'un ton jovial. Des fois ça arrive, des fois non ; t'enterres quelqu'un, et pouf ! le lendemain tu retrouves la tombe ouverte et vide. Alors tu vas dans la forêt et tu cherches jusqu'à ce que tu remettes la main sur le corps – et c'est pas une partie de plaisir, crois-moi, parce que, dans les arbres, un jour t'entends partout des bruits à te faire crever de trouille, un autre y a comme un brouillard de fatigue et de découragement, tellement épais que t'as du mal à garder les yeux ouverts. Mais, bon, tu finis par dégotter le cadavre, tu le décroches, tu le rapportes et tu le rebalances dans son trou. Des fois, si t'as du pot, il bouge plus, et puis d'autres fois tu dois te retaper de le récupérer le lendemain. On a moins de mal la deuxième fois, parce qu'il est dans le même arbre ; par contre, pour le ramener, c'est plus difficile parce que les corps pourrissent plus vite une fois qu'un arbre s'y est attaqué, tu comprends. »

Ils s'exprimaient avec tant de calme que je ne pus m'empêcher d'acquiescer de la tête. Un vieux souvenir me revint d'une discussion surprise à la fenêtre du bureau de mon père. « Ce sont les Ocellions, n'est-ce pas ?

— Ben oui, évidemment.

— Pourquoi font-ils ça ?

— Parce que c'est des sauvages qui respectent pas les morts. Ils se moquent de nous ! répondit Ebrouc d'un ton catégorique.

— On en sait rien, contra Quésit. Y en a qui pensent que c'est comme un sacrifice à leurs dieux.

— Non ; ils nous asticotent pour nous attirer dans leur foutue forêt. Y a de quoi devenir dingue, là-dedans ; mais on doit y aller pour retrouver nos morts.

— Pourquoi a-t-on tant de mal à pénétrer dans la forêt ? demandai-je. Moi, je vis juste à côté, et ça n'a rien à voir avec le bout de la route. »

De nouveau, ils échangèrent un regard et partagèrent leur conviction de mon idiotie. Je me jurai, s'ils recommençaient, de les attraper par les oreilles et de leur cogner la tête l'une contre l'autre. « Tu discutes jamais avec personne ? fit Ebrouc. Tu sais donc rien de rien sur les Ocellions ? »

Je pensais en connaître beaucoup plus qu'eux sur ce sujet, mais, sans me laisser le temps de formuler cette réflexion de façon plus diplomatique, Quésit eut un sourire malicieux et me lança un défi : « Et pourquoi t'essaies pas d'aller dans la forêt, Jamère ? Rien que pour te rendre compte.

— J'irai certainement, mais j'aimerais savoir ce... » Je fus interrompu par un sergent qui brailla les noms de mes compagnons ; ils se levèrent d'un bond et allèrent le rejoindre. Le sous-officier me jeta un regard dédaigneux avant de me tourner le dos et de s'éloigner avec les deux hommes. Je le connaissais vaguement ; il s'appelait Hostier, et c'était lui qui avait aidé Epinie à remettre son manteau le jour où je l'avais vue dans la rue ; il s'était formé une mauvaise opinion de moi dès cet instant et n'avait jamais cherché à la modifier. Apparemment, il prenait mon obésité pour un affront personnel ; aujourd'hui, la brimade se limitait à confier quelque tâche anodine à mes camarades de table pour me priver de leur compagnie.

Je restai seul à finir mon ragoût qui refroidissait et à savourer le pain frais ; je me concentrai sur sa texture, la façon dont la mie se déchirait entre mes doigts, la différence entre la croûte brune et l'intérieur moelleux ; je sentais mes dents le broyer puis je l'avalais avec une profonde satisfaction. C'était un élément de ma vie sur lequel je pouvais compter ; la nourriture ne me trahissait jamais.

Je débarrassai mes affaires alors que la plupart des hommes présents sortaient. Comme je m'en allais à mon tour, le lieutenant Tibre entra. Il laissa la porte se refermer en claquant derrière, se décala pour ôter une longue écharpe qui lui prenait le bas du visage et la gorge puis enleva l'épais manteau de laine qu'il portait.

Je ne l'avais plus revu depuis qu'il avait quitté l'Ecole pour devenir éclaireur, et je n'arrivais toujours à pas à le regarder sans éprouver une certaine culpabilité. Si j'avais rapporté plus tôt ce dont j'avais été témoin la nuit où on l'avait tabassé et laissé pour mort, j'aurais peut-être pu éviter le scandale qui l'avait éclaboussé. L'hiver le vieillissait comme cela arrive à certains : il paraissait amer, et le rouge de ses joues creusait encore les rides qui marquaient son visage. Au bas crotté de boue de son manteau, il paraissait arriver d'un long voyage. Il me jeta un coup d'œil, fit une moue d'aversion devant ma corpulence, puis son regard s'éloigna de moi sans m'accorder plus d'importance.

Il retira ses gants ; malgré leur protection, les engelures lui rougissaient les mains. Oserais-je l'aborder pour lui demander s'il pourrait porter mes cadeaux à Amzil lors de sa prochaine mission dans cette région ? Non ; j'avais affaire à un officier, de surcroît fatigué, transi de froid et pressé de prendre un repas chaud. Je ne bougeai pas, et il passa devant moi sans me voir. Je quittai le réfectoire.

Le trajet jusque chez moi me parut plus long que d'habitude ; le sac à dos pendait, accroché à ma selle, plein de bonnes intentions. Distraitement, je me demandai si le colonel Lièvrin me donnerait la permission de le rapporter moi-même ; non, il croirait sans doute que je cherchais à déserter. Puis une autre question me vint : remarquerait-on mon absence si je prenais une semaine de congé à Ville-Morte ? Amzil serait-elle contente de me voir ou bien penserait-elle que j'avais appris sa réputation et venais tenter ma chance en l'amadouant à coups de cadeaux ? Je crispai les mâchoires. Je n'avais pas de temps à perdre avec un béguin d'adolescent à l'endroit d'une femme qui ne m'avait rien manifesté d'autre que de la courtoisie.

La fin de l'année approchait, la nuit paraissait plus obscure et les étoiles plus proches. Sous la lune, la route ressemblait à un ruban sale entre les champs mamelonnés de neige. Je laissai le soin à Girofle de nous ramener chez nous, l'esprit occupé par les pensées que j'avais tenté d'esquiver toute la soirée. Le poste auquel on m'avait affecté représentait-il mon destin, l'apogée de l'ambition de toute mon existence ? Mon père savait-il que je me trouvais à Guetis ? Ma rancune envers lui s'augmentait-elle des précautions qu'il avait prises pour m'interdire de me servir de son nom pour obtenir des faveurs ? Je secouai la tête pour en chasser son image ; aussitôt, je songeai à Spic. Combien de temps pourrais-je les éviter, lui et ma cousine ? Guère, sans doute, s'il rapportait à Epinie qu'il m'avait vu ; et que se passerait-il alors ? Elle exigerait tous les détails de ma vie ; or je ne me sentais pas capable de me lancer dans une confession exhaustive, encore moins d'endurer ses efforts bienveillants mais inopportuns pour m'aider. Mieux valait pour tout le monde qu'elle ignore ma présence à Guetis. J'adressai une prière futile au dieu de bonté, en qui j'avais naguère une foi si absolue, pour que Spic ait le bon sens de se taire.

Mon accablement s'accrut quand je vis une lueur jaune filtrer de l'unique fenêtre de ma chaumine. J'avais laissé le feu couvert de cendre dans ma cheminée ; par conséquent, si de la lumière passait entre les volets fermés, c'est que quelqu'un avait allumé la lanterne. Je mis pied à terre, lâchai les rênes de Girofle et m'approchai prudemment de la maison. Qui s'y était introduit et avec quelles intentions ? Etrangement, je craignais moins la visite de cambrioleurs que celle de Spic qui aurait découvert où j'habitais.

Et puis je reconnus Renégat près de ma porte. Je repris une allure normale, soulagé de n'avoir pas affaire à Spic mais perplexe quant à la raison de la présence chez moi de

Faille. J'avais été le voir à plusieurs reprises à l'infirmerie pendant qu'il se remettait de ses blessures mais, à chaque fois, la différence hiérarchique entre nous était devenue plus sensible, et je ne l'avais pas rencontré depuis quelques semaines ; en posant la main sur la poignée, je me demandai comment je devais m'adresser à lui. Je trouvais cavalier de sa part d'être entré sans autorisation chez moi, mais, d'un autre côté, par une nuit aussi froide, je ne pouvais lui reprocher de ne pas m'avoir attendu dehors. La curiosité l'emporta finalement sur mes préventions et je poussai la porte.

J'avais apporté plusieurs changements à mon mobilier depuis mon installation : je m'étais fabriqué une chaise ample, moins belle mais beaucoup plus résistante que la première ; j'avais renforcé la table, élargi et consolidé le lit. Je trouvai Faille assis sur la chaise d'origine, près du feu ; il n'eut pas un tressaillement quand j'entrai, et il se tourna vers moi avec un sourire en coin. L'arôme du café frais emplissait la maison.

« Rabattez le couvercle, mon vieux ; il fait froid dehors. »

Je refermai la porte comme il me le demandait. Il avait laissé tomber son manteau mouillé en tas par terre.

« Cela me fait plaisir de vous voir, mon lieutenant », dis-je avec raideur. L'odeur du café chaud m'attirait irrésistiblement.

« J'ai laissé le lieutenant de l'autre côté de la porte. Excusez-moi si je ne me lève pas pour aller le chercher. » De la tête, il désigna ma cafetière. « J'espère que vous ne m'en voulez pas d'avoir abusé de votre hospitalité. Il fait froid et noir dehors ; on se réchauffe comme on peut. » Il parcourut ma chaumine du regard. « Eh bien ! On dirait que vous ne vous en tirez pas si mal. »

J'ignorais s'il se voulait ironique ou non. « J'ai connu pire », répondis-je, circonspect.

Ma méfiance le fit rire. « Jamais, venez donc vous mettre à l'aise ; prenez une chaise et une tasse de café. Après tout, vous êtes chez vous ; c'est votre vie.

— En effet, dis-je avec emphase. Je m'occupe de mon cheval et je reviens. »

A mon retour, après que j'eus installé Girofle pour la nuit, une chope de café m'attendait sur la table, accompagnée de plusieurs pommes. Tout en suspendant mon manteau et mon écharpe au mur, je demandai à Faille : « Comment vous êtes-vous débrouillé pour trouver des pommes en cette saison ?

— En tant qu'officier, j'ai accès à des provisions de qualité supérieure. » Il éclata de rire devant mon expression. « Quel déchirement, n'est-ce pas ? Vous vous dites à la fois : "C'est injuste" et : "Moi aussi j'aurais dû devenir officier et manger plus souvent de ces pommes iniques."

— Je crois que les deux affirmations sont vraies, fis-je, ma dignité ébréchée.

— La vérité n'a rien à voir avec la réalité, déclara-t-il avec entrain. Asseyez-vous, Jamais ; buvez votre café, mangez une pomme, et parlons de nos existences réciproques.

— Non, n'en parlons pas. » Néanmoins, je pris un des fruits, la chope et déplaçai ma chaise pour me joindre à lui près du feu. « Qu'est-ce qui vous amène vraiment chez moi ? demandai-je après ma première gorgée de café.

— Renégat. » Il rit de sa piètre plaisanterie puis s'éclaircit la gorge. « Je l'ignore, Jamais ; j'ai obéi à une impulsion. Ça vous arrive-t-il parfois d'avoir soudain l'impression de devoir accomplir quelque chose sans savoir pourquoi ?

— Non, pas vraiment.

— Ah ? Dans ce cas, permettez-moi de formuler ma question autrement, fit-il sur le ton de la conversation. Avez-vous déjà agi de façon impulsive puis eu le sentiment que ce geste auquel vous n'attachiez pas d'importance en avait en réalité beaucoup plus que vous ne le croyiez ? »

Une angoisse sournoise s'infiltra en moi. « Non, je ne pense pas.

— Je vois. Donc, vous n'avez jamais cherché à vous enrôler dans un petit relais de courrier ? Et, en partant, vous n'avez pas cité les Saintes Ecritures ? Quelque chose du genre : “Que l'on subvienne à vos besoins dans les moments difficiles comme vous avez subvenu à ceux de l'étranger” ? »

Je le regardai fixement, comme pétrifié. Il eut un sourire sans humour. « Je me balade un peu dans le pays ; parfois, je pousse au-delà des missions de reconnaissance qu'on me confie ; parfois, j'ai une mission personnelle à remplir, comme lorsque je dois rétablir un équilibre qu'un autre a rompu.

— Cela vous arrive-t-il souvent ? » demandai-je d'une voix mal assurée. La pomme reposait dans ma main, ronde, lisse, intacte ; je sentais son parfum de fin d'été, plein de jus sucré et de chair acide sous la peau rayée de rouge.

« Jamais avant votre apparition. » Il changea de place sur la chaise et, chaussettes aux pieds, tendit les jambes vers les flammes. « Il se passe des trucs très bizarres dans ce relais, mon vieux Jamais, songez-y. J'imagine que vous aviez besoin de vivres et qu'on vous a renvoyé les mains vides. Les hommes en poste se souviennent très bien de vous, à propos, parce que c'est le lendemain de votre passage que le premier chariot d'approvisionnement est arrivé vide. Personne n'a su expliquer pourquoi ; le conducteur a fait halte dans la cour, les soldats se sont précipités pour décharger et n'ont trouvé que des caisses vides. »

J'avalai ma salive. « Etrange. » Je sentais mes entrailles se figer lentement.

« On aurait pu qualifier le phénomène d'“étrange” s'il ne s'était produit qu'une fois ; mais le deuxième chariot n'est jamais arrivé, pas plus que le troisième. Bref, par une succession d'incidents malencontreux, de malheurs fortuits et d'événements inexplicables, ce relais n'est plus approvisionné depuis que vous – ou quelqu'un qui vous ressemble fort – y êtes passé et lui avez jeté une malédiction. C'est en tout cas ce qu'on raconte. » Il se tut un instant puis ajouta : « Les hommes ne meurent pas de faim à proprement parler ; ils peuvent toujours chasser. Mais cette histoire fait du bruit ; beaucoup de gens en ont entendu parler et y accordent foi. Ça pourrait vous causer du tort, Jamais. »

Il ne me demandait pas si j'étais responsable de la situation, et je ne voyais nul intérêt à m'en défendre. « Les mots me sont venus tous seuls ; je voulais leur lancer une pique ironique, non une malédiction. »

Il se laissa aller contre le dossier de sa chaise. « La magie ocellionne n'obéit qu'à elle-même, Jamais ; vous pouvez croire que vous vous servez d'elle, mais c'est elle qui se sert de vous, toujours. Je vous avais prévenu de vous en méfier.

— Je ne vous connaissais pas, alors », répliquai-je, avant de juger l'excuse infantile. Je mordis dans la pomme ; l'espace d'un instant, le goût du fruit me submergea, la douceur et l'amertume, la texture craquante de la chair et la résistance de la peau sous mes dents me firent tourner la tête.

« Et voilà, il remet ça ! grommela Faille. Vous n'écoutez rien de ce que je dis. Plus vous l'utilisez, plus elle a d'emprise sur vous. Là, c'est assez clair ? Le pouvoir ne vous appartient pas, Jamère ; c'est vous qui lui appartenez ; et plus vous l'employez, plus il vous asservit.

— Comme le sort de blocage, dis-je d'une voix lente ; sauf qu'il n'opère plus, apparemment. »

Son regard se fit perçant. « Oui ; j'y arrivais, justement. Vous vagabondez pas mal, on dirait, en faisant pas mal de dégâts au passage. »

L'inquiétude me parcourut de ses petites pattes froides et humides. « Vous seriez allé jusqu'au Fuseau-qui-danse dans le cadre d'une de vos missions d'éclaireur ? Je n'y crois pas.

— Personnellement, non. Mais il y a eu des témoins, et ce genre de rumeurs voyage vite. Il suffit de tendre l'oreille pour les capter, et certains étaient très désireux d'apprendre ce qui avait brusquement jeté à terre tout l'édifice de la magie des Plaines. Vous êtes bien parti pour devenir une légende vivante, Jamais.

— Pour qui travaillez-vous, Faille ? Je n'ai pas l'impression que les renseignements que vous glanez soient de ceux que le colonel Lièvrin vous envoie chercher. » Je sentais monter en moi la colère, de ces colères qui apparaissent quand la peur menace et qu'on n'en connaît pas l'origine exacte.

« Bon sang, Jamais, je m'adresse à vous, et vous m'entendez, mais c'est à croire que vous ne percevez pas le sens de mes paroles ! Je vous parle de la magie ocellionne, mon vieux ! Elle vous tient, tout comme elle me tient, moi, je vous l'ai déjà dit. Elle se sert de moi et elle se sert de vous. Le plus effrayant, c'est que vous l'employez, j'ai l'impression, sans avoir la moindre idée de ce que vous faites ni de l'énormité de la dette que vous accumulez envers elle. Quand elle exigera que vous la remboursiez, vous devrez lui donner plus que vous-même ; vous devrez lui remettre ce qui ne vous appartient pas, mais à quoi je tiens. Je viens vous dire qu'il faut imposer une limite et vous battre. Conduisez-vous en Gernien, au moins un peu, mon vieux !

— Il me semble que vous ne teniez guère mon patriotisme en haute estime, il y a quelques semaines ; si j'ai bonne mémoire, vous m'aviez même tourné en dérision à cause de lui.

— Je me moque de tous ceux qui agissent sans réfléchir au sens de leurs actes ; or c'est précisément ce que vous faites avec la magie. Vous avez détruit le Fuseau-qui-danse ; lors de cet événement, ce que la magie des Plaines a perdu, la magie ocellionne l'a gagné. Vous, en tout cas, paraissez y avoir gagné ; vous accomplissez des exploits que je n'ai jamais vus personne opérer, et pourtant, au cours de mes déplacements, j'ai assisté à bien des tours de magie ocellionne. Lors de mon dernier passage à Ville-Morte, j'ai vu votre petit potager ; vous lui avez ordonné de pousser, eh bien il pousse toujours, tout comme les soldats du relais du courrier continuent à ne pas recevoir de provisions parce qu'ils vous ont refusé des vivres. Vous mettez des événements en branle, Jamais, sans vous soucier des conséquences. Vous avez arrêté la rotation du Fuseau-qui-danse mais déclenché toutes sortes de turbulences.

— Ecoutez, dis-je d'un ton brusque, j'ai fait ce que vous décrivez – du moins, je le suppose ; vous l'affirmez, je vous crois. Mais j'ignore comment je m'y suis pris, et j'ignore comment réparer. S'il y a un coupable dans cette affaire, c'est cette fichue magie, non moi ! Elle a pris les commandes de mon existence alors que je ne lui demandais rien, et elle a tout saccagé ; elle m'a dépouillé de mon physique, de ma carrière, de ma fiancée, de ma famille, même de mon nom. J'ai tout perdu à cause d'elle ; et je ne sais toujours pas comment elle opère ni pourquoi, ni ce qu'elle attend de moi. Mais, vu tous les déboires qu'elle m'a amenés, pourquoi n'aurais-je pas le droit de m'en servir pour faire un peu de bien ? Amzil et ses enfants mouraient de faim ; ai-je donc si mal agi ? »

Il poussa une exclamation incrédule. « Que je sois damné ! Vous l'avez fait ! Vous l'avez vraiment fait. » Il respira profondément comme pour reprendre son calme. « Avez-vous mal agi ? Croyez-vous que je connaisse toutes les facettes de la réponse ? Non ; je puis seulement vous assurer que cette magie pénètre en vous comme un lierre qui introduit ses racines dans le tronc d'un arbre ; elle vous grimpe dessus, elle vous vole votre lumière et s'alimente de vous. Elle se sert de vous, Jamais, et, chaque fois que vous l'employez, vous lui donnez un peu de vous-même. Me suivez-vous ? Dites-moi que vous comprenez de quoi je parle.

— Non ! Enfin, oui et non. Mais comment en savez-vous si long sur elle, finalement ?

— Je vous l'ai déjà expliqué : j'ai connu une femme, une Ocellionne. Elle me désirait, et, ce qu'une Ocellionne désire, elle le prend. Elles fonctionnent comme leur magie : elles s'emparent de vous et c'est fini. » Il se dressa si brusquement que sa chaise faillit se renverser. D'un réflexe foudroyant, il la rattrapa, puis il s'en écarta et fit le tour de ma petite maison, les yeux fixés aux murs comme s'il pouvait les transpercer du regard. « Je n'avais jamais rencontré de femme semblable. Quand vous commencerez à les fréquenter, vous verrez ce que je veux dire ; ils ont une façon complètement différente de regarder le monde, une conception de la vie qui n'a aucun rapport avec la nôtre. Et, une fois intégré parmi eux, vous avez soudain l'impression qu'il n'existe pas d'autre point de vue possible. Ils acceptent la magie sans discuter, sans se croire maîtres de leur existence ; cette illusion dont nous nous berçons les fait beaucoup rire. Un jour, la femme en question m'a montré une petite plante qui poussait sur la berge d'un ruisseau ; elle a demandé : “Tu vois cette petite plante, toute seule, qui vit sa vie ?” J'ai répondu : “Oui, je la vois.” Elle a dit : “C'est toi. Et tu vois cette autre petite plante, là-bas, de l'autre côté du ruisseau ? Tu la vois, toute seule, à l'écart de la première ? C'est moi.”

» Je croyais qu'elle tentait de me montrer, par la séparation que le cours d'eau imposait, la différence qui existait entre nous. Tout à coup, elle s'est emparée de la plante qui me représentait et l'a arrachée ; mais la racine était solide, elle n'a pas rompu, et l'Ocellionne l'a suivie en la déterrant au fur et à mesure ; et la racine l'a menée de ma plante à une autre, puis à une troisième et à une quatrième avant de franchir le ruisseau et d'aboutir à la plante qu'elle avait désignée comme elle-même. Elle s'est tournée vers moi, a levé son écheveau de racines et elle a dit : “Tu vois, il n'y a pas une petite plante qui pousse toute seule ; c'est nous tous”. »

Il se tut, la main tendue vers moi, attendant une réaction. Il paraissait extrêmement ému par ce qu'il venait de me raconter. « C'est une jolie histoire, fis-je enfin. Mais je ne vois pas en quoi elle m'aide à comprendre ce que vous essayez de m'expliquer. »

Il secoua la tête d'un air accablé puis revint s'asseoir. « Pour elle, il s'agit non d'une métaphore, mais de la réalité. Elle croit profondément que nous sommes tous reliés et que, d'une certaine façon, nous appartenons à un seul grand... quelque chose.

— Un grand quoi ?

— Nous ne possédons pas de mot pour le décrire. Elle m'en a parlé cent fois, mais sa vérité se trouve dans un monde où notre vocabulaire n'a pas cours. Prenez la maladie, par exemple ; quand nos enfants tombent malades, nous cherchons à en comprendre la cause pour leur rendre la santé ; nous les couvrons chaudement pour que, par la transpiration, leur fièvre tombe, ou bien nous leur donnons à boire de l'infusion d'écorce de saule, tout ça parce que, de notre point de vue, la maladie indique une anomalie dans la physiologie de l'enfant.

— Et les Ocellions ne partagent pas ce point de vue ?

— Non. Considérez-vous comme anormal que la voix d'un adolescent mue ou qu'il lui vienne de la moustache ? Pour eux, la maladie fait partie intégrante du développement des enfants ; certains guérissent et survivent, et tant mieux pour eux ; d'autres succombent, et tant mieux pour eux aussi, mais différemment.

— La voyez-vous souvent ?

— Qui ça ?

— Mais votre Ocellionne !

— Oui, d'une certaine façon.

— J'aimerais la rencontrer », fis-je à mi-voix.

Un long moment, il parut réfléchir. « Ce sera peut-être possible, si elle le veut bien, au printemps.

— Pourquoi pas plus tôt ?

— Parce que nous sommes en hiver ; on ne voit jamais les Ocellions en hiver.

— Pourquoi ?

— Vous jouez-vous de moi, Jamais ? Vous êtes exaspérant ! Comment pouvez-vous être pétri de magie des Ocellions et ne rien savoir sur eux ? Ils ne viennent pas par ici en hiver, c'est tout.

— Mais pourquoi ?

— Ma foi, je... je n'en sais rien. Ils ne viennent pas, voilà ; ils s'en vont en hiver.

— Où ? Ils migrent ? Ils hibernent ? » Faille commençait à m'agacer autant que je mettais sa patience à l'épreuve ; il venait chez moi, me débitait des mises en garde et des sous-entendus obscurs et mystérieux, mais en fin de compte il ne m'apprenait quasiment rien.

« Je viens de vous le dire : je l'ignore. Ils s'isolent pendant l'hiver ; nul ne verra l'un d'eux dans les parages avant le printemps.

— Moi, j'ai vu une Ocellionne, mais c'était seulement en rêve. » J'avais, je crois, jeté ces mots uniquement pour voir sa réaction.

Il eut un haut-le-corps de mécontentement. « J'aime votre façon de dire "seulement", Jamais. Ce mot vous rassure donc tant que ça ? Les Ocellions se promènent dans les rêves, et ça me flanque toujours autant la trouille. Naturellement, pour eux, ce n'est rien ; ils passent leur temps à voyager en rêve. Noselaca n'arrive pas à comprendre pourquoi ça me met dans tous mes états.

— Vous rêvez donc de votre maîtresse, de cette Noselaca ?

— Ce n'est pas ma maîtresse, Jamais. » Il s'exprimait à mi-voix, comme s'il partageait avec moi un secret dangereux. « Ne désignez jamais une Ocellionne ainsi ; elle pourrait vous en faire baver. Et puis je ne rêve pas d'elle ; c'est elle qui vient dans mes songes.

— Quelle différence ?

— Dans le monde où l'on nous a éduqués, aucune ; dans le sien, eh bien, dans le sien elle entre dans un rêve comme on passe d'une pièce à l'autre. »

J'avais oublié la pomme au creux de ma main. J'en pris une nouvelle bouchée puis la mâchai lentement, perdu dans mes réflexions. « Elle se croit capable de venir vous voir dans vos rêves ?

— Non seulement elle le croit mais elle le fait.

— Comment ?

— Me demandez-vous ce qui se passe pour moi en ces moments-là ou bien comment elle s'y prend ? Dans le premier cas, je m'endors, je pense faire un songe ordinaire, et soudain Noselaca y pénètre. Quant à la manière dont elle procède, je n'en ai aucune idée ; c'est peut-être à vous de me l'expliquer, vu votre usage intensif de la magie. »

Il ne restait plus de la pomme que le trognon et la queue. Je l'examinai un instant puis fourrai le premier dans ma bouche et jetai la seconde au feu. « Il y a un an, j'aurais regardé cette conversation comme un tissu d'absurdités ; aujourd'hui, la moitié du temps, je ne sais plus que penser. Un rêve, c'est un phénomène qui se produit la nuit dans le cerveau – sauf quand une Ocellionne s'y introduit pour enseigner son savoir au dormeur. Faille, je ne comprends plus rien à mon existence ; naguère parfaitement planifiée, elle devait me conduire à l'Ecole, où j'obtiendrais mon brevet d'officier avec les honneurs, ce qui me permettrait d'avoir une bonne affectation dans un régiment d'élite ; je devais gravir rapidement les échelons de la hiérarchie, épouser Carsina, la jeune fille que mon père m'avait choisie, avoir des enfants avec elle, et enfin, la vieillesse venant, prendre ma retraite de l'armée pour retourner à Grandval et vivre sous le toit de mon frère jusqu'à ma mort.

— Mais qui ne rêverait pas d'une vie pareille ? s'exclama Faille avec un enthousiasme feint.

— Moquez-vous si ça vous chante, ronchonnai-je ; n'empêche que la perspective n'avait rien de repoussant. Si on m'avait affecté au régiment qu'il fallait, j'aurais pu vivre des aventures et connaître la gloire ; et je ne vois rien de mal à désirer une épouse bien élevée, et, pour la fin de ses jours, un foyer accueillant et calme. Qu'ai-je donc à espérer désormais ? Si j'apprends bien le métier de fossoyeur, je gagnerai peut-être mes galons de caporal. Mais, quand je serai trop vieux pour creuser les tombes, que se passera-t-il ? Que deviendrai-je ?

— Vous ne croyez tout de même pas que vous allez rester coincé ici jusqu'à la fin de vos jours ?

— Je ne vois pas vraiment qu'attendre d'autre ! » rétorquai-je. Enoncées tout haut, mes craintes me parurent plus réelles. Peut-être obtiendrais-je de l'avancement, quelques galons sur la manche, mais je n'en demeurerais pas moins un fossoyeur obèse et solitaire ; et, quand je deviendrais incapable d'exercer ma fonction, quand mon organisme finirait par démissionner, épuisé par mon excès de poids, je rejoindrais les anciens soldats qui mendiaient dans les rues des villes sordides. Je me rassis, le souffle court.

« Calmez-vous, Jamais. Vous êtes bourré à craquer de magie, et vous redoutez de mener une vie sans intérêt ? Vous devriez plutôt appeler ce sort de vos vœux. On mésestime beaucoup trop les qualités de l'ennui ; quand on s'ennuie, ça signifie qu'on ne passe pas ses journées à éviter de se faire tuer. » Il eut un sourire sans joie.

« J'en viendrais presque à souhaiter... »

Faille m'interrompit d'un geste sec. « Vous devriez faire très attention à ce que vous souhaitez, vous en particulier. Si vous n'avez pas entendu un mot de ce que j'ai dit de toute la soirée, c'est le moment de m'écouter : vos souhaits présentent une tendance inquiétante à se réaliser. Soyez extrêmement prudent quant à vos désirs, car la magie les appuie, apparemment.

— Une fois ou deux, peut-être, mais... »

Encore une fois, il me coupa d'un ton impatient : « Vous vouliez vous enrôler ici ; or, comme cela servait les objectifs de la magie, on vous y a autorisé. Votre affectation actuelle, croyez-vous que notre colonel vous l'ait confiée par hasard ? A mon avis, les Ocellions y trouvent leur compte.

— Quel avantage pourraient-ils bien retirer à ce que je surveille le cimetière ? »

Il garda le silence quelques instants avant de répondre à voix basse : « Je l'ignore ; mais, vous, vous feriez bien d'y réfléchir, Jamais. Pourquoi auraient-ils besoin de vous ici ? Qu'attendent-ils de vous ?

— Je ne sais pas, et, de toute façon, je ne jouerai pas leur jeu ; je ne trahirai pas les miens. » Je pensais deviner ce que Faille craignait. « Je ne relâcherai pas ma garde ; je ne les laisserai pas se moquer de nos morts et profaner leurs tombes.

— Se moquer des morts, ça ne ressemblerait pas du tout aux Ocellions, dit Faille ; ils manifestent aux leurs un immense respect. Selon eux, la sagesse acquise dans la vie ne disparaît pas, même lorsque sonne la dernière heure ; le saviez-vous ? »

Je secouai la tête. « La partie de moi-même assise devant vous et qui vous parle ne connaît pratiquement rien des

Ocellions ; mais il en existe une autre qui n'ignore rien d'eux, je le crains. »

Il sourit. « Le fait que vous vous en rendiez compte et me l'avouiez m'indique que vous gagnez en sagesse, Jamais. » Il poussa un soupir et se leva. « Il se fait tard ; je rentre en ville. Il y a une nouvelle prostituée au bordel de Sarla Moggam ; j'aimerais l'essayer avant qu'elle ne soit complètement usagée.

— Mais vous disiez avoir une compagne ocellionne. »

Il haussa les épaules avec un sourire à la fois penaud et provocateur. « De temps en temps, quand on est un homme, on aime bien tenir les rênes, or les Ocellionnes ne vous en laissent guère l'occasion. Elles n'en font qu'à leur tête, et on n'a qu'à se plier bien gentiment à leur volonté. »

Je ne sais pourquoi, cela me fit penser à Amzil. « Vous venez de me rappeler que je possède toujours le sac d'Amzil. La prochaine fois que vous passerez par Ville-Morte, voudriez-vous le lui rendre de ma part ?

— Je pourrais, concéda-t-il, si vous le croyez nécessaire. Il ne s'agit que d'un sac à dos, Jamère ; n'y attachez pas trop d'importance.

— Je lui ai promis de le lui rendre, et, pour moi, ma parole a plus de valeur que ce sac ; par ailleurs, j'y ai placé quelques cadeaux, pour les enfants. »

Il secoua la tête. « Je vous ai prévenu, mon vieux : Amzil n'est pas commode, et vous ne vous attirerez pas ses bonnes grâces par le biais de ses enfants. Au lieu de perdre votre temps et votre énergie, accompagnez-moi donc plutôt chez Sarla Moggam. »

Je trouvai l'invitation plus séduisante que je ne voulais l'avouer. « Une autre fois, répondis-je avec regret, quand j'aurai plus d'argent. Rapporterez-vous le sac à Amzil ?

— J'ai dit que j'acceptais ; de votre côté, vous montrerez-vous plus prudent quant à votre façon de vous servir de votre magie ?

— Avec plaisir, si je savais comment m'y prendre. J'aimerais pouvoir réparer le mal que j'ai fait aux hommes du relais ; c'est seulement à leur sergent que je reproche sa dureté ; je ne voulais pas leur jeter à tous une malédiction.

— Raison de plus pour n'agir qu'avec circonspection. Si vous obtenez ce genre de résultat quand vous ne voulez de mal à personne, que se passerait-il si vous aviez vraiment de mauvaises intentions ? »

La question était inquiétante. « Je réparerais si je savais comment faire, mais je l'ignore. »

Il se tenait près de la porte, le sac garni de cadeaux à la main. « C'est une mauvaise excuse, Jamais, vous le savez très bien. Vous dites avoir maudit ces hommes sans savoir comment vous y prendre ; à votre place, je m'efforcerais d'y remédier. » Il secoua la tête devant mon expression. « Ne faites pas votre tête de mule. Mieux vaut trancher les liens qui vous rattachent à cette affaire. Vous êtes quelqu'un de dangereux, Jamais, et moins de gens le sauront, moins vous courrez de risques. Bonne nuit. » Et il sortit.

La nuit ne se révéla pas bonne du tout. L'idée qu'il me voie comme « dangereux » ne me plaisait pas, et j'appréciai encore moins, après réflexion, de parvenir à la même conclusion. Je me conduisais comme un gamin écervelé avec un pistolet chargé ; que je connaisse ou non le fonctionnement de l'arme ne changeait rien à l'affaire : j'avais tiré et quelqu'un en avait souffert. Etais-je si différent que ça des deux jeunes sots, sur le bateau, qui avaient abattu un magicien du vent d'un coup de grenaille ? Ils ne mesuraient sans doute pas le mal que le fer pouvait lui faire, et je les en avais méprisés ; pourtant, voici qu'aujourd'hui j'employais ma magie de manière tout aussi imprudente – du moins selon Faille.

Couché dans mon lit, je regardais sans le voir mon plafond plongé dans l'ombre. Comme j'aurais aimé revenir au temps où la magie relevait de la légende et n'affectait pas toute mon existence ! Je ne voulais pas de ce pouvoir dont je disposais alors que je n'avais pas la moindre idée de son fonctionnement ni de la façon de le maîtriser. La lueur des flammes dansait, et je décidai de m'efforcer de réparer le mal que j'avais fait au relais du courrier. La tâche se révéla ardue ; lorsque j'avais prononcé ma « malédiction », je désirais de tout mon cœur que ces hommes éprouvent une souffrance à l'exacte mesure de celle que me causait leur insensibilité, et une part vengeresse de moi-même estimait toujours qu'ils avaient ce qu'ils méritaient. Je compris qu'il me faudrait leur pardonner avant de pouvoir vraiment souhaiter redresser mes torts, et ce pardon, facile à concevoir, fut beaucoup plus difficile à vraiment ressentir.

Tant bien que mal, je tâchai de comprendre comment j'avais employé la magie ; elle avait agi en fonction non de ce que j'avais dit mais de ce que j'avais éprouvé, et je m'aperçus que les émotions ne se plient pas aux lois de la logique ni même à celles de la morale. Pourquoi la garnison tout entière du relais devait-elle pâtir de l'inflexibilité du seul sergent ? Et pourquoi un seul de ces hommes devrait-il souffrir par ma volonté ? Qui étais-je pour les juger ?

Je passai la nuit à tâcher de débusquer mes principes éthiques, et je découvris qu'en matière d'intégrité je ne manifestais pas plus de tolérance ni d'indulgence que les adorateurs des anciens dieux.

Dès l'instant où je me rendis compte que je ne valais pas mieux que ceux qui m'avaient tourné le dos, je pus leur pardonner. Je perçus un mouvement en moi, un picotement du sang, suivi d'une immobilisation et d'une sensation d'effort. Venais-je de pratiquer la magie ? Je l'ignorais ; je n'avais aucun moyen de le savoir, aucun moyen de le confirmer ni de l'infirmer. Peut-être ne s'agissait-il que d'une illusion loufoque, d'un jeu auquel Faille et moi nous livrions, où nous nous prêtions des pouvoirs purement imaginaires.

Mon refus de baisser les bras, d'accepter sans réserve l'existence de la magie constituait l'ultime rempart qui me permettait de vivre dans un monde compréhensible. La neige qui tombait nacrait les premières lueurs du jour ; je me pelotonnai dans mes couvertures et m'endormis enfin.

8

Le visiteur

LE RYTHME DE MES JOURNÉES s'était rompu et je ne parvins pas à le retrouver. La neige trop épaisse et le sol trop gelé m'empêchaient de continuer à creuser des tombes, or je n'avais pas grand-chose d'autre pour m'occuper. Mes manuels de cours me manquaient, et tenir mon journal ne faisait qu'aggraver mon accablement. J'avais trop de temps pour penser ; la magie, l'opinion que mon père avait de moi, le fait que Spic me savait à Guetis, les questions du colonel Lièvrin sur le problème de la route : les sujets de réflexion étaient nombreux.

Je songeais à me rendre en ville, au prétexte qu'un peu de compagnie me distrairait agréablement, mais j'éprouvais une peur presque irrationnelle de croiser un ancien de l'Ecole qui me reconnaîtrait. Aussi restai-je isolé dans le cimetière jusqu'au jour où un cavalier vint me chercher : un vieil homme venait de mourir. J'attelai Girofle au chariot et nous allâmes à Guetis prendre le cercueil et la dépouille. Le vieillard, ex-soldat et ivrogne, avait rendu l'âme criblé de dettes envers tous ceux qui s'étaient liés d'amitié avec lui, et nul n'accompagna le malheureux pendant que je le conduisais à sa dernière demeure.

Une fois que je l'eus chargé dans ma carriole, j'étouffai mes scrupules et allai chercher quelques fournitures indispensables ; je pris de la paille et du grain pour Girofle, des vivres de base pour moi, après quoi, sans enthousiasme, je me rendis à la cantine pour y déjeuner. Ebrouc s'y trouvait déjà et enfournait son repas comme s'il participait à une compétition. Il m'apprit que Quésit, victime d'une rage de dents, gardait le lit mais n'avait pas le courage de se faire arracher la molaire.

« Il a la joue tout enflée qu'on dirait un melon, et tellement sensible qu'il peut rien manger ; même boire de l'eau, ça le fait sauter au plafond. J'y ai dit : “Vas donc te la faire arracher et qu'on n'en parle plus !” Ça peut pas être pire que ce qu'il souffre maintenant ; mais il espère que la douleur partira toute seule. D'un autre côté, il est plutôt content d'être resté au lit et de ne pas être sorti hier soir après ce qui s'est passé.

— Pourquoi ? Qu'est-il arrivé ? »

Il secoua la tête, se courba sur son assiette pour engloutir une large cuillerée de fayots et répondit enfin, la bouche pleine : « En principe, je devrais pas en parler ; on va étouffer l'affaire, comme toujours.

— Quelle affaire ? »

Il avala bruyamment et prit une gorgée de café pour faire descendre le tout, puis il jeta des coups d'œil prudents aux alentours et se pencha vers moi. « Y a eu un meurtre hier soir ; j'ai entendu causer d'une putain, d'un officier et de quelques soldats. Il paraîtrait que l'officier lorgnait la dégrafée, qu'il serait devenu furax parce que les soldats l'avaient eue les premiers et qu'il en aurait refroidi un à coups de pistolet ; enfin, quelque chose comme ça.

— Sale histoire, dis-je en reculant devant son haleine.

— C'est la vie qui est une sale histoire », répondit-il avant de poursuivre son repas.

Je m'attaquai à mon assiette et, peu après, Ebrouc s'écarta de la table puis quitta le réfectoire. J'avais quatre tranches de lard, une mer fumante de haricots marron et du biscuit de munition ; je savourai le mets avec beaucoup plus de plaisir qu'il n'en méritait jusqu'au moment où je remarquai le sergent Hostier attablé non loin de moi avec deux de ses amis. Ces derniers me regardaient manger avec un large sourire moqueur, mais Hostier me considérait avec une aversion non dissimulée ; un des deux autres leva les yeux au ciel et lui glissa quelques mots à l'oreille ; le nez dans sa chope, son voisin pouffa brusquement et aspergea toute la table de café, tandis que le premier se redressait sur son siège, suffoqué de rire. Hostier ne changea pas d'expression ; il se leva lentement et se dirigea vers moi. Je restai le nez dans mon assiette et feignis d'ignorer qu'il approchait ; je ne le regardai que lorsqu'il s'adressa à moi.

« T'as l'air fatigué, Burve. Tu t'es couché tard ? »

J'avais la bouche pleine et je dus avaler avant de pouvoir répondre. « Non, sergent.

— T'es sûr ? T'es pas venu en ville rigoler un peu ?

— Non, sergent ; j'ai passé la nuit chez moi.

— Ah oui ? » Il poursuivit sans attendre ma réponse : « On doit se sentir drôlement seul là-bas. A force, les femmes, ça doit salement manquer, non ?

— Sans doute. » Il s'efforçait évidemment de m'attirer dans une plaisanterie douteuse, et je tâchais de ne pas mordre à l'hameçon.

Il se pencha et, tout près de moi, murmura : « Tu connais la nouvelle, Burve ? Elle est pas morte ; dans quelques jours, d'après les docteurs, elle sera assez remise pour parler et elle pourra décrire son agresseur. Et toi, on peut difficilement te confondre avec un autre. »

Il m'accusait de faire partie des violeurs. A la fois stupéfait et outré, j'eus peine à conserver mon calme. « Je n'ai pas quitté ma maison de toute la nuit, sergent. J'ai entendu parler de l'agression qu'a subie cette femme ; c'est terrible, mais je n'ai rien à y voir. »

Il se redressa. « Bon, eh bien on verra, hein ? En tout cas, essaie pas de t'enfuir, t'irais pas loin. »

Autour de nous, les hommes avaient interrompu leur repas pour nous regarder, et ils ne me quittèrent pas des yeux même quand Hostier s'en retourna d'un pas flânant rejoindre ses camarades. J'observai leur expression spéculatrice puis revins à mon assiette.

J'avais perdu tout plaisir à manger. Je terminai mon repas sans lever les yeux et sans prêter attention au sergent et à ses amis, même quand ils passèrent derrière moi en sortant. Je songeai avec colère que, finalement, la compagnie de mes semblables ne m'avait guère distrait de mes sombres pensées. Je quittai le réfectoire et sortis dans les vestiges de la froide journée.

J'enterrai le vieux soldat aux dernières lueurs du jour, et les paroles que je prononçai sur sa tombe ne furent hélas qu'une piètre prière adressée au dieu de bonté pour qu'il m'évite une fin semblable. Il faisait un froid désagréable, de ceux qui gercent les lèvres et engourdissent les doigts même lorsqu'on travaille dur ; les poils gelaient dans mes narines et me chatouillaient tandis que mon haleine pétrifiait l'écharpe qui me couvrait la bouche. Les pelletées que je rejetais sur le cercueil contenaient autant de glace et de neige que de terre ; une fois la tombe rebouchée, j'en fis un monticule que je tassai ensuite le plus possible. Quand je rentrai enfin chez moi, l'après-midi virait à la nuit.

J'ôtai mes vêtements glacés, allumai un feu et fis tourner la marmite suspendue à son crochet pour la placer au-dessus des flammes naissantes ; cette semaine, je jouissais d'une bonne soupe à base d'orge et d'un os de bœuf goûteux. En tâtonnant, j'avais appris à faire des gâteaux avec du bicarbonate de soude et à les cuire dans ma cheminée ; ils ne valaient pas du vrai pain, mais mes derniers essais commençaient à devenir savoureux, et j'en préparai quelques-uns pour accompagner ma soupe. M'accroupir près du feu et me pencher par-dessus mon ventre pour les surveiller et les retourner n'avait rien de confortable. Certains jours, je faisais à peine attention à la gêne que m'occasionnait mon obésité, et j'acceptais mon corps tel qu'il était ; d'autres fois, comme ce soir-là, j'avais l'impression d'avoir enfilé le costume d'un autre sans pouvoir l'enlever.

Quand mes pains eurent bruni, je les empilai sur mon assiette puis me redressai avec un grognement d'effort, me rendis à ma table et me servis une copieuse ration de soupe. Grâce à la discipline que je m'imposais, il me restait une des pommes de Faille pour accompagner mon repas, et je savourais d'avance mon festin. Manger ne me décevait jamais ; même quand tout dans ma vie me semblait pénible, manger, ainsi que les sensations que cela me procurait, demeurait une joie ; j'y voyais un compagnon et un consolateur. Je refusais de m'attarder sur les sous-entendus de Hostier : comme il l'avait dit, nous verrions bien ; une fois la femme assez remise pour décrire ses agresseurs, mon nom serait lavé des accusations ignobles du sergent. J'étais innocent et je n'avais rien à craindre.

Comme je m'attablais, j'entendis un bruit à l'extérieur de la maison. Je me figeai, tous les sens en alerte : je reconnus les divers frottements et cliquetis d'un homme qui descend de cheval puis le crissement de bottes sur la neige tassée. Je m'attendais à ce qu'on frappe à la porte, mais une voix lança d'un ton impérieux : « Jamère, laisse-moi entrer ! »

Une impulsion irrésistible me contraignit à me taire et à ne pas bouger ; je ne répondis pas. Mais, au bout d'un moment, j'allai à la porte et soulevai le loquet. Spic se tenait devant moi, blême de froid, à part le bout du nez et les pommettes que l'air glacial avait rougis. Un nuage de vapeur monta de l'écharpe qui lui couvrait la bouche quand il me demanda : « Puis-je mettre mon cheval à l'abri avec le tien ? Il fait froid et la température continue de tomber.

— Si tu veux. » Que pouvais-je répondre d'autre ?

« Je reviens tout de suite », dit-il, et il s'en alla mener sa monture dans l'appentis de Girofle. Je fermai la porte pour empêcher le froid et mon passé d'entrer puis j'eus un geste sans doute infantile : je me rendis à ma table et bus ma soupe brûlante aussi vite que je le pus, puis engloutis autant de gâteaux cuits au feu que je pus m'en fourrer dans la bouche, l'oreille tendue au cas où j'entendrais Spic revenir. Il ne s'agissait pas de goinfrerie égoïste : j'avais faim et je ne voulais pas que des fantasmes culinaires viennent me distraire pendant que je parlais avec Spic ; en outre, je ne tenais pas à ce qu'il me voie manger. Il me serait déjà bien assez pénible, assis devant lui, de m'efforcer de ne pas le voir me parcourir du regard en se demandant comment j'avais pu changer à ce point.

Quand j'entendis ses pas au-dehors, j'allai lui ouvrir. « Merci ! » s'exclama-t-il en entrant aussitôt pour ôter son manteau et se diriger vers le feu. « Je n'ai jamais eu aussi froid de ma vie, et j'ai bien peur que ce soit encore pire au retour. Le ciel est parfaitement limpide ; on a l'impression de pouvoir toucher les étoiles à bout de bras. » Il retira ses moufles épaisses puis enleva maladroitement ses gants avant de tendre les mains vers les flammes. Il avait les doigts presque blancs et il respirait par à-coups tremblants.

« Spic, pourquoi venir chez moi ce soir ? » demandai-je avec tristesse. Je redoutais la confession qui, je le savais, s'ensuivrait de nos retrouvailles ; pourquoi ne pouvait-il pas laisser la situation en l'état ?

Il se méprit sur le sens de ma question. « Parce que, ce soir, c'était la première fois que je pouvais m'éclipser sans qu'Epinie me demande où j'allais et pourquoi. Elle donne une espèce de réception chez nous, où elle a invité des femmes de tout Guetis pour discuter de l'amélioration de leur situation et des moyens de permettre aux veuves et aux filles de soldats de mieux subvenir à leurs besoins. Nous n'avons pas un grand logement ; il est même plutôt réduit, même selon les normes de Guetis ; alors, envahi de femmes qui parlent toutes en même temps, il paraît encore plus exigu. Quand j'ai glissé à l'oreille d'Epinie que je devais m'absenter quelques heures, elle a froncé les sourcils mais ne m'a pas retenu. Et me voici. » Il prit un air penaud, comme s'il répugnait à reconnaître que son épouse avait la haute main sur son emploi du temps.

Je ne pus m'empêcher de sourire : je n'avais jamais imaginé qu'il pût en aller autrement.

Alors, comme un lever de soleil, un grand sourire illumina soudain son visage. Il se précipita vers moi et, les mains glacées, serra la mienne en disant : « Que je suis content de te voir en vie, Jamère ! Tout le monde te croit mort ! » Il s'assit sur la chaise fine près du feu.

« Même Yaril désespère, poursuivit-il, car elle dit que tu avais promis de lui écrire et que tu ne romprais jamais une telle promesse. Lorsque ton père lui a révélé que ton cheval était rentré seul à l'écurie, sa conviction a été quasiment faite. Quant à Epinie, elle ne peut songer à toi sans pleurer à chaudes larmes. Alors, quand je t'ai vu au magasin, je n'en ai pas cru mes yeux ; puis tu as refusé de reconnaître ton identité, et je suis resté... pantois ! Je ne savais plus que penser. J'ai failli tout raconter à Epinie mais, avant de la laisser foncer à l'aveuglette, j'ai décidé de mener mon enquête sur les dessous de l'affaire ; toutefois, avec elle, réussir à m'éclipser quelques heures sans devoir lui expliquer par le menu comment j'ai occupé mon absence relève de l'exploit. Mais je bavarde, je bavarde, alors que je n'ai qu'une envie : savoir ce qui t'est arrivé. »

Je réfléchis puis, comme je m'apprêtais à répondre, Spic reprit la parole. Je le regardai, les yeux écarquillés. Sans doute, à force de vivre avec Epinie, avait-il dû apprendre à exprimer sa pensée à la première occasion sous peine de ne jamais la voir se représenter. « Nous recevions tes lettres de Grandval, naturellement ; un jour, elles ont cessé d'arriver, mais, au bout de quelque temps, Yaril a commencé à nous écrire ; et puis ses missives se sont interrompues elles aussi, et là nous nous sommes vraiment inquiétés. Mais, pour finir, nous avons reçu un mot sec de ton père, avec lequel il nous renvoyait une lettre d'Epinie à Yaril et où il nous annonçait qu'il interdisait à quiconque d'interférer dans l'éducation de sa fille. Epinie proposait seulement à ta sœur de l'accueillir chez nous si elle avait besoin de s'éloigner quelque temps de chez elle.

» Enfin... je dois à la vérité d'avouer que j'adoucis nettement les propos que tenait Epinie. En réalité, elle écrivait que, si Yaril ne supportait plus de vivre sous le toit de son père, elle pouvait venir s'installer chez nous. » Spic poussa un brusque soupir et secoua la tête. « Ma chère épouse se montre sans doute parfois un peu trop franche – mais je ne t'apprends évidemment rien. Ton père a pris ombrage des exhortations qu'elle adressait à Yaril à penser par elle-même, et il a répondu que les lettres d'Epinie n'étaient plus les bienvenues, que Yaril ne les recevrait plus et qu'il allait exposer à son frère à quel point sa fille s'était éloignée du sens des convenances qu'on lui avait inculqué. » Les rides aux coins de sa bouche se creusèrent. « Tu imagines la tempête que cela a soulevée chez nous.

— Très bien », murmurai-je. Mon père restait un excellent stratège ; il visait infailliblement le point le plus faible de la défense ennemie. Détourner les attaques d'Epinie contre lui pour provoquer un combat entre elle et son père était une tactique brillante, et je l'imaginais très bien assis dans son bureau, la pipe à la bouche, les yeux étrécis, en train de sourire, satisfait de sa ruse. Apprendre à Yaril le retour de Siraltier sans moi était aussi un moyen parfait de réduire à néant les espoirs de ma sœur.

« J'ai écrit à Yaril, dis-je à Spic, et à plusieurs reprises. Je ne lui annonçais pas ce qu'elle attendait, car je lui expliquais qu'étant donné ma situation je ne pouvais pas la prendre chez moi comme nous en avions parlé ; je mettais l'absence de réaction de sa part sur le compte du dépit ou de la déception, mais, à l'évidence, elle n'a jamais reçu mes lettres ; et, comme mon père m'a déshérité, il ne doit pas se sentir tenu de me répondre. C'est très bien joué ; j'imagine qu'il laisse Yaril dépenser beaucoup d'énergie à écrire à Epinie des missives qu'il détourne ensuite. Si ma sœur me croit mort et pense qu'Epinie refuse de lui répondre, elle va se décourager, et elle deviendra sans doute beaucoup plus docile.

— Comment comptes-tu y remédier ? » demanda Spic.

Je le regardai avec étonnement. « Que puis-je faire ? Rien. »

Je le sentis soudain plus distant. « Tu ne baissais pas les bras si facilement à l'Ecole ; je me rappelle la façon dont tu as tenu tête aux deuxième année de l'ancienne noblesse lorsqu'ils nous persécutaient, et aussi dont tu as résolu le problème du pont lors de l'examen d'ingénierie. »

Je secouai la tête. « Il s'agissait de solutions scolaires à des problèmes scolaires ; en outre, ça se passait avant que je prenne les dimensions d'une porte de grange, alors que j'avais encore la perspective d'une bonne affectation et d'une vraie vie. » Toute ma morosité s'abattait de nouveau sur moi. « Tu n'aurais pas dû venir, Spic ; si on te voit avec moi, ça ne pourra que nuire à ta carrière. Je suis un simple soldat obèse, chargé de garder le cimetière, un enrôlé dont les espoirs d'avenir se réduisent à grappiller un ou deux galons. Je ne veux surtout pas qu'on nous sache rattachés, fût-ce par ton mariage avec ma cousine. »

Il me considéra un moment d'un air découragé puis il secoua la tête et répondit à mi-voix : « J'aurais dû me douter que ça t'affecterait aussi ; tout le monde en sent le poids, mais je pensais que tu ne te laisserais pas duper. L'abattement que tu éprouves n'a rien de naturel, Jamère. Je ne suis pas sûr de partager complètement l'analyse qu'en fait Epinie, mais le résultat final demeure indiscutable. »

Je restai de marbre et m'interdis de céder à la curiosité. Spic baissa les bras le premier.

« Le moral de la garnison est au plus bas, et je ne parle pas seulement des forçats ni des soldats qui les surveillent, encore qu'ils subissent le plus gros des effets. Savais-tu qu'au cours des deux dernières années la route n'a pour ainsi dire pas progressé dans les monts de la Barrière ? »

Je le regardai dans les yeux. « J'ai passé l'initiation ; j'ai eu la suée de Guetis, je suis au courant de la terreur qui règne au bout de la route, et je ne m'étonne pas qu'on n'ait accompli aucun progrès. Mais quel rapport avec moi ?

— Cet accablement, cette affreuse dépression, tu n'es pas le seul à les ressentir ; tous les hommes en poste ici les partagent. Que sais-tu de l'histoire de Guetis ? »

J'eus un sourire aigre. « Nous n'avions pas encore abordé ce chapitre quand on m'a mis à la porte de l'Ecole.

— Ça n'a rien de drôle quand on sait ce qui s'est passé, Jamère. Bien avant de devenir un fort gernien, Guetis était un comptoir de commerce ; les Mindas y entretenaient un négoce actif de fourrures, mais aujourd'hui il n'y en a plus un seul dans la région. Les marchands y venaient en été pour monter dans les montagnes troquer avec les Ocellions.

» Puis il y a eu les guerres des Plaines et l'expansion vers l'est ; le roi Troven a décidé que Guetis marquerait la frontière orientale du royaume, et ses soldats ont réalisé sa décision : ils ont construit la place forte, les bâtiments principaux, et jeté les bases du bourg qui l'entoure. D'un seul coup d'œil, on reconnaît à leur solidité les structures édifiées à cette époque. A la fin des escarmouches, la vie a repris à peu près comme avant, marquée par les allées et venues des négociants : mais alors le roi a eu l'idée d'une route qui gravirait les montagnes, franchirait le col et redescendrait vers la mer de l'autre côté. On a envoyé des équipes de relevage pour déterminer le meilleur trajet à emprunter ; ça n'a pas eu l'air de déranger les Ocellions ; ensuite, on a commencé à construire la route. Les travaux allaient vite au début, car ils consistaient surtout à apporter des améliorations à des pistes déjà tracées. Puis le chantier est arrivé aux piémonts et s'est engagé dans les montagnes en direction du col, droit à travers la forêt. »

Il s'interrompit et me jeta un regard lourd de sens.

De la main, je lui fis signe de poursuivre ; j'ignorais où il voulait en venir.

« Jamère, c'est l'été où les ouvriers se sont mis à couper les arbres pour progresser dans les montagnes que nous avons connu notre premier affrontement sanglant avec les Ocellions. Naturellement, nos armes à feu les ont placés en position d'infériorité ; ils ont battu en retraite et se sont terrés dans les montagnes pendant que nous poursuivions la construction de la route. Cette année-là, nous avons commencé à avoir des ennuis avec le moral des troupes et avec les forçats ; ils devenaient léthargiques, quelques-uns même s'endormaient debout, ou bien certains jours tous les hommes avaient peur de leur propre ombre. Ces phénomènes allaient et venaient, et la hiérarchie les mettait sur le compte de la paresse ou de la couardise.

» Finalement, les Ocellions sont revenus, et ils ont même quitté leur forêt pour commercer. Ça ne s'était jamais produit ; on y a vu un progrès dans les relations, et l'on s'est mis à espérer que la construction de la route pourrait se poursuivre sans plus d'effusions de sang. Mais, ce même été, on a abattu trois gros arbres sur le chantier, la peur a fait son apparition et tout travail a cessé ; avant la fin de la saison sèche, nous avons connu notre première épidémie de peste ocellionne, et la terreur n'a plus quitté la fin de la route depuis. »

Spic m'avait captivé comme un conteur au coin du feu ; j'étais suspendu à ses lèvres.

« Le moral a dégringolé en chute libre, à tel point que le général Broge a décidé un renouvellement complet de la garnison. Les hommes avaient perdu toute énergie ; ils en accusaient la peste qui revenait régulièrement chaque année sans leur laisser le moindre répit et en prélevant un lourd tribut. Brède et son régiment d'élite ont pris le commandement afin de remettre Guetis sur la carte.

» Ils sont arrivés en pleine saison de la peste et ils sont tombés comme des mouches. Après ça, tout est allé de mal en pis : désertions, abandons de poste, suicides, viols et meurtres ; de bons officiers bien solides se sont transformés en ivrognes. Le pire, ça a été un capitaine qui est rentré chez lui, a étranglé son épouse et noyé leurs deux enfants avant de se tirer une balle dans la tête. On a étouffé l'affaire et la capitale n'en a jamais entendu parler, mais il n'y a pas un officier à Guetis qui ne la connaisse pas. » Il se tut, le regard lointain.

« C'est épouvantable », dis-je d'une voix défaillante ; je ne parvenais même pas à imaginer la scène.

Spic hocha la tête distraitement. « Tout le monde partageait cet avis. Ça se passait il y a deux ans ; en signe de disgrâce, le général Broge a muté Brède et ses hommes au Fort, seul poste avancé encore plus perdu que Guetis, aux motifs de négligence, abandon de poste et même lâcheté, parce que les officiers savaient pertinemment que leur capitaine perdait l'esprit et n'avaient pas réagi. Le général Broge leur a même confisqué leurs couleurs, puis il a nommé le régiment de Farlé à leur place. Peux-tu seulement imaginer qu'à l'époque notre régiment incarnait l'élite, les troupes que le général Broge envoyait dans les cas désespérés pour redresser la situation ? Farlé était un grand régiment il y a trois ans. Nous avons écrasé l'insurrection de Font-Hochequis en ne laissant que trois hommes sur le carreau ; deux ans plus tôt, quand des guerriers nomades ont formé une alliance et tenté de s'emparer de Mendis, Broge a envoyé Farlé : non seulement nous avons rompu le siège des Nomades mais nous les avons bel et bien chassés. » Il secoua la tête avec tristesse. « J'entends toutes ces vieilles histoires glorieuses de la bouche des haut gradés, en général quand ils sont ivres ; elles parlent toutes du passé, et nul ne peut expliquer ce qui s'est produit ensuite. Le régiment a été affecté à Guetis, et, depuis, il s'en va à vau-l'eau.

» La réunion qu'organise Epinie ce soir pour les femmes ? Elle la dit indispensable ; les femmes mariées s'enfuient vers l'ouest en emmenant leurs enfants ; du coup, les maris délaissés cherchent du réconfort auprès des prostituées, et les femmes honnêtes qui restent se retrouvent souvent traitées comme des traînées. Il y a eu un viol hier soir, commis sur une de ces femmes honnêtes ; c'est la sœur du lieutenant Garvert, venue s'occuper des enfants de son frère parce que son épouse avait succombé à la peste. Quelques enrôlés l'ont surprise dans la rue et... bref, ils l'ont laissée pour morte ensuite. Garvert en a pourchassé un et l'a tué, et il compte réserver le même sort aux autres quand il les trouvera. Ils finiront sans doute à la potence, mais leur mort ne réparera pas l'insulte faite à sa famille ni les blessures de sa sœur – ni la réputation mise à mal de notre régiment. Nulle femme ne se sent plus en sécurité désormais, même Epinie : elles sont devenues les proies de ceux-là même qui devraient sacrifier leur vie pour les protéger. »

Je faillis lui révéler que Hostier m'avait accusé de faire partie des violeurs, mais je jugeai que cela ne servirait à rien. Spic avait blêmi à mesure qu'il avançait dans son exposé, et la colère lui crispait les poings. Je pris lentement conscience que le régiment dont il parlait n'était pas seulement le sien mais le mien aussi ; je m'étais enrôlé dans Farlé quand j'avais signé les documents du colonel Lièvrin. Curieux : je n'aurais jamais employé l'expression « mon régiment » comme le faisait Spic en évoquant sa gloire passée ; je n'y voyais qu'une compagnie qui avait accepté de me recruter. Je songeai à mon père, toujours bouffi d'orgueil quand il se remémorait son ancien régiment ; à l'écouter, il ne comptait que des héros, sans exception. Or, que voyais-je ? Des ivrognes, des meurtriers et des vauriens ; pourtant, je m'efforçais de leur trouver des excuses. « Nous vivons dans une région isolée, Spic, et tout le monde sait bien que ça ne vaut rien pour le moral. Peut-être Broge devrait-il faire tourner ses troupes plus souvent.

— Ce n'est pas le problème, tu le sais très bien, répondit-il d'un ton brusque. Il règne une atmosphère particulière dans cette ville ; dès qu'on passe les portes, on perçoit le désespoir qui en émane ; tout y est crasseux, minable. Les seuls qui restent sont ceux qui ne peuvent pas faire autrement. » Il me regarda soudain dans les yeux et déclara d'un ton de défi : « D'après Epinie, une malédiction pèse sur Guetis, ou un sortilège. Elle affirme que la ville entière dégage une aura obscure, imperceptible à l'œil ; elle imprègne l'air, nous la respirons et elle étouffe toute joie. Epinie dit qu'elle provient des Ocellions, qu'il s'agit du même genre de magie qui t'enveloppait quand elle a fait ta connaissance. »

Je me sentais nauséeux, mais je me plaquai un sourire cynique sur les lèvres. « Ainsi, Epinie joue toujours les médiums ? J'espérais que le mariage lui mettrait un peu de plomb dans la cervelle. »

Spic demeura de glace. « Elle ne joue pas, et tu le sais très bien, Jamère. N'oublie pas que j'étais présent. Pourquoi cette attitude ? Pourquoi feindre de ne pas croire à une expérience que tu as vécue ? »

Je l'avais mis en colère. Je détournai les yeux et m'efforçai de formuler une réponse que je ne connaissais pas moi-même. « Parfois, Spic, quand tout dans mon existence semble s'entrechoquer et se contredire, je choisis une façon de penser et je m'y tiens quoi qu'il arrive. » Je le regardai en face et lui demandai : « Me le reproches-tu ?

— Non, je ne crois pas, fit-il d'un ton radouci. Mais (et il haussa de nouveau la voix) ne te moque pas d'Epinie ; c'est peut-être ta cousine mais c'est aussi mon épouse. Reconnais son mérite, Jamère : elle nous a sauvé la vie à tous les deux, je pense, quand elle nous a soignés pendant l'épidémie de peste. Elle a bravé sa famille et la société pour devenir ma femme, et, depuis, elle n'a pas eu une vie facile ni telle qu'elle l'imaginait ; pourtant, elle ne m'a pas quitté. Beaucoup d'hommes mariés de Guetis aimeraient pouvoir en dire autant. C'étaient des fils militaires et ils ont épousé des jeunes filles qui, pensaient-ils, feraient d'excellentes femmes de militaires ; mais elles n'ont pas supporté le traitement que leur infligeait Guetis et elles sont parties. Epinie, elle, fait front et elle reste.

— Et elle est persuadée que la magie ocellionne sape le moral des habitants de Guetis. »

Il ne broncha pas devant cette affirmation sans fard. « En effet », répondit-il posément.

Je me laissai aller contre le dossier de ma chaise, qui émit un léger craquement. « Dis-moi ce qu'elle en pense », demandai-je à mi-voix. Je savais d'avance que ça ne me plairait pas ; je savais que je la croyais déjà.

« Elle possède une grande sensibilité, tu es au courant. Alors que nous nous rendions à Guetis, elle a fait un cauchemar la nuit qui a précédé notre arrivée ; elle s'est réveillée en larmes, mais incapable d'expliquer ce qui l'avait effrayée ; son rêve grouillait d'images macabres et incompréhensibles : des mâchoires aux dents pourries, des nourrissons couverts de boue, assis tout seuls au milieu d'un marécage et qui pleuraient sans s'arrêter, un chien à l'échine brisée qui se traînait en décrivant des cercles. Elle n'a pas réussi à se rendormir, et elle a passé la journée du lendemain plongée dans l'angoisse ; j'ai mis son état sur le compte de la fatigue du voyage, et, une fois à Guetis, j'ai cru nos problèmes terminés : Epinie pourrait se reposer, manger chaud et dormir dans un vrai lit ; mais le logement qu'on nous avait alloué nous a laissés consternés tant il était sale – non, pas seulement sale mais crasseux, comme si le précédent occupant n'y avait jamais fait le ménage. Toute la maison, mobilier compris, avait besoin de réparations, mais j'ai dû abandonner Epinie car le colonel Lièvrin m'a aussitôt assigné à mon poste ; elle a dû se débrouiller seule pendant que je dressais l'inventaire d'un entrepôt rempli de matériel poussiéreux, avec des hommes maussades, paresseux et incompétents. » Il avait pratiquement craché ces derniers mots ; il se leva brusquement. « Mais ils n'avaient pas toujours eu cette attitude, j'en ai la conviction. Je pense qu'elle provenait du miasme qui étreint Guetis ; je suis sûr que c'est la magie des Ocellions, Jamère. As-tu le sentiment de n'avoir plus d'espoir ni d'ambition ? Ton existence te paraît-elle terne, sans objet ? A quand remonte la dernière fois où tu t'es réveillé avec l'envie de quitter ton lit ? »

Il se rapprochait de moi à chaque question comme si mes réponses pouvaient étayer sa conviction. Du geste, je désignai mon corps bouffi. « Si tu te trouvais enfermé dans une prison pareille, entretiendrais-tu des espoirs ou des ambitions, l'idée de traîner cette masse hors de ton lit te sourirait-elle ? » Une pensée me vint soudain. « Tu ne m'as même pas demandé ce qui m'était arrivé ; tu n'as pas eu l'air étonné de mon aspect. »

Il pencha la tête avec un sourire mi-figue mi-raisin. « Oublies-tu qu'Epinie et Yaril s'écrivaient ? Tout ce que tu as pu dire à ta sœur, elle l'a transmis à ta cousine. » Il secoua la tête. « Et crois bien que je partage ta douleur, Jamère ; la disparition de ta mère, la trahison de Carsina, ce que la magie de la femme-arbre t'a fait... Au contraire de toi, je ne regarde rien de cette affaire avec scepticisme. J'ai vu de trop près la puissance de la magie ocellionne. » Il s'exprimait d'un ton très sombre.

« Comment ça ? demandai-je dans un souffle.

— Epinie a tenté de se suicider quelques semaines après notre arrivée.

— Quoi ?

— Elle a essayé de se pendre dans notre chambre. Si je n'étais pas revenu chercher mon canif que j'avais oublié, elle aurait réussi. Il s'en est fallu d'un rien, Jamère ; j'ai tranché la corde et je lui ai libéré le cou, le tout sans douceur car il n'y avait pas de temps à perdre. Mais je crois que ma brutalité l'a ramenée dans le monde des vivants.

» J'étais dans une rage noire qu'elle ait pu seulement songer à me quitter ainsi. Elle dit qu'elle ne se rappelle même pas avoir pris la décision de se tuer ; elle n'a que des bribes de souvenirs : elle se revoit allant à l'écurie se munir de la corde, puis debout sur une chaise pour la jeter par-dessus la poutre. Et en train de faire le nœud. Cet épisode l'a particulièrement frappée parce qu'elle avait l'impression très étrange d'une action qu'elle n'avait jamais exécutée mais dont elle connaissait tous les gestes. »

Un froid terrible enserrait mon cœur. Les pensées s'entrechoquaient dans ma tête, et je posai la seule question qui me vint. « Et tu la laisses seule ? Ne risque-t-elle pas de succomber à nouveau à ses tendances ? »

L'inquiétude et la fierté se lisaient à la fois sur son visage. « Elle m'a dit : “Tu m'y prends une fois, tu es une fripouille, tu m'y prends deux fois, je suis une andouille ! Plus jamais je ne me laisserai surprendre par la magie ; plus jamais.” Et elle la combat, comme moi et comme tous les officiers, tous les soldats de Guetis qui ont un tant soit peu de cœur au ventre. On voit au premier coup d'œil lesquels luttent quotidiennement pour conserver leur identité, leur dignité, et lesquels ont baissé les bras et sombré. »

A ces mots, je me demandai dans quelle catégorie il me rangeait, mais il poursuivit sans hésiter ni m'adresser un regard accusateur : « Nous nous efforçons de nous soutenir mutuellement, Epinie et moi. Les lettres de ta sœur lui donnaient beaucoup d'énergie avant qu'elles ne cessent d'arriver. Tu comprends maintenant que l'interruption de cette correspondance et la menace de ton père d'avertir sire Burvelle du caractère rebelle de sa fille ont été pour elle des coups plus violents que tu n'aurais pu l'imaginer. Ah ! » Il se rua sur sa chaise et fouilla dans la poche de son lourd manteau jeté sur le dossier. « Les lettres de ta sœur ; je les ai apportées. En venant, je te jugeais comme un scélérat sans cœur de la laisser ainsi sans nouvelles, et je pensais que, si tu lisais combien elle avait souffert, combien elle s'était rongé les sangs à ton propos, l'émotion te porterait à lui répondre. A présent, sachant que tes missives n'ont guère plus de chances de lui parvenir que les nôtres, il est peut-être cruel de te les soumettre ; néanmoins, j'estime que tu as le droit de savoir ce qui se passe à Grandval en ton absence. »

Et il me présenta un gros paquet d'enveloppes fermé par un ruban. Avec un coup au cœur, je reconnus l'écriture de Yaril ; quand je la voyais sur les lettres qu'elle m'envoyait à l'Ecole, je ne pouvais réprimer un frisson de joie car je savais qu'elle avait dû trouver le moyen de me transmettre discrètement un billet de Carsina. Aujourd'hui, c'était ma petite sœur qui me manquait avec une violence soudaine et douloureuse. Je tendis la main.

Spic me remit les lettres mais avec un avertissement : « Je ne puis te les laisser trop longtemps, sans quoi Epinie finira par remarquer leur absence. »

Je levai les yeux vers lui. « Tu n'as donc pas révélé à ma cousine que j'étais ici ?

— Je voulais te donner l'occasion de t'en charger toi-même. »

Je secouai la tête. « Je ne peux pas, Spic, je t'en ai déjà expliqué la raison.

— Et, si tu m'as écouté, tu sais pourquoi il est plus important qu'elle te sache sain et sauf. Tous les trois, nous pouvons nous renforcer mutuellement comme naguère. Je t'en prie, Jamère ! Je veux bien te laisser y réfléchir un peu, mais pas longtemps ; je cache ton secret à Epinie et je commence déjà à m'en sentir honteux et mal à l'aise. Nous ne nous dissimulons rien et nous ne nous jouons jamais la comédie, alors ne me mets pas dans cette position vis-à-vis d'elle ; on ne se fait pas de pareils coups bas entre amis.

— Spic, crois-moi, je ne puis entretenir de relations avec toi ni Epinie : je suis un homme de troupe et un fossoyeur obèse ; nous ne pouvons pas nous fréquenter, tu le sais bien. Tu sais aussi qu'Epinie ne l'acceptera jamais et que ça nous rendra la situation impossible à tous. Tiens-tu vraiment à devenir la risée de la garnison parce que tu es le cousin du croque-mort ? A exposer ton épouse aux moqueries à cause de notre relation ? Comment pourrions-nous nous soutenir si je ne puis être qu'une source d'humiliation pour vous ? » Au vu de son expression, je me modérai. « Je m'incline devant toi et je te remercie de souhaiter rester mon ami dans ces circonstances, et je te sais gré de me faire partager les lettres de Yaril. Dans la présente situation, ce sont sans doute les dernières nouvelles de chez moi que j'aurai avant longtemps ; si ça ne te dérange pas, j'aimerais les garder le temps d'une soirée pour les lire ; je trouverai un moyen discret de te les rendre. »

Des étincelles de colère s'allumèrent dans ses yeux. « C'est la magie abrutissante de cette région qui parle, non le Jamère que je connais.

— Spic, je t'en prie ; permets-moi simplement de t'emprunter les lettres de ma sœur. »

Il parut s'adoucir. « Crois-tu pouvoir me les retourner sans que personne sache que je te les ai prêtées ? »

Je réfléchis. « Si nous convenons d'un rendez-vous de nuit, ça devrait être réalisable. »

Il eut un sourire malicieux. « Alors il devrait être possible aussi de nous rencontrer de la même façon, entre amis. »

Il était incorrigible ; je ne pus m'empêcher de lui rendre son sourire, sans toutefois partager son optimisme. « Ça pourrait marcher quelque temps, mais tôt ou tard on remarquerait notre manège et tout se révélerait sur la place publique. Il ne s'agit pas d'apparences à maintenir pendant quelques semaines ni même quelques mois, Spic, mais pendant des années, pendant tout le temps où nous appartiendrons au même régiment. Jusqu'à ma mort, vraisemblablement.

— Mais quel optimiste ! Un vrai boute-en-train ! Le Jamère que je connaissais ne se laissait pas abattre par l'adversité, lui ! Que t'est-il arrivé, Jamère ? Où te caches-tu ?

— Nous ne sommes plus à l'Ecole, Spic, mais dans la vraie vie. Tu veux savoir où je me cache ? Eh bien, derrière cette muraille de graisse, et je ne peux plus sortir.

— Tu en es sûr ? » Au ton qu'il avait employé, la question n'avait rien de rhétorique.

« J'ai tout essayé, travailler dur, jeûner... Mon père a failli me faire mourir de faim, Spic.

— Je sais, dit-il à mi-voix. Yaril nous en a parlé dans ses lettres. J'ai encore du mal à imaginer qu'un père puisse traiter ainsi son propre fils.

— Pourtant, c'est vrai, fis-je, sur la défensive.

— Je te crois ; néanmoins, j'ai l'impression que l'évidence t'échappe.

— Comment ça ?

— La magie est la cause de tout, mais tu l'as déjà vaincue naguère avec l'aide d'Epinie ; nous l'avons vaincue, devrais-je dire. Ne penses-tu pas qu'Epinie voudrait te secourir une fois encore ? Elle est déjà plongée dans l'étude de la magie ocellionne, non seulement pour découvrir ce qui se cache derrière l'atmosphère accablante qui pèse sur Guetis mais aussi pour comprendre ton cas. Il n'est pas unique, Jamère, tu le sais sûrement.

— Je m'en doutais, répondis-je à contrecœur ; le docteur Amicas me l'a dit. » Je redoutais presque de laisser paraître l'intérêt que ses propos suscitaient en moi.

« Epinie mène ses recherches dans la mesure où nos faibles moyens le lui permettent, et la majeure partie de ce qu'elle sait, elle l'a appris par ouï-dire. Il n'existe guère de textes sur les Ocellions, qui préfèrent rester entre eux. Un des médecins d'ici s'intéresse beaucoup aux indigènes ; hélas, il s'intéresse aussi beaucoup à la bouteille, et lui arracher des renseignements revient à les extraire d'une éponge : on en tire autant d'alcool que de faits. Toutefois, d'après lui, ils appellent "Opulents" leurs sages ou leurs personnages sacrés, et pas seulement à cause de leur grand savoir : selon le docteur Doudier, ces Opulents présentent une corpulence monstrueuse, à tel point qu'ils quittent rarement leurs sanctuaires, haut dans les montagnes, au milieu des forêts. Leur taille reflète leur puissance et leur magie ; plus un homme est gros, plus il a d'importance et plus il domine les autres.

— Ça vaut aussi pour les femmes », fis-je à mi-voix.

Il crut à une question. « Ma foi... peut-être. Je n'y ai jamais songé. Ah, je vois : la femme-arbre ! Mais elle est morte. Quoi qu'il en soit, j'essaie de te dire que, si cette... euh, obésité résulte de la magie ocellionne, peut-être peut-on la contrer. A nous trois, nous pourrions peut-être rompre l'enchantement et lever la chape de pessimisme et de peur qui pèse sur la région. Pour commencer, nous te rendrions ton aspect d'origine. »

Je n'osai pas m'abandonner à l'espoir qui brûlait soudain en moi. « Je ne crois pas que ça marcherait. J'ai senti les changements opérés en moi, Spic ; mon organisme ne fonctionne plus comme avant. Je m'exprime mal, mais je ne trouve pas de meilleurs termes ; je ne pense pas pouvoir redevenir tel que j'étais naguère.

— Mais tu n'en as pas la certitude, répliqua-t-il d'un ton triomphant. Il faut avertir Epinie de ta présence à Guetis puis voir ce qu'on peut faire ; et, naturellement, nous devons trouver le moyen d'annoncer à ta sœur que tu es vivant et que, si elle a le courage de braver ton père, nous l'accueillerons à bras ouverts. »

Je faillis rétorquer que cette tâche ne lui incombait pas. Il s'agissait de ma sœur ; si quelqu'un devait la protéger, je devais être celui-là. Mais je répondis seulement : « Je me débrouillerai pour lui faire parvenir une lettre, ne t'inquiète pas.

— Dans ce cas, je te laisse t'en occuper. Bien, la nuit s'avance. Ça m'a fait plaisir de te revoir, Jamère, mais, si je dois garder ton secret pour le moment, il faut que je retourne chez moi avant le départ de toutes les invitées d'Epinie, sans quoi elle va s'inquiéter de mon absence. Je m'arrangerai pour revenir sixdi prochain ; l'épouse du capitaine Oforde a invité toutes les femmes d'officiers à un goûter dînatoire accompagné de lectures édifiantes. Epinie a horreur de ça, mais elle sait que, mariée à un jeune lieutenant, elle ne peut pas couper à ses obligations sociales. Je repasserai chez toi à cette occasion, d'accord ?

— Si tu peux te débrouiller pour qu'on ne te voie pas ; mais sinon ?

— Sinon, j'inventerai un prétexte pour te rendre une autre visite nocturne. Tu seras chez toi, je suppose ?

— Il n'y a guère de risque que tu me trouves ailleurs.

— Alors, jusqu'au revoir. Jamère, tu n'as pas idée du plaisir que j'ai éprouvé à m'adresser à quelqu'un comme à un ami, non comme à un autre officier, un supérieur ou un subalterne. Tu m'as manqué cruellement, et il faut prévenir Epinie de ta présence. Ensuite, tous les trois, nous imaginerons un meilleur moyen de nous réunir pour bavarder !

— Laisse-moi le temps d'y réfléchir, Spic, je t'en supplie ; et, entre-temps, sois prudent.

— Oh, ne t'en fais pas ! » Déjà debout, il ramassa son manteau avec une expression chagrine. « Brrr ! Ressortir par ce froid m'épouvante ; il me glace jusqu'aux os. »

Comme il s'emmitouflait, j'observai un fait qui m'avait échappé jusque-là. « Tu t'es bien remis de la peste, Spic ; je crois même n'avoir jamais vu de rescapé qui ait autant que toi retrouvé sa forme d'antan. »

Il sourit brusquement. « Je t'en avais parlé dans mes lettres, mais tu n'as pas dû y accorder foi plus que moi au début. C'est l'eau de Font-Amère qui m'a guéri, Jamère, comme elle a guéri Epinie, qui déborde aujourd'hui d'énergie. Les malades de la peste qui ont réussi à parvenir aux sources ont survécu, et beaucoup se sont complètement rétablis ; la guérison reste partielle pour certains, peut-être, mais le traitement demeure tout de même plus efficace que tous ceux dont j'ai entendu parler.

— Ils ont tous survécu ? Mais c'est miraculeux ! Spic, tu n'as pas gardé cette découverte par-devers toi, n'est-ce pas ?

— Non, naturellement ! Mais j'ai du mal à convaincre ceux qui n'ont pas assisté eux-mêmes au phénomène. Epinie a emporté plusieurs flacons de cette eau lors de notre départ ; je l'ai avertie qu'ils risquaient de n'avoir aucun effet, car nous ignorons quelle quantité de ce liquide il faut pour parvenir à un rétablissement comme le nôtre : pendant des jours, nous nous y sommes immergés complètement et nous n'avons bu rien d'autre. Néanmoins, elle m'a répondu qu'elle refusait de se rendre dans une ville aussi souvent soumise aux épidémies que Guetis sans apporter de cette eau, dans l'espoir de sauver quelques malheureux lors du prochain assaut du mal. J'espère ne pas te paraître insensible, mais j'attends presque avec impatience la prochaine épidémie afin de pouvoir vérifier les pouvoirs curatifs de notre eau. »

Un frisson d'angoisse me parcourut. « Ne dis pas des choses pareilles, par pitié ! Je sais que la saison de la peste reviendra, et je la redoute. Je me suis préparé autant que j'ai pu, mais...

— Pardon, Jamère. Je n'avais pas songé aux tâches sinistres qui t'attendraient à cette période ; mais, si le dieu de bonté le veut, notre traitement se révélera efficace et ton travail moins affreux que tu ne le crains. »

Il avait achevé de s'habiller pour affronter le froid. « Oui, puisse le dieu de bonté le vouloir », dis-je sans grande foi. Je commençais à me demander quel pouvoir notre divinité avait à opposer à une magie aussi ancienne que celle des Ocellions. « Spic, tu te rappelles le docteur Amicas, à l'Ecole ? Lui as-tu parlé de cette eau et de ses effets ? C'est peut-être audacieux de ma part de te suggérer ça, mais pourrais-tu lui en transmettre un échantillon ?

— Le lui faire parvenir représenterait un vrai tour de force ; as-tu idée du prix que coûte l'envoi d'une simple lettre ? Mais tu as raison : nous pouvons au moins lui parler de ce traitement par écrit. »

En hâte, j'enfilai mon manteau et mes bottes puis, ma lanterne à la main, je raccompagnai Spic à son cheval. Le hongre aurait été une piètre monture pour n'importe quel homme de la cavalla, à plus forte raison pour un officier. Toutefois, je me tus, attendis que mon ami fût monté sur son triste canasson et lui dis au revoir. Je le suivis des yeux jusqu'à ce qu'il disparaisse dans la nuit glacée puis je rentrai promptement. Je lus toutes les lettres de Yaril ce soir-là ; il n'y en avait que six et, en vérité, elles ne m'apprirent pas grand-chose de nouveau. Elle y décrivait principalement, avec un luxe terrible de détails, ce qu'elle et moi avions vécu lorsque la peste avait frappé notre maison et les conséquences que nous avions dû en affronter. Spic m'en avait prévenu, mais je restai tout de même abasourdi de la crudité avec laquelle elle présentait, sans rien omettre, mon problème à Epinie. Et Spic aussi avait lu ces lettres ! Sa façon de parler du poids que j'avais pris et de la gêne que cela me causait était plus exacte que flatteuse. Quand je posai la dernière feuille, je tâchai de me réjouir que mes amis eussent une vision aussi claire de ma situation, ce qui m'évitait d'avoir à m'expliquer, mais je n'y puisai qu'une très maigre consolation.

La correspondance de Yaril renfermait quelques autres renseignements : Carsina avait cherché à renouer leurs liens d'amitié, mais ma sœur l'avait repoussée ; les parents de Remoire l'avaient fiancé à l'aînée d'une famille de l'ancienne aristocratie de Tharès-la-Vieille ; le père de Carsina avait trouvé à sa fille un jeune capitaine plein d'avenir, et elle devait se rendre dans l'est au printemps suivant pour faire la connaissance de son futur époux. Je m'étonnai que cette nouvelle pût encore me faire mal.

Mon père avait reçu une lettre du monastère de Vanze ; on y compatissait à ses deuils récents, et l'on y proposait de relever partiellement Vanze de ses vœux de prêtrise si mon père souhaitait le désigner comme héritier. Gar Sunouert, le supérieur de mon frère, reconnaissait qu'il s'agissait là d'une offre très inhabituelle de sa part mais ajoutait que, par les temps qui couraient, la raison voulait qu'on assure la pérennité des noms de la noblesse du roi. Yaril rapportait cette correspondance d'une plume ironique.

Mon père avait reçu un mot de condoléances de Caulder Stiet et de son oncle ; ils avaient suivi mon conseil de ne pas rendre visite à la famille alors qu'elle était en proie aux affres de la douleur, mais ils se feraient un plaisir de passer au domaine au printemps. L'oncle s'était montré presque obséquieux dans ses formulations (comment Yaril le savait-elle ? S'introduisait-elle discrètement dans le bureau paternel pour lire le courrier ?), et elle craignait que notre père ne se soit laissé prendre à son ton flagorneur : il avait répondu qu'il accueillerait volontiers le géologue et son neveu, qu'il trouverait un guide pour interpréter la carte que je leur avais envoyée et les aider à se rendre là d'où provenait l'échantillon minéral qui les intéressait. Yaril connaissait Caulder par les descriptions que je lui en avais faites et ne se réjouissait pas de sa visite. Elle révélait aussi dans sa première lettre que le domaine périclitait ; notre père avait renvoyé nombre d'hommes à qui j'avais confié des postes de responsabilité, y compris le sergent Duril, et sa santé défaillante ne lui permettait pas de former ni de surveiller convenablement ses nouveaux contremaîtres ; elle en soupçonnait certains de malhonnêteté et disait que, si notre père ne les reprenait pas bientôt en main, elle s'en chargerait elle-même.

Dans cette même missive, elle avouait par deux fois redouter ma mort car elle n'avait aucune nouvelle de moi et mon cheval était rentré seul à l'écurie. Ses inquiétudes, ainsi que le fait que mon père avait chassé Duril pour avoir « conspiré » avec moi, me poignirent le plus douloureusement. J'avais nourri l'espoir d'écrire à Duril un mot qu'il aurait demandé à quelqu'un de lui lire afin de pouvoir le partager avec Yaril ; apprendre que mon vieux mentor avait été si cruellement récompensé de ses années de loyauté envers ma famille me crevait le cœur. Où irait-il, que ferait-il ? Je ne voyais aucun moyen de faire parvenir une lettre à Yaril ; je devrais implorer le colonel Lièvrin de m'accorder un congé afin d'aller moi-même la secourir et découvrir ce que devenait le sergent Duril.

En glissant la dernière lettre dans son enveloppe, j'éprouvai un sentiment à la fois de solitude et de réconfort : malgré mon isolement, il y avait encore des gens profondément attachés à moi dans ce monde. Ce soir-là, je fis ce que je n'avais pas fait depuis quelque temps : je m'agenouillai devant mon lit et priai le dieu de bonté de protéger ceux que j'aimais.

9

L'hiver

SPIC ET MOI NOUS REVÎMES deux autres fois durant ce long hiver. La première eut lieu quelques jours à peine après nos retrouvailles, lorsque je lui restituai les lettres ; il ne pouvait s'attarder et je n'eus guère que le temps de le remercier et de le supplier de ne rien dire encore à Epinie.

Je pense qu'il avait l'intention de revenir chez moi, mais le hasard s'en mêla : on nous annonça que nous avions gravement déçu le roi et qu'une délégation de haut gradés accompagnés de plusieurs nobles devait se rendre à Guetis afin d'inspecter notre régiment et nous passer en revue avant de conseiller le souverain sur le sort qu'il convenait de nous réserver. Selon l'impression que nous donnerions, le général Broge risquait de se voir remplacer en tant que commandant des divisions de l'est. Cette nouvelle n'arrangea pas le moral de la troupe et jeta nos officiers affolés dans une débauche irraisonnée de discipline et d'inspections ; officier subalterne, Spic devait subir une énorme pression pour mettre de l'ordre dans ses rangs : ses supérieurs comptaient sans doute sur lui pour paraître competents. Je ne lui enviais pas sa mission.

Même moi, malgré mon isolement, je n'échappai pas complètement à la brusque frénésie de fourbissage qui s'empara de Guetis. Le sergent Hostier passa chez moi un après-midi pour une inspection surprise de mes quartiers ; il ne cacha pas sa déception de constater que je ne vivais pas dans la crasse et réussit tout de même à dresser une liste non négligeable de détails à corriger, qui allait de la coupe de mon bois de chauffage selon une longueur plus régulière jusqu'à l'obtention d'un uniforme convenable ; il me donna ce dernier ordre d'un ton narquois qui m'offensa à l'extrême. Je m'appliquai à répondre à ses attentes en le maudissant du temps qu'il me faisait perdre, mais, quand le jour où il avait promis de revenir passa sans qu'il se montrât, je compris que sa première inspection se réduisait en réalité à une brimade opportuniste. Je continuai à faire scrupuleusement le ménage chez moi au cas où il déciderait de faire irruption sans prévenir, mais je refusai d'avoir peur de lui.

J'enterrai quatre autres soldats cet hiver-là ; l'un s'était entaillé le pied d'un coup de hache en coupant du bois et avait succombé à l'hémorragie ; deux autres avaient péri de pneumonie, et le quatrième, ivre, avait perdu conscience dans la rue avant de mourir de froid pendant la nuit. Ce dernier appartenait à la section de Spic, qui vint accompagné de cinq de ses hommes assister à l'inhumation, mais ne put guère rester après la cérémonie ; je le suppliai de me prêter des livres, s'il en avait chez lui, car je sentais l'ennui atrophier mon intellect ; il promit de faire ce qu'il pourrait puis me demanda de nouveau s'il ne pouvait pas révéler à Epinie ma présence à Guetis ; une fois encore, je refusai, mais il me prévint d'un air grave que, si je ne capitulais pas bientôt, il devrait tout lui avouer car il ne supportait pas l'idée d'affronter son regard si elle découvrait depuis combien de temps il lui cachait la vérité.

Je me promis d'y réfléchir mais je remis sans cesse cette réflexion à plus tard.

Les longues et sombres journées de l'hiver passaient lentement. La Nuit noire arriva, et les hommes de troupe la fêtèrent par une débauche d'ivrognerie et de rixes qui trouva son apothéose dans la tentative d'incendie de la maison d'un officier. J'avais évité la ville ce soir-là et n'entendis parler des échauffourées que le lendemain ; l'inconduite des soldats leur valut des représailles de la hiérarchie, et leur découragement se perdit dans une hostilité naissante à l'encontre des officiers. Je craignais une insubordination générale et restais le plus possible à l'écart de Guetis ; je ne m'y rendais que pour me procurer l'indispensable et ne m'y attardais pas.

Néanmoins, je me trouvais dans une boutique où je cherchais du fil pour raccommoder mes pantalons quand je vis Epinie entrer. Je m'écartai aussitôt du comptoir et m'absorbai dans l'examen d'une rangée de haches derrière une haute pile de couvertures ; ainsi caché, j'entendis ma cousine demander des sifflets en cuivre au propriétaire ; il répondit qu'il n'en avait pas en réserve, sur quoi elle se mit à récriminer, en disant qu'elle lui en avait commandé cinquante-deux mois plus tôt et qu'elle estimait extravagant qu'ils ne soient pas encore arrivés. D'un ton impatient, il lui expliqua que Guetis ne bénéficiait pas de services de livraison réguliers et que sa commande lui parviendrait sans doute quand le printemps rendrait les routes plus praticables. Elle rétorqua que les sifflets tiendraient dans un petit paquet, facilement transportable par un des courriers du roi ; ne se souciait-il donc pas de la sécurité des femmes et des jeunes filles de Guetis ? J'eus envie de sortir de mon coin et de le frapper quand il répondit que leur sécurité regardait leurs maris et leurs frères, et que, au cas où elle ne l'aurait pas remarqué, il n'était pas le roi et n'avait pas d'ordres à donner aux courriers royaux. Il avait raison, mais son ton ironique me mit en fureur. Indignée, Epinie lança en sortant qu'elle devrait peut-être exposer ses inquiétudes et ses efforts au colonel Lièvrin, lequel prendrait sans doute des dispositions pour la prompte livraison d'articles aussi essentiels. Malgré la colère dans laquelle me plongeait l'attitude du commerçant, je ne pus m'empêcher de prendre en pitié notre officier commandant. Pourquoi donc Epinie avait-elle besoin de tant de sifflets, et quel rapport avaient-ils avec la sécurité de la population féminine de la ville ? Hélas, je n'avais personne auprès de qui me renseigner. Je payai mon fil et retournai au cimetière.

Les journées d'hiver s'écoulaient, mornes et lentes comme de la mélasse froide. La copieuse réserve de bois que j'avais trouvée en m'installant dans mon logement commençait à diminuer ; aussi, par un matin clair, pris-je une hache, de la corde, et m'en allai-je avec Girofle vers la forêt qui bordait le cimetière. Je cherchais du bois mort, déjà tombé ou encore debout, pour le couper en tronçons qui me permettent de les manipuler, les faire traîner par Girofle jusque chez moi et, là, les débiter en bûches.

Nous suivîmes le sentier qui menait à la source puis ouvrîmes une piste dans la neige pour gagner les arbres qui se dressaient au-delà. Je découvris des cèdres géants, immenses et massifs, aux frondaisons chargées de neige, la plupart marqués des cicatrices d'un incendie vieux de nombreuses années. Autour de ces survivants et entre eux, la forêt récente se composait de caducs, bouleaux, peupliers et aulnes qu'en majorité un enfant aurait pu enserrer des deux bras ; leurs branches nues supportaient des murets de neige, et à leur extrémité pendaient des gouttes d'eau gelée. L'ensemble formait un tableau magnifique mais dont la splendeur éthérée demeurait étrangère à un homme qui avait grandi comme moi dans les Plaines.

Au bout de dix pas sous le couvert des arbres, je commençai à me sentir mal à l'aise. Je m'arrêtai et tendis l'oreille, parfaitement immobile. Un bon soldat acquiert un sixième sens qui l'avertit quand on l'observe. J'écoutai, scrutai soigneusement les environs et allai jusqu'à dilater mes narines pour humer profondément l'air ; les charognards, comme les ours, par exemple, possèdent une odeur distincte, mais je ne détectai rien de dangereux. De petits oiseaux voletaient de branche en branche ; de temps en temps, délogé sous le poids de l'un d'eux, un coussin de neige tombait en une averse cristalline de flocons minuscules. Hormis ces mouvements, je ne percevais rien, pas même une brise hivernale dans les hauteurs des arbres.

Girofle attendait passivement que je décide si je restais ou non, et son calme même guida mon choix : si ses sens ne l'avertissaient d'aucune raison de s'alarmer, c'étaient sans doute les miens qui m'alarmaient pour rien. Je tirai sur sa longe et nous nous enfonçâmes dans les bois.

Tout paraissait paisible ; le manteau blanc était inégal, grêlé de trous dus à la chute de masses neigeuses du haut des branches, traversé de traces de lapins et rehaussé en doux mamelons sur le sol de la forêt. Suivi de Girofle, je gravissais péniblement la pente, enfoncé parfois jusqu'aux genoux, parfois jusqu'aux cuisses. Hormis les oiseaux qui passaient au-dessus de nous, je ne repérais nulle présence vivante dans les bois, et pourtant je ne parvenais pas à me défaire de l'impression qu'on me surveillait. Plusieurs fois, je m'arrêtai pour me retourner sur le chemin que nous venions de parcourir en regrettant de n'avoir pas une meilleure arme que l'antiquité qu'on m'avait fournie. Je l'avais nettoyée – la baguette avait retiré des nuages de rouille du canon – mais cela ne m'avait toujours pas convaincu de sa capacité à faire feu correctement ni à tirer droit.

Je repérai enfin un arbre mort encore debout ; il était en amont de nous et plus grand que je ne l'aurais souhaité, mais je résolus de l'abattre quand même et d'en rapporter au moins la moitié chez moi. Il avait été apparemment frappé par un éclair qui en avait noirci tout un flanc, et de grands lambeaux d'écorce, en tombant, avaient découvert l'aubier gris argent. Il représentait une quantité de bois plus que suffisante pour refaire ma provision, et, sec, il brûlerait bien sans guère encrasser ma cheminée. J'écartai de mon esprit l'angoisse diffuse qui m'assiégeait et gravis péniblement la pente ; Girofle me suivit, docile.

Arrivé au pied de l'arbre, je m'y appuyai pour reprendre mon souffle ; mon cœur cognait dans ma poitrine et, malgré le froid, la sueur me dégoulinait dans le dos. Je ramassai une poignée de neige et la laissai fondre dans ma bouche pour apaiser ma soif tout en scrutant les sous-bois en quête d'une présence, malveillante ou non. Enfin, j'écartai Girofle et me plaçai par rapport à l'arbre de façon à ce qu'il tombe dans la pente.

Le premier coup de hache me valut une averse glacée de neige sèche ; au troisième coup, elle cessa, les branches débarrassées de leur charge blanche. J'avais affûté mon outil ce matin-là et il mordait profondément dans le bois mort ; je le dégageais, me campais fermement sur mes jambes et frappais à nouveau, à l'oblique de la première entaille. Dégager, frapper. Les éclats volaient sur la neige piétinée. Comme je ramenais ma hache en arrière, j'eus soudain l'impression nette que quelqu'un se tenait derrière moi ; du coin de l'œil, je perçus un mouvement, et je sentis le vent d'un déplacement. Je me retournai aussitôt : personne. Je pivotai de l'autre côté : rien, pas un oiseau, pas de chute de neige du haut d'un arbre ; rien. Girofle n'avait pas bougé et ne manifestait qu'une patience lasse. Mon imagination me jouait des tours.

Mais, imagination ou non, mon cœur battait quand même la chamade. Je respirai profondément pour me calmer puis repris ma hache et mis dans mon bras toute l'énergie de ma peur ; la hache s'enfonça tant que j'eus du mal à l'arracher du tronc. Cinq ou six coups plus tard, la neige était constellée d'éclats de bois et ma propre transpiration me réchauffait. Je continuai à frapper en m'efforçant de ne pas prêter attention à ma conviction grandissante qu'on m'observait. « Ecoute tes tripes », me disait toujours le sergent Duril ; j'avais de plus en plus de difficulté à faire la sourde oreille à mon instinct. Je donnai encore une dizaine de coups de hache puis je me dressai de toute ma hauteur et me retournai en tenant mon outil comme une arme. « Je sais que vous êtes là ! hurlai-je à la forêt. Montrez-vous ! »

Girofle leva la tête avec un reniflement effrayé. Le souffle court, je parcourus les alentours d'un regard fiévreux ; le sang tonnait à mes tympans. Je ne vis absolument rien qui parût présenter une menace. Mon cheval me considérait avec une légère inquiétude. J'observai d'un œil noir l'arbre sur lequel je travaillais : je ne l'avais même pas entamé à moitié.

Je serrai les dents, cuirassai mon esprit contre l'angoisse insidieuse qui le tenaillait et repris ma tâche en appuyant mes coups de mon poids non négligeable. Ma hache sonnait avec défi dans les bois. « Je refuse d'avoir peur », me dis-je, puis, au rythme de mes « han ! », je commençai une litanie :

« Je... ne... fuirai... pas ! »

La hache mordait plus profondément, les éclats volaient. Les quatre coups suivants, je répétai les mêmes mots plus fort, et bientôt je les criai à pleins poumons en frappant de toutes mes forces. L'arbre se mit à trembler. J'abattis ma hache, la relevai, l'abattis à nouveau et, comme le tronc commençait à gémir, je m'écartai d'un bond : il parut littéralement sauter de la souche en se brisant avec un bruit de détonation qui se répercuta dans la forêt pétrifiée de froid. Avec un craquement de tonnerre, il tomba au milieu de ses voisins vivants qu'il blessa au passage, pulvérisant leurs branches raidies ou les laissant pendre, rompues. Un bref instant, l'un d'eux arrêta sa chute, et puis il s'abattit sur le sol enneigé avec un fracas retentissant. Je clignai les yeux dans la brume de neige cristalline qu'il avait soulevée ; elle me piquait le visage comme si la forêt venait de me donner une gifle.

J'avais sous-estimé la tâche que j'avais entreprise : une fois l'arbre à terre, il me fallut encore le débarrasser de ses branches, y compris celles qui se trouvaient sous sa masse. Le crépuscule précoce de l'hiver menaçait déjà quand j'eus enfin découpé et apprêté une section du tronc que je jugeais Girofle capable de tirer. Je la ceignis d'une corde dont j'attachai l'extrémité au harnais du cheval.

Jamais je n'avais éprouvé autant de soulagement à m'éloigner de nulle part. J'aurais voulu faire vite, mais traîner la grume dans la forêt pentue se révéla moins aisé que je ne l'imaginais ; j'y fixai une autre corde pour la guider afin de l'empêcher de prendre trop de vitesse et de heurter Girofle ou de se coincer dans d'autres arbres, mais j'avais peine à me concentrer sur ma tâche : la sensation d'être observé flamboyait dans mon esprit et, quasiment à chaque pas, je lançais un regard par-dessus mon épaule. La sueur dont j'étais couvert et qui me glaçait provenait autant de ma peur que de mes efforts. Alors que, sur la neige, l'ombre bleutée des arbres virait au noir, j'aperçus la prairie, au-delà de l'orée de la forêt, dont la source marquait le début.

A Grandval, le soir tombait lentement, annoncé par un long crépuscule où le soleil s'effaçait peu à peu derrière l'horizon. Ici, au pied des montagnes, la nuit venait comme un rideau qu'on tire quand les hauteurs au relief froissé dévoraient brusquement l'astre pâle. Je sentis l'obscurité venir et ne pus soudain plus contenir ma terreur ; je me précipitai lourdement dans la neige épaisse, saisis au passage la têtière de Girofle, à son grand effroi, et le tirai derrière moi en le pressant de se hâter.

Nous devions offrir un tableau comique, l'obèse et son large cheval pataugeant dans la neige profonde, embarrassés du tronc d'arbre que traînait Girofle. Une peur abjecte m'arrachait des gémissements qui se mêlaient à mes halètements de plus en plus aigus. Je m'efforçais de ravaler mon épouvante, mais en vain ; plus j'y cédais, plus je la sentais grandir, semblable à l'enfant qui pousse des cris d'effroi quand ses terreurs nocturnes le convainquent qu'il ne retrouvera jamais la sécurité du monde du jour. Il n'y avait aucun bruit dans l'ombre qui se refermait sur nous hormis les craquements crissants des sabots de Girofle qui s'enfonçaient dans la neige durcie, mon souffle court et le lent raclement du tronc qui s'ouvrait un chemin dans la neige – aucun bruit à part un éclat de rire, limpide et pur comme un chant d'oiseau, qui résonna soudain dans la forêt que nous laissions derrière nous.

Mes derniers remparts cédèrent, et la peur m'envahit. Toute dignité oubliée, je pris les jambes à mon cou et devançai mon placide cheval. Je courus jusqu'à ma maison et me jetai à l'intérieur comme si toutes les ombres assassines des anciens dieux étaient à mes trousses. Je claquai la porte et restai au milieu de la pièce, pantelant, agité de tremblements ; mon cœur qui tonnait dans ma poitrine faisait bourdonner le sang à mes tympans. Le feu flambait dans ma cheminée, la bouilloire chantait près des flammes. L'éclaireur Faille était installé confortablement dans mon grand fauteuil près du foyer ; il leva les yeux vers moi et sourit.

« Je vois que la forêt souffle la terreur aujourd'hui. » Il se redressa lentement et s'approcha de la porte d'un pas nonchalant ; il l'ouvrit, parcourut des yeux le paysage indistinct et poussa un sifflement bas pendant que je brûlais d'humiliation. Pourtant, quand il me jeta un regard pardessus son épaule, son étonnement ne paraissait pas feint. « Il est plus tard que je ne le pensais. J'ai dû piquer un roupillon sans m'en rendre compte pendant que je vous attendais. Vous avez passé tout ce temps dans les bois ? »

J'acquiesçai de la tête avec raideur. Ma frayeur avait disparu, écartée par la honte, mais mon cœur cognait toujours et j'avais la gorge trop sèche pour parler. J'entrepris de me dévêtir, mais, quand j'ouvris mon manteau, je libérai toute la puanteur de la transpiration que la peur m'avait fait exsuder. Jamais je ne m'étais senti aussi mortifié.

Faille avait continué de regarder au-dehors. « Et vous avez piqué un arbre, en plus ! Bon sang, Jamère, vous me stupéfierez toujours ! Non, déshabillez-vous et mettez-vous à l'aise ; je me charge de votre cheval. Je souhaite vous parler. »

Quand il revint après avoir installé Girofle dans l'appentis, j'avais enfilé une chemise sèche et me sentais un peu plus moi-même. Il avait profité de mon hospitalité mais il avait aussi apporté sa part : du café, trois nouvelles pommes sur l'étagère de mon garde-manger, et, cerise sur le gâteau, une miche de pain fourrée aux raisins secs, parfumée à la cannelle et saupoudrée de sucre scintillant. Elle trônait dans son emballage comme un roi en majesté. Je ne touchai à rien, bus trois louches d'eau tirées de ma barrique puis me débarbouillai et me repeignai. Je me sentais rabaissé par la terreur que j'avais éprouvée et dégradé que Faille en eût été témoin ; et, j'avais beau faire, je n'arrivais pas à oublier l'éclat de rire moqueur qui avait accompagné ma sortie de la forêt.

L'éclaireur ouvrit la porte, tapa des pieds sur le seuil pour se débarrasser de la neige qui encroûtait ses semelles puis entra et remit le loquet. Il faisait nuit noire à présent. « Vous n'avez pas encore tranché ce pain en tartines ? Il est meilleur grillé », lança-t-il comme s'il ne m'avait pas vu trembler comme un poltron.

Je ressentis du soulagement à ce qu'il évitât le sujet, mais ma honte s'en accrut aussi. « Je m'en occupe tout de suite », répondis-je humblement.

Je coupai d'épaisses tranches du pain aromatisé puis nous improvisâmes des fourchettes à griller pour les chauffer au feu. Sous l'effet de la chaleur, l'odeur et la saveur de la mie se répandirent dans la pièce. Nous mangeâmes avidement, plongeant les tartines dans le café chaud pour en dévorer l'ourlet dégoulinant. A mesure que mon estomac se remplissait, je sentais mon courage revenir, comme si je n'apaisais pas que ma faim ; Faille ne cessait de m'observer d'un air entendu, et, au bout d'un moment, je n'en pus plus.

« Alors, qu'est-ce qui vous amène ? » demandai-je.

Il sourit malicieusement. « Je vous l'ai déjà dit : Renégat. » Sa plaisanterie éculée lui arracha un petit rire, puis il poursuivit : « Vous vouliez sans doute savoir pourquoi je venais vous voir, c'est ça ? »

J'acquiesçai de la tête en tâchant de conserver une expression avenante. Il m'agaçait quand il employait un langage qui lui donnait l'air d'un sot et d'un ignorant ; je savais qu'il s'agissait d'une mascarade. Pourquoi persistait-il à jouer la comédie devant moi ?

Un nouveau sourire effleura ses lèvres, et je compris soudain : il m'asticotait pour me rappeler que, moi aussi, je jouais la comédie ; je faisais semblant de ne pas être le fils militaire d'une famille noble.

« Je venais vous informer que j'ai livré votre petit sac de cadeaux à Amzil. »

Mon intérêt monta soudain de plusieurs crans. « Les présents lui ont-ils plu ?

— Aucune idée. Elle m'a ordonné de déposer le sac devant sa porte en disant qu'elle le prendrait quand je serais parti. » Il secoua la tête. « Elle a percé une ouverture dans sa porte, une fente horizontale qui lui permet me mettre les gens en joue avec son vieux fusil sans leur ouvrir. »

Le plaisir que j'attendais de ses nouvelles fit place à l'inquiétude. « Ce n'est pas bon signe.

— Non, en effet. Et ce n'est pas bon tout court. » Sans me quitter des yeux, il poursuivit : « Il n'y a sans doute qu'une seule situation pire que celle du plus pauvre dans une ville d'indigents : celle du plus riche dans une ville d'indigents.

— Comment ça ? Je ne lui ai pas envoyé tant de présents que ça, et en tout cas rien qu'on puisse regarder comme une fortune.

— Ma foi, il ne faut pas grand-chose pour apparaître comme le plus riche dans un village où règne la misère. Quelques sacs de pommes de terre bien pleins, un garde-manger rempli de choux et de carottes, des trucs comme ça... qui risquent d'éveiller la convoitise des voisins. On s'est déjà entre-tué pour beaucoup moins que de la nourriture. »

Je n'aurais pas éprouvé une douleur plus violente s'il m'avait frappé en plein ventre. Mon cœur manqua un battement puis cogna irrégulièrement dans ma poitrine. « Qu'ai-je fait ? » murmurai-je. Le potager qui devait l'aider à surmonter les rigueurs de l'hiver avait fait d'elle la cible des autres habitants du hameau. Pourquoi n'avais-je pu le prévoir ?

« Vous vous êtes servi de la magie à votre profit et elle vous le fait payer. Je vous avais prévenu ; naturellement, comme je vous ai prévenu après coup, je ne peux pas vraiment prétendre que je vous l'avais dit. Mais tirez-en la leçon, mon vieux, et ne recommencez pas.

— Comment s'en sort-elle ? Va-t-elle bien ?

— Je n'ai vu d'elle que le canon de son fusil, et il m'a paru en très bon état. Vous avez remarqué que ces trucs-là paraissent beaucoup plus gros quand on les pointe sur vous ? Je vous jure, quand elle l'a passé par l'ouverture, j'ai cru qu'elle me visait avec un mortier. Elle n'est pas idiote : elle a percé le trou à hauteur de ventre, la partie à viser la plus large du corps, et la pire façon de mourir que je connaisse. »

Il n'avait pas donné de réponse à ma question, mais mon imagination se fit un plaisir de m'en fournir cent, plus sinistres les unes que les autres. Ma bonne action avait-elle eu les plus terribles conséquences pour Amzil et ses enfants ? Ne dormait-elle plus jamais que d'un œil, effrayée de les abandonner ne fût-ce que quelques instants ? Dans un petit recoin cynique de mon esprit, je me demandai si elle n'avait pas toujours agi ainsi.

Incapables d'en supporter davantage, mes pensées firent un bond de côté et je posai une question à laquelle je ne m'attendais pas moi-même : « Qu'entendiez-vous tout à l'heure en disant que la forêt soufflait la terreur ? »

Il me regarda d'un air curieux. « Vous ne le savez pas ? Comment faites-vous ? Vous vivez tout près des bois, là où la plupart ne peuvent pas rester bien longtemps – à part les gens comme nous, naturellement. » Il baissa soudain la voix et fixa sur moi des yeux emplis de tristesse. « La magie nous tient, Jamère ; je peux vous recommander de ne pas faire de bêtises, mais rien de ce que je puis dire ne vous épargnera les actes auxquels elle vous obligera. Même moi, je ne peux pas les éviter. »

Me jouait-il une comédie mélodramatique ou bien était-il sincère ? Je n'en savais rien. Je me laissai aller contre le dossier de mon fauteuil et posai ma tasse de café en équilibre sur le dôme de mon ventre. « Faille, ne comptez pas sur moi pour vous tirer les vers du nez ; expliquez-vous ou taisez-vous. »

Il se pencha, prit la cafetière, se resservit puis se radossa avec un gémissement d'effort. « Vous me gâchez tout le plaisir, fit-il. Enfin, d'accord ; je sais que vous êtes allé au bout de la route, donc vous avez senti la terreur qui y règne. C'est pire qu'ici et ça ne s'arrête jamais ; ailleurs, le long des bois, la situation reste plus supportable. Parfois la forêt souffle la terreur, d'autres fois une lassitude absolue, et toujours le découragement et le désespoir, qui imprègnent toute la région autour de la Route du roi. Il faut voyager au moins deux jours à cheval pour s'en éloigner, trois si on suit la route. Certains s'y montrent plus vulnérables que d'autres, mais nul, même pas nous, n'y demeure insensible. »

Je songeai à la théorie d'Epinie. « Ça explique que le moral soit si bas à Guetis, et aussi que des régiments d'élite y finissent débraillés et en proie à la désertion au bout d'un an d'affectation. »

Il écarta les mains comme pour souligner l'évidence. « Dire que la garnison est "en proie à la désertion" relève de l'euphémisme, murmura-t-il ; et ça va s'aggraver quand nos "dignitaires" en visite constateront que nous avons perdu tout notre lustre.

— Croyez-vous qu'ils nous transféreront ailleurs ? » demandai-je avec un vague espoir.

Il me regarda dans les yeux. « Jamais, jamais, Jamère. » Il sourit à ses propres mots. « Ils transféreront peut-être le régiment, mais vous et moi ne quitterons jamais cette zone. La magie y vit et elle nous tient.

— Parlez pour vous ! » répliquai-je, agacé. Je commençais à en avoir plus qu'assez de m'entendre décrire comme une marionnette. « Là où ira mon régiment, j'irai ; il subsiste au moins assez du militaire en moi pour ça. »

Il sourit. « Ma foi, discuter ne sert à rien ; l'heure venue, nous verrons qui reste et qui part. Pour le moment, c'est moi qui m'en vais. J'ai un trajet à effectuer dans le noir et le froid avant une autre sorte de monte, plus chaude celle-là.

— Comment ça ?

— Je vais au bordel, mon vieux. » Il posa sur moi un œil pensif. « Pourquoi ne pas m'accompagner ? Ça vous ferait sûrement du bien.

— Je croyais que vous aviez dit ne jamais payer pour coucher avec une femme.

— Vous en connaissez, vous, des hommes qui l'avouent ? Venez avec moi, vous pourrez payer pour nous deux.

— Une autre fois, répondis-je, songeur.

— Vous en pincez pour Amzil ? Oubliez-la, mon vieux ; personne ne monte cette pouliche si elle n'est pas d'accord.

— Je ne soupire pas après elle ; je lui devais seulement un service en échange de son hospitalité, rien de plus.

— Je n'en doute pas. Alors, aux putes ? »

Il faisait froid et sombre sur le chemin qui nous menait à la ville, et, tout le long, je ne cessai de me demander si j'avais pris la bonne décision ; mais il y a des moments, au cœur de l'hiver, où l'homme a besoin, non de bon sens, mais de satisfaction. Si Faille ne m'avait pas soumis l'idée, je n'y aurais sans doute pas songé ; mais, une fois qu'il me l'eut présentée, je n'avais pas vu de raison valable de refuser. J'en avais assez de la solitude et du froid, et il me fallait, par un moyen quelconque, laver la honte dont ma poltronnerie avait souillé mon âme. J'avais donc accepté.

Nous nous rendîmes à un long bâtiment à la lisière de Guetis. La neige était piétinée devant la porte d'entrée, et six chevaux sellés patientaient, moroses, dans la nuit glacée. Il n'y avait pas de fenêtres à l'édifice.

Je proposai que nous entrions séparément ; Faille me dit se moquer qu'on sache que nous nous connaissions, mais accéda à ma requête. Ainsi, une minute après qu'il eut frappé à la porte en bois grossier et été admis, je toquai à mon tour. J'attendis quelques instants dans le noir, puis un grand gaillard m'ouvrit ; il portait une chemise blanche, un peu crasseuse aux poignets et au col, et un pantalon de cavalla retaillé. Le cou épais, solidement charpenté, il m'accueillit d'un regard rébarbatif mais, quand il me parcourut des yeux, son air revêche céda la place à un sourire ravi. « Hé, Belle-Plante ! lança-t-il par-dessus son épaule.

J'ai un type, ici, qui pourrait te rendre quelques livres ! V'là enfin un homme que tu remarqueras quand tu l'auras entre les cuisses.

— Ferme ton clapet, Estidic ; tu sais bien que je bosse pas ce soir : j'ai mes ours. A moins que ça te tente, la Baraque ? » Une grande et lourde femme, vêtue d'une robe très moulante, se dressa dans la pénombre derrière l'homme. Il n'était pas petit mais elle le dominait aisément ; je n'avais jamais vu une femme d'une taille pareille. Elle me regarda et souleva le coin de la lèvre en un sourire torve. « Eh ben, dis donc ! Laisse-le entrer, Estidic. Mama Moggam, venez donc jeter un coup d'œil à celui-là ! »

Sarla Moggam apparut, me saisit le poignet et me fit passer entre le portier et Belle-Plante ; je pus enfin examiner la salle où je me trouvais.

Des tapisseries érotiques décoraient les murs, et plusieurs femmes peu vêtues et nonchalantes occupaient des fauteuils disposés dans toute la pièce. Les lampes des tables basses avaient la mèche baissée et des verres roses ou violets. A mesure que mes yeux s'accommodaient au demi-jour et que j'analysais les odeurs de la maison, je révisai mes attentes à la baisse : je me trouvais toujours à Guetis, et le lupanar affichait des atours fatigués : la fumée avait estompé la chair rose vif des nus extravagants du tableau qui ornait la cheminée, et le tapis défraîchi aurait eu grand besoin d'être battu ; un énorme feu ronflait dans le vaste foyer à l'extrémité de la salle, mais je percevais à peine sa chaleur là où je me tenais. Il y avait trois tables avec des chaises, la plupart inoccupées ; un homme écroulé sur l'une d'elles tenait encore d'une main molle une bouteille vide. Je ne vis Faille nulle part.

Il y avait quatre autres femmes en plus de Belle-Plante, et, parmi elles, Sarla Moggam retenait surtout mon attention. Petite, d'âge plus que mûr, elle avait des cheveux d'un blond improbable qui tombaient en boucles sur ses épaules nues. J'ignore quel nom donner au vêtement qu'elle portait, composé d'une jupe en dentelle noire qui lui effleurait tout juste le dessus des genoux et d'un haut enrubanné qui soutenait ses seins comme dans des coupes. L'impudeur d'une telle tenue aurait été choquante chez n'importe quelle femme ; chez quelqu'un de son âge, elle devenait consternante. Des fripures striaient la peau de son cou, et, malgré le peu de lumière, je distinguais le fard accumulé dans les rides de son visage. Elle ne me lâchait pas le poignet, comme si j'eusse été un tire-laine qu'elle eût surpris la main dans le sac, et elle s'adressait à ses filles d'une voix caquetante : « Regardez celui-ci, mes mignonnes ! Qui veut de lui ?

— Pas la peine de me regarder », me lança une femme à la chevelure aile-de-corbeau avec un faux accent canteterrien ; elle leva les yeux au ciel, outrée que j'aie seulement envisagé de la choisir, et, devant son dédain, je sentis monter en moi une bouffée de colère et de désir à la fois, car, de fait, c'était elle que j'avais remarquée la première. Je portai mon attention sur sa compagne, ivre ou bien terriblement fatiguée, car elle avait beau plisser les yeux, elle n'arrivait pas à fixer son regard sur moi. Une manche de sa robe verte pendait, arrachée de son corsage, sans qu'elle y prît garde. Elle battit des paupières à plusieurs reprises puis se plaqua tant bien que mal un sourire sur les lèvres et marmonna quelques mots, sans doute une formule de salut, mais en bredouillant tant que je ne la compris pas.

« Moi, je le prends, mama. »

Je tournai la tête pour voir qui avait parlé.

Je me trouvai devant une jeune femme d'à peu près mon âge mais d'un tiers de ma taille seulement. Ses cheveux châtains défaits tombaient en vagues sur ses épaules, et, malgré la fraîcheur de la salle, elle était pieds nus ; elle portait un chemisier simple, de couleur bleue, et je me rendis compte que je l'avais repérée mais aussitôt rangée parmi les serveuses et non les prostituées. Elle s'approcha de moi avec la suprême assurance d'un chat de maison. « Je le prends », répéta-t-elle.

Sarla Moggam ne m'avait pas lâché le poignet. « Fala, petite goulue ! » la gourmanda-t-elle avec un sourire, puis elle tendit ma main vers la fille comme si je n'avais nulle voix au chapitre – ce qui était vrai en cet instant. Fala sourit en me prenant la main ; la chaleur de ce seul contact m'enflamma, et une lueur délurée s'alluma dans ses yeux comme si elle avait perçu ma réaction. « Suis-moi, mon grand », dit-elle, et elle m'entraîna vers un long couloir qui traversait toute la longueur du bâtiment par le milieu. Je l'accompagnai, docile comme un agneau.

Le portier du bordel s'interposa soudain. « On paie d'avance », fit-il d'un ton menaçant ; puis, avec un sourire grivois, il demanda à Fala : « T'as pas peur d'avoir les yeux plus gros que son ventre ? » La question déclencha une vague de rires dans la salle.

Ses manières insultantes attisèrent ma colère, mais la fille ne lui prêta nulle attention et me sourit de façon si aguichante que, sans même chercher à discuter, je remis à Estidic plus de deux fois le prix que coûtait une prostituée, selon Faille. Fala éclata d'un rire ravi tandis qu'Estidic s'écartait de notre chemin et que j'empruntais d'un pas lourd le couloir derrière elle. L'homme nous suivit d'un œil égrillard avec un gloussement entendu. Je fis celui qui n'entendait pas.

Le couloir mal éclairé était ponctué de portes à intervalles réguliers ; les grognements et les chocs que je percevais ne laissaient nul doute sur la nature des activités auxquelles on se livrait dans ces chambres. J'entendis dans l'une d'elles un long cri étouffé, de colère ou d'extase, je n'aurais su le dire. Mon guide avait repris ma main et me pressait de la suivre. « La dernière porte, me dit la jeune femme, le souffle court, c'est la mienne. »

Elle s'arrêta devant l'huis en question et se tourna vers moi. Je n'y tins plus et m'avançai vers elle ; elle posa ses mains menues sur ma poitrine et leva les yeux vers moi en riant. « Je te plais déjà, hein, mon grand ?

— Oh oui ! » fis-je dans un murmure. Je tendais la main vers le bouton de la porte derrière elle quand elle m'arrêta. « Je te réserve un traitement spécial, chuchota-t-elle. Fais-moi confiance, je sais ce qui te plaira. »

Elle pivota vers la porte et ses seins m'effleurèrent, libres sous sa chemise. Est-ce volontairement qu'elle appuya légèrement les fesses contre mes cuisses avant d'ouvrir le battant et de m'attirer dans la petite chambre ?

Une grande chandelle effilée brûlait dans un bougeoir près du lit défait. Une odeur de sexe et d'autres hommes imprégnait la pièce, et, en toute autre circonstance, je l'aurais sans doute trouvée repoussante ; ce soir-là, elle me fit l'effet d'un aphrodisiaque. Je suivis Fala et fermai la porte derrière moi. « Assieds-toi, me dit-elle puis, comme je me dirigeais vers le lit, elle me rattrapa et ajouta : Non, pas là : dans mon fauteuil. Assieds-toi confortablement, mets-toi à l'aise. Je veux te montrer quelque chose. »

Je commençais à la voir comme beaucoup plus proche de la gentille petite fille de cuisine de ma première expérience que des autres prostituées que j'avais connues depuis, et je ne parvenais pas à effacer un sourire benêt de mes lèvres. Je pris place sur un fauteuil dans un angle. « Regarde-moi ! » me lança-t-elle, comme si j'avais pu m'en empêcher. Elle se courba, saisit sa chemise par l'ourlet et, d'un mouvement fluide, la fit passer par-dessus sa tête avant de la jeter de côté. Elle secoua la tête pour remettre un peu d'ordre dans ses cheveux ébouriffés, et sa poitrine s'agita à l'unisson. Elle était complètement nue, d'une nudité lisse. Elle s'approcha de moi, la démarche dansante. « Rien ne presse. Touche-moi d'abord, comme tu veux ; ensuite, je te toucherai. » Elle s'arrêta devant moi, les pieds légèrement écartés, les yeux clos, offerte.

Je me penchai et parcourus des mains sa chair tiède et souple. Je la caressai à loisir, soupesai sa poitrine moelleuse, découvris la chaleur entre ses cuisses, ce qui lui procura un brusque frisson. Je voulus l'attirer à moi mais elle recula d'un bond et déclara : « A moi, maintenant. Radosse-toi et ferme les yeux. »

J'obéis, éperdu, ravi de ses folâtreries. Elle tira sur ma ceinture puis je perçus avec bonheur ses doigts agiles qui dégrafaient mes boutons. L'espace d'un instant, je me retrouvai libre, puis, abasourdi, je sentis sa bouche se refermer sur moi. J'ouvris les yeux, confondu jusqu'aux tréfonds par un comportement aussi étrange et déréglé ; ce n'était pas ce que je voulais, je le savais, et je tentai de me dégager, mais elle me retint solidement, et brusquement je sus que c'était ce que je désirais par-dessus tout. Je poussai un gémissement de protestation et de plaisir à la fois et m'abandonnai à elle. Tout se passait beaucoup plus vite que je ne l'avais prévu et avec une intensité qui me privait de toute pensée. J'avais entendu parler de cet acte dans une des revues les plus dépravées de Caleb, mais jamais je ne me serais attendu à prendre part à une telle perversion. Je me sentais privé de tous mes moyens par l'emprise qu'elle avait sur moi, et pourtant complètement dominant à la voir à genoux devant moi, mes doigts dans ses cheveux. Ses petites mains repoussaient mon ventre débordant. Sa tête entre les mains, je redoutais ma propre force car son crâne me paraissait aussi fragile que celui d'un enfant. Des sensations que je n'avais jamais imaginées me parcouraient. Un instant avant que sa langue adroite ne me libère de toute réflexion, je sus que je souhaitais plus que tout au monde lui accorder cette même béatitude dont elle me gratifiait.

Au milieu du soulagement qui m'inondait, je perçus le picotement de la magie en mouvement dans mon sang. La bouche de Fala se détacha soudain de moi et elle poussa un grand cri, un cri aussi primitif que celui de la biche appelant le cerf. Elle s'effondra mollement à mes pieds, gémissante, la bouche entrouverte et mouillée. « Tu vas bien ? » lui demandai-je, effrayé. Retenant mes vêtements d'une main, je m'agenouillai près d'elle. Elle avait les yeux révulsés ; elle eut une inspiration hachée, toussa puis respira de nouveau, à demi suffoquée.

« Je vais chercher de l'aide », dis-je, mais, quand je voulus me lever, elle m'agrippa d'une main sans force.

« Non. Non, je t'en prie. Je vais bien, je crois. » Elle tenta de se redresser mais retomba par terre. « Ça ne m'était jamais arrivé, fit-elle avec un étonnement vague. C'était... Ah ! Je ne sais pas ce que c'était... » Sa voix mourut dans des propos incohérents.

« Ce n'est pas comme ça que ça doit être ? demandai-je. Mutuel ?

— Je... je crois que je n'en sais rien. Je ne savais pas. » Elle reprit une inspiration hoquetante. « Je ne savais pas, répéta-t-elle, comme pour se défendre. Je ne savais pas que ça pouvait faire cet effet-là. »

Ses mots me laissèrent pantois. Jamais il ne m'était venu à l'esprit de me demander si les prostituées tiraient plaisir de leur travail. Je supposais que la plupart devaient l'apprécier, sinon pourquoi l'auraient-elles choisi ? A cet instant, je mesurai la cruauté de cette idée : avais-je jamais imaginé qu'Amzil pût aimer se prostituer pour subvenir aux besoins de ses enfants ? « Pardon, murmurai-je, sans bien savoir de quoi je m'excusais.

— Non », répondit-elle en se redressant lentement. Elle leva vers moi un regard timide où l'incompréhension se mêlait d'une ombre de révérence. « Tu ne m'as même pas touchée. Je ne m'explique pas ce qui m'est arrivé. »

Ses cheveux en pagaille collaient à son visage trempé de sueur. Du bout du doigt, j'en écartai une mèche pour voir ses yeux. Elle ne me quittait pas du regard. « C'est ainsi que ça se passe normalement, affirmai-je. Ça doit toujours être aussi bon. »

Je l'aidai à monter sur le lit puis lui enroulai tendrement une couverture autour des épaules. C'était une prostituée et j'avais eu le temps pour lequel j'avais payé, je le savais ; elle ne me devait rien de plus que ce qu'elle m'avait déjà donné. A contrecœur, je m'apprêtai à m'en aller mais, avec un cri, elle me saisit par la main et m'attira auprès d'elle. « Reste un peu, chuchota-t-elle. Je ne veux pas que mama Moggam m'oblige à ramener un autre homme ici ; pas tout de suite. » Un frisson soudain la parcourut. « On dirait que ça résonne partout au-dedans de moi. »

Je m'allongeai à côté d'elle. « Tu es tout chaud », dit-elle, et elle se rapprocha de moi ; elle posa la tête sur ma poitrine. « J'ai l'impression que je pourrais m'endormir.

— Tu le peux, si tu veux », répondis-je. Un moment, je la tins contre moi et nous partageâmes une chaleur que, sans doute, ni l'un ni l'autre n'avions plus éprouvée depuis longtemps. Dans un certain sens, c'était meilleur que l'amour que nous venions de faire.

La bougie avait fondu depuis longtemps pour nous laisser dans une obscurité heureuse quand j'entendis frapper violemment à la porte puis Estidic crier : « Eh, là-dedans, t'as fini maintenant ! Dégage ! »

Je me réveillai en sursaut, car je m'étais assoupi pour la seconde fois. Néanmoins, je me serais volontiers attardé pour un autre câlin, mais Fala me repoussa doucement. « Non, ça suffit. Au revoir, mon grand. »

A ma sortie, je me heurtai à Estidic qui attendait dans le couloir, et il me bouscula pour entrer. Comme la porte se refermait, je l'entendis demander : « Il t'a fait mal ? Je t'ai jamais vue garder un client aussi longtemps. »

Arrivé dans la salle d'accueil, je la trouvai déserte et le feu mourant ; Faille était certainement parti depuis longtemps. Monté sur un Girofle maussade, je rentrai chez moi dans le froid et l'obscurité de la fin de la nuit. Plusieurs jours plus tard, alors que, revenu en ville, je dînais à la cantine en compagnie d'Ebrouc et Quésit, j'appris que des rumeurs circulaient sur moi parmi le petit peuple de Guetis ; la bouche pleine, Ebrouc m'expliqua que certains me disaient exceptionnellement doté par la nature ou doué de talents singuliers. Fala avait confié aux autres prostituées qu'elle n'avait jamais eu un client comme moi ; le soir suivant, elle avait refusé de travailler, et, dans le courant de la semaine, elle avait brusquement quitté le lupanar. Nul ne savait où elle était partie, et Quésit me conseilla d'éviter l'établissement de Sarla Moggam, car la mère maquerelle me rendait personnellement responsable d'avoir gâché une de ses meilleures gagneuses. Le bref éclat de célébrité que je connus parmi les hommes de troupe ne compensa guère mon interdiction de séjour au bordel, et l'amusement moqueur que ma situation inspirait à Faille et qu'il ne cherchait nullement à dissimuler ne me la rendit pas plus facile à supporter.

Mais je conservais précieusement le souvenir de ce moment de vraie tendresse que j'avais partagé avec Fala et, où qu'elle fût, je lui souhaitais tout le bonheur du monde. Ce fut la seule nuit que je passai véritablement au chaud cet hiver-là.

10

Le printemps

Chaque saison doit finir par céder la place à la suivante.

Pourtant, il y eut des moments, pendant cet hiver à Guetis, où je vins à en douter ; je n'avais jamais connu période plus froide ni plus sombre de toute ma vie. A présent que Spic m'avait éclairé sur la nature de la magie qui régnait dans les rues de Guetis comme un brouillard et que Faille m'avait confirmé ses dires, j'affinais mes perceptions ; je captais le flux et le reflux de l'accablement qui affligeait la ville ; je sentais, sans pénétrer dans les bois, les jours où ils exhalaient la terreur et l'affolement, et ceux où le découragement et la lassitude y rôdaient. Mais rien de tout cela n'améliorait mon état d'esprit ni ne me permettait de rompre l'emprise de la magie sur moi.

Par moments même, je me laissais aller à me demander si je le désirais vraiment. Tandis que les journées s'allongeaient lentement et que le soleil printanier amollissait la neige, j'avais le temps de réfléchir aux mises en garde de Faille, et je me rendais compte désormais des risques que je prenais en me servant de la magie qu'on m'avait donnée.

Je ne voulais que le bien d'Amzil, or, en réalité, je l'avais peut-être exposée au danger ; avais-je escroqué l'homme qui m'avait vendu Girofle ? Pourtant, je n'obtenais pas toujours des résultats néfastes chaque fois que je sentais le picotement du pouvoir, du moins autant que je pusse m'en rendre compte. Peut-être Faille en avait-il une vision erronée, celle d'un équilibre dangereux entre ma volonté et celle de la magie, alors qu'il fallait y voir un concept beaucoup plus ancien, celui qui dit que, plus on dispose de puissance, plus il faut la manier avec prudence ? Si je devais rester enfermé dans ce corps énorme et que la magie dût me dominer, ne pouvais-je apprendre à l'employer avec discernement, voire dans des buts bénéfiques ? Telles étaient mes réflexions le soir, du moins quand je demeurais allongé dans mon lit ; j'avoue qu'une fois ou deux je tentai d'invoquer le pouvoir afin de m'en servir de façon circonscrite et sans risque. Pouvais-je l'employer pour allumer un feu ? Commander à l'eau de geler ou changer une pierre en pain, comme les magiciens des vieux contes varniens ? Je m'essayai à ces expériences et n'aboutis à rien, après quoi je me moquai de moi-même et de mes rêves. Toutefois, tard dans la nuit, je me demandais à nouveau en quoi ces tours différaient du fait d'ordonner à un potager de pousser ou d'éveiller une prostituée à la récompense de la vraie passion.

Je parvins finalement à la conclusion qu'invoquer la magie ne nécessitait l'intervention ni de la volonté ni de l'intellect mais des émotions, et je ne pouvais les susciter en moi simplement en y pensant, pas plus qu'on ne peut s'obliger à vraiment rire de bon cœur sans objet d'amusement. Quand je compris que la magie bouillait dans mon sang uniquement à l'appel d'une émotion forte, j'y vis un grave avertissement : jamais, sans doute, je ne pourrais la maîtriser rationnellement ; le bon sens me commandait de ne plus y toucher.

Le jour, je m'efforçais de m'occuper. Les livres me manquaient si cruellement que je relisais souvent mon propre journal et y ajoutais dans la marge des notes d'une perspective plus rassise et plus sage. J'avais perdu, j'ignore comment, une sangle du harnais de Girofle, et il me fallut la majeure partie d'une journée en ville pour m'en procurer une autre à l'intendance. J'y croisai Spic, mais nous ne manifestâmes ni l'un ni l'autre que nous nous connaissions ; je rentrai chez moi à la fois furieux et abattu.

Je débitai, refendis et rangeai le tronc que j'avais rapporté de la forêt. Quand je l'eus entièrement consumé, je fis un effort sur moi-même pour retourner avec Girofle dans les bois. Je choisis un jour où ils ne soufflaient que l'épuisement, affrontai le terrible découragement qui cherchait à me submerger et, pour prix de mes efforts, réussis à trancher une nouvelle section du tronc de l'arbre mort ; après quoi je dus faire appel à toute ma volonté pour résister à l'envie de m'étendre dans la neige et me reposer. Même une fois revenu chez moi, la fatigue continua de me tenailler et je finis par m'autoriser une longue sieste.

Le combat que j'avais dû mener rien que pour me procurer du bois de chauffage me sensibilisa aux tourments que les ouvriers devaient supporter quotidiennement. Faille prétendait que mon lien avec la magie m'y conférait une légère immunité ; contre quoi Epinie et Spic devaient-ils lutter chaque jour ?

Pendant mon enfance et mon adolescence, mon père me tenait constamment occupé à des leçons et des corvées ; à l'Ecole, j'avais un emploi du temps rigoureux et fatigant, destiné à prévenir les mauvais tours auxquels sont enclins les jeunes gens quand ils ont du temps libre. Cet hiver-là, pour la première fois de ma vie, mes journées se traînaient sans rien pour les remplir ; j'aurais pu apporter toutes sortes d'améliorations à ma chaumine, naturellement, mais je me contentais de les imaginer sans jamais passer à la pratique. Le miasme sournois de la magie sapait ma volonté.

A mesure que la neige fondait et que la sève remontait dans les arbres, les petits bourgeons gonflaient sur leurs branches ; la forêt m'attirait par les pistes de gibier à suivre, la chasse qui pouvait mettre de la viande dans ma marmite, mais la perspective d'affronter la terreur ou l'accablement étouffait mon enthousiasme et m'empêchait de m'éloigner de chez moi. Chaque matin, à la source avec mon seau, je plongeais le regard dans les profondeurs des bois ; des oiseaux y volaient, de jeunes feuilles vertes recouvraient les arbres et les buissons ; je mourais d'envie de m'y aventurer et je savais que c'était une pulsion stupide. J'éprouvai un grand soulagement quand le dégel du sol me permit de recommencer à creuser des tombes ; j'y trouvai un dérivatif pour mes muscles, sinon pour mon esprit.

Un autre aspect bénéfique du printemps fut que les chariots d'approvisionnement reprirent le long trajet qui les menait depuis l'ouest jusqu'à nous. On dépoussiéra les vitrines de la quincaillerie et l'on ôta le bric-à-brac qu'elles présentaient pour le remplacer par de nouvelles marchandises : baignoires en métal brillant, vêtements et tissages en laine et en coton, un fusil luisant avec une crosse en érable au grain ondulé que nul homme ne pouvait s'empêcher de regarder avec convoitise. A l'intérieur s'alignaient de nouvelles barriques de harengs en saumure venues des côtes lointaines, des conserves de fruits et des sachets de semences aux couleurs vives. Tous ces articles et bien d'autres attiraient irrésistiblement les cœurs et les yeux lassés des vieilleries de l'hiver. Toutefois, ce jour-là, je me rendais au magasin, non en quête de rien d'aussi brillant ni d'aussi beau, mais seulement pour parcourir certains des journaux enfin parvenus jusqu'à nous. Les articles dataient peut-être de plusieurs mois mais ils représentaient un lien avec Tharès-la-Vieille et les cités de l'ouest qui nous offraient un aperçu des changements en cours dans le reste du monde.

En principe, on devait les acheter, non les lire sur place, mais, comme ils s'exposaient sur une étagère, je n'étais pas le seul à en examiner la première page.

Ils coûtaient cher et je n'avais de quoi m'en payer qu'un seul ; après que je l'aurais lu, je pourrais peut-être le revendre à un autre lecteur, mais je tenais tout de même à choisir le plus intéressant. Finalement, je me décidai pour une gazette dont l'article de première page portait sur un vote au Conseil des seigneurs à propos des impôts ; l'éditorial, lui, parlait du nombre de fils de la noblesse transférés dans des rôles différents de ceux que prévoyait leur ordre de naissance à la suite des décès dus à l'épidémie de peste de l'hiver. Manifestement, certains cousins qui avaient espéré hériter de titres cherchaient à obtenir une réparation légale à l'encontre d'« héritiers qui n'étaient pas de vrais fils héritiers ». Je pris le journal puis, quelques sachets de graines de légumes et, une poignée de pièces de monnaie dans la main, attendis que l'employé daigne me remarquer. C'était un jeune homme hautain qui ne cachait pas le mépris que je lui inspirais quand il me servait ; ce jour-là, il accepta mon argent et me rendit le journal avec ces mots : « Vous êtes sûr d'en avoir besoin ? Ça ne se mange pas, vous savez ; et nous avons toute une réserve de papier d'emballage.

— Contentez-vous de me compter les graines et le journal, je vous prie. J'aimerais le lire, répondis-je en conservant mon calme.

— Oh, il sait lire ! Le monde est décidément plein de surprises. Tenez. »

Sans prêter attention à ses moqueries, je pris mon journal, mon sachet et m'apprêtai à me diriger vers la sortie. A cet instant, deux femmes entrèrent dans le magasin, dont l'une, d'âge moyen, que j'avais souvent vue à Guetis ; j'observai, intrigué, qu'elle portait à présent autour du cou un gros sifflet en cuivre au bout d'une chaînette. Mais c'est avec une bien plus grande surprise que je reconnus la jeune dame bien vêtue qui l'accompagnait. Mon ancienne fiancée était ravissante ; Carsina Grenaltère arborait à coup sûr la dernière mode de Tharès-la-Vieille, et son chapeau à brides ne parvenait pas à contenir les boucles blond de lin qui dansaient à hauteur de ses épaules. La coupe de sa robe vert chasse flattait sa silhouette généreuse, de petites boucles d'oreilles en or scintillaient à ses lobes, et l'air vif lui avait rosi les joues et le bout du nez. Elle parcourut le magasin d'un coup d'œil puis réprima un éclat de rire. « Oh, ma chère Clara, mais quelle horreur ! Est-ce ce qui passe à Guetis pour une boutique de nouveautés ? Ma chère, je crois que nous devrons commander les boutons et la dentelle dont nous avons besoin si nous voulons regarnir vos robes selon les nouvelles tendances ! »

Quand elle se tut, sa compagne avait viré au rouge pivoine – de honte à cause de la piètre qualité des boutiques de Guetis ou parce que Carsina avait annoncé à la cantonade qu'elle comptait retoucher ses robes plutôt qu'en acheter de nouvelles ? Je l'ignorais et cela n'avait pas d'importance. Je regardai Carsina et, malgré ses apparences délicieuses, je me demandai comment j'avais pu m'imaginer vivre heureux avec une femme aussi dépourvue de délicatesse.

Si j'avais entretenu quelque envie de vengeance à son encontre, j'obtins satisfaction sans le moindre effort. Carsina m'avait remarqué – il aurait été difficile de manquer un homme de ma corpulence dans n'importe quel décor, à plus forte raison au milieu des étagères encombrées du magasin. Enorme et disgracieux dans mon « uniforme » élimé, je m'étais tourné vers elle ; nos regards se croisèrent et elle me reconnut. Je le sus à ses yeux qui s'agrandirent soudain et à son haut-le-corps de surprise. Elle pivota et s'enfuit aussitôt vers la porte en s'exclamant : « Venez, Clara, il doit y avoir d'autres boutiques à Guetis ; voyons ce qu'elles ont à proposer.

— Mais... mais, Carsina, je vous l'ai dit, celle-ci est la meilleure. Carsina ! »

La porte se referma derrière son amie. Je n'avais pas bougé. « Je comprends qu'elle ait pris peur, fit le jeune homme derrière le comptoir, narquois. Et que puis-je pour vous aujourd'hui, madame Gorlin ? »

Clara Gorlin fit montre d'élégance, je dois le lui reconnaître. Elle me jeta un regard d'excuse avant de répondre à l'employé : « Ma foi, je pensais que nous allions chercher des boutons et de la dentelle, mais la cousine de mon époux a décidé apparemment de s'en aller. Je vous demande pardon ; elle vient d'arriver à Guetis, où elle doit rencontrer le capitaine Thayer ; leurs familles discutent leurs fiançailles. Ma cousine a séjourné la plus grande partie de l'hiver à Tharès-la-Vieille, et vous imaginez le choc qu'elle peut ressentir à passer brusquement de la bonne société et de la culture de la capitale à Guetis. Enfin, puisque je suis ici, Yandi, autant me débarrasser des emplettes ; pourriez-vous me mettre deux livres de hareng et deux mesures de farine de maïs ? »

Tout en parlant, elle jeta un coup d'œil par la vitrine, et je suivis son regard. Carsina attendait sur le trottoir, le dos au magasin ; craignait-elle que je ne la poursuive jusque dans la rue ? Comment pourrait-elle imaginer que j'en aie envie après qu'elle m'avait traité avec tant de mépris et avait tenté de retourner ma propre sœur contre moi ? Toutefois, songer à Yaril me fit soudain changer d'avis : je devais lui parler. Je sortis en hâte.

Les pluies du printemps avaient détrempé les rues et les avaient creusées d'ornières. Carsina se tenait sur un trottoir pavé et tâchait d'empêcher ses jupes de traîner dans la boue tout en évitant de montrer ses chevilles. Le vent des montagnes faisait battre l'écharpe qu'elle tenait contre sa gorge de sa main libre. Il n'y avait personne à proximité pour surprendre notre conversation ; je m'approchai d'elle discrètement et dis à mi-voix : « Quelle surprise de vous voir à Guetis, Carsina ! J'ai entendu dire que vous veniez faire la connaissance de votre nouveau fiancé ; mes félicitations ; il succombera certainement à votre charme autant que moi naguère. »

Je ne cherchais qu'à la complimenter afin de la mettre dans de bonnes dispositions et m'attirer sa reconnaissance avant de lui demander un service, mais elle parut prendre mon préambule comme une insulte ou une menace. Elle me foudroya du regard puis détourna les yeux avec hauteur. « Laissez-moi tranquille, monsieur. Nous n'avons pas été présentés et je n'ai pas coutume de m'entretenir avec des inconnus. » En hâte, elle s'écarta de quelques pas puis s'arrêta en surveillant la porte du magasin d'un air impatient ; je compris qu'elle prendrait la fuite dès l'apparition de Clara. Il me restait peu de temps pour lui expliquer ce que j'attendais d'elle. Un soldat qui passait à cheval nous observa, la mine curieuse.

Je m'approchai d'elle à nouveau. « Carsina, je vous en prie, je n'ai qu'une petite faveur toute simple à vous demander ; ne voulez-vous pas m'aider en souvenir du passé ? Pour Yaril ? »

Blême, elle se tenait raide comme un piquet. Elle jeta des regards alentour, comme si elle craignait qu'on ne me voie lui parler. « Je ne vous connais pas, monsieur ! dit-elle d'une voix sonore. Si vous ne cessez pas de m'importuner, je vais appeler à l'aide. » Deux dames qui venaient de passer l'angle de l'unique salon de thé de Guetis s'arrêtèrent, les yeux fixés sur nous.

« Ne faites pas ça ! fis-je dans un murmure rauque. C'est inutile. Carsina, je ne veux rien pour moi ; il s'agit de Yaril.

Vous étiez les meilleures amies du monde ; je vous en supplie, pour elle, aidez-moi. Elle me croit mort et je n'ai aucun moyen de...

— Laissez-moi ! cria-t-elle en s'écartant de nouveau, la démarche mal assurée.

— Excusez-moi, madame ; est-ce qu'il vous dérange ? » Le cœur étreint d'angoisse, je me retournai en entendant la voix qui s'était élevée derrière moi. Le sergent Hostier, tout gonflé d'hostilité, paraissait positivement ravi d'avoir une occasion de m'humilier, et, sans attendre la réponse de Carsina, il me lança d'un ton hargneux : « Eloigne-toi de la dame, Gras-du-bide ! Je t'ai vu lui parler à l'oreille et elle t'a repoussé deux fois ; maintenant, dégage et fiche-lui la paix ! Encore mieux, retourne à ta niche, dans ton cimetière. »

Carsina se tenait dos à moi, tremblant comme de terreur, les doigts crispés sur le mouchoir qu'elle plaquait sur ses lèvres. Je savais ce qu'elle redoutait : non que je lui fasse du mal mais qu'on établisse un lien entre elle et moi à Guetis.

Je m'adressai à elle. « Je n'avais pas de mauvaises intentions, madame ; manifestement, je vous ai prise pour quelqu'un d'autre. » En moi, un démon vengeur me poussait à l'appeler par son nom, à déclarer à tous les imbéciles qui nous regardaient que j'avais été fiancé avec elle, mais je réprimai durement cette impulsion : je ne devais pas susciter son antagonisme ; elle représentait mon meilleur espoir de donner de mes nouvelles à ma sœur. Si je parvenais à la voir seule, je pourrais, si nécessaire, la menacer de révéler nos relations passées pour l'obliger à écrire à Yaril ; mais cette tactique devrait attendre. Pour le présent, je me contentai de courber le cou et de reculer d'un air contrit.

Clara Gorlin apparut à cet instant à la porte du magasin ; elle poussa une exclamation consternée devant l'angoisse de Carsina et se précipita pour la rejoindre. Je me détournai et m'éloignai en hâte. Derrière moi, j'entendis le sergent Hostier lui présenter ses excuses pour « cet incident malheureux ». « C'est triste à dire, mais une femme ne doit pas se promener seule dans les rues de Guetis ; certains des hommes de troupe n'ont pas plus de manières que des sauvages. Elle n'a rien, madame ; elle est juste bouleversée. Le trajet jusque chez elle et une tasse de thé bien chaud la remettront sans doute d'aplomb. » Il se tourna vers moi et brandit le poing. « Si je n'avais pas peur de choquer ces dames, je te donnerais la volée que tu mérites ! Tu peux t'estimer heureux ! »

Clara Gorlin n'avait rien d'une timide violette. Elle me lança d'une voix sonore : « Vous devriez avoir honte de vous, soldat ! Honte ! C'est à cause d'animaux comme vous que les femmes de cette ville doivent porter des sifflets et sortir à deux en plein jour pour assurer leur sécurité ! Je parlerai de vous au colonel Lièvrin, vous pouvez me croire ! Vous ne passez pas inaperçu, et mon époux veillera à ce qu'on vous traite comme vous le méritez ! »

Je ne pus que courber les épaules sous cette grêle comminatoire et m'éclipser, la tête basse comme un chien qu'on punit parce qu'il a tué une poule ; je n'aurais pas été étonné que les badauds me jettent des pierres pour m'obliger à fuir plus vite, et, l'espace d'un terrifiant instant, je souhaitai leur mort à tous. Mais, dès que je sentis la magie commencer à bouillir dans mon sang, l'horreur me saisit et j'étouffai l'émotion ainsi que la funeste pensée qu'elle avait suscitée ; un malaise me saisit et je me perçus encore plus monstrueux que ne le croyaient ceux qui me suivaient du regard. Dès que je le pus, je m'engageai dans une ruelle et disparus à leur vue. Je n'avais pas eu l'intention de suivre la suggestion du sergent Hostier de retourner au cimetière ; pourtant c'est ce que je fis, et je passai le reste de l'après-midi l'esprit en ébullition : j'échafaudai des plans pour réussir à convaincre Carsina de m'aider à contacter clandestinement ma sœur, mais je me rongeai aussi les sangs, terrifié par les émotions qu'elle avait éveillées en moi. Pour finir, je pris le journal acheté si cher le matin même et tâchai de m'absorber dans les nouvelles de Tharès-la-Vieille et du monde civilisé.

Mais les informations qui me paraissaient du plus brûlant intérêt quelques heures plus tôt me laissaient à présent indifférent. Je m'efforçai d'accorder quelque attention aux affaires des anciens et des nouveaux nobles, aux questions d'ordre de naissance et de destin, mais en vain ; plus rien de tout cela ne m'affecterait jamais : je n'étais plus fils militaire d'un nouvel aristocrate mais un homme de troupe, même pas un vrai soldat de la cavalla mais un gardien de cimetière, un préposé aux tombes. Je songeai avec abattement que l'employé du magasin avait raison : je savais peut-être lire, mais ce n'était pas pour autant que le contenu des journaux me concernait.

Non, j'étais désormais une créature de la frontière, un homme infecté par la magie ; un pouvoir monstrueux dormait en moi, et, si je ne parvenais pas à m'en débarrasser, je devrais passer ma vie à redouter mes émotions les plus sincères. Il me fallait découvrir le moyen de m'en défaire. J'avais affamé mon organisme sans aucun résultat ; j'avais cru pouvoir retrouver mon apparence première, reprendre le cours de mon existence d'autrefois, mais je me rendais compte à présent que j'avais abordé le problème par le mauvais bout. Si je voulais me réapproprier mon ancienne vie, ne fût-ce qu'en partie, je devais avant tout expulser la magie qui rôdait en moi : c'était elle, l'intruse, non la graisse qui m'enveloppait ; cette couche adipeuse manifestait seulement le changement qui s'opérait en moi.

Spic m'avait offert son aide ; je souhaitai soudain ardemment pouvoir me rendre auprès d'Epinie et lui, avoir des alliés de confiance dans le combat que j'engageais. Peut-être pourrais-je imaginer une façon discrète de contacter

Spic ? Et si je révélais ma présence à Epinie ? Non ; je refoulai cet espoir en songeant à l'expression des gens qui me regardaient en ville cet après-midi ; je refusais d'attirer le même dégoût, le même mépris sur mes amis ; je refusais que des histoires de prostituées et de femmes insultées dans la rue s'attachent à mon vrai nom, ce qui se produirait sûrement si Epinie me reconnaissait comme son cousin. Je frémis en imaginant ces racontars parvenant aux oreilles de mon père et de Yaril. Non, mieux valait la solitude que la honte. Je mènerais ma lutte seul ; c'était la mienne et celle de nul autre.

J'évitai Guetis pendant plus d'une semaine. J'avais désormais pris mes aises dans ma chaumine ; je retournai un carré de terrain à l'écart du cimetière et plantai un petit potager ; je retravaillai les tombes de ceux que j'avais enterrés pendant l'hiver, car les mottes glacées que j'avais jetées sur les cercueils s'étaient tassées en dégelant et avaient laissé une surface inégale que je m'employais à présent à niveler ; quand je trouvais des fleurs sauvages sur mon chemin, je les déracinais et les replantais sur les nouvelles sépultures.

L'herbe nouvelle du versant du cimetière attirait les lapins et les oiseaux, et je commençai à me servir de ma fronde pour me pourvoir en viande fraîche. Jusqu'à quel point pouvais-je subvenir seul à mes besoins ? Je savais qu'il me faudrait un jour revenir en ville chercher des provisions et remplir mes devoirs mais, chaque fois que je songeais à m'y rendre, j'inventai un prétexte pour rester chez moi.

Je binais mon petit potager un matin quand j'entendis des bruits de sabots. Je me précipitai devant la maison et vis deux hommes, l'un à cheval, l'autre aux rênes d'une carriole tirée par un mulet, gravir la route accidentée qui menait au cimetière. Il me fallut quelque temps avant de reconnaître Ebrouc et Quésit, et, même à ce moment, je répugnai à me porter à leur rencontre. J'attendis en silence jusqu'à ce qu'ils s'arrêtent devant moi. Le premier mit pied à terre et le second descendit du véhicule, à l'arrière duquel reposait un cercueil.

« Pas de famille ? » demandai-je en m'approchant.

Quésit haussa les épaules. « Une nouvelle recrue. L'a réussi à se faire tuer dès le premier jour ; le caporal qui l'a crevé est à l'ombre. A mon avis, lui aussi tu l'enterreras avant la fin de la semaine. »

Je secouai la tête, attristé. « Vous auriez pu m'envoyer simplement un messager ; Girofle et moi serions venus le chercher.

— Bah, c'est notre saison ; tu vas nous voir plus régulièrement, Ebrouc et moi. Le colon, il aime pas que l'herbe pousse trop ici, alors on viendra faucher tous les jours. Y a que comme ça qu'on peut l'empêcher de devenir trop haute. »

Avoir de la compagnie me changeait curieusement de mes habitudes. Ils m'aidèrent à déposer la bière dans une fosse déjà ménagée puis ils me regardèrent la combler ; j'éprouvai un certain agacement à ce qu'aucun n'eût un commentaire appréciateur sur la tombe préparée à l'avance ni ne m'aidât à la remplir. Au moins, ils inclinèrent la tête avec moi quand je prononçai une prière simple pour le mort.

« Avant, tous les soldats du régiment avaient droit à de vraies funérailles, fit Quésit ; mais les enterrements, c'est comme les anniversaires : quand il y en a trop, on n'y fait plus attention.

— Tant que je servirai ici, je veillerai à ce que chacun soit inhumé dans la dignité, répondis-je.

— Comme tu veux ; mais Ebrouc et moi, on n'aura pas toujours le temps de te donner un coup de main, tu sais. »

Irrité par son manque de cœur, je me vengeai de façon mesquine : je prétendis ignorer comment aiguiser et manier une faux, et, après les avoir laissés affûter leurs outils, je passai le reste de la journée à « apprendre » en les regardant travailler. Je pus alors constater leur compétence ; ils commencèrent par la section la plus ancienne du cimetière et, une rangée de tombes après l'autre, fauchèrent l'herbe trop haute. Comme nous la rassemblions en tas avec des râteaux, ils se plaignirent qu'autrefois une paire de moutons suffisait à effectuer le travail ; on avait cessé de mettre les animaux à paître, non par excès de respect pour les morts, mais parce qu'à trois reprises on les avait volés. Ils éclatèrent de rire devant ma surprise : avais-je oublié que la population de la ville se composait surtout de criminels ?

Comme les ombres s'allongeaient, nous regagnâmes ma maison. A mon grand étonnement, ils avaient songé à emporter des provisions, et nous dînâmes ensemble ; ce n'étaient pas les compagnons que j'aurais choisis si j'avais eu mon mot à dire, mais j'appréciais néanmoins de pouvoir manger, bavarder et rire sans me préoccuper de rien d'autre.

Après le repas, ils reprirent la route de la ville ; ils m'invitèrent à les accompagner pour prendre une bière, mais je refusai poliment en répondant que j'avais dépensé tout mon argent pour acheter un journal de Tharès-la-Vieille. Ils partirent donc, avec la promesse ou la menace de revenir au matin poursuivre leur besogne. Ils s'esclaffèrent en me saluant de la main et me recommandèrent de monter bonne garde cette nuit-là, de crainte que les Ocellions ne viennent me dérober mon dernier résident. Je les chassai de la main et rentrai chez moi.

Il y avait plusieurs jours que je n'avais pas autant travaillé, et je me couchai tôt en attendant le lendemain avec un certain plaisir : après ma semaine de solitude, un peu de compagnie chaque jour me ferait du bien. J'évitai de me demander si je ne me lasserais pas bientôt de la présence des deux hommes, et je dormis d'un sommeil profond et réparateur.

L'aube me réveilla ; je me levai et repris mes tâches quotidiennes. Quand j'allai chercher de l'eau, j'eus à nouveau l'impression vive qu'on m'observait depuis la forêt. Je me raidis contre la magie qui cherchait à insinuer ses angoisses en moi et brandis le poing en direction des bois avant de rentrer chez moi avec mon seau plein. Après avoir mis à chauffer l'eau glacée pour préparer mon gruau et mon thé, je pris ma fronde et me rendis dans le cimetière en quête de petit gibier ; j'avais décidé d'offrir à mes compagnons une bonne soupe à la viande pour le dîner, et j'espérais que l'odeur de l'herbe fraîchement coupée attirerait quelques lapins de printemps bien gras ou peut-être des oiseaux à la recherche de gravillons ou de vers.

Ce que je découvris m'horrifia. Jusque-là, je prenais les histoires de vol de cadavres pour des contes destinés à effrayer ceux qu'on venait d'affecter à la garde du cimetière ; au spectacle de la tombe béante et du cercueil perché de guingois sur le tas de terre, les poils se dressèrent sur ma nuque et un frisson d'épouvante me parcourut le dos. Je m'approchai avec prudence, comme si je ne sais quel danger se cachait dans la bière, mais elle était vide ; seule une tache de sang étalée, issue de la blessure du mort, indiquait qu'un corps l'avait occupée. Dans la terre fraîchement remuée, je découvris deux séries d'empreintes de pieds nus. Je levai les yeux vers la forêt tapie sur le versant au-dessus du cimetière.

Les Ocellions avaient emporté le cadavre dans les bois ; je l'y retrouverais quelque part ; il me suffisait de rassembler assez de courage pour me mettre à sa recherche.

Quand Ebrouc et Quésit arrivèrent, je préparais l'équipement que je jugeais nécessaire ; j'avais déniché dans l'appentis à outils une vieille pièce de toile, peut-être destinée autrefois à y découper des linceuls grossiers, et une bonne longueur de corde, et j'avais fixé le tout derrière la selle de Girofle. J'avais glissé mon fusil dans son étui ; j'espérais ne pas avoir à m'en servir, et pas seulement parce que je préférais éviter un affrontement : je n'avais nulle confiance dans la vieille pétoire. Je m'attendais que mes compagnons partagent ma réaction d'horreur devant le vol du cadavre, mais ces deux nigauds éclatèrent de rire en apprenant ma situation, me souhaitèrent bonne chasse et refusèrent de me prêter la main. Je n'eus droit qu'à un seul renseignement utile de la part de Quésit : « Des fois, ils les déposent juste au bout de la route pour que les ouvriers les découvrent ; à mon avis, ils font ça pour leur flanquer la trouille. Mais d'autres fois, ben, on peut pas savoir ; ton clamsé, là, ils ont pu le coller n'importe où dans la forêt entre ici et l'autre côté de la Barrière.

— Mais pourquoi font-ils ça ? » demandai-je avec fureur ; je n'espérais pas de réponse.

« Sans doute parce que ça nous met en pétard. Pendant un moment, Rheime, le gars qui s'occupait des tombes avant toi, il tenait l'inventaire des cadavres qu'on volait, de ceux qu'il retrouvait et de ceux qu'on revoyait jamais. Ça énervait sérieusement le colonel Lièvrin.

— Qu'il ne retrouve pas certains cadavres ? Je ne le lui reproche pas ! C'est horrible ; songe un peu aux familles.

— Non, non ; ce qui énervait le colon, c'était que Rheime tienne un inventaire. Le sergent Hostier nous a transmis une nouvelle règle après la mort de Rheime : il fallait aller chercher les corps au moins trois fois ; après ça, si on n'avait toujours pas remis la main dessus, on rebouchait la tombe et on fermait son clapet. Alors Ebrouc et moi on lui a demandé : “Ça veut dire quoi ? Qu'il faut aller chercher un cadavre trois fois en tout ou trois fois après chaque disparition ?” »

L'horreur que j'éprouvais s'accroissait de seconde en seconde. « Qu'a répondu Hostier ? » fis-je d'une voix défaillante.

Ebrouc eut un rire amer. « Pas grand-chose. D'une bourrade, il a jeté Quésit par terre, il l'a traité de vieux crétin et il est parti, raide comme un passe-lacet ; en s'en allant, il nous a gueulé : "Réfléchissez un peu !" On a réfléchi et on a décidé qu'on n'irait pas chercher un corps plus de trois fois dans la forêt ; on fait comme ça depuis. »

J'avais le cœur au bord des lèvres. « Et combien de corps a-t-on perdu ainsi ? »

Ils échangèrent un regard pour s'accorder à mentir. « Bah, pas des masses, répondit Ebrouc d'un ton désinvolte ; mais on sait pas combien exactement, parce que le colonel Lièvrin interdit qu'on tienne les comptes. Et puis, de toute manière, Quésit et moi, on n'est pas très forts pour ce qui est d'écrire.

— Je vois. »

Ils s'en allèrent reprendre leur fauchage pendant qu'accompagné de Girofle, qui portait le matériel pour emballer le cadavre, je retournais auprès de la fosse vide ; j'avais décidé de partir de là pour tâcher de repérer une piste. Je prévoyais aussi de demander au colonel Lièvrin de me fournir un chien afin de m'aider à garder le cimetière et, le cas échéant, à rechercher les corps disparus. Mais cette fois je devais me débrouiller seul.

D'après les traces autour de la tombe, j'estimai le nombre des intrus à deux, l'un plus petit que l'autre ; ils avaient traversé l'herbe haute en transportant une charge. Je montai sur Girofle pour jouir d'un point de vue plus élevé. Le serein était tombé en quantité la nuit précédente, et, comme je l'espérais, les pilleurs de tombes avaient assez dérangé les gouttes d'eau accrochées aux hautes herbes pour me permettre de discerner leur trajet ; mieux encore, cela m'indiquait qu'ils l'avaient effectué après la condensation de l'humidité de l'air. Je talonnai mon cheval et nous suivîmes leurs traces entre les plaques tombales ; elles menaient droit vers les bois.

La forêt paraissait magnifique dans la lumière du matin. Les feuilles nouvelles étaient d'un vert vif, et le contraste de leurs nuances d'une essence d'arbre à l'autre formait une véritable palette printanière. Dans le ciel bleu pâle s'effilochaient des volutes blanches, et, non loin, les montagnes se haussaient au-dessus des piémonts, toujours couvertes de neige ; on avait l'impression que des nuages s'étaient accrochés à leurs sommets raboteux et y flottaient comme des bannières. J'aurais dû me sentir attiré par les futaies mais, plus je m'en approchais, plus elles exhalaient l'abattement, l'épuisement et le désespoir le plus noir.

Arrivé au bout de la prairie, je descendis de cheval : à partir de là, je devais continuer à pied pour chercher les traces des voleurs de cadavres ; en outre, marcher m'obligerait à rester éveillé. Déjà une sourde somnolence bourdonnait à mes oreilles et alourdissait mes paupières. Je me frottai les yeux, me grattai vivement la tête pour m'éclaircir les idées puis pénétrai dans le sous-bois ; Girofle me suivit.

L'humus épais paraissait intact. Je m'efforçai de m'imaginer à la place des deux Ocellions chargés d'un corps inerte ; quels chemins choisirais-je, lesquels éviterais-je ? Je commençai à gravir la pente en contournant les taillis les plus denses, tombai sur une piste de cerfs et, sur l'écorce d'un arbre qui la bordait, découvris une éraflure fraîche. Je bâillai à m'en décrocher la mâchoire, secouai la tête et, par un effort de volonté, repris mes recherches. La chaleur croissante du jour exaltait le parfum capiteux de la forêt, odeur de végétation à la fois luxuriante et pourrissante. Elle me rappelait quelque chose... non, quelqu'un ; elle, la femme-arbre. C'était l'odeur de son haleine et de son corps. Dans une sorte de brume, je m'enfonçai dans un rêve éveillé où, étendu contre elle, je baignais dans sa tiédeur et son bien-être ; mon découragement se changea en une nostalgie honteuse d'un passé dont je ne me souvenais même pas.

Peut-on s'endormir en marchant ? Je l'ignore, mais je sais qu'on peut se réveiller en se cognant contre un arbre. Je secouai la tête et, pendant un moment, je ne me rappelai plus où je me trouvais ni ce que je faisais là ; puis Girofle me poussa du museau par-derrière, et je me remémorai ma mission. Nous ne nous étions guère écartés de la piste des cerfs ; j'y retournai et repris ma lente progression en recourant à toutes les astuces que je connaissais pour conserver ma vigilance : se mordre la lèvre, se gratter la nuque, se forcer à marcher les yeux écarquillés. Je réussissais ainsi à rester éveillé, mais il m'était terriblement difficile de me concentrer pour repérer des traces indiquant le passage des voleurs de cadavres. Pendant un long moment, je ne vis rien et je maudis ma chance en me demandant si, dans mon demi-assoupissement, je n'avais pas manqué quelque indice clé ; soudain j'aperçus les marques distinctes de trois doigts boueux sur le tronc d'un arbre : quelqu'un s'y était appuyé pour reprendre son souffle. Je continuai d'avancer en bâillant ; l'empreinte ne signifiait pas seulement que les profanateurs avaient emprunté le chemin que je suivais. Je cogitai lentement et parvins à la conclusion qu'ils se fatiguaient.

La forêt changeait de caractère. Près du cimetière ne poussaient que des arbres jeunes entre lesquels se dressaient d'énormes souches calcinées et des géants balafrés par le feu. Girofle et moi parvînmes à la fin de cette zone d'incendies anciens, et, en une dizaine de pas, la forêt dégagée, aérée des caducs laissa brusquement la place à un monde plus sombre et plus âgé. Les broussailles et les taillis se réduisirent puis disparurent ; les arbustes serrés engagés dans une lutte pour l'espace et la survie n'avaient pas leur place dans cette cathédrale de colosses. Le sol se couvrit d'un épais tapis de mousse percé par de rares fougères et plantes à larges feuilles, et, çà et là, par les longues tiges horizontales, tordues et agressivement épineuses de massette-du-démon qui poussaient comme d'étranges cactus sylvestres.

Jusque-là, Girofle avait dû frayer à sa masse imposante un chemin sur l'étroit sentier ; à présent, il avait l'air d'une fourmi parmi les fûts dont les colonnes se dressaient pour soutenir le firmament. Je ne pouvais toucher les branches les plus basses des géants largement espacés ; elles naissaient très loin au-dessus de ma tête et s'étendaient pour former entre elles une voûte dont le feuillage, une fois complètement développé, bloquerait la lumière du soleil. Jamais je n'avais vu de forêt pareille, et une terreur profonde qui ne devait rien à la magie dispersa brutalement ma somnolence : je reconnaissais ces arbres gigantesques. C'étaient les mêmes que ceux du bout de la route. Je m'arrêtai pour parcourir les alentours du regard : les troncs énormes s'élevaient de toute part. J'ignorais le nom de ces arbres ; je ne les avais jamais vus. Des taches qui allaient du vert au brun rougeâtre marquaient la partie supérieure de leurs fûts, mais, à ma hauteur, leur écorce présentait un aspect cordé, comme si les troncs se composaient de torons entremêlés et non d'une seule tige. Les racines qui émanaient des arbres soulevaient le sol de la forêt, et, entre elles, les feuilles mortes de l'automne passé s'accumulaient en lits d'humus épais. L'odeur riche et saine de leur décomposition emplissait mes narines.

Le silence exerçait comme une pression sur mes tympans, et, en l'espace d'un battement de cœur, j'eus la révélation d'un fait que j'avais toujours su sans jamais en prendre conscience : les arbres sont vivants. Les colosses qui m'entouraient ne devaient rien à l'homme et ils ne naissaient pas des os de pierre de la terre ; c'étaient des créatures vivantes, chacune issue d'une graine minuscule et beaucoup, beaucoup plus vieilles que tout ce que je pouvais imaginer. A cette idée, un frisson d'effroi me parcourut l'échine et j'éprouvai le besoin soudain de voir le ciel et de sentir la brise sur mon visage ; mais les arbres me cernaient. J'aperçus une zone apparemment moins sombre et plus dégagée ; je m'y dirigeai aussitôt en laissant derrière moi la piste, visible seulement comme une dépression qui courait dans la mousse.

La clairière devait son existence à la chute d'un des géants ; il gisait à l'oblique, les racines arrachées à la terre, et ses branches dénudées écartaient celles d'une demi-douzaine de ces congénères. En tombant, il avait ouvert une fenêtre sur le ciel par où le soleil du printemps touchait le sol de la forêt ; dans cette large tache de lumière, plusieurs jeunes arbres avaient jailli. A Tharès-la-Vieille, je les aurais décrits comme grands et vieux ; au milieu des fûts gigantesques, ils avaient l'air de baliveaux. Et, attaché à l'un d'eux, je découvris le cadavre que je recherchais.

Je n'avais vu que son cercueil quand nous l'avions enterré ; j'eus un choc en découvrant un tout jeune homme à peine sorti de l'adolescence adossé à l'arbre, le menton sur la poitrine, le visage caché par une mèche de cheveux blonds. Sans la teinte cireuse de sa peau, on aurait pu le croire endormi ; ses mains noircies par la mort reposaient sur ses cuisses. Il paraissait serein.

Je le regardai fixement en me demandant quel spectacle j'avais redouté. Les Ocellions ne l'avaient pas dévêtu, ils ne l'avaient pas démembré, ils ne lui avaient infligé aucun outrage visible ; ils l'avaient seulement transporté jusque-là pour le déposer contre un arbre.

Les rayons du soleil l'illuminaient comme un élu des dieux ; de petits insectes dansaient au-dessus de lui dans une nuée tremblotante d'ailes diaphanes. Derrière moi, Girofle émit un reniflement d'impatience ; je tournai la tête vers lui et vis le rouleau de toile sale ainsi que la vieille corde attachés à la selle. J'eus soudain le sentiment que les rôles s'inversaient, que c'était moi qui allais déranger le repos du mort. Près de moi, une voix déclara : « S'il vous plaît, monsieur, ne le touchez pas. Il est en paix maintenant. »

Je fis un bond de côté puis atterris en posture de défense. Girofle tourna sa grosse tête pour m'observer d'un air curieux. L'Ocellion ne bougea pas, ne leva pas les yeux vers moi ; il resta les mains croisées sous son ventre, la tête courbée comme s'il priait. Un bon moment, nous demeurâmes figés ainsi face à face. L'Ocellion était un homme d'âge moyen, nu comme un ver, avec de longs cheveux parcourus de rayures et retenus sur la nuque par un lien d'écorce. Il ne portait pas d'arme ni aucun bijou d'ornement ; aussi naturel qu'un animal, il se tenait devant moi dans une attitude de soumission, et je me sentis soudain ridicule, ramassé sur moi-même comme un lutteur, les poings serrés devant moi. Je respirai profondément puis me redressai avec prudence.

« Pourquoi avez-vous fait ça ? » demandai-je d'un ton sévère.

Il me regarda, et je constatai avec étonnement que ses yeux avaient la même couleur que les marbrures de sa peau : l'un marron au milieu de la grande tache brune qui prenait le côté gauche de son visage, l'autre vert dans une zone bronze autour de son orbite droite. Son expression n'avait rien de menaçant. « Je ne comprends pas, Opulent. »

Girofle se trouvait à plusieurs pas de moi avec mon fusil dans son étui. Je me déplaçai vers lui en crabe tout en m'efforçant de formuler ma question différemment. « Hier, j'ai enterré cet homme dans un cercueil. Pourquoi avoir troublé son repos en volant son corps et en l'apportant ici ? »

Il gonfla légèrement les joues, mimique qui, je devais l'apprendre plus tard, indiquait une sorte de dénégation. « Opulent, je ne comprends pas ce que vous dites.

— Tu ne peux donc pas parler la langue ? » La femme qui sortit brusquement du couvert d'un arbre lança ces mots sèchement ; elle s'appuyait jusque-là contre un tronc tacheté avec lequel elle se fondait complètement. A présent qu'elle s'en était écartée, je me demandais comment j'avais pu ne pas la remarquer, et aussi pourquoi Girofle ne manifestait nulle inquiétude ; il ne s'alarmait pas plus de la présence des Ocellions que de celle d'une volée de geais dans sa pâture. Où avait-il pu s'habituer ainsi à eux ? Une peur aberrante me saisit : d'autres Ocellions m'entouraient, invisibles. Je scrutai les alentours puis m'adossai au large ventre de mon cheval. Mon fusil se trouvait de l'autre côté de ma monture ; j'entrepris de la contourner sans cesser de faire face aux intrus.

Comme j'entamais mon mouvement, la femme se dirigea vers moi. Elle était aussi nue que l'homme et parfaitement à l'aise ; sa démarche me fit penser à celle d'un grand félin au corps puissant : malgré sa souplesse, elle n'avait rien de frêle. Comme elle s'approchait, j'interrompis mon recul. Ses petits seins, plaqués sur sa poitrine, n'en dépassaient guère, et les muscles roulaient sous la peau de ses cuisses solides. Je m'efforçais de ne pas regarder sa nudité, mais il ne m'était guère plus facile de croiser ses yeux, du vert le plus sombre que j'eusse jamais vu. Une rayure noire de suie courait verticalement sur son visage, entre ses yeux et sur son nez ; elle avait des taches plus nombreuses et plus sombres que l'homme ; par endroits, elles s'étendaient au point de former des stries. Ses cheveux, zébrés eux aussi, tombaient en une épaisse crinière sur son dos et m'évoquaient, par leur teinte, le chêne verni.

Si j'avais l'impression de manifester la plus extrême grossièreté en regardant son corps, elle, en revanche, ne paraissait éprouver nulle gêne à m'examiner franchement. Ses yeux me parcoururent avec familiarité puis elle dit à l'homme : « Vois, il est énorme ; on en ferait déjà deux comme toi avec lui, et pourtant nul ne s'occupe de lui, visiblement. Songe à l'aspect que pourrait avoir un homme pareil avec des soins convenables. » Elle se trouvait tout près de moi ; elle ouvrit les bras comme pour mesurer ma taille.

« Gardez vos distances ! m'exclamai-je, effrayé par son attitude désinvolte.

— Parle la langue, ai-je dit ! Es-tu stupide ou mal élevé ?

— Olikéa ! Il est dangereux de s'adresser ainsi à un Opulent ! » L'homme lui avait lancé sa mise en garde d'un ton humble, comme s'il lui devait le respect. Quel statut avait donc cette femme ? Je tentai d'évaluer son âge et lui donnai une vingtaine d'années – mais, je m'en rendis compte soudain, sa nudité faussait mon jugement, habitué que j'étais à me référer à la vêture d'une femme pour définir sa position sociale et son âge.

Elle éclata d'un rire cristallin qui fracassa le silence de la forêt et qui éveilla un souvenir en moi ; j'avais déjà entendu ce rire. « Il n'y a pas de danger, père. S'il est assez stupide pour ne pas parler la langue, il ne s'offensera pas de ce que je dis ; et, s'il est assez grossier pour employer son dialecte alors qu'il comprend la langue, je n'ai fait que lui retourner son impolitesse. N'est-ce pas vrai, Opulent ?

— Je ne m'appelle pas “Opulent” », répondis-je avec irritation – puis je m'interrompis soudain : je m'étais exprimé en gernien jusqu'au mot « Opulent », pour lequel j'avais utilisé le terme de sa langue. Je compris alors que je savais parler l'ocellion, et je me rappelai quand je l'avais appris et auprès de qui. L'homme et la femme s'exprimaient en ocellion et moi en gernien. Je pris une grande inspiration et répétai : « S'il vous plaît, gardez vos distances.

— Là ! s'exclama-t-elle en se tournant vers son père. J'en étais sûre : il faisait son mal élevé – parce qu'il s'en croit le droit. » Elle revint à moi. « Que je garde mes distances ? D'accord. Voici quelle est ma distance, Opulent. » Elle s'approcha encore et posa les deux mains sur ma poitrine ; la stupéfaction me paralysa la langue et les membres. Une de ses mains descendit le long de mon flanc, et elle m'assena une claque ferme sur la cuisse comme si elle vérifiait la bonne santé d'un cheval ou d'un chien ; l'autre remonta le long de mon cou et s'arrêta sur ma joue. Elle passa doucement le pouce sur mes lèvres. Son regard effronté ne lâchait pas le mien. Elle se pencha jusqu'à ce que ses seins effleurent ma poitrine, puis la main qui reposait sur ma cuisse m'agrippa soudain l'entrejambe. Surpris, je voulus m'écarter, mais la masse de Girofle m'en empêcha. L'air joueur, elle pressa sans brutalité mes parties puis elle recula avec un large sourire. Par-dessus son épaule, elle s'adressa à son père, qui baissait les yeux comme s'il ne voulait pas voir la conduite scandaleuse de sa fille : « Ah, tu vois, il regrette déjà sa grossièreté ! » Elle inclina la tête et se passa la langue sur les lèvres en me regardant. « Souhaites-tu t'excuser ? »

J'avais le plus grand mal à organiser mes pensées. Il me vint soudain à l'esprit que j'avais peut-être succombé au sortilège de la forêt et sombré dans un profond sommeil ; or, s'il s'agissait d'un songe, je pouvais faire ce que bon me semblait sans crainte des conséquences. Mais non ; je me rappelais la dernière fois où j'avais couché en rêve avec une Ocellionne et tout ce qui s'en était suivi. Je serrai les poings et m'enfonçai les ongles dans les paumes, puis je portai les mains à mon visage et me frictionnai vigoureusement les joues : soit mon imagination se révélait très résistante, soit je vivais la réalité. Les deux possibilités m'épouvantaient. Je repris mon souffle puis m'adressai à l'homme avec autorité, véritable exploit étant donné que la femme continuait à me coincer contre mon cheval. « Je viens rapporter le cadavre dans notre cimetière ; écartez-vous et laissez-moi accomplir mon devoir. »

Il leva les yeux vers moi. « Je crois qu'il préfère rester ici, Opulent. Allez lui parler, il vous le dira lui-même. »

Il s'exprimait avec tant de conviction que je ne pus m'empêcher de regarder la dépouille. Se pouvait-il qu'à la suite d'une horrible méprise le jeune soldat s'accrochât encore à la vie ? Non, il était mort : les mouches couraient sur lui, et je sentais l'odeur de la décomposition. Je décidai d'employer des termes compréhensibles par le sauvage. « Non. Il souhaite retourner dans son cercueil, au fond de la terre ; je dois lui rendre ce service. » D'un air le plus détaché possible, je me tournai vers Girofle, pris le rouleau de toile et le jetai sur mon épaule, accompagné de la corde. La femme n'avait pas bougé ; je dus la contourner pour m'approcher du cadavre. Elle me suivit.

L'homme serra les bras sur sa poitrine et se mit à se balancer de gauche à droite. « Opulent, je crois que vous avez tort. Ecoutez-le ; il désire rester. Il fera un bel arbre, et, quand les arbres de votre peuple rempliront notre forêt, il faudra bien que l'abattage cesse. Vos propres arbres vous arrêteront. »

Je comprenais chacun des mots qu'il prononçait, mais le sens de ses propos m'échappait. « Je vais lui demander son avis », dis-je au vieil homme en laissant tomber la toile près du cadavre. Je m'agenouillai et fis semblant de tendre l'oreille. « Oui, il souhaite retourner au cimetière », déclarai-je.

Je tirai la corde de sous la toile, que je déroulai ensuite avant de me baisser pour soulever le corps. Les mouches se mirent à bourdonner autour de moi et l'odeur distinctive de la mort m'enveloppa. Je retins mon souffle et, décidé à en finir rapidement, je l'agrippai par les épaules dans l'intention de l'allonger sur la toile et de l'y emballer promptement.

Le cadavre ne bougea pas. A plusieurs reprises, j'essayai de l'écarter de l'arbre, et puis je dus m'éloigner de quelques pas pour reprendre une goulée d'air pur. La puanteur de la mort s'attachait à mes mains et je dus faire appel à toute ma volonté pour réprimer un haut-le-cœur.

Les Ocellions avaient suivi tous mes mouvements, l'homme d'un air grave, la femme avec amusement. Leur présence m'agaçait ; si je devais accomplir cette tâche macabre, j'aurais préféré me passer de public. A l'évidence, ils avaient attaché le cadavre à l'arbre par un moyen qu'il me restait à découvrir. Je me redressai, dégainai mon poignard, pris une grande goulée d'air et retournai auprès de la dépouille, mais ne vis nul lien d'aucune sorte. Quand je ne pus plus retenir mon souffle, je plaçai mon bras sur ma bouche et mon nez et respirai à travers l'étoffe de ma manche ; puis j'essayai de glisser la main entre le dos du mort et le tronc de l'arbre : je sentis aussitôt une multitude de minuscules racines qui, sorties du bois, avaient percé le tissu de la veste et de la chemise pour s'enfoncer dans la chair.

Je n'en croyais pas mes sens. L'homme se trouvait là depuis quelques heures à peine ; je frémis d'horreur à l'idée qu'un arbre pût y introduire des radicelles voraces en si peu de temps. A l'aide de mon poignard, je tentai de trancher celles que je pouvais atteindre ; peine perdue : elles étaient épaisses comme des crayons et dures comme des nœuds de chêne.

Je n'aime pas me rappeler la demi-heure qui suivit. Je travaillais dans une puanteur accrue à cause des multiples trous que les racines avaient percés dans la chair du corps. Ma nature même se rebellait contre l'idée de malmener le mort mais, pour finir, je n'eus pas d'autre solution ; je dus l'arracher brutalement à l'arbre. Les racines qui avaient pénétré en lui si rapidement avaient formé dans son organisme un véritable treillis, et, quand je réussis à le décrocher, des fluides infects se mirent à s'écouler de lui par des dizaines d'ouvertures béantes, accompagnés d'une pestilence anormale. L'arbre avait dû injecter dans le corps des substances qui accéléraient la décomposition. Le cadavre enfin détaché, les masses de radicelles enchevêtrées pendirent mollement de l'arbre, dégouttantes de sang et de sanie. J'avais les mains et les bras visqueux, couverts de parcelles de chair et de viscères quand je parvins enfin à déposer le corps sur la toile, dont je rabattis un pan sur lui avant de m'agenouiller pour l'enrouler dans le linceul grossier et de fermer le tout à l'aide de la corde.

Je fixais le dernier nœud quand l'Ocellion reprit la parole. « Je ne crois pas qu'il souhaitait s'en aller ; mais je m'en remets à votre sagesse, Opulent. » Il s'exprimait avec une tristesse ineffable.

La femme renchérit d'un ton méprisant : « Tu n'as même pas fait l'effort de l'écouter. » Elle gonfla ses joues à plusieurs reprises, ce qui fit palpiter ses lèvres. Comme je ne répondais pas, elle poursuivit : « Je reviendrai te voir, et cette fois non en rêve mais en chair et en os. » Elle inclina la tête et me jaugea du regard. « Et je t'apporterai de la nourriture convenable. »

Je ne savais pas quoi dire. J'eus du mal à soulever le corps enveloppé puis à le déposer sur mon épaule, et encore plus à me redresser avec ce poids supplémentaire, mais j'aurais préféré mourir que demander aux Ocellions de m'aider. A pas lourds, j'allai installer le soldat mort sur Girofle, qui émit un reniflement de mécontentement mais supporta le macabre fardeau. J'avais l'impression de sentir le regard des Ocellions me brûler le dos pendant que j'attachais le corps à ma selle. Le paquet débordait de part et d'autre de ma monture, ce qui compliquerait mon trajet une fois que nous reviendrions sur l'étroit sentier de la récente forêt.

Tout en serrant la corde qui retenait le cadavre à ma selle, je lançai aux Ocellions par-dessus mon épaule : « Mon peuple a pour coutume d'enterrer ses morts, et j'ai pour devoir de protéger leurs tombes. Je ne veux pas de problèmes ni avec vous ni avec vos semblables ; vous devez laisser nos morts tranquilles ; vous ne devez plus jamais recommencer ce que vous avez fait la nuit dernière. Je n'ai nulle envie de faire appel à la force contre vous ni de vous faire du mal mais, si vous profanez à nouveau le cimetière, j'y serai obligé ; vous comprenez ? » Je serrai le dernier nœud et me retournai.

J'étais seul.

A paraître prochainement, chez le même éditeur, la suite de La Magie de la peur.

Remerciements

L'auteur souhaite remercier David Killingsworth de lui avoir fourni les éclairages qui ont permis de faire de Jamère un personnage complet.

Table

Composition et mise en page

NORD COMPO
multimédia

CET OUVRAGE
A ÉTÉ REPRODUIT
ET ACHEVÉ D'IMPRIMER
SUR ROTO-PAGE
PAR L'IMPRIMERIE FLOCH
À MAYENNE EN AVRIL 2008

N° d'édition : L.01EUCN000151.N001. N° d'impression : 70852.
Dépôt légal : avril 2008.
Imprimé en France